나_는 매_{력적인 그를} 쇼_{핑했다}
2

민재경 장편소설

나는 매력적인 그를 쇼핑했다

2

네오픽션

차례

그의 이야기 1. 건널 수 없는 바다

내 기억 곳곳에서 그녀가 울고 있었다.

언제나 흐느끼는 여자. 그래서 어린 시절을 회상할 때 항상 뇌리에 슬픈 뒷모습만 그려지는 사람. 가녀리게 떨리는 어깨, 파도처럼 치렁치렁 길게 늘어뜨린 새까만 생머리칼, 얇은 등허리 아래 부서질 듯 가느다란 허리.

그러나 가만히 되짚어보면 그 구슬픈 목소리나 비인간적으로 아름다운 자태보다 그녀의 두 뺨에 맑게 흘러내리던 눈물이 가장 또렷하게 떠오른다. 아이처럼 작고 새하얀 뺨과, 한 줄기로 계속 흐르던 그것. 맑지만 시리도록 가슴 아픈 눈물. 이상할 정도로 작은 얼굴이라 그녀처럼 보이지 않았으나 떠오르는 이미지는 선명했다.

더불어 그런 가녀린 외모와 전혀 어울리지 않는, 신경질적으로 울부짖던 처절한 절규도 명확히 떠오른다.

　이렇듯 내게 있어 그녀에 대한 기억은 흐느낌 그 자체다.

"나를 봐줘요! 나를 봐요! 제발!"

　이미 사랑스럽지 않게 변한 자신을 깨닫지 못한 채 그녀는 제발 한 번만 봐달라고 애원한다. 남자가 찾아올 날만을 학수고대하며 다시 울먹인다. 그리고 결국 돌아오지 않는 남편 때문에 처절하게 무너진다.

"으흑흑…… 왜…… 왜!"

　그녀가 길게 울먹이다가 한순간 거친 소리를 지르며 모든 물건을 집어 던진다. 그리고 갑자기 곁에 있던 내게 달려들어 어깨를 마구 흔들고 뺨을 때리며 찢어질 듯한 비명을 질러댄다. 그러다가 느닷없이 이 모든 이상행동을 멈추고 나를 다시 끌어안은 채 통곡한다. 이런 일이 하루에도 대여섯 번, 혹은 그 이상 계속되었고 몇 년 동안이나 지긋지긋하게 이어지고 있었다.

"흐윽, 흐으윽…… 불쌍한 아이야, 나는 네가 미워……."

　원망과 질투, 패배감, 미움. 그 모든 것으로 얼룩져서 나를 아프게 껴안은 사람. 언제나 우는 여자였지만 그것과는 별개로 눈물까지 참으로 아름다웠다. 공교롭게도 그녀는 지나칠 정도로 빼어난, 신이 창조해낸 최상의 미모를 지녔던 것이다.

백옥처럼 새하얀 피부, 자그마한 계란형 얼굴에 사슴 같은 눈망울과 길고 여린 목선, 윤기가 흐르며 허리까지 출렁이는 긴 머리칼. 그림 속에서 걸어 나온 것처럼 너무도 신비롭고 수려한 여자. 솜씨가 빼어난 장인이 만들어낸 섬세한 인형 같은 아름다운 인간.

하지만 내게는 공포와 아픔 자체였던 사람…….

그런 여자가,

나를 낳아준,

내 친엄마였다.

―지훈아…… 지훈아…….

고개를 돌리면 새빨간 물결 속으로 사라지는 투명한 여자의 모습. 지워지지도 않고 지워버릴 수도 없다. 나는 그저 표정 없이 그것을 응시할 뿐이다.

매끈한 백색의 타일, 그것과 같은 색의 커다란 욕조, 그리고 찰랑이는 핏빛에 담겨진…… 제발 잊고 싶은, 나의 어머니.

얼굴 가득 잔잔한 미소를 찬란하게 머금은 채 나른한 목소리로 나를 부르고 있다. 아무리 불러도 절대 쳐다보지 않는 어린 아들을 계속 부른다. 대답도, 반응도 없는 아이에게 마지막으로 그토록 곱게 웃어 보인 이유는 무엇이었을까?

"지훈아!"

환청과 환영에 잠겼다가 어깨를 때리는 느낌에 가볍게 놀라 돌아보니 언제나처럼 그 아이가 나를 향해 웃고 있다. 짙은 재색의 교복을 위아래로 갖추어 입고, 어깨 위로 단정하게 찰랑이는 단발머리를 한 소녀. 하얗고 작은 얼굴에는 크고 맑은 눈과 자그마한 입술이 보석처럼 박혔다. 내 주변 사내아이들이 선망하는 이 아이의 이름은 문정원이다.

"시험 잘 봤어? 물론 물어볼 것도 없이 아주 잘 봤겠지? 아이…… 난 어쩌면 좋아. 수학 문제 절반은 모르겠던걸."

대답하지 않아도 이 아이는 혼자서 재잘재잘 떠든다. 적당한 높이의 빠른 음성이 귓가에 머무르는 것이, 흡사 대중가요를 들을 때와 비슷하다. 듣기 나쁘지 않으므로 나는 별다른 제지 없이 정원을 내버려둔다.

"나 보고 싶었지? 부끄러워하긴. 말 안 해도 다 알아."

까르르 부서지는 웃음소리. 2학년 때까지 같은 반이었다가 3학년이 되어서 각자 다른 반으로 나뉘었음에도 이 아이는 등교 시간이며 쉬는 시간이며 점심시간과 하교 시간까지 빠짐없이 내 곁에 머물고 있다. 처음 1학년 때는 귀찮아서 잠시 외면하기도 했으나 어느새 2년이라는 시간이 흐르면서 정원과 나의 묘한 관계가 습관처럼 굳어졌다. 글쎄, 어느 날 갑자기 내 눈앞에 나타나지 않는다 해도 이 아이에 대해 궁금해질까? 그건 잘 모르겠다.

생각해보면, 나는 누가 내 곁에 오든 말든 그리 상관하지 않는 편이었다. 단지 정원이처럼 오랫동안 버텨온 아이가 없었을 뿐이지.

"빨랑 집에 가자, 응?"

정원이 친근하게 자신의 얇은 손가락을 내 팔에 얹어 팔짱을 끼고 콧노래까지 흥얼대며 걸음을 옮긴다. 맥없이 끌려가다가 잠깐 정원의 정수리 쪽으로 눈길을 돌린다. 가지런한 앞머리칼과 반듯한 콧등, 머리칼이 흘러내린 흰 목덜미가 시야에 들어왔지만 설레는 느낌은 딱히 없다. 그저 내 팔에 와 닿는 이 아이의 손이 따뜻하다는 느낌이 들었다.

"야, 문정원."

걸걸하고 낮은 목소리가 꽂혀왔다. 소녀의 보폭에 맞춰 끌리듯 걸어가는데, 복도 끝에서 체격 좋은 소년이 우리를 기다린 듯 반갑게 맞았다. 아니, 정확히는 내게 팔짱을 끼고 있는 정원에게 용건이 있는 것 같지만.

"어? 김선재, 무슨 일인데?"

정원이 말갛게 응시하자, 덩치 큰 녀석이 체격에 걸맞지 않게 두 볼에 홍조를 띤다. 그 모습을 기억 속에서 찬찬이 더듬어보니 정원과 같은 반 남학생인 것 같다.

"문정원, 너."

"응?"

소녀의 순진한 눈망울을 내려다보는 소년의 얼굴이 도화

지에 물감이 번지듯 점점 붉게 물들어간다. 그 순간 김선재라는 이 아이에게는 주위의 누구도 눈에 보이지 않는 듯했다.

"너 나랑 연애하자!"

"뭐어어?"

소년의 폭탄선언에 정원이 어이가 없다는 듯 언성을 높인다. 나를 잡은 손에 힘을 더 주며 의도적으로 내 쪽으로 어깨를 붙여왔지만 김선재라는 아이는 이를 보고도 주저하지 않았다. 정원의 태도에 내가 어떻게 반응하는지 눈치를 살피더니 다시 입을 열었다.

"야, 정원이 너 솔직히 말해봐. 이 자식과 아무 사이도 아니지?"

의기양양한 표정이 어린아이의 유치한 자신감과 닮아 보인다.

"엥? 무슨 말이야?"

"나 너한테 1학년 때부터 꽂혀 있었거든. 이 김선재님이 문정원 너를 2년 넘도록 계속 지켜봤단 말이야. 그런 내가 모를 것 같아?"

갑자기 녀석이 정원을 확 끌어당기더니 정원의 두 어깨를 움켜잡았다. 내 미간이 살짝 찌푸려졌다. 옆구리와 손에 남아 있는 정원의 온기가 못내 아쉬웠기 때문이다.

정원은 황당하다는 표정으로 김선재의 손길을 뿌리치려

애쓰고 있었다. 정원의 눈길이 내게 닿아 있다. 도움을 요청하는 듯한데, 글쎄 이럴 때는 어떻게 해야 하지? 내가 정원을 도와줘야 할 타당한 이유가 생각나지 않았다. 괜스레 저들의 감정싸움에 끼어들기 싫어졌다. 그저 소년의 사랑 고백 타임을 위해 이 자리에서 빠져줘야 한다는 판단만 들었다.

"왜 이래? 이거 놔줘."

소년은 정원의 저항을 무시한 채 계속 그 작은 어깨를 꽉 잡고 눈을 맞춘다.

"문정원, 잘 들어. 나 너 진짜 좋아해. 그냥 우리 사귀자. 잘해줄게! 너 잘 모르는 모양인데, 우리 학교에서 인기 짱이라고, 내가."

"난 너 싫어. 그렇게 인기 좋으면 너 좋다는 애들이나 찾아가! 그리고 내가 심지훈하고 1학년 때부터 커플인 건 전교생이 다 안다고!"

"그래? 리얼리?"

김선재 주위에 있던 아이들이 피식피식 웃기 시작했다. 승리를 예감하는 비열한 적장처럼 김선재의 얼굴에 보기 싫은 미소가 걸렸다. 녀석은 내게로 돌아오려 안간힘을 쓰는 정원을 단단한 팔로 막으면서 내 쪽으로 시선을 옮겼다. 맹렬한 적대감, 그리고 뜻을 알기 어려운 묘한 비웃음.

"너네 커플이라는 건 전교생이 다 아는데, 딱 한 명만 모르는 것 같네!"

나를 노려보는 김선재의 눈길이 더욱 매서워진다. 내가 저 아이에게 미움을 받을 이유는 없지만, 평소 뭇 아이들에게서 적의의 시선을 자주 받기 때문에 별로 낯설지도 않고 크게 개의치도 않았다.

"내가 지금 저 자식에게 너랑 사귀냐고 물어볼 건데."

"하, 하지 마!"

다급한 목소리로 정원이 소년의 짓궂은 말을 막아본다. 순간, 복도를 지나던 아이들 모두의 시선이 내 얼굴을 향하는 느낌이었다. 어느새 주위에 구경꾼들이 가득 모여 있었다.

뭘까? 왜들 이러는 거지? 정원을 흘깃 살폈다. 소녀의 맑은 눈망울에 물기가 어려 있다. 애절함이 담긴 눈동자가 참 크고 진해 보였다. 그런데 나는 저런 젖은 눈동자가 싫다.

"야, 심지훈."

이 녀석은 모든 호명에 '야'를 붙이는 게 습관인 것 같다. 기분이 별로지만 조용히 쳐다는 봐주었다.

"탁 까놓고 물어볼게. 너 문정원 좋아하냐?"

사내아이들의 왁자한 웃음소리가 주위에 울려 퍼진다. "아우, 유치해" 하고 소곤대는 여자아이들 목소리도 들린다. 뭐지, 이 질문에 내가 대답해야 하는 걸까?

"너네 둘이 사귀냐? 친구로 좋아해 이따위 소리 말고."

어째서 다시 확인하는 걸까? 아까 분명히 정원과 내가

진짜 사귀지 않는다는 걸 이미 알고 있었다면서 잘난 체하더니. 나한테 꼭 확인이 필요했다면 왜 그런 유치한 자신감을 보였는지 이해가 되지 않았다. 나는 고개를 갸우뚱 기울였다.

많은 아이들이 모여 있는 데도 고요했다. 작은 웅성거림이 깃든 이 숨 막히는 침묵은 내 대답을 기다리는 청중의 기대감이었다. 그렇게들 원한다면 답을 들려줘야 할까?

"아니."

나는 명쾌하게 두 음절을 뱉었고 순간 주변이 파도처럼 술렁였다. "어머, 웬일이야!", "쟤 너무한다", "역시 제정신이 아닌 것 같더니 소문이 사실인가 봐", "어어, 정말로 사귀는 거 아니었어?", "아니긴 선재한테 졸았나 봐", "병신이네", "호구새끼네", "정원이 어떡하니? 차인 거야?" 수십 명이 동시에 내뱉는 단어들이 어지러이 주변을 떠다닌다.

"지훈아……."

절망에 젖은 정원의 얼굴이 흙빛이 되어 있다. 문득 이런 상황이 귀찮아진다. 모두가 나를 쳐다보는 것 자체가 짜증이 난다. 주목받는 것 따위 정말 싫다.

"너…… 어떻게 나한테……."

더듬거리는 소녀의 목소리는 여전히 듣기 좋지만 그 말에 신경 쓰기 귀찮았다. 소녀가 손을 빼내 팔이 허전해지자 대신에 주머니에 손을 찔러 넣었다. 내게 질문을 던진 녀석이 당황스러워할 정도로 나는 내내 평온한 모습으로 소녀 옆을 지나 계단을 밟았다.

"지훈아! 심지훈!"

정원의 울부짖는 호명이 내 뒤통수에 꽂혔으나 개의치 않는다. 그저 나는 언제나처럼 제시간에 맞춰 집으로 돌아가고 있을 뿐이었다.

―지훈아…….

저 아이들까지 신경 쓸 여력이 없다. 나는 아직 주변에서 계속 떠도는 이 망상에서 자유롭지 못하니. 남의 감정에 반응해주는 그런 사치는 나를 둘러싼 엄마의 망령에서 벗어나야만 가능할 것 같으니까.

―지훈아…… 지훈아…….

들리지 않아. 듣고 싶지 않아. 귀를 닫는다. 이젠 보기 싫어. 새빨간 핏물 따위, 그 안에서 굳은 시선으로 나를 보면서 차갑게 식어가던 투명한 여자 따위 떠올리기 싫어! 고개를 세차게 흔든다. 눈도 질끈 감는다. 그래도 그 망가진 인형처럼 아름다운 여자의 얼굴이 어둠 속에서 자꾸만 나타나 나를 쳐다본다.

"이 새끼야, 안 들려?"

갑자기 확 닿는 고함 소리가 나를 현실로 불러들였다. 천천히 고개를 들어 현관 앞에 선 사람을 쳐다보았다. 이런, 망령의 얼굴이다. 죽어가던 그녀와 너무도 닮은 얼굴의 젊

16

은 남자. 성난 표정은 다르지만 정말 비슷하게 생겼다. 그래서 의도하지 않아도 표정이 굳고 만다. 가슴으로 뭉근하게 퍼지는 통증은 이 남자 때문일까, 엄마의 망령 때문일까?

"나랑 마주칠 시간은 피해 다니라고 했지!"

나는 말없이 고개를 다시 숙이고 신발을 벗었다. 안으로 들어가야 하는데 앞에 딱 버티고 선 이 인간 때문에 쉽지 않다. 내가 원하는 건 이게 아닌데, 어째서 이 인간은 내게 조금의 틈도 주지 않고 비뚤어지게만 대할까? 가벼운 짜증이 몰려온다.

"비켜."

"어쭈."

탁.

손이 날아와 내 관자놀이를 한 대 때린다. 그대로 맞으면서 아프다는 반응조차 보이지 않으니 이 인간이 쯧쯧 소리를 낸다.

"사람 같지도 않은 게 밥은 왜 먹냐? 숨만 쉬는 인형 주제에."

슬쩍 고개를 들어 이 인간을 빤히 쳐다보았더니,

"어쭈? 노려봐? 많이 컸다! 왜? 너는 나 같은 건 없어져버렸으면 좋겠지? 어쩌냐, 나는 반대로 네가 사라졌으면 좋겠는데."

이따위 말이 돌아온다. 글쎄. 내가 원하는 것, 그건 뭘까?

최소한 네 말과 달리 네가 없어지기를 원하지는 않아. 나는…… 내가 진심으로 원하는 것은…….

"어머, 지금 뭐하는 거니, 심다훈?"

집안에서 우리 둘의 소요를 눈치챈 어머니의 만류에 인상을 쓰며 잽싸게 밖으로 달아나는 저 인간, 그는 나와 한 부모 밑에서 태어난 내 형이다. 형과 나는 어린 시절 친어머니가 돌아가신 이래 사이가 매우 나빠졌다. 물론 그건 나 때문이다. 친어머니의 죽음을 자폐아인 내가 옆에서 관망만 한 것이 그 이유이다.

하지만 그것은 겉으로 밝혀진 사실일 뿐이다. 그 이면에는 건드릴 수 없는 은밀한 진실이 한 가지 꼭꼭 숨겨져 있다. 그것은 누구도 모르는, 형과 나만의 지독히 아픈 비밀. 그와 내가 소통할 수 없는 잔인한 이유.

"형이라는 게 하나밖에 없는 동생에게 하는 짓 하고는. 밥 안 먹었지? 어서 들어오렴."

대답 없이 가방을 내려놓고 식탁에 앉는다. 주는 음식은 그냥 다 먹는다. 별다른 감흥은 없다. 하루하루 그냥 그렇게 살아가는 것. 그게 내가 할 줄 아는 전부였다. 죽는 방법을 모르기에 살아가고 있다. 어쩌면 저 망령이 나를 데려가기 위해 내 주위를 배회하고 있는 걸까?

여섯 살인 나는 그날 엄마의 죽음을 구경만 할 게 아니라 그 죽음에 함께해야 했을지도 모른다. 그녀는 홀로 가는 길이 무서워 내게 손을 내밀었을지 모른다. 멍청하게 내가 그걸 알아채지 못했을까? 엄마가 얼마나 겁이 많은지 모르는 바 아니었으면서도.

"나를 혼자 남겨두고 가다니 정말 미웠어."

이튿날 정원이 아무렇지도 않게 내게 말을 걸어왔다.

"응, 미안."

영혼 없는 내 사과에도 소녀의 얼굴이 확 밝아진다.

"방금 사과한 거지? 와아, 발전했어, 심지훈! 내 너의 죄를 사하노라."

정원이 과장된 포즈로 내 머리를 쓰다듬었고, 나는 그런 정원을 올려보며 입을 열었다.

"사람들과 대화를 잘하려면 어떤 걸 배워야 할까?"

"응?"

"다른 사람이 무슨 생각을 하고 내게 무엇을 바라는지 알고 싶은데, 나는 그게 힘들어."

"우웅, 글쎄? 궁금해진 사람이라도 있어? 혹시 나야? 나한테는 그냥 다 물어봐도 돼. 배울 필요 없어. 뭐가 궁금한데? 설마 내 몸무게?"

마지못해 피식 웃어주자, 정원이 신이 나 손을 휘저어댔다.

"웃었지? 웃은 거야? 와, 오늘 후하네!"

내가 궁금해하는 사람, 그건 아마도 내 형 심다훈이겠지.

그날 친엄마가 내 눈앞에서 죽음을 맞이한 건 어쩌면 형 때문일 수도 있었으니까. 그 사실을 알고 있는 심다훈은 도대체 무슨 생각으로 이러는 걸까? 어째서 그 모든 아픔을 내게 뒤집어씌울까?

나는, 정말로 그게 궁금해.

"심리학과는 어때?"

생각에 잠겨 있는데, 정원의 목소리가 울렸다.

"잘은 모르지만 사람 심리에 대해 공부하는 데가 그런 곳 아닌가? 대학에 그런 과가 있잖아. 거기 가면 사람에 대해 뭔가 심도 있게 알게 되지 않을까? 영화에서 보면 범죄 심리 상담가는 앞에 있는 사람의 눈길이 움직이는 방향만 보고도 거짓말을 하는지 아닌지 알아내고 그러잖아."

그렇게 해서 아무런 이유 없이 흐르던 시간 속에서 내게 작은 목표가 생겼다. 무기력하기만 하던 나의 미래가 한 방향으로 결정되는 순간이었다.

*

"학교생활 재미있니? 동아리에도 들었어?"

나를 보자마자 속사포처럼 쏘아대는 정원의 질문에 희미하게 미소만 지었다.

"와, 이거 봐라. 심지훈 인상이 부드러워졌어! 야, 혹시 연

20

애라도 하는 거 아냐? 과 여자 선배가 꼬셔?"

"아니."

"아니지? 호호호, 다행이다."

눈을 부드럽게 휘며 웃는 모습이 문득 낯설다.

"그럼, 나 너희 학교에 놀러 가도 돼?"

스무 살, 대학생이 된 정원은 고등학생 때와 달리 뻔질나게 우리 집에 들이닥쳤다. 내가 저와 다른 대학에 다니니 자기 얼굴 잊지 못하도록 매일 출석 도장을 찍으러 오는 것이란다. 정원은 성적 때문에 나와 같은 대학에 가지 못한다는 사실에 한탄했지만 무리하게 재수를 하거나 하진 않았다.

"내가 자주 오니까 무지 반갑지?"

사실은 몹시 귀찮았지만 어머니가 정원을 유달리 예뻐해서 그냥 마음대로 행동하게 두었다. 어차피 정원은 내가 무반응이든 귀찮아하든 신경을 쓰지 않으니까.

"형이 너한테 관심 있대."

"어?"

어느 날 거실에서 함께 사과를 깎아 먹다가 말을 꺼내니 정원이 멍한 표정으로 쳐다본다. 그러고 보니 오늘 정원이 왜 낯설게 느껴지는지 알 것 같다. 머리가 많이 길었다. 가슴께까지 찰랑이는 머리칼이 제법 여성스럽다. 새삼스럽지만 고등학생 때보다 얼굴이 성숙해졌다. 젖살도 빠지고 화장도 한 것 같다. 전혀 몰랐던 사실이다.

"야, 심지훈!"

"응."

"우리 학교에도 나한테 대시하는 애들 많거든!"

"응."

"나 너한테 일편단심인 것 안 보이니? 넌 어쩜 그렇게 잔인해?"

시선을 들어보니 울먹이는 눈동자가 나를 노려보고 있다. 우는 건 싫은데. 언제나 내게 달라붙는 환영 속 여자처럼, 누군가가 흐느끼는 걸 마주하는 건 너무도 괴로운 일이다. 나는 잠깐이나마 정원이 우는 걸 멈추게 할 방법을 생각하기 시작했다.

"너는 정말로 나한테 아무 느낌 없어? 나를 생각할 때 떠오르는 무슨 특별한 이미지도 없니? 그래?"

정원의 언성이 높아진다. 잠깐 귀를 막고 싶은 충동을 느끼지만 나는 꾹 참고 고저 없는 목소리로 느리게 말을 뱉었다.

"따뜻해."

"응?"

"네 손."

흥분해서 얼굴까지 달아올랐던 정원이 내 눈짓에 자신도 모르게 자기 손을 쳐다본다.

"따뜻한 손이 나를 잡고 있는 건 좋아. 하지만 우는 건 싫어."

정원이 입을 다물었다. 정원의 얼굴에 여러 감정이 오가는 게 보인다. 무슨 생각을 하는 걸까? 모르겠다. 열심히 이론을 공부해보지만 사람의 생각, 개개인의 생각은 배운다고 알 수 있는 것이 아니었다.

"다훈 오빠 문제는 내가 해결할게. 넌 앞으로 상관하지 마."

"그래."

곧이어 둘 사이에 흐르는 침묵. 처음으로 어색하게 눈길을 옮기던 정원이 짧은 인사만 하고 사라진다. 나는 그 모습을 잠시 응시할 뿐 더 이상 어떤 생각으로 발전시키지 못한다.

내 앞에서 죽은 친엄마, 나를 키워준 새어머니, 나를 미워하는 내 형, 나를 사랑하는 정원이. 그들 모두 나와 관계가 있는 사람들이지만, 사실 나는 그들과 넓은 강을 사이에 두고 있다. 극복할 수 없는 거리. 그 강을 건너기까지 얼마나 오랜 시간이 걸릴까? 아니, 내가 그 강을 헤엄쳐 건널 수 있을까? 어쩌면 그들과 나 사이에 있는 것이 강이 아닐지도 모르겠다. 넓고도 넓어 차마 건널 엄두도 내지 못할 그런 것이 우리 사이에 있을지 모르겠다.

문제는, 내가 그곳을 건너 모두에게 다가갈 의지가 전혀 없다는 사실이다. 나 심지훈이 목숨을 걸고라도 그곳을 건

너가고 싶게 할 누군가가 과연 존재할까?

글쎄, 나는 알지 못한다. 아직까지는.

*

"놀이동산 가지 않을래?"

"놀이동산?"

밖에 나가기 싫었지만, 집 안에만 있는 나를 못마땅하게 여긴 어머니가 정원에게 용돈까지 쥐어주며 떠미는 통에 어쩔 수 없이 집을 나섰다.

스물여섯, 정원의 손에 이끌려 마지못해 감행한 외출. 그 당시 나는 아무 준비도 되어 있지 않았다. 나를 알고 싶고 남을 알고 싶어 열심히 공부했지만 성과가 보이지 않아서 절망감으로 하루하루를 보냈다.

그날 우연히 도착한 낯선 장소에서 그 여자를 마주친 순간까지는, 그래, 바로 그전까지는 내게 의미를 지닌 것이 정말로 아무것도 없고 모든 것이 지루하기만 했다.

—지훈아……. 지훈아…… 나를 봐.

화창하게 갠 10월의 어느 날, 놀이공원 내의 벤치에 앉아 멍하니 주위를 응시하고 있는데, 그 익숙한 망령의 목소리가 들려왔다. 고개를 돌려보니 낙엽을 밟으며 즐거워하는 정원이 너머로 두 아이와 함께 있는 여인이 눈에 띄었다.

이상하게도 핏물 가득한 욕조에 앉아 있던 엄마의 영상이 천천히 일어나 그 처음 보는 여인에게 다가가고 있었다. 걸음걸음 붉은 발자국이 찍힌다. 엄마의 나른한 하얀 손이 뻗어나가 여인의 등에 붙어 그 어깨를 감싸 안는다. 유난히 빨간 입술에 기묘한 미소를 품은 엄마가 나를 돌아본다. 좋지 않다. 어떤 위험한 신호가 내 가슴을 쿡쿡 찔렀다.

　"뭘 그렇게 뚫어져라 쳐다봐?"

　어느새 엄마의 환영은 사라졌지만 그 여인에게서 눈길을 뗄 수 없었다. 위태로운 그 뒤태. 가녀린 어깨와 깡마른 몸집. 금세라도 쓰러질 것만 같은 갈대 같은 여자. 친엄마의 모습이 연상된 나는 잠깐이나마 지금 눈앞의 저 사람이 환상인지 현실인지 구분이 되지 않아 미간을 찌푸렸다. 그리고 느린 화면처럼 그 여자가 바닥으로 쓰러졌다.

　"엄마! 엄마!"

　아이의 찢어질 듯한 비명! 나는 자리에서 벌떡 일어섰다. 여태껏 느껴본 적 없는 생경한 가슴속 울림에 심장이 터질 것처럼 진동한다. 갑자기 온몸에서 작은 핀 수천 개가 솟아나오듯 소름이 보스스 돋고 있었다.

　어린아이가 울고 있다! 엄마를 살려달라고 주변에 울부짖는다! 저건 오래 전 어린 심지훈이 했어야 할 요청이 아닌가! 죽어가는 엄마를 붙들고 질렀어야 할 내 목소리다. 밖으로 뛰쳐나가 요청했어야 할 내 음성이다! 내가 하지 못했던 그것을, 저 아이가 이미 하고 있다!

　─지훈아…… 지훈아…….

　그날, 살며시 열어본 문 뒤에는 손목을 칼로 그은 여자가 하얀 욕조에 가득 담긴 따뜻한 물에 자신의 몸속 피를 모두 쏟아내고 있었다. 나를 보던 가물가물 졸린 눈길, 아름답고 나른한 미소, 그리고 들릴 듯 말 듯 희미하게 중얼거리던 내 이름이 여전히 선명하다.

　엄마는 무엇을 더 말하고 싶었던 걸까? 지옥으로 함께 가자는 뜻이었을까? 욕조 안 그 따뜻한 피에 동참해주기를 바랐을까? 핏물에 발을 담가 배 속 태아의 모습으로 돌아간 나를 다시 품으려 했던 걸까?

　그런가요? 그래요, 엄마? 도대체 무슨 말을 더 하려고 했던 거예요? 네? 제발! 이젠 대답을 들려줘도 좋잖아! 언제까지 이렇게! 이렇게 나를 놓아주지 않을 건데?

　─…… 미안하다.

　폭발할 것 같은 감정을 뚫고 느닷없는 대답이 들려온다.

　─언제나 미안했단다, 아가야.

　갑자기 강렬해진 환청이 내 주변의 모든 소음을 삼켰다. 아무것도 없는 새하얀 공간에 나만 홀로 서서 어디선가 울려오는 목소리를 듣고 있다.

　─널 웃지 못하는 아이로 만들어서 미안해.

　기억하지 못했던 뭔가가 밀물처럼 밀려들어온다.

―널 울지 못하는 아이로 만들어서 미안해.

이건 뭘까?

―언제나 지켜주지 못해서 정말로 미안해.

이해할 수 없어.

―그러니 내가 죽은 건 네 탓이 아니란다.

아니야! 여섯 살의 나는, 당신이 죽어가는 줄도 인지하지 못한 채 그저 지켜보고만 있었잖아.

―그렇지 않아.

그렇지 않아?

―그래, 너는…….

나는?

―나를 위해 울었어.

…… 정말?

"살려줘! 우리 엄마 살려줘!"

순간, 갑자기 귓가로 꽂히는 아이의 찢어질 듯한 울부짖음이 내 정신을 일깨웠다. 솜사탕을 들고 우는 여자아이가 주변 사람들에게 미친 듯이 도움을 요청하고 있었다. 내게 평생 망령을 붙여놓은 그 과오와 다르게, 내 형이 너무나도 나를 미워하게 된 상황과 다르게, 아이는 진정 처절했다.

"정신 차리세요!"

어느새 달려들어 고함을 쳐본다. 한 번도 이렇게 큰 목소리를 내본 적이 없는 것 같은데. 내 음성에 나도 놀라고 옆에 있던 정원도 놀란다.

"저 좀…… 도와……주세요."

가쁜 숨을 내뱉는 그녀의 얼굴이 어머니의 그것으로 보인다. 주변이 붉게 물든다. 어느새 발바닥 밑에 욕실 타일이 깔려 있다. 이대로 보낼 수 없어. 다시 또 잃어버린다면 나는 견딜 수 없는 나락으로 떨어지겠지. 착각의 늪일지언정 나 또한 처절한 심정으로 망령의 한쪽 끝에 매달려본다. 눈가가 뜨겁게 달아오르는 것 같다. 어느새 내 곁에는 어린 소년이 서 있었다. 나다.

이럴 수가! 여섯 살 나의 눈가에서 맑은 눈물이 계속해서 흘러내린다. 내 기억 속에 머물러 있는 작은 뺨의 이슬방울. 그건…… 엄마가 아닌 내가 잃어버린 감정이었을까? 작은 깨달음이 머리를 한 대 치는 기분이었다.

"엄마! 엄마아아!"

아이의 절규가 다시 나를 현실로 불러들인다. 나는 고개를 살짝 흔들어 지금 상황에 집중하려 애썼다. 품에 안긴 여자가 간신히 입술을 달싹였다.

"…… 남편에게는…… 알리지 말아요……. 부탁……이니까."

아.

순간, 팍 하고 머릿속 안개가 사라졌다. 한순간에 어머니의 망령이 걷혔다. 주변의 소음이 귓가로 밀려오고, 환해진 눈앞에 햇빛이 가득한 놀이공원이 보였다. 깨달음이 뇌리를 덮친다.

이 여자는 내 어머니가 아니다. 그녀였다면 결코 남편을 찾지 않겠다는 소리를 뱉을 리 없다. 오히려 지금 자신이 얼마나 아픈지 그 남자에게 알려달라 애원했을 것이다. 그녀는 두 아이까지 데리고서 이렇게 강한 척 말하지 못한다!

어머니가 아니야.

"지훈아!"

어머니가 아니야!

"지훈아, 왜 그래?"

쓰러진 여자를 꽉 안고 있는 내게 정원이 다가와 조심스레 질문을 던진다. 나는 그 말에 신경도 쓰지 않고 주변을 두리번거리다가 입구 쪽으로 바삐 걸음을 옮겼다.

"가방 챙기고 저기 두 아이들은 정원이 네가 데리고 와. 나는 근처 병원을 찾아봐야겠다."

"어……어? 그, 그래. 알았어."

나는 어린아이처럼 가벼운 여자를 두 팔로 받쳐 안은 채 성큼성큼 걸어가다가 뛰기 시작했다. 이 사람이 죽을지도 모른다는 걱정 때문에 내 정신이 아니었다. 병원에 도착했을 때에는 머리카락까지 흥건하게 젖어 땀이 뚝뚝 떨어질 정도였다. 새삼스럽지만 이것 또한 너무나 신기한 경험이다.

내가 숨이 넘어갈 듯 기진맥진해서 아무 말 없이 우두커니 서 있는데, 병원 관계자들이 이상하다는 듯 쳐다본다. 내가 난생 처음으로 이상한 경험을 하고 있다는 것을 저들이 알 리 없겠지. 그런데, 이 순간 느껴지는 설명할 수 없는 이 희열은 뭘까? 문득 뒤를 돌아본다. 침대에 누워 있는 여자 위로 어머니의 환영이 더 이상 겹쳐지지 않았다. 심지어 내 근처에 항상 달라붙어 있던 그 피 묻은 손조차 흔적 없이 사라졌다. 이상한 일이었다. 언제나 내 정신을 괴롭히던 환청도 들리지 않는다.

"오빠."

아래쪽에서 들려오는 귀여운 목소리에 시선을 떨어뜨렸다. 짙은 갈색 눈동자가 나를 가만히 응시하고 있다. 제 엄마가 쓰러져서 상당히 놀랐을 텐데도 신기하게 침착한 아이이다.

"이름이 뭐지?"

"고은비. 네 살."

곧이어 정원에게 안겨 병원으로 들어오면서 목이 터져라 울어대는 은비 동생 울음소리가 들렸다. 어쩔 줄 몰라 허둥대는 정원에게서 내가 돌쟁이를 받아 안았다. 눈물범벅인 아기의 작은 눈동자가 내 눈과 마주쳤다. 놀랍게도 울음을 멈춘 아기가, 그 꼬물거리는 작은 손을 들어 내 얼굴을 만지작거린다. 뭉클하는 감정의 파문이 심장을 두드렸다.

"아기가 울면 기저귀부터 봐야지."

낯선 목소리가 들려 고개를 돌려보니 작은 커튼으로 나 뉜 옆 베드에서 보호자인 할머니가 고개를 내밀었다.

"아기 아빠는 아닌 것 같은데?"

나도 모르게 빙긋 미소를 그렸다.

"좀 도와주시겠어요?"

"아, 뭐 그, 그러지."

할머니는 침대에서 자고 있는 할아버지의 상태를 살펴보 고는 이쪽으로 넘어와 그녀가 누워 있는 침대 위 한쪽에 아 기를 내려놓고 옷을 벗겨 기저귀를 들여다본다.

"내 동생 은솔이에요. 나는 고은비고요."

"어, 그렇구나. 은비야, 네 동생 기저귀랑 물티슈 가져오 겠니?"

"네에."

할머니가 은비를 시켜 엄마 가방에서 기저귀를 하나 꺼 내 오게 하더니 익숙한 손놀림으로 새것으로 바꾸고는 이 번에는 간식까지 꺼내 오게 시켰다.

"다행히도 애 엄마가 준비를 많이 해서 다니는 모양이 네."

할머니는 쓰러져 있는 아이들의 엄마와 두 아이, 나와 정 원이까지 한번 훑어보며 무슨 사연이 있는지 몹시 궁금해 하는 얼굴을 보였지만, 곧 간호사가 와서 할아버지를 일반 병실로 옮긴다고 하자 아쉬워하며 사라졌다.

"네가 낯선 사람에게 부탁까지 하고 웬일? 게다가 말할 때 일부러 웃었지? 사람 꾀는 재주도 있었어? 진짜 대박!"

그러게 말이야. 나 또한 놀라웠다.

"오빠, 나도 배고파요."

간호사에게 문의해 병원 식사를 주문했다. 그리고 아이 둘을 앉혀놓고 내가 직접 음식을 떠먹였다. 정원이 어이가 없다는 눈빛으로 옆에서 지켜보다가 도와주려 했으나 은비가 싫다고 고개를 내저었다. 머쓱해하는 그녀 옆에서 나는 아무렇지도 않게 아이들 입가에 묻은 음식물까지 닦아주고 있었다.

나도 모르게 얼굴에 웃음이 피어올랐다. 신기하게도 이 아이들이 너무나 귀엽고 사랑스러웠다. 어린아이들이란 언제나 시끄럽고 귀찮은 민폐덩어리라고만 생각했었는데. 이제는 미지의 세계나 마찬가지인 육아조차 내가 해낼 수 있을 것도 같았다.

"잘 부탁드립니다."

그 여인이 곧 깨어날 것이란 설명에 간호사에게 고개 숙여 인사하며 아이들을 부탁했다. 부모님에게도 이렇게 인사를 해본 기억이 없었다. 그러고는 잠들어 있는 그녀에게 가만히 다가가 가느다란 손가락을 한 번 잡아보았다. 눈을 꼭 감은 얼굴이 너무도 해쓱하다. 보호해줘야 할 것 같은

32

여리디여린 여성이다. 그런데도 이 여인은 아이들 아빠에게 도움을 요청하지 않았다. 그것만으로도 내게는 감동적인 사람이었다.

어린 시절 결국 내 앞에서 죽음을 택한 친엄마는 사소한 모든 일을 원망하며 남편을 찾았다. 이혼한 내 아버지가 도움을 주기 위해 자신에게로 찾아오기만을 하염없이 기다렸다. 어쩌다가 그가 찾아온 날에는 친엄마의 눈에서 이상할 정도의 광채가 났다. 1분도 안 되는 짧은 만남을 가졌어도 며칠 밤새 흥얼거리며 즐거워했다. 허나 그가 끝내 오지 않는 날에는, 그의 아들인 나를 때리고 윽박지르며 죽이려든 적도 있었다.

친엄마는 그렇게 점점 미쳐갔다. 그것은 지독하도록 나약한 영혼을 지닌 까닭이었다. 어쩌면 내가 완벽하게 닮아 있는 그런 영혼일 것이다. 인정하고 싶지 않은 사실이지만.

"차미선."

침대에 붙어 있는 이름을 외우고 그녀의 모습을 다시 한번 눈에 담는다. 정녕 인연이 닿을 운명이라면 반드시 또 만날 수 있으리라고 믿어 의심치 않으면서.

"너 정말 오늘 왜 그래? 갑자기 다른 사람이 된 것 같았어."

감탄이 스민 어투로 말을 걸어오는 정원에게 빙그레 미소를 지어 보였다. 정원이 더욱 놀란 얼굴이 된다.

"어라라, 점점! 야, 너 그렇게 웃으면서 다니지 마. 다른 여자들이 뿅 가서 덤벼들게 생겼어. 왜 안 하던 짓을 하고 그래? 사람이 갑자기 변하면 큰일이 생긴다던데. 왠지 불안해지잖아."

그러나 내 얼굴에서는 미소가 떠나지 않았다. 큰일? 그건 이미 내게 찾아온 상태였다.

"정원아, 어쩌면 찾은 것 같아."

"뭘?"

의아해하는 그녀에게 다시 피식 웃어 보이고 집으로 돌아왔다. 내 방에 들어선 나는 거울 앞에 똑바로 섰다. 버리고 싶은, 친엄마와 꼭 닮은 혐오스러운 내 얼굴을 모처럼 별다른 감정 없이 조용히 응시한다. 그렇게 내 얼굴을 빤히 들여다보다가 눈가를 휘면서 미소를 부드럽게 그려본다.

"이렇게 하는 건가?"

고개를 옆으로 기울여보고 난처한 표정도 지어본다. 그런데 진짜 어색하다. 다른 사람들이 내게 보이던 그런 표정들과는 사뭇 다른 느낌.

"음, 앞으로 넘을 산이 많겠어."

휴우. 한숨이 차오른다. 기분에 맞춰 겸연쩍은 표정도 지어보지만 역시 쉽지 않다.

"그래, 아직은 때가 아니니까."

나는 변할 것이다. 지독하게 엉겨 붙던 환영에게서 드디

어 벗어났으니 이제는 보다 평범한 삶으로 나아갈 수 있으
리라. 이토록 완벽하게 망령에서 벗어난 것이 처음이므로,
아직 확실하지 않아도 희망을 가져본다. 신기하다. 세상이
어쩌면 이리도 맑고 깨끗하게 보일까?

그 여인 또한 사랑스러운 아이들과 함께 건강해지겠지.
남편의 도움 따위 바라지 않고 살아가니 분명히 강하게 홀
로 일어날 것이다. 그렇게 서로의 생활을 영위하다가 마주
치는 교차점이 있기를 바란다. 아니, 진정한 운명이라면 꼭
그렇게 될 것이다. 그렇게 되지 않는다면 직접 그런 교차점
을 만들 것이다. 내가 그대 앞에 당당하게 나설 수 있는 때
가 온다면.

차미선.

"기다려줘요."

외면하고 있던 공부를 제대로 마칠 것이다. 한 번도 진지
하게 생각하지 않았던 부모님에게서의 독립도 이룰 것이
다. 누구 앞에서나 이상하지 않은 표정과 말투로 사람들과
대화할 것이다. 어떤 여성이라도 매력을 느낄 수 있는 멋진
남자가 되어 그대의 눈을 멀게 할 것이다. 그리고 당신이
받아들일 수 있도록 아주 천천히 자연스레 다가갈 것이다.
그러니 조금만 기다려. 기다려줘.

내가, 심지훈이 온전한 인간으로 거듭나는 순간까지.

그리 오래 걸리지는 않을 테니.

나는 먼저 심리학 공부를 마무리하기로 결심했다. 박사 과정을 밟다가 중도에 관두었기에 많은 사람들이 아쉬워 하고 있었다. 내 논문은 이미 학계에서 관심을 보이고 있는 상태였다.

"정말 환영하네. 그렇게 설득을 해도 관심조차 없더니 이 게 웬일인가."

담당 교수의 환대를 받으며 대학원으로 돌아갔다. 성격 까지 180도 바뀐 나 때문에 사람들의 수군거림이 잦아들 지 않았으나 상관없었다. 그러고는 전부터 생각해두었던 심리 상담 센터에 대한 기획안을 만들어 아버지께 제출했 다.

"이 사업의 장래성을 확신하느냐?"

딱 한 가지 질문을 던진 아버지였다. 나는 아버지 앞에서 당당하게 프레젠테이션을 했다. 눈길을 피하지도 않고 기 어들어가는 목소리를 낸 것도 아니었다. 아버지는 흔쾌히 투자를 해주셨다.

사람을 맞대하지 못하던 심지훈은 이미 없었다. 다른 이 의 말에 무심하게 듣는 둥 마는 둥 하던 태도도 바뀌었다. 언제나 상대의 이야기를 끝까지 듣고 진지하게 대답하는 버릇을 들였다. 시선까지도 그들을 끈질기게 응시했다. 이 를 오해한 뭇 여성들의 대시도 많았지만 그녀들 덕에 완곡 한 거절의 방법까지 배울 수 있었다.

"너무 무리하는 것 아니니?"

그런 내게 걱정의 말을 건넨 이는 단 한 사람, 새어머니였다. 오랜 시간 나를 지켜봤던 그녀만큼은 나의 엄청난 변화를 좋지 않게 받아들였다.

"어머니, 저는 괜찮아요."

그녀 차미선에게 다가가기 위해 나 자신을 다듬었다. 섬세한 조각을 세공하듯, 그렇게 나는 나이스가이 심지훈을 만들어갔다. 나를 진심으로 염려하는 어머니라 해도 나의 변화를 막을 수는 없었다. 조금만 더, 당신에게 다가갈 수 있을 만큼, 나를 확신할 수 있을 때까지.

"그러니까."

당신에게로 가는 길은 어쩌면 너무도 넓은 강 혹은 내게 있어 건널 수 없는 바다일지도 모르겠다. 하지만 나는 오늘 처음으로 그 바다에 자발적으로 발을 내딛고 깃털 없는 내 초라한 날개를 펼치기로 결심했다. 내가 그 얕은 수면을 밟고 걸어가 뼈대밖에 없는 날개로 창공을 향해 박차고 날아오를 수 있기를 기대해본다. 그러니까.

그러니까…….

그녀다.

한번에 알아볼 수 있었다. 반년 전에 비해 놀라울 정도로 많이 바뀌었으나 신기하게도 단박에 구별되었다. 상큼한 봄 향기가 날 것같이 살랑대는 원피스가 곱다. 은은한 화장으로 곱게 꾸민 여자는, 지독히 말랐던 몸에 이제 보기 좋을 정도의 가벼운 살집이 올라 있다. 곁에 친구처럼 보이는 체격이 큰 여성을 대동하고 나타나 다양한 표정을 구사하며 대화를 한다.

"차미선."

속삭이는 숨결처럼 나지막이 그 이름을 불러본다.

어머니 쇼핑 길에 운전기사로 따라왔다가 백화점 1층에서 그녀를 발견했다. 어머니께 잠시 양해를 구하고는 그 곁으로 살짝 다가가봤다. 자신들만의 세상에 빠진 두 여성은 근처의 내 존재를 전혀 눈치채지 못한다.

"이러다가 티메 트렌치코트 못 사면 네가 책임질래? 곧 위층도 다 오픈한단 말이야. 가서 줄 서야 한다고."

처음 들어보는 그녀의 또렷한 음성에 감동하는 것도 잠시. 티메 트렌치코트? 아, 어머니도 그 브랜드를 언급하시며 한정판을 꼭 사야 한다고 했던 것 같은데. 홀로 중얼거리며 다시금 그녀를 쳐다보았다. 여자들의 취향이란 다 비슷한 걸까?

"지훈아, 어서 와!"

엘리베이터 앞에 줄을 서신 어머니께서 다급히 호명하여 아쉬움을 접고 걸음을 옮겼다. 때마침 소란스럽게 울려 퍼지는 커다란 목소리.

"으아아! 미슨아! 미슨아! 계산대에 가방 두고 왔다!"

"미쳐! 빨랑 가져와!"

뭔가 허둥지둥하는 두 여자의 모습이 뇌리에 남지만 야속한 엘리베이터 문이 서서히 입을 다물기 시작했다. 닫히는 문틈으로 멀리 차미선이 낭패의 표정을 지으며 이쪽을 노려보고 있다.

"흠."

혹시 모르니 한 벌 더 사둘까? 그녀를 위해.

"저도 한정판 트렌치코트 주세요. 55사이즈."

나는 마지막 남은 옷을 들고 와서 계산을 마쳤다. 옆에서 의아해하며 쳐다보는 어머니께는 겸연쩍은 웃음만 지어 보였다. 따로 쇼핑백에 담아서 들고 전쟁터를 방불케 하는 매장에서 몇 걸음 벗어난다. 즐거운 상상에 나도 모르게 콧노래가 흘러나왔다.

'이걸 이제 어떻게 전해주나?'

고민에 빠져 화려한 대리석 계단 쪽으로 발길을 옮기던 내게 운명처럼 들려온 소리는 우당탕탕 넘어지는 누군가의 아픈 비명이었다.

어?

바닥에 쏟아져 널브러진 물건들을 허겁지겁 주워 담는 여성의 모습이 너무도 낯익다. 내 입가에 희미한 미소가 그려진다. 재빨리 달려가 그 가녀린 손을 잡아 일으켜주고 싶은 생각도 들었으나 아직은 시기상조였다.

"여기, 떨어뜨리신 것 같네요."

발치에 쓰러져 있는 종이 쇼핑백을 하나 주워 슬며시 내가 들고 있던 트렌치코트 쇼핑백과 함께 넘겨주었다. 수선스러운 차미선은 무조건 이를 받아 들면서 확인조차 하지 않는다. 그래도 한 번쯤은 쳐다봐주지 않을까 내심 기대하며 가만히 서 있었지만 끝까지 내 얼굴을 외면한다. 조금

서운했으나 어쩔 수 없었다. 후다닥 티메 매장으로 뛰어가는 그녀의 뒷모습을 눈길로 좇다가 어머니께서 기다리는 로비로 다시 발걸음을 옮겼다.

"곧 또 만나게 될 테니까."

벅찬 기쁨이 가슴부터 번져 나간다.

*

형이 느닷없이 결혼할 여자를 데려왔을 때 나는 별로 놀라지 않았다. 심다훈이라는 인간을 어느 정도 알고 있었으므로. 이미 한 번 마음에 품은 여성을 지워내지 못했을 것이라 짐작했다. 그에게는 선택의 여지가 없었으리라.

"들어와."

커다란 트렁크를 현관 안으로 들여놓고 다시 밖으로 나가더니 누군가의 손을 잡아끈다. 머뭇거리는 걸음으로 들어오는 여성의 실루엣이 익숙했다. 단발로 가지런히 내려오는 차분한 머리칼과 하얗고 작은 얼굴, 내가 기억하던 것보다 한층 성숙해진 모습의 정원이 민망해하는 표정을 지우지 못한 채 부모님께 고개를 숙여 인사했다.

"그간 안녕하셨어요."

가장 당황한 사람은 어머니었다. 아무런 말씀도 못 하고 나와 아버지의 눈치를 살폈다.

"저희 두 사람 결혼할 겁니다."

"다훈이 너 이러려고 미국에 갔었니?"

문정원은 내가 차미선을 만난 이후 더 이상 우리 집에 찾아오지 않았었다. 들려오는 소문으로는 캐나다로 유학을 갔다고 했다. 그 소식을 들은 형은 반년 전에 느닷없이 북미 여행을 떠났다. 둘이 함께 나타난 건 어떻게 보면은 당연한 일이었다.

"어머니, 저희가 결혼해서는 안 되는 이유라도 있나요?"

"그거야……."

말끝을 흐리는 어머니 너머로 나를 노려보는 형의 시선과 마주쳤다. 지독히도 서늘하면서도 악의에 찬 눈동자. 잠깐이나마 등줄기로 차가운 기운이 훑고 내려갔다. 사랑에 빠진 이들은 세상에 관대해진다고 들은 것도 같은데. 심다훈에게 있어서 나는 그럴 수 없는 존재인 모양이었다.

'어째서?'

떠올리고 싶지 않아도 과거의 기억이 조용히 수면 위로 부유한다. 저 증오와 경멸의 눈빛이 내가 아닌 다른 이에게 향했던 순간을 나는 완벽하게 기억하고 있었다. 그리고 그것은 한 사람의 죽음으로 귀결되었지. 열 살이었던 어린 소년은 그 죽음의 원인이 본인에게 있다는 사실을 깨달았을까? 알았던 것 같다. 때문에 모든 원인을 내게로 뒤집어씌우며 기억을 재구성했겠지.

그에게서 새로이 돋아난 페르소나는 어쩌면 경멸과 저주를 퍼부었던 악마 같은 어린 자신을 잊었을지 모른다. 소멸된 기억을 짓밟고 대신에 동생인 나 심지훈이 그날의 끔찍한 사건의 모든 원흉이라는 거짓 기억을 채워 넣었을지 모른다.

심리학에 대한 배움이 깊어지면서 형에 대한 이해도가 높아졌다. 물론 그렇다 해도 아직은 그와 나 사이에 놓인 깊고도 넓은 강을 건널 수는 없다.

그러나 언제까지 내가 이 모든 것을 감내할 수 있을까? 이러다가는 심다훈의 살기 어린 시선과 폭언이 작은 불씨가 되어 어느 날 갑자기 내 내면이 폭발할지 모를 일이다. 그것은 자칫 형의 자아를 붕괴할 수도 있다. 끔찍하지만 언젠가 미래에 그런 아픈 진실이 닥치리라는 사실에는 변함이 없다.

"정말 이게 무슨 일인지 모르겠구나."

고개를 젓는 어머니와 달리 아버지에게서는 관대한 건지 무심한 건지 알 수 없는 결혼 승낙이 떨어졌다. 그리고 아무렇지도 않게 시간이 흘렀다. 내 오랜 친구가 형수님이 되는 것. 나와 그다지 상관없는 일이었다. 당시 나는 어머니의 쇼핑에 따라나섰다가 백화점에서 그녀, 차미선의 모습을 좇는 일만이 즐거웠다. 집 안에서 자주 마주칠 수밖에 없는 예비 형수를 보면 그냥 웃어주었을 뿐이다.

"그동안 어떻게 지냈니?"

빙그레 웃기만 하는 나를 응시하는 정원의 얼굴에도 미소가 나타났다.

"지훈이 너 정말 좋아 보이는걸."

"응."

"그 사람하고는 잘돼가?"

"그럴 것 같아."

"뭐야, 나를 그렇게 힘들게 하고서 아직까지 별다른 진전이 없다는 말이야? 너 그런 식으로 지지하게 굴면 우리 관계를 재고해보는 수가 있다!"

농담을 건네는 그녀의 눈동자가 반짝 빛난다. 예전의 내감각으로는 상상할 수 없었을 테지만 지금은 알 수 있다. 그녀는, 문정원은 지금 사랑에 빠져 있다. 놀랍게도.

다만, 이전만큼 밝은 빛은 아니다. 아마도 그건 지난 시간동안 가졌던 마음고생의 흔적이겠지. 내 탓일 수도 있다는 생각에 가슴 한쪽이 묵직해진다. 그렇다고는 해도,

"너야말로 좋아 보이는데."

진심을 담아 말을 꺼냈더니 내 곁에 와서 앉는다.

"응, 아주 좋아. 모두 다훈 오빠 덕분이지."

그녀의 입을 통해 내 형의 이름을 듣는 건 독특한 경험이었다. 생각해보니 여태까지 그 누구도 심다훈을 이렇게 다정하게 불러주지 않았다. 어머니조차 내게 신경을 쓰느라

형에게 소홀했다.

"오빠가 밴쿠버로 찾아왔을 때 나 정말 최악이었거든."

그녀는 시선을 천장에 둔 채 담담하게 처음 캐나다에 가서 겪은 지독한 생활을 이야기했다.

기숙사 학교에 등록했지만 강의는 거의 듣지 않고 여러 나라에서 온 친구들과 흥청망청 놀러 다니기만 했고, 그러다가 질이 나쁜 아이들과 어울리게 된 모양이었다. 한국에서 모범적으로 살았던 그녀는 한순간 빗나감으로써 쉽게 망가져버렸다.

이름도 알아듣기 어려운 약을 접했고 도박과 약에 취해 학비며 생활비까지 모두 탕진했다고 한다. 머물 곳도, 집에 돌아갈 비행기 값도 없는 막막한 상황. 그런 와중에도 중독된 약을 구하려고 손을 덜덜 떨면서 헤매다가 결국 어둠의 세계로 빠졌다.

"나 때문에?"

정원이 가만히 고개를 저었다.

"한국을 떠난 이유 가운데는 너도 포함되지만, 거기서의 일들은 내 탓이지. 친구를 잘못 사귄 나 자신 때문이었어."

희미한 웃음에 아픔이 묻어났다.

"따져 보면 네가 나한테 무슨 잘못이 있니. 나 혼자 좋다고 따라다녔고 항상 귀찮게만 하다가 혼자 지쳐서 나가떨어진 건데. 물론 원망 안 한 것도 아니고, 너를 저주하고 미

위한 적도 있지만 잠깐이었어."

왠지 정원이 애써서 쿨한 척한다는 기분이 들었지만 나는 아무런 대꾸를 하지 않았다. 그녀는 잠깐 얕은 한숨을 내쉬더니 말을 이어갔다.

"하루하루 살아 있는 게 원망스러울 만큼 힘들었어. 정말 이제 죽는 길밖에 없겠구나 생각했는데, 그때 오빠가 나를 찾아냈지."

심다훈은 그녀에게 한 줄기 빛과 같았다. 문정원은 형의 품에서 안정을 찾았다. 형은 정원에게 놀라울 정도로 헌신적이었다.

"사실 헤어지기도 했었어."

정원은 형을 받아들이기에 자신이 너무 초라하다고 느껴 형의 프러포즈를 거절했다고 했다. 심다훈의 집요한 설득과 절규에도 정원은 냉정하게 이별을 선언했다. 학교로 돌아가 다시 강의를 신청하고, 모든 것을 잊으려 노력했다. 얼마간은 뜻한 대로 조용히 하루하루가 지나가는 듯했다. 하지만 둘의 인연은 쉽게 끝나지 않았다.

"시내에 나갈 일이 있어서 친구들과 바에 들렀거든."

정원은 우연히 다른 여성과 함께 있는 심다훈을 보게 되었다. 심다훈은 그 여성과 정열적으로 아주 진한 키스를 하고 있었다.

"나도 몰랐는데, 정말 미치겠더라고. 눈에서 불이 난다는 말이 어떤 건지 처음 알았어. 그때 정말 그렇더라? 미친년처럼 오빠한테 달려들어서 때리고, 울고…….”

회상에 잠긴 정원에게서 허탈한 웃음이 터져 나왔다.

“황당했지. 내가 그렇게 질투에 미치다니.”

그제야 정원의 눈동자가 내게로 돌아왔다.

“그때 깨달았어. 내가 오빠에게 느끼는 감정이 너한테 가졌던 감정과는 완전히 다르다는 걸. 내 첫사랑은 심지훈이고 언제나 너만 좋아할 거라고 단정 지으며 살았는데, 그게 다 착각이었다는 사실을 알게 된 거야.”

얼굴 가득 싱그러운 웃음을 품은 정원에게 나도 미소를 보였다. 다행스러운 일이었다. 시작이야 어찌 되었든 정원은 형을 진심으로 받아들인 모양이었다.

“내가 질투해야 하는 건 아니지?”

“어머, 너 이런 말도 할 줄 알아? 놀라운데!”

그 순간 형이 그 자리에 나타나지만 않았어도 우리는 순조롭게 대화를 마쳤을 것이다.

“여기서 뭐하고 있는 거야?”

갑자기 들려온 날카로운 질문에 정원과 나는 자리에서 어정쩡하게 일어섰다. 이글이글 타오르는 형의 눈동자가 나를 잡아먹기라도 할 듯 노려보고 있었다.

“오빠 그러지 마. 우리 그냥 지난 이야기 하던 중이었어.”

“우리?”

잘못된 단어 선정이 그의 심기를 더욱 긁어놓은 것 같았다. 정원은 형의 폭발할 것 같은 상태에 안절부절못하고 있었다. 나는 괜한 말대답으로 사태를 더 악화시키기 싫어서 조용히 물러났다. 하지만 형은 내 그런 태도도 마음에 들어하지 않았다.

"너!"

흘깃 돌아보니 내 머리를 향해 주먹이 날아온다. 하지만 어린 시절과는 다르다. 나는 탁 소리가 나게 그 주먹을 잡았다. 이제는 높이가 같은 형의 눈동자가 가까이에 있었다.

"오해는 금물이야. 난 그저 옛 친구의 이야기가 궁금했을 뿐이니까."

"그따위 관계는 빨리 청산하는 게 좋을 거야. 앞으로는 형수님으로 깍듯이 모셔. 알았어?"

나는 가벼운 한숨을 내뱉고 정원에게 목례만 보낸 뒤 그 자리에서 벗어났다.

결혼식을 하루 앞두고 내가 새로 준비하고 있던 심리 센터 건물로 정원이 찾아왔다.

"미안했어. 내가 괜히 너랑 이야기하고 싶어서."

연노랑 원피스에 민낯인 그녀는 청초한 매력을 발산하고 있었다. 완전한 사랑에 빠진 듯 미소마저 싱그럽다. 캐나다에서 그런 힘든 일을 겪고 나서도 여전히 너무도 맑고 순수한 정원이 문득 위태로워 보였다. 이런 사람이 그토록 기복이 심한 심다훈을 견뎌낼 수 있을까? 그 무서울 정도의 집착과 소유욕을 감당할 수 있을까?

"너 정말 괜찮겠어?"

여러 의미가 함축된 내 질문에 정원이 고개를 가만히 가로저었다.

"걱정하지 않아도 돼."

그녀는 부서질 것처럼 하얗게 웃었다.

"네가 뭘 염려하는지 알아. 허나 오빠에게는 내가 필요해. 내가 떠나면 오빠는 완전히 망가질 거야. 그래서 나는 그 사람 절대로 버릴 수 없어."

정원이 단호하고 선명한 눈빛으로 나를 응시했다.

"나는 내 눈을 믿어. 다들 어린 너한테 무심하고, 반응이 없다고 했지만 나는 지훈이 네 안에 있는 착한 본성을 알아차렸잖아. 그래서 더 끌렸겠지만."

"나를 좋아한 게 착각이었다면서?"

피식 웃는다.

"잘 모르겠어. 허나 어려서부터 보아온 지훈이 너한테 가진 감정은, 종교 같은 것이었을 거야. 너한테 어떤 특별한 관계를 바란 건 아니었던 것 같아. 그냥 너를 바라보고 같이 기뻐하면서 곁에 머무르고 싶었을 뿐."

정원은 자신이 내게 가졌던 감정은 연민이나 동경이었던

것 같다고 결론 내렸다.

"형은?"

"음…… 현실적인 사랑? 지금 내 안을 가득 채워준 사람이야. 그리고 무엇보다 심장이 두근거리면서 남자로 느껴져."

미소가 저렇게 예쁜 아이였구나. 새삼스러운 느낌이 나를 휘감는다. 그동안 나 역시 변했으므로 이런 모습을 알아챌 수 있게 된 것이다.

"결혼 축하해요, 형수님."

우리는 마주 보고 밝게 웃었다. 부디 암울한 미래 같은 건 다가오지 않기를 바라는 마음으로. 간절함을 담아.

결혼식은 순조롭게 진행되었다. 두 사람은 별다른 일 없이 잘사는 것 같았고, 나는 가끔 어머니를 따라 백화점에 가는 시간을 제외하고는 일에 매달렸다. 심리 센터가 예상보다 반응이 좋아서 나는 다른 생각을 하지 못할 만큼 바빠졌다. 그렇게 시간이 얼마간 흐른 뒤에 정원이 다시 센터로 나를 찾아왔다.

"형수님, 무슨 일…… 있어요?"

나는 미간을 찌푸렸다. 그토록 예쁘게 빛나던 아이가 변해 있었다. 지독히 아픈 눈을 하고 와서 술을 한잔 사달라고 부탁하는데 거절하기가 어려웠다.

"오빠는 나를 믿지 않아."

정원이 울고 있다. 두 손으로 얼굴을 가리고 하염없이 눈물을 흘리면서 구슬프게 흐느낀다.

"무슨 문제가 있는데? 왜 그래?"

갑자기 그녀가 실소했다.

"네가 어떻게 남의 문제에 이런 심각한 얼굴로 질문을 던져? 그 여자가 얼마나 대단한 영향을 주었기에 어쩜 이렇게 다양한 표정을 짓게 된 거지? 너 지금 아주 행복해 보이는 거 알아? 나한테는 한 번도 그런 행복한 얼굴 보인 적 없었잖아! 응?"

히스테릭하게 말을 뱉어낸 정원이 부들부들 떨리는 두 손을 감쥐며 불안정한 눈동자를 마구 좌우로 돌렸다.

"형수님."

정원의 앞에 놓인 술잔을 들어 입으로 가져가는 동안 술이 절반이나 쏟아질 정도로 손끝이 떨린다.

"지훈아, 나 벌을 받나 봐. 싫다는 너랑 사귄다고 애들한테 거짓말하고 다니면서 늘 너를 귀찮게 했잖아, 그치? 너는 나한테 아무 감정도 없었는데, 네가 다른 여자를 마음에 둔다고 내 멋대로 화내고 혼자 캐나다로 떠나놓고! 그치? 그래 놓고는 나 따라오지 않는다며 너를 원망하고 미워하고 저주하고……."

"그만."

격앙된 그녀를 진정시켜보려 손을 뻗었으나 정원이 뒤로

물러섰다.

"나는 지금 벌을 받고 있는 거야."

"문정원!"

"벌을 받는 거야. 그렇지 않고서야 어떻게 내게 이런 일이……."

"정원아, 진정해. 대체 무슨 일이야?"

그녀가 덜덜 떨리는 손으로 자신의 어깨를 감싸 안으면서 힘겹게 말을 토해낸다.

"오빠가 아이를 거부해."

어느새 그녀는 턱까지 파르르 떨고 있었다.

"아이만큼은 절대로 안 된대. 근데 그 이유가 나를 믿지 않아서라잖아. 캐나다에서는 이렇지 않았어. 한국에 온 게 잘못이었나?"

그녀는 이미 정신이 반쯤 나간 사람처럼 눈빛이 흐려져 있었다. 그녀의 두서없는 이야기가 계속되었다.

"처음에는 그런 태도를 이해했어. 친어머니나 자신, 또 도련님인 너까지 모두 정신적인 질환이 있으니까 아이에게 유전되는 게 두렵다고 했어. 누구라도 그런 생각할 수 있잖아. 게다가 나도 캐나다에서 좋지 않은 약에 손댔고. 아이에게 영향을 끼칠 수도 있겠지. 정말 그 이유뿐인 줄 알았어."

침을 꼴깍 삼킨 정원이 지나치게 흥분된 감정을 조절하

52

기 위해 눈을 감았으나 여전히 온몸을 사시나무처럼 떨고 있었다.

"그런데 병원의 검사 결과는 이상이 없었어. 정신 병력에 대한 상담도 해봤는데 상당히 희망적인 답변도 들었어. 오빠도 의사니까 그 의견이 신뢰할 만하다는 것도 알았을 거야."

허나 심다훈은 받아들이지 않았을 것이다. 안타깝게도 나는 형의 생각을 이해할 수 있었다. 나 역시 그러했으므로.

그런데 그런 이유만이 아닌 모양이니 대체 둘 사이에 무슨 일이 더 있을까? 믿지 않는다니? 무엇을?

"오빠한테 부탁했지. 당신을 닮은 아이를 낳고 싶다며 애원했어. 소용없더라. 표면적인 친절함을 가장한 완고한 사람이라는 건 이미 알았지만 그 정도로 차가운 돌벽 같을 줄이야. 게다가……."

정원이 천천히 치켜뜬 눈동자에 어둠이 내려앉아 있었다. 차마 꺼낼 수 없는 이야기를 시작하려는 듯 머뭇머뭇 망설임이 보였다. 정원이 괴로워하는 표정으로 다시금 술을 한 잔 입안에 털어 넣었다. 나는 그 행동을 말려야 하지 않을까 잠시 고민이 되었다. 그때 정원이 여태까지와 다르게 차분하고 조용한 목소리로 말했다.

"나를 의심하고 있어, 오빠가."

"의심?"

"내가 아직도 너를 사랑한다고."

이건 또 무슨 소리일까?

"그래서 내가! 너와 닮은 아이를 낳고 싶어 하는 거라고!"

뭐? 정원이 고함처럼 말을 내뱉은 뒤 참지 못하고 다시 엉엉 울음을 터뜨렸다. 나는 잠시 무슨 말을 꺼내야 할지 막막했다. 숨이 막히는 기분에 침을 삼키기조차 버겁다. 심다훈과 나? 그래 많이 닮았지. 얼굴도 키도 목소리까지. 우리 둘은 나이 차만 날 뿐 징그럽게 비슷하다. 그건 저주받은 피 때문이었다. 그녀, 우리의 친어머니를 그대로 닮았기에. 어쩌면 그 지독한 성품까지도.

나 역시 그러하리란 걸 안다. 많은 사람의 관심과 사랑 속에 살지만 실상 누구도 사랑하기 어려운 괴팍한 인간들. 그러다가 마음이 동하는 단 한 명에게만 꽂혀서 다가서는 외골수. 그것이 결과적으로 어떤 처절함을 내포하게 되더라도 멈출 수 없다. 집착이 심해 의심으로 얼룩지고 상대를 다치게 하고 결국에 스스로가 미쳐버린다 해도, 브레이크가 고장 난 트럭처럼 맹렬하게 돌진하고 마는 것이다.

"방법을 찾아보는 건 어떨까? 아무리 형이 그렇게 말한다 해도 진짜로 아이가 생기면 달라질 수도 있을 것 같은데."

훗날 나는 이렇게 생각 없이 조언한 내 입을 원망했다. 경솔하게 꺼내든 위로의 카드가 결과적으로 얼마나 거대한 부메랑으로 변해 덮쳐올지 예상 못 한 나를 한없이 탓했다. 더불어 나와 그토록 닮은 심다훈이라는 인간조차 제대로 파악하지 못한 내가 어떻게 심리 센터를 운영하느냐고 나 스스로를 맘껏 비웃었다.

나는 결국 자상하고 평범한 척하는 가면을 만들어 얼굴에 완전히 덮어쓴 바보였다. 주변 사람들과 TV 드라마, 책을 통해 배운 것들을 연기하는 졸렬한 연극배우일 뿐이었다.

그것이 바로 하늘을 날려고 시늉만 하는 거짓된 새, 심지훈의 정체였다.

*

"다 필요 없어!"

울부짖는 정원의 팔을 꽉 잡았으나 그녀가 온 힘을 다해 나를 뿌리친다. 억지로 정원의 어깨를 다시 부여잡고 얼굴을 들여다보지만 눈물범벅으로 응시하는 눈동자에는 영혼이 없어 보인다.

"진정해, 제발! 이러는 거 태아에게 아무 도움이 되지 않아!"

"태아? 아기? 이 애가 무슨 소용이야!"

"정원아!"

"필요 없다고 지워버리라잖아! 태어나도 쳐다보지 않는다잖아! 자기 아이라는데도!"

정원의 처절한 절규를 보고 있자니 떠올리기 싫은 아픈 과거가 겹쳐진다. 내가 태어나기도 전에 아버지에게 버림받은 내 친엄마라는 사람. 그녀 역시 이 여자처럼 임신한 몸으로 울부짖었을까? 사랑하는 남자에게 자신도 아이도 인정받지 못하는 기분으로?

'하지만 저 인간은 정원이를 사랑하잖아!'

이해할 수 없다. 아버지와 달리 심다훈은 자기 아내를 지독할 정도로 사랑하는 남자다. 그런데 왜 똑같이 잔인한 짓거리를 저지르는 거지? 어째서 아버지가 그 불행했던 여인에게 한 일을 그대로 답습하는가? 무엇이 그를 저리도 비상식적인 사나운 인간으로 만든 걸까? 도무지 내 머리로는 이해가 되지 않는다. 무엇이! 무엇 때문에!

'나?'

한 음절이 뇌리를 때리는 순간, 묵직한 둔기가 머리에 내리친 느낌이 들었다. 이 모든 사태가 예전에 나를 좋아했던 아내에 대한 분노 때문이라는 것인가? 단순히 그 과거 때문이라고? 어떻게 그럴 수가 있지?

"죽고 싶어……. 흐으윽."

분노와 비참함이 뒤섞인 그녀의 눈물 앞에서 나는 아무런 말도 꺼낼 수 없었다. 무엇으로 위로를 할 수 있을까? 그녀의 남편과 지독히 닮은 이 외모와 목소리로.

'나 또한 형과 같은 피가 흐르는 지독한 인간일 뿐인데.'

인정하기 싫은 사실 앞에서 현기증이 났다. 불현듯 나의 내면 역시 똑같을까 봐 온몸에 소름이 돋아난다. 언젠가 나도 그 여자, 차미선에게 미친 듯 집착해서 심다훈처럼 굴면 어쩌지?

그녀에게 존재하는 과거가, 전남편이라는 사람이, 결과적으로 나를 미치게 만들어 정신없이 험한 말을 쏟아내는 미래의 내 추한 모습이 선명하게 스쳐간다. 심장이 쿵 내려앉는다. 망상에 빠져 허우적대는 나는 온몸에서 힘이 썰물처럼 빠져나가 축 늘어졌다.

문득, 여태까지의 자신만만함이 사그라지며 차미선 앞에 다가설 용기가 없어졌다.

"그래서…… 앞으로 어떻게 할 건데? 그렇다고 그 아이를 지우겠다는 소리는 아니지?"

나는 혼란스러운 머리를 부여잡은 채 스스로도 답하지 못할 질문만 던진다. 지금 정원에게 이것이 얼마나 잔인한 말이 될지 알면서도 묻지 않을 수 없는 아픈 단어들. 그렇다 해도…… 아직 사람의 형태를 갖추지도 못한 배 속의 어린 것이 마치 과거의 가여운 내 모습 같아 잠자코 있을 수가 없다. 그악스럽게 인위적인 유산 이야기를 꺼낼 경우 그녀가 치유하기 어려운 상처를 받을지 모른다는 걸 알면서도.

"내가 그럴 수 있으리라고 생각해, 지훈아?"

나의 혼란을 모두 읽은 것처럼 어느새 그녀가 내게 희미한 미소를 짓고 있었다. 눈물은 멎어 있었지만 금방이라도 부서질 유리 인형처럼 정원이 가녀리고 위태로워 보였다. 그녀의 맑은 눈동자 너머 내면으로 조금씩 균열이 가는 것이 느껴졌다.

"너무 흥분했나 봐. 도련님 덕분에 좀 진정되었어. 고마워."

정원이 억지로 태연한 척하는 것을 알았으나 나는 대꾸 없이 응시하기만 했다. 정원은 앙상해 보이는 한 손을 들어 자신의 배 위에 얹으며 눈을 감았다.

"한참 울었더니 힘들거든. 따뜻한 차 한 잔 부탁해도 될까?"

"그래, 조금만 기다려."

그렇지 않아도 흥분한 상태를 진정시킬 수 있는 허브티를 머릿속으로 생각하던 중이었다. 얼른 자리에서 일어나 부엌으로 걸어가는데 뒤에서 그녀가 작게 내 이름을 불렀다.

"응?"

"항상 고마웠어. 그리고 미안해."

돌아본 곳에 나를 빤히 쳐다보는 정원이 있었다. 주변 사물들이 모두 사라진 채 오직 그녀만 선명하게 보였다. 그중 유독 도드라지는 건 깊고 진지한 그녀의 눈동자였다. 흔들리는 눈빛이었으나 반달처럼 휘어 보기 좋은 모양을 그리고 있는 그것. 정원은 내 기억 속 그 어느 때보다도 해사한 웃음을 보이는 중이었다.

"……."

왠지 어디선가 본 적이 있는 것 같은 불안정한 모습이다. 허나 뇌리에서 겹쳐지는 건 희미한 영상의 잔해일 뿐 정확하게 떠오르는 게 없었다. 어차피 내가 함께 있는데 조금 불안해 보인다 해서 별다른 일이 있으랴 싶어 빙긋 미소를 그려 화답하며 허브티를 준비하러 부엌으로 들어섰다. 캐모마일을 꺼냈다. 좀더 안정시킨 다음에 형에게 연락을 해야 할 듯싶었다. 심다훈하고 또 언성을 높이며 싸우게 되더라도 어쩔 수 없다.

'그런데, 저 표정 어디서……?'

이상하게 답답했다. 희미한 기억의 언저리를 뱅뱅 맴돌던 중, 어느 순간 찻주전자를 잡았던 손에서 힘이 쑥 빠지고 말았다.

땡그랑!

—언제나 미안했단다, 아가야.

마지막으로 엄마가 보여줬던 그 해맑은 미소와 음성. 제자리만 헤매던 기억의 파편이 한순간에 딱 끼워 맞춰진 것이다. 정원의 저 표정은 엄마가 죽기 직전 내게 보여준 그것이었다!

"설마!"

뜨거운 찻물이 발끝을 적시는 것도 깨닫지 못한 채 거실로 급하게 뛰어갔다. 없었다. 없어졌다. 닫히는 문소리에 나가는 것이 들킬까 봐 현관문까지 활짝 열어놓고 사라졌다.

"아, 이런."

그녀를 뒤따라 나가려던 나는 차 키가 없어졌다는 것을 깨달았다. 미간이 찌푸려진다. 도대체 어디를 가려는 것인가! 한없이 쇠약해진 그 몸과 마음으로 무엇을 하려고? 두근거리는 온몸의 맥박이 피부를 뚫고 튀어나올 것만 같았다. 자꾸만 뇌리를 메우는 불안한 상상에서 벗어나려 머리를 세차게 흔들어본다.

"제 차 못 나가게 막아주세요!"

비상구를 몇 계단씩 뛰어 내려가며 관리사무소에 전화를 걸어보았지만 이미 입구를 빠져나갔다는 이야기만 들었다. 마음이 다급해졌다. 정원이 뿜어내는 분위기로 위험을 충분히 감지했으면서도 안온하게 대처한 나 자신에게 너무나 화가 났다. 정말로 나는 이렇게 한 박자씩 늦을 수밖에 없는 걸까?

언제쯤에야 학습으로 익힌 대로가 아닌, 스스로의 느낌과 감성으로 행동하는 나를 발견할 수 있을까?

어쨌거나 지금은 그런 생각을 할 때가 아니었다. 손에 쥔 폰으로 걸고 싶지 않았던 번호를 눌렀다. 두 번의 신호음 뒤에 나른하고 낮은 음성이 들려왔다. 나는 다급한 어투로 입을 열었다.

"나야, 형! 지금 형수님이……."

*

고속화도로에서 난 정면충돌 사고는 역주행 중이던 차량의 운전석을 거의 초토화시켰다. 운전자에게 가늘게 붙어있던 숨결은 앰뷸런스가 응급실로 이동시키는 동안에 그 몸을 떠나버렸다. 그렇게 그녀는 27년이라는 짧은 생을 마감하며 자신의 복중에 있던 어린 생명과 함께 먼 나라로 떠나버렸다.

"이 자식! 정원이! 우리 정원이를!"

병원 영안실 앞에서 심다훈은 장인어른에게 멱살잡이까지 당했지만 아무런 대꾸가 없었다. 영혼이 빠져나간 사람처럼 먹먹한 눈빛을 하고 앞뒤로 흔들리기만 했다.

"사돈어른, 진정하십시오."

내가 나서서 말려보지만 소용없었다. 노인은 아내 없이 10년 넘게 키운 딸의 허무한 죽음을 받아들이기 힘들어했다. 거의 숨이 넘어갈 듯 헐떡대며 영안실이 떠나가라 고함을 질러댔다.

"내가 진정하게 생겼어? 그래! 지훈이 너라도 말해봐! 도대체 뭐가 어떻게 된 건지! 왜 그 녀석이 느닷없이 제 엄마 산소에 혼자 가다가 사고가 난 건지 말을 해! 이유가 있었을 거 아냐! 어젯밤에 내게 전화를 했었단 말이다! 애써 숨겼지만 목소리가 울고 있었다고!"

"아버지! 그만하세요, 아버지!"

정원의 남동생이 내 멱살까지 잡으며 흔들어대는 제 아버지를 말리자, 어른이 뒷목을 잡으며 뒤로 넘어간다.

"아이고 정원아! 정원아! 불쌍한 내 딸!"

나는 그들을 물끄러미 응시하다가 낮은 한숨을 깐 채 고개를 돌려 심다훈을 쳐다보았다. 장인어른의 힘에 밀려 바닥에 주저앉은 그대로 표정 없이 고요한 분위기였다. 이상한 일이었다. 눈물은 한 방울도 흘리지 않았으나 조각조각 부서져 내리는 그의 심장이 보이는 착각이 들었다. 마치 죽음 전에 정원의 눈동자에 나타났던 그 아픔과 똑같아 보였다.

"이러고 있을 때가 아니지."

갑자기 심다훈이 허공을 향해 중얼거리더니 일어선다.

나는 조금 놀라 그 옆으로 다가갔다.

"형?"

나를 쳐다보지도 않은 채 심다훈은 망설임 없이 영안실 문을 거칠게 밀고 들어간다. 그 안에는 신원 확인 차 눕혀 놓은 정원의 피투성이 시신이 아직 그대로 있었다.

"집에 가자. 여기는 당신이 있을 곳이 아니야."

누가 말리기도 전에 시신을 덮은 얇은 천을 걷어내고 정 원을 품에 와락 끌어안는다. 남자들 몇 명이 한발 늦게 달 려들었지만, 심다훈은 믿기 어려울 정도의 괴력으로 그들 을 떨쳐내며 죽은 자신의 아내를 번쩍 안아들고 영안실을 빠져나가려고 했다. 눈동자의 초점이 흐려져 있다. 그는 제 정신이 아니었다.

급기야 시신을 빼앗기지 않으려고 두 손을 엇갈려 자신 의 팔을 세게 감아쥐었고, 이를 뜯어내려는 사람들의 힘에 맞서다가 스스로의 손톱에 깊게 긁혀 살점이 떨어져 나갔 다. 이미 굳어버린 정원이의 검은 피가 아니라 방금 솟아 나온 선홍빛 피가 두 사람의 옷깃을 적셨다.

"심다훈!"

나까지 달려들어 형의 손을 꼭 잡았다.

"그만 보내줘, 형."

모처럼 내 목소리에 반응한 그의 시선이 내게로 돌아왔 다. 그러나 그 멍한 눈동자에는 영문을 모르겠다는 메시지만 새겨져 있다.

"다들 왜 이러는 거야. 누굴 어디로 보내? 정원이는 나와 함께 집으로 갈 거라고."

"정신 좀 차려!"

형이 흐흐흐흐 소리를 내며 웃기까지 한다. 그의 기괴한 행각에 사람들은 두려움과 더불어 측은함을 담아 이쪽을 응시했다.

"건방지게 어디서 함부로 떠드는 거야, 심지훈?"

차분해진 목소리가 내게 덤벼들었다.

"너 때문이잖아. 네가 죽도록 만들었잖아!"

"뭐라고?"

"너만 아니었어도 이런 일은 없었어."

어느새 또렷해진 새까만 눈동자가 나를 직시하고 있었다. 무서울 정도로 강렬해진 눈빛이 나를 노려보기 시작한다.

"너만 아니었어도 정원이가 계속 아이를 가지려 노력하지는 않았을 거야. 애초에 포기했을 테지!"

또 시작하는 내 핑계에 대꾸할 필요성을 못 느껴 입을 꾹 다물고 있자, 심다훈이 모두의 손길을 거부하며 스스로 정원이의 시신을 도로 눕히고 내게 다가온다.

"저기 누워야 할 사람은 넌데, 엉뚱하게 내 여자가 있잖아."

계속되는 악담에 내 어금니가 꽉 다물어졌다.

"웃기지 마. 그렇게 내 탓을 하면 마음이 좀 편해져? 그래?"

여태껏 한 번도 반박하지 않았다. 친엄마의 죽음에 어느 정도 책임감을 느끼고 있었으므로 형의 과한 언사를 항상 참아왔다. 하지만 이번만은 그냥 넘어가기 힘들었다. 20년간 한 번도 반항한 적 없는 내가 던진 음성에 그가 조금 놀랐다.

"지금 네가 나한테 감히 말대꾸를 한 거냐? 어?"

어깨를 확 떠미는 바람에 나는 반걸음 뒤로 물러났다. 형형하게 빛나는 심다훈의 눈동자에 입을 계속 다물고 있어야 하는지 망설여졌지만 가만히 당하기만 하는 것에도 한계가 있었다.

"할 말을 한 것뿐이야. 정원이가 왜 저렇게까지 되었는지 정말 몰라? 형이 자기 아내에게 무슨 짓을 했는지 진짜로 모르는 거야?"

"네가 남의 가정사에 왜 참견을 하지? 언제부터 인간 같지도 않던 심지훈 인형이 수다쟁이 참견꾼이 되셨어! 왜? 나한테 주고 나니 아깝디? 서로 로미오와 줄리엣이라도 된 양 애틋하게 바라보며 하루하루 보내자니 못 참겠어?"

저질스럽게 비아냥거리는 그 모진 입에 난생처음으로 주먹을 꽂았다. 뒤늦게 소식을 접하고 달려왔다가 이를 목격한 어머니가 비명을 지르며 우리 둘을 뜯어말렸다. 피를 뚝뚝 흘리는 입술을 짓씹은 채 나를 노려보는 심다훈 그 인간의 눈동자에 새파란 분노가 내려앉아 있었다.

"너 같은 놈이 마음에 들어 한다고 해서 연결해주는 게 아니었어. 심다훈 너 같은 새끼는 영원히 정원이 곁에 오지도 못하게 했어야 했어!"

"이 자식이!"

퍽! 정통으로 왼쪽 턱 아래를 맞은 탓에 잠깐 천장이 빙그르르 돌았다. 이가 흔들릴 정도로 아픔이 진했다. 미간을 구기며 얼굴을 부여잡는데, 내 이름을 부르는 어머니의 음성이 저 멀리서 아련하게 들려오는 것 같았다.

"그래, 넌 항상 이런 인간이었지."

주체할 수 없게 입 밖으로 말이 흘러나오기 시작했다. 태어나서 처음 느껴보는 강한 분노 때문에 더는 나 자신을 컨트롤할 수 없었다.

"형은 자기 잘못을 나한테 뒤집어씌우고 마음 편히 살아가는 악랄한 인간이니까!"

"뭐가 어쩌고 어째?"

"내가 간섭해서 정원이가 죽었다고? 내 차를 끌고 가서 사고가 난 거라고? 나만 아니었어도 이런 일이 없었다고? 왜 정원이가 울면서 나를 찾아왔는지 여기서 떠벌려줄까?"

"이!"

"넌 정말 치사한 인간이야! 어려서도 내가 엄마의 죽음을 목도했다고 했지? 여섯 살짜리 내가 자폐아인 척하면서 방관만 했으니까 내가 엄마 죽음에 대해 책임져야 한다고! 그 원인이 뭐였는지 정말 몰라서 그딴 소리를 해?"

다시 한 번 거칠게 날아오던 주먹이 공중에서 갑자기 멈췄다.

"심다훈, 너 정말로 내가, 아무것도 모른 채 여태 가만히 당하고 있었는지 알아?"

내 목소리는 이미 상당히 낮아지고 조용해져 있었으나, 형의 얼굴은 거센 파도라도 만난 듯 험하게 일그러지기 시작했다. 그리고 그 파도를 맞은 눈동자가 미친 듯이 동요하고 있었다.

"너…… 이……!"

심다훈이 말을 꺼내려다 말았다. 옆에 서 있던 어머니가 이 모든 상황을 지켜보다가 아픈 표정으로 고개를 천천히 가로저으신다. 내가 지금 한마디만 더 하면 형이 완전히 무너지리란 걸 알지만, 금세 뇌리로 찾아온 이성의 속삭임에 그만 입을 앙다물었다.

"뭘 안다는 거야?"

혼잣말하듯 중얼거리던 형이 다시 표정을 굳히며 시선을 올렸다.

"어디서 이 새끼가 허세를 부리고 있어! 더 말해봐! 어디 더 말해보란 말이야!"

발악하며 내게로 달려드는 심다훈을 주변 사람들이 억지로 잡아 앉힌다. 손발을 휘젓고 악다구니를 퍼붓는 그에게 결국 안정제가 투여되었다. 기운이 빠져서 가물거리는 눈빛으로도 끝까지 내게 욕을 퍼부어대던 형은 어느 순간 빨갛게 충혈된 눈을 눈꺼풀 뒤로 숨기며 까무룩 잠이 들었다.

그런 큰아들을 가만히 응시하던 어머니가 내게로 다가오더니 어깨를 살며시 잡으셨다.

"충분하니까 이제 그만하려무나."

대답 없이 맞대한 어머니의 눈동자에 염려의 기운이 가득했다. 하지만 이상하게도 이는 나를 향한 게 아닌 것 같았다.

"가장 힘든 사람은 다훈이야. 네가 이런 식으로 자극하면 형은 완전히 무너진단다. 이성적으로 네 말이 모두 옳다 해도, 해서는 안 되는 말도 있는 거야. 더 이상 오늘의 이야기들을 언급하는 일이 없었으면 싶구나."

묘한 기분이었다. 여태 짧다면 짧고 길다면 긴 그 세월 동안 언제나 내 편으로만 알았던 어머니가 처음으로 완전히 형의 어머니처럼 보였다. 이제껏 나를 완벽하게 이해해주는 걸로만 느꼈는데 갑자기 헷갈렸다. 순간, 어떤 깨달음이 내게로 무겁게 내려앉았다.

'나를 여전히 감정에 취약한 자폐아로만 보신다?'

그간 정상인이 되기 위해 노력해왔고, 그걸 옆에서 응원하며 가장 먼저 인정해준 사람이 어머니라고 믿었다. 그런데?

'아니었어.'

어머니는 여전히 마음속 깊이 나를 인정하지 않고 있다. 내가 웃고 화내고 슬퍼하는 모든 행위를 그저 학습해온 연기로 치부하시는 것이다.

나도 알고 있다. 지금 이 순간 가장 힘들고 가여운 이는 형, 심다훈이다. 하지만,

'하지만.'

그 못지않게 나 또한 상처받았음을 그 누구도 이해해주지 않고 있었다. 믿었던 어머니마저도.

'나는 나를 이해해주고 믿어줄 사람이 필요해.'

병원을 벗어나는 내내 이 한 문장이 뇌리에 머무르며 반복되었다. 머리가 터질 것 같고 가슴이 너무 아파왔다. 누구도 믿어주지 않는 현실 앞에서 답답함이 내 온몸을 지배했다.

'나를 완벽히 신뢰해주고 이 갑갑한 세상에서 구원해줄 사람은.'

거리를 무작정 걸어가는데 쇼윈도 안의 화려한 마네킹들만이 나를 향해 손짓하고 있다. 연상 작용으로 이런 장소들

을 즐겁게 누비는 누군가가 떠오른다.

"차미선."

입 밖으로 소리 내어 부르자 갑자기 가슴 가득 그리움이 넘실거린다.

"당신이 나를 구원해줄 수 있을까?"

눈을 감는다. 백화점의 화려한 파사드 너머 날씬한 몸매를 가진 여자가 그려진다. 그녀가 고개를 돌리더니 내가 아닌 다른 사람을 향해 화사하게 웃는다.

"내가 당신에게 다가가는 건 하늘로 날아오르는 것만큼 불가능한 일일지도 모르지."

등에서 아프게 돋아나는 가느다란 뼈대. 태어날 때부터 깃털이 없어 처량하게 퍼덕이는 볼썽사나운 날개다. 비상할 수 없는 새가 되어 땅바닥에 납작이 붙은 채 저 멀리 예쁜 구름만 응시하는 내 모습.

언젠가 저곳에 닿을 수 있을까? 자유로이 파닥이는 친구들을 흉내 내면 조금이라도 둥실 떠오를 수 있을까? 바닥으로 쏟아진 남들의 더러운 깃털들을 모두 모아 내 날개에 촘촘히 붙이면 나도 날 수 있을까?

"그래도 한 번쯤은."

단 한 번만이라도 날아볼 수 있다면. 그대 곁으로 다가갈 수 있다면. 그리 된다면 내가 절벽 끝에서라도 뛰어내려볼 수 있을 텐데.

구름 위에 발을 디딘 여자의 주변으로 찬란하게 내려앉은 빛이 눈부시다. 까르르 부서지는 그 웃음이 손끝에 잡힐 것도 같지만, 아직은 너무도 멀리 있는 형상. 내밀어본 내 손이 심히 초라해 다시 거두어들인다.

"기다리자."

조급하면 안 된다. 천천히 한 걸음씩 나아가자. 아직은 많이 부족하니까. 흉내 내기만이 아닌 진정한 감정이 가능해질 때까지. 누구에게나 인정받는 보통 사람이 되어. 정원이를 죽게 한 심다훈처럼 되지 않기 위해. 일그러진 반쪽 얼굴을 숨긴 채 나머지 반쪽의 멀쩡한 얼굴만 보여주는 위선자가 되지 않기 위해. 스스로를 치료하고 정신을 무장한다. 사람들을 향해 웃고 예의 바른 태도를 배워본다.

"안녕하세요, 심리학 박사 심지훈이라고 합니다."

이렇게…….

어느 날 문득, 내 사무실로 직접 찾아온 그대에게, 땅바닥에 발이 붙은 내가 천천히 자연스럽게 손을 내밀 수 있을 때까지. 내가 직접 하늘로 날아갈 수는 없다지만, 차분히 끈질기게 기다릴 수는 있는 거다.

산타클로스의 진실

사흘째다.

심지훈은 정말로 나타나지 않았다.

"후우."

넋 놓고 아침 설거지를 하고 있자니 옆에서 뜨거운 시선이 느껴진다.

"응?"

"이히히히히."

눈에 하트가 그려져 있는 은비다. 허헐. 아이들이 최고로 신이 나는 날, 크리스마스이브다 이거지?

"그렇게 좋니?"

"그러엄! 엄마, 내가 갖고 싶어 하는 거 잊지 않았지?"

어찌 잊으리. 한 달 전부터 심심하면 읊어대던 바비의 드림하우스를. 지난달 친구 민서네 집에 갔다 온 뒤로 은비는 열병에라도 걸린 것처럼 그 장난감과 사랑에 빠져 있다.

"왜 엄마한테 그래? 산타께 갖고 싶다며 소원을 빌어야지."

"으이구, 왜 이러셔요? 나 다 알거든!"

"뭘?"

"유치원에 오는 산타 할아버지는 체육 선생님이 수염 붙인 거야. 나 여섯 살 때 이미 다 알았어."

쩝, 순수함이란 찾아볼 수 없는 7세여. 그대 참 대단하다. 난 그래도 열 살 정도까지는 믿었던 것 같은데, 요즘 애들 다 이러나?

"근데 애들은 바보처럼 모르더라. 내가 오늘 가서 모두에게 알려줘야지. 산타 할아버지는 체육 선생님이라고."

"고은비, 부탁인데 다른 친구들의 꿈까지 망치지는 말아 줘."

"왜? 거짓말은 나쁜 거잖아."

눈을 또랑또랑 뜨고 쳐다보는 아이에게 이 하얀 거짓말을 어떻게 포장해야 할지 난감했다. 그렇지 않아도 나답지 않게 생각할 게 많아 편두통까지 오고 있거늘 꼭 너까지 이래야겠느냐.

"사실을 알려주는 건 맞는 말이지만, 어차피 다들 크면서 알게 될 거잖아. 생각해봐. 산타가 가짜라는 걸 알면 실망한다고."

내가 그 사람의 감정이 모두 가짜였을지도 모른다는 사실에 절망했던 것처럼. 산타의 정체를 폭로하려는 은비처럼 심지훈의 어머니도 내게 진실을 말해버렸다. 과연 옳은 행동이었을까? 아침에 크리스마스트리 밑에 놓인 선물을 들고 기뻐하는 아이에게 사실 이건 부모님이 사서 몰래 갖다놓은 거라고 말해주었을 때 그 아이의 행복은 일순간에 사그라질 수 있다. 아무리 그것이 진실이라 해도 아이를 위해서는 말해주면 안 되는 것이다.

나 또한 심지훈의 어린 시절을 모른 채 결혼까지 골인했으면 마냥 행복할 수 있었겠지. 하지만 손바닥으로 하늘을 막는 건 한계가 있다. 그가 혹시라도 완치되지 않았을 경우 결과적으로 나는 더 크고 아픈 진실에 짓눌렸을 수도 있다.

"하아, 모르겠다. 정말."

은비 친구들을 위해 준비한 작은 산타 모양의 막대 사탕 스무 개를 주섬주섬 종이봉투에 넣어 현관에 두고, 파티를 위해 드라이클리닝을 해둔 레드 드레스를 꺼낸다. 음, 이거. 전에 백화점에서 심지훈이 사 준 세트다. 내가 미쳐서 질렀던 것 가운데 이것 하나만 남았지.

"와아! 엄마 이거 너무 이뻐!"

"엄마아, 내 거는? 내 거!"

잠시 고민하는데 어느새 이것들이 달려들어서는 입는다고 난리가 났다. 아휴. 두 녀석 드레스 입혀주고 흰 뜨개망토와 머리띠 세트까지 풀 코디를 끝내놓으니 유 여사님까지 와서 너무 곱다며 칭찬에 칭찬을 아끼지 않으신다.

"정말 고급스럽구나. 저런 건 얼마나 하니?"

"선물 받은 거예요."

"누구? 심지훈 그 사람?"

"꺅! 이거 아빠가 사 준 거였어? 어쩐지 너무너무너무 예쁘더라!"

귀도 밝아. 유 여사님과 조곤조곤 나누는 대화를 거실 끝에서 알아듣고 달려오다니.

"아빠가 크리스마스에 같이 있으면 좋을걸."

은비가 시무룩하게 뱉더니 금세 웃음을 그리며 눈을 반짝 치뜬다.

"그럼 이제 다섯 밤만 자면 오는 건가? 내 선물도 사 오겠지?"

은비에게는 그가 급한 일로 해외에 일주일간 출장 갔다고 말해두었다. 아빠 보고 싶다면서 징징대는 것들 달래느라 뱉은 말인데, 결국에 어떻게 될지 몰라서 머리만 아파오고 있었다.

"버스 도착했겠다. 어서 내려가자."

구두코에 동그란 털이 박힌 레드 벨벳플랫까지 신고 신나서 달려 나가는 고은비. 걸음걸음 기운이 없는 나와는 참 대조적이다. 엘리베이터를 타고 내려가 아파트 입구를 나서면서 습관처럼 근처를 휘 둘러보았다. 당연한 말이지만 아무도 없다. 냉랭한 공기만이 맹렬하게 달려들었다. 선뜻한 어깨를 움츠리고, 비어 있는 얄궂은 회색 아스팔트를 노려본다. 눈물이 날 것 같은 이유는 이 차가운 공기가 내 눈동자를 아프게 때리기 때문이겠지,

"엄마, 사실 나 바비의 집이 산타에게 빈 소원 아니었어."

오늘따라 늦는 버스를 기다리며 은비가 추위에 발을 동동 구르다 말고 말을 건넸다. 응? 그럼 뭐였는데? 눈으로 묻자 배시시 웃는다.

"근데 그거 이미 이루어져서 소원 바꾼 거야."

"뭐기에?"

"아침마다 엄마가 화 안 내면서 밥 챙겨주고 이렇게 버스 탈 때 뛰지 않고 데려다주면 좋겠다고 빌었거든."

엥? 그게 소원이었다고? 새삼스레 한 달 전까지 내가 어땠는지 기억을 더듬었다. 아침밥? 거의 유 여사님이 챙겨주셨지. 은비 말대로 내가 준비하는 날은 '빨리빨리'라는 말을 입에 단 채 버럭버럭 언성을 높였던 것 같다. 옷 입는 걸로 싸우고 늦었다고 허둥지둥, 은비를 거의 들고 내려와서 버스에 던져 넣곤 했었지.

"흐, 엄마 좀 변했구나. 그렇지?"

"응."

아이가 힘주어 말하더니 눈을 예쁘게 휘면서 웃는다.

"그래서 너무 좋아."

*

유난히 추워진다 싶더니 하늘에서 솜털 같은 백색의 보석이 하나둘 날리기 시작했다. 화이트 크리스마스네. 아니, 정확히는 화이트 크리스마스이브겠지. 점차 굵어지는 눈발을 뚫고 험한 날씨 속에 출근하는데, 새하얀 거리가 캐럴과 연인들로 춤추고 있었다. 괜스레 마음이 더 허전한 건 아마도 내가 사랑에 빠진 상태임에도 현재 이별 중이기 때문이리라.

게다가 매장에는 그런 나를 더욱 염장 지르는 인간들이 있었으니.

"아니, 썅! 얼굴에 와 이래 김을 잔뜩 붙이고 온 기야."

놀랍게도 저 코맹맹이 소리의 주인은 박력 터지던 우리 매장의 오너 방연화 사장님이다.

"내가 원래 그렇지, 뭐. 이리 와봐, 예쁜 우리 화!"

둘이 커플로 루돌프 뿔 모양 머리띠를 하고 나타났을 때부터 기함했거늘 저건 또 무슨 소리들인가.

"김이 어디 붙어 있다고 그래?"

못 알아들은 내가 짜증을 내며 한 소리 하자 연화가 그 작은 눈을 동그랗게 뜬다.

"안 보이나? 우리 썽 얼굴에 붙은 잘생김이?"

"컥, 뭐라고?"

"짐도 잔뜩 들고 있잖아. 멋짐."

"크악!"

마시던 커피를 뿜을 뻔한 나는 콧등을 찡그리며 딱 소리 나게 찻잔을 내려놓고는 사무실로 가버렸다. 아아, 정말 얌전한 고양이 부뚜막에 먼저…… 이게 아니지, 늦게 배운 도둑질에 밤새는 줄 모른다더니, 아악! 몰라몰라!

"하아, 정말이지."

심지훈 이 인간, 그렇다고 정말 연락도 한 번 없고 코빼기도 안 보이니? 간사하게 이런 생각부터 드는 건 내 고약한 본마음이겠지. 일주일간 만나지 말자, 전화도 하지 말라, 내 입으로 모질게 내뱉어놓고 주말 내내 휴대폰을 손에서 놓지 못했다.

헤어진 뒤 그날 밤을 뜬눈으로 보내고 나서 일요일에는 그가 아파트 밖 주차장에 나타날까 베란다를 기웃기웃, 혹여 바로 집 앞에 서 있지는 않나 현관문을 몇 번이나 열어봤고, 이렇게 월요일을 맞아 출근해서도 좌불안석, 괜스레 매장에 나가 쇼윈도 밖을 살핀다.

아, 짜증 나. 이런 나 너무 싫은데 멈출 수가 없으니 또한 문제다. 문 열고 딸랑딸랑 들어서는 손님이 남자이기라도 하면 쌔끈남 심지훈으로 보이는 착시 현상까지!

"쯔쯔, 작작 좀 해라."

"뭐?"

태성이랑 같이 오지 않았는지 살펴본 뒤 퉁명스레 답하니 연화가 한쪽 눈썹을 올렸다가 내린다.

"니 진짜 몰라 묻나?"

괜스레 목 아래가 뜨끈해진다. 나도 알거든! 이러는 거 정말 웃기고 한심스레 보인다는 것.

—달아나지 않아요. 단지 시간을 달라는 것뿐이에요. 우리 만난 지 이제 겨우 2주밖에 되지 않은 거 알아요? 그동안 너무 정신없이 빠르게 달려왔어요. 솔직히 우리 결혼이나 앞날에 대해 진지하게 고민해본 적도 없죠. 내가 지훈 씨를 사랑하는 마음은 그대로예요. 하지만 내 아이들과 친정 엄마 입장을 생각하지 않을 수 없어요. 조금만 이해해주면 좋겠어요.

하하, 내가 이렇게 말했단 말이다.

그렇지만 미래에 대한 진지한 고민이고 개나발이고 하루 종일 그 인간 심지훈만 머릿속에 둥둥 떠다니니 어쩌라는 거야? 깨닫고 말았다. 오히려 마음속에 너른 간격을 두자 허전해지면서 그가 더 간절해진다는 사실을.

지금이라도 먼저 전화를 걸어 내가 잘못했다며 사과하고 싶다. 이제 당신 없이 못 사는 건 내 쪽이 더한 것 같다고. 그러니 우리 아무 일 없었던 것처럼 다시 만나자고.

누가 들으면 현명하지 못하다고 비난할 것이다. 그런 열정은 한순간이고, 시간이 지나면 아무렇지도 않게 살아갈 수 있다고. 그래 알아. 나도 이론은 빠삭해. 하지만 지금은 무슨 말로도 설득될 수 없는걸.

사실 지금 나는 숨 쉬기도 힘들 만큼 괴롭거든. 평생 열정 따위 느껴본 적 없는 루저들의 잔소리 따위 듣고 싶지 않다니까. 나 정말이지…….

심지훈.

당신이 너무 보고 싶어.

"미슨아."

어느새 책상에 이마를 콩콩 박던 나는 연화의 걸걸한 호명에 하던 짓을 멈춘 채 한숨을 길게 내쉬었다.

"나 좀 잠깐만 내버려둬. 금방 다시 일할 거야."

"미슨아. 야."

"아, 알았다니까!"

가벼운 짜증과 함께 고개를 번쩍 쳐드니 매장 쪽 문을 빠끔히 연 뚱땡이 연화가 얼굴을 디민 채 두꺼운 턱으로 슬쩍 고갯짓을 한다. 엥? 뭐? 몸을 일으켜 타박타박 걸어갔다.

설마 하는 마음이 들었는데, 연화의 표정으로 미루어 내 두근거림이 잘못된 게 아니었다. 매장 안으로 발걸음을 들이고 의도적으로 바닥에 깔았던 시선을 옮겨 쇼윈도 너머로 초점을 맞춘다.

아.

그다. 언제나처럼 기름한 몸에 통한 길이감의 코트가 썩잘 어울리는 모델 같은 남자가 눈발이 날리는 공간에 그림처럼 서 있다. 그새 많이 굵어진 눈송이가 하늘에서 쏟아지고 있었다. 자칫 길 건너의 심지훈이 보이지 않게 될까 봐 순간적으로 걱정이 될 정도로.

"뭐하노? 어서 가봐라."

"싫어."

날카롭게 내뱉고 성큼 돌아서니 연화가 내 팔을 꽉 잡아당긴다. 몸이 잠깐 기우뚱할 정도였다.

"아파! 아유, 무슨 힘이 이렇게 세!"

"맘에 없는 짓거리 그만하고 가봐라. 그래 기다려놓고 이 무슨 짓이고?"

"누가 누굴 기다렸다는 거야? 난 오지 말라고 했다니까. 저기 저러고 눈사람이 되든 말든 나랑은 상관없어."

"맨발로 달려 나가도 시원찮게 보이누만. 흰소리 그만하고 퍼뜩 가봐라."

"이거 놓으라니까. 너 왜 이래?"

크리스마스이브를 맞이해 알콩달콩 옷을 고르러 들어왔

던 통실 커플이 놀라서 이쪽을 쳐다본다.

우이씨, 창피하다만 이 억센 손아귀에서 벗어날 수 없으니 자세가 엉거주춤할 수밖에 없다. 팔을 빼내려 해봐도 당최 꼼짝도 못하겠다. 도대체 방연화 너는 뭘 먹고 이렇게 힘이 센 거니? 나한테 비법 좀 전수해주라.

"내가 일전에 말했잖아. 가서 기냥 자빠지라고."

"…… 뭐?"

어제 전화로 연화에게 지금 우리 두 사람의 상태를 완전히는 아니지만 대충 말해주었다. 따라서 연화는 지금 내가 왜 이러는지 잘 안다는 이야기다. 한데 느닷없이 나와 심지훈 관계에 이런 식으로 개입하려 하다니. 평소 연화는 이렇게 오지랖 넓은 성격이 아니거늘.

하긴 지금 방연화는 폴링 인 러브 상태라는 건가? 예전과 달리 그녀는 변한 게 아주 많다. 어젯밤에 내가 통곡을 안주 삼아 술을 마시며 이 남자의 기구한 사연을 읊어댔을 때에도 한마디 대꾸 없이 들어주기만 했지.

"니랑 저노마랑 서로 좋으면 되는 거 아닌가? 뭐가 그래 복잡한데?"

"어제 이야기했잖아. 저 사람 어릴 적에……."

"그게 뭐?"

불퉁스레 받아치는 어투.

"옆에서 보면 겁나 웃긴 사랑싸움인 거 아나, 니?"

"야, 단순한 사랑싸움 아니거든?"

"아니긴 뭐가 아니겠노? 토요일에 그런 분위기로 나가서 내가 걱정 많이 했다. 한데 어제 전화로 주정하는 꼬라지가 딱 투정 부리는 연애 초보더라. 그렇게 보고 싶어 죽겠는데 뭘 헤어지고 자시고 웃기고 자빠졌나!"

헉? 얘 왜 또 언성이 높아지는데?

"오늘도 하루 죙일 안절부절못하고, 밖만 쳐다보고, 일도 못 하고. 그런 주제에 기껏 기다리던 사람 오니까 싫다고? 장난하나, 어?"

"제발 좀 손님들 앞에서 언성 높이지 말고!"

"뭐라 카노? 지나가던 개가 웃겠다! 여 손님들에게 물어볼까? 남친이 과거에 쪼까 아팠다고, 부모 이혼으로 마음에 상처 있다고 내다 버릴라 칸다는 니가 월매나 기가 막힌지? 꼴같잖은 걸로 고민이랍시고 땅 파대는 니 너무 웃긴다 앙카나!"

"방연화! 남 이야기라고 너무 막 하는 거 아니야? 어?"

"니는 월매나 고고하고 순결하셔서 그따우 소리 하나? 시댁하고 불화로 미쳐서 이혼당하고 혹도 둘이나 있는 게!"

"뭐야?"

"시끄러우니 빨랑 나가라!"

"지금 누가 누구보고 시끄럽다는…… 악!"

나는 커다란 손으로 마구 등을 떠밀려 결국 문밖으로 쫓겨났다. 뭐야, 저 지지배! 이렇게 내쫓을 거면 옷이라도 주든가! 눈보라 속에 덜덜 떨면서 인상을 찡그리다가 도로 문을 열고 안으로 들어가려 손을 내뻗는 찰나, 뒤에서 커다란 옷이 머리까지 덮였다.

살포시 찬바람을 막아주는 그 따스한 코트 안에서 익숙한 향이 느껴진다. 왠지 머릿속이 아찔하다.

"감기 들어요."

듣고 싶지 않았던 목소리가 울려왔다. 으윽, 바로 무너질 것만 같고 눈가가 뜨거워진다. 내가 이래서 이 남자 안 만나려고 한 건데. 연화, 이 바보 같으니라고.

하긴 내가 심지훈을 피해 다니면서 계속 생각한다고 결론이 달라지긴 할까? 왜 시간만 죽이고 있는 걸까?

문득 회의감이 든다. 어차피 마음속에서 이미 결정이 나 있었다. 괜히 그때 폼만 잡았지 결과적으로 내가 이 남자를 얼마나 사랑하는지 깨닫는 계기만 되었다고. 나? 못 헤어져!

"돌아보지도 않아요?"

부드럽게 감기는 목소리에 숨이 막힐 것만 같다. 어쩌지? 그냥 좀 허무하지만 배시시 웃으며 쳐다봐줄까? 의외로 차미선 백치미 있네? 이러고 웃어버릴지도 모르잖아. 심각하게 똥폼 잡고 일주일 시간을 달라고 한 건 좀 무안하지만 이쯤에서 당신을 사랑하니까 절대 포기 못 한다고 고백하며 마무리하고 안겨버릴까? 그래, 그럴까?

"!"

그런데…… 몸을 돌리고 마주친 그의 새까만 눈동자 앞에서 말문이 막혔다. 항상 보던 그 자상한 눈빛이 아니다. 차분하게 가라앉은 그것은 무표정한 얼굴에 박힌 하나의 장식품 같았다. 설명하기 어렵지만 그가 갑자기 낯설었다. 새하얀 눈보라가 그의 짧은 머리칼에 모두 달라붙어 있으나 오히려 그 눈꽃보다 이 남자가 더 차가워 보인다. 문득 어깨가 조금 더 선뜻해진다.

"저도 제법 긴 시간 동안 생각해봤어요."

남자의 입가에 희미한 미소가 걸린다.

"미선 씨를 위해 그냥 우리는 헤어지는 게 좋겠다는 결론을 내렸죠."

"예?"

그의 느닷없는 폭탄 발언에 되묻는 내 음성이 찢어진다. 이게 무슨? 아냐아냐! 지금 무슨 소리 하니? 난 생각해보니까 아니더라고. 무슨 고난과 역경을 맞는다 해도 당신 못 놓겠더라고! 하지만 말을 뱉어내지 못한 채 붕어처럼 뻐끔거리는 내게 심지훈의 날카로운 말이 먼저 쏟아진다.

"미선 씨는 저를 믿지 못하잖아요. 서로 간의 신뢰는 결혼에 있어 가장 큰 조건이니까."

무슨 귀신 씻나락 까먹는 소리를 하는 거야?

"내, 내가 언제 지훈 씨를 못 믿었다고 그래요?"

속으로의 외침과 달리 목소리가 가늘어진다. 차가운 눈발 아래 얼어붙은 입술이 잘 움직이지도 않는다.

"내가 정원이와 아무런 감정 없다고 말한 것보다는 형이 형수의 첫사랑이 나였다는 말을 더 믿는 거라든가."

뭐야……. 뒤끝 있네, 이 남자? 그거 사과했잖아!

"난 분명히 감정적인 장애 부분이 사라졌다고 설명했는데, 우리 어머니 말씀만으로 모든 걸 보류한 지금의 행동이라든가."

아아, 알겠다.

왜 이런 식으로 말하는 것인지.

"지훈 씨, 화난 거예요?"

조심스레 질문을 던지니 그의 눈빛에 금세 슬픔이 내려앉는다. 이런, 뭐지? 나 때문에 이렇게까지 아팠던 거야?

"지훈 씨?"

"제주도에서…… 은비의 전화를 받았을 때, 학회도 세미나도 갑자기 뇌리에서 사라졌죠. 서울까지 돌아오는 동안에 난 내 심장이 터져버리는 줄 알았어요. 정신이 하나도 없고 미쳐버릴 것 같았죠."

내가 욕조에서 잠들었던 날의 이야기를 하고 있다. 아마 그의 친어머니도 욕조에서 돌아가셨다고 했지? 그래서 그렇게 헐레벌떡 달려왔던 거구나. 새삼스러운 깨달음이 머 릿속에 차오른다. 동시에 측은지심도 가볍게 들고 있다.

"그렇게 미칠 것 같은 심정도 학습으로 터득한 거라 생각 해요?"

"…… 아뇨."

"그럼, 지금 이렇게 내가 화내고 있는 건요?"

나를 직시한다. 호소력 짙은 그 눈망울 앞에서 나는 잠시 할 말을 잊었다. 어정쩡하게 그의 앞에서 작아지는 내게로 그가 손을 내민다. 내 작은 손을 꼭 잡아끄는 남자의 길쭉한 손가락이 정말 차갑다. 이런, 감기 드는 건 내가 아니라 이 사람이 아닐까?

약간 걱정스러운 마음으로 그를 멀뚱멀뚱 응시하는데 어느새 내 손바닥이 그의 가슴에 닿아 있다. 쿵…… 쿵……. 희한하다. 찻길 옆 소란스러움이 묻어나는 장소이거늘 심지훈의 맥박이 고스란히 느껴진다.

"당신 앞에 섰을 때 이토록 격하게 뛰는 심장박동은."

그의 입가로 가벼운 한숨이 뽀얗게 번진다.

"…… 내가 연기한다고 되는 게 아니에요."

"지훈 씨. 미안해요, 나는……!"

할 말이 없었다. 그의 어머니에게서 어린 지훈의 아픈 증세를 듣고 난 이후 정말로 나는 이 남자의 일거수일투족을 의심하며 쳐다봤다. 심지훈이 자기 어머니가 잘못 아신 거라고 내게 강하게 피력했음에도 귀담아듣지 않았다. 그래, 내 경솔한 행동은 사실 그에게 상당히 큰 상처를 줄 수도 있는 것이었다.

"앞으로도 나를 믿지 못하는 미선 씨를 지켜보면서 나 또한 서서히 변해갈지도 몰라요."

그가 가만히 내 손을 내려놓자 내 심장도 손과 함께 바닥으로 떨어지는 기분이 든다. 불안하다. 무슨 말을 하고 싶은 걸까? 침을 꼴깍 삼키며 그를 올려다본다. 잠깐 눈을 감았다가 뜨는 이 아름다운 남자가 새삼 처연하게 보인다.

"그러다가 언젠가 형처럼 잔인해질지도 몰라."

무슨 뜻일까? 잦아드는 눈발처럼 그의 듣기 좋은 음성도 사그라진다. 어쩌면 내게 하는 말이 아닌 혼잣말이었을지도 모를 이야기였다.

"그래서."

그가 다시 나를 똑바로 내려다본다.

"놓아주려고요."

다시금 희미한 미소가 그려진 얼굴이 창백하게 빛난다는 착각까지 든다. 놓아주다니? 정신없이 그의 얼굴을 쳐다보느라 잠시 나는 내 귀로 들어온 말조차 해석하지 못하고 있었다.

"지훈 씨, 그게 무슨 소리예요?"

"그만 갈게요."

아니, 이런 게 아니야. 왠지 영원한 작별을 고하는 것 같은 그의 애잔한 목소리에 나는 손을 뻗어 그 옷자락을 움켜쥐었다.

"내 이야기도 들어요. 어디를 간다는 거예요?"

왜 이 사람이 흐릿하게 보이지? 이상하게 눈물이 앞을 가린다. 여자의 직감이 어떤 위험을 감지한다. 이대로 보내선 안 된다고 마음속의 비명이 몸속에 쩌렁쩌렁 울려 퍼진다.

"그간 미선 씨 덕분에 많이 행복했어요. 그래서 항상 고마웠고요."

"왜 그런 식으로 말해요? 대체 무슨 짓을 하려고?"

웃는다. 그게 또 내 감성을 건드려 결국 눈물이 주르르 흐르고 만다. 안 돼. 이대로 가지 마. 목이 메어 나오지 못하는 말을 이미 다 알아들은 그의 푸근한 얼굴이 가까이 다가와 있다. 살포시 내 이마에 입술을 묻은 남자가 몸을 돌려 걸어가기 시작한다.

못 가! 이대로 이렇게 헤어지는 건 말도 안 된다고! 속으로 소리를 지르며 달려가던 나는 그만 바닥에 미끄러지면서 꽝 소리와 함께 넘어지고 말았다. 눈물 나게 아프지만 그렇다고 엄살만 떨고 있을 수는 없다. 재빨리 고개를 드니 벌써 길을 건너간 그가 시동을 끄지 않은 자기 차에 오르고 있다.

"지훈 씨! 잠깐만! 야! 심지훈!"

부르릉.

이럴 수가! 떠나버렸다. 내 남자가 이별을 통보하고 가버렸다. 미친 듯 전화기를 눌러봤으나 꺼져 있다. 택시라도 잡아타고 싶어 다급하게 둘러봐도 화이트 크리스마스이브의 거리에서 빈 택시란 무리였다.

"어떡해……?"

여태 나는 내가 모든 권한을 쥐고 있다고 생각했다. 헤어지는 것은 내 마음이고 다시 만나는 것도 내가 정한다고. 그런데 그건 착각이었다. 애초에 먼저 다가온 게 심지훈이었으니 떠날 수 있는 것도 저 남자였던 것이다. 그래, 나는 그냥 제자리에 있었다. 언제나 움직이는 건 그였다. 그리고 이제 그런 이가 내게서 스스로 멀어졌다.

진실을 알게 된 아이에게 더 이상 가슴 떨리는 산타클로스가 찾아오지 않는 것처럼.

난 그런 사실조차 제대로 몰랐던 바보였다.

그리고 몇 시간 뒤…….

사고 소식이 들려왔다.

"지훈아, 이거 좀 봐봐."

어머니께서 5×7사이즈의 사진을 하나 내놓으셨다. 별생각 없이 눈길만 주었다가 거두려는 순간, 잠시나마 표정 관리를 못 하고 나머지 얼굴 근육이 굳고 말았다. 다행히도 어머니는 이런 나의 변화를 눈치채지 못한 듯싶었다.

"인상 괜찮지? 이혼한 지 3년 되었다는데, 전남편은 이미 재혼했다니 큰 문제는 없을 것 같아."

어떻게 이런 일이 있는 걸까? 기가 막혀 심장이 딱딱해지는 느낌이 들었다. 지난 3년 동안 바로 저 사진 속 여자, 차미선 앞에 당당해지기 위해 얼마나 애써왔는데.

감정적인 장애를 극복하기 위해 노력했고, 부모님의 그

늘에서 벗어나기 위해 번듯한 직장을 만들어 독립했다. 이성에게 어필한다며 관련 서적을 매주 서너 권씩 읽고, 처음에는 남녀 간의 관계나 감정들이 전혀 이해되지 않던 드라마를 열심히 챙겨보며 많은 걸 습득했다.

그런데…… 그녀가, 다른 사람도 아닌 내 형의 맞선 상대로 나타나다니! 이 무슨 얄궂은 신의 장난이란 말인가?

"딸도 둘 있다더라. 다훈이가 제 아이는 낳기 싫어하니 이렇게라도……."

"그만하세요!"

나도 모르게 버럭 화난 음성이 튀어나왔다. 내게서 이런 반응이 나오리라고는 전혀 예상치 못한 어머니는 놀란 눈빛으로 입을 다문 채 멀거니 나를 응시했다. 나 역시 적잖게 당황했다. 어떤 식으로 말씀을 드려야 할지 혼란스러웠기 때문이다. 일단은 적당한 사유를 찾아 어머니를 설득하기로 마음먹었다.

"심다훈…… 아니, 형에게는 정원이밖에 없는 것 아직 모르시겠어요? 게다가 아이들이라뇨? 자기 자식도 사랑할 줄 모르는 형이 다른 사람의 아이에게 정을 줄 수 있다고 생각하시는 거예요? 진심이세요?"

"지훈아, 시도도 해보기 전에 그만두자는 거니? 부모 입장에서는 다훈이가 저대로 평생 혼자 살게 할 수는 없어."

"정말로 모르시겠어요? 형은 절대 원하지 않아요."

내 흥분된 어투에도 어머니는 크게 고개를 저어 응수할 뿐이었다. 마음이 다급해졌다.

"선보고 결혼하라고 하면 할지도 몰라요. 형은 어차피 아무 감정이 생기지 않을 테니까 상관없어하겠죠. 하지만 그로 인해 상대방이 어떻게 희생될지는 생각 안 하세요?"

잠깐 호흡을 정리하면서 어금니를 꽉 다물었다. 이런 식으로까지 말하고 싶지는 않았으나 이 초유의 사태 앞에서 나는 물불 가릴 처지가 아니었다.

"형은 감정 없이 기계적으로 남편 노릇만 할 텐데, 그 상대가 어떻게 될지 잘 아시잖아요."

내가 다음에 할 말을 예상한 어머니의 얼굴이 순간적으로 하얗게 질린다.

"의무감으로 결혼한 남편의 냉대에 아내가 어떻게 망가지는지는 돌아가신 내 친어머니만 봐도 알 수 있으니까요."

일부러 아킬레스건이나 마찬가지인 사건을 들먹였다. 나 스스로도 내가 이렇게 냉정하고 잔인해질 수 있다는 사실 앞에서 약간 당황스러웠다. 하지만 이 이야기를 꺼내고 보니 처음에 심다훈의 맞선 이야기를 할 때보다 마음이 가라앉고 차분해졌다.

"지, 지훈아. 어쩜 그런 말을……?"

확실히 이 방법은 효과가 있었다. 평소 금기시되어 입 밖에 내지 않던 이야기가 거론되자, 항상 활기가 넘쳐 생글생글하던 중년 여성의 얼굴이 죽은 이처럼 창백한 낯빛으로 변했다.

"아무리 어머니 잘못이 아니라고 해도 늘 죄책감 느끼고 살아가시는 것 알아요."

그래, 죄책감을 느껴야만 하겠지. 당신은 내 아버지의 첫사랑이었으니까. 그리고 당신을 잊지 못한 아버지가 내 친어머니를 아이 낳는 기계로만 취급했고, 결국 내 친어머니는 사랑에 목말라하며 미쳐서 죽었으니까.

"형이 스스로 찾아서 데려오는 상대가 아니라면 생각도 하지 마세요. 다른 여성에게서 또다시 친어머니의 모습을 보고 싶지는 않으니까요."

표현하지 않았을 뿐이지 나나 심다훈이 완벽하게 마음으로 당신을 어머니로 받아들이지 못하는 건 그런 이유다. 표면상으로 새어머니가 아닌 아버지만을 미워하는 행위는, 어느 정도 우리 형제의 암묵적인 약속이었다. 사실 엄마를 죽게 한 건 아버지일지 몰라도 그 원인은 이 여성이었거늘. 그럼에도 새어머니를 미워하지 않은 건 심다훈과 심지훈이 멀쩡한 척 살아가기 위한 방편이었다. 어쩌면 그로 인해 속이 문드러졌을지 몰라도.

결과적으로 우리 네 사람은 가족이라는 단어로만 묶여 있을 뿐 언제 깨질지 모를 틀 안에서 어설픈 연기를 지속해온 것이다. 과연 이렇게 마음이 닿지 않는 관계를 진정한 가족이라고 정의 내릴 수 있을까?

"제 의견을 무시한 채 이 맞선 진행시키면 가만있지 않을 겁니다."

한데 그런 유령 같은 삶을 그 여자에게 시키겠다고? 내가 내버려둘 수 없어. 오랜 세월 지켜보고만 있으면서 내가 다 가서기 전에 그 여자가 다른 남자에게 가버릴 수 있다고 생각했다. 그래도 어쩔 수 없다고 생각했다. 하지만 심다훈, 내 형만은 절대로 안 된다.

그렇기 때문에 이제는 나서볼까 싶다. 그 여자 차미선에게로 한 걸음. 어렵사리 내딛었다고는 해도 시작한다면 절대 멈출 수 없는 그곳을 향해.

이제 넓은 바다를 건너 하늘로 날아오를 시간이 되었다.

*

수없이 생각해왔던 순간이다. 머릿속으로 연상하고 거울을 보며 연습도 해봤다. 어둡지 않은 표정이지만 그렇다고 너무 경박해 보일 정도로 밝지는 않게, 목소리는 조금 낮은 톤으로, 손동작은 느긋하게, 적당한 거리감과 차분한 눈길.

"안녕하세요, 심리학 박사 심지훈이라고 합니다."

경쾌하게 묶어 올린 포니테일 헤어스타일과 짧은 볼레로

형 퍼재킷, 귀여운 디자인의 벌룬원피스로 큐티하게 꾸민 차미선이 내 앞에 서 있다. 그녀는 모르겠지만 몰래 그 뒤를 따라 자주 의류 매장에 다녀서인지 지금 그녀를 감싸고 있는 옷들의 브랜드 네임까지 모두 알 것 같다.

속웃음이 희미하게 번져 나오려 한다. 어쨌거나 가슴 떨리는 첫번째 정식 대면이다. 그리고 드디어, 그녀의 입술이 열려 말이 시작된다.

"아, 네에. 안녕하세요, 선생님."

아직은 아무것도 모르는 당신의 순진한 눈망울이 그저 사랑스럽다.

"차미선 씨 맞으시죠?"

무심한 말투로 한번 응대해보고.

"예, 맞아요."

"이쪽으로 앉으세요."

침착한 손짓으로 자리를 안내하는 내 팔이 가볍게 떨리는 걸 들키지 않으려 노력한다. 평소 관심 없는 명품으로만 빼입고 온 것도 사실 그녀 눈높이에 맞추기 위함이다. 아니나 다를까. 내 패션과 구석의 가방, 구두를 살피는 눈길에 빛이 어려 보인다. 무슨 생각을 품고 있는지 모두 읽히는 이 여자가, 자신이 내 인생에서 얼마나 큰 역할을 했는지 알게 될 날이 오려나.

언젠가 내 입으로 세세하게 설명해줄 때가 가까우면 좋

으련만.

사실 이 드라마틱한 순간을 위해 나는 형의 맞선을 주선했던 신사동 정 여사님을 따로 만나야 했다.

"지훈이 네가 그렇게 반대한다며? 네 어머니가 맞선 포기할까 하시던데. 왜 그렇게까지 싫어하니? 여자 쪽 조건이 그렇게나 안 좋아 보였어?"

특유의 친화력으로 눈웃음을 살랑살랑 지어 보이며 별로 면식도 없는 내게 비음 섞인 반말로 질문을 던지는 그녀의 눈빛에는 약간의 틈도 보이지 않았다. 쉽지 않은 상대다. 확실하게 꺾을 한 방을 먼저 날려야겠다는 생각이 들었다.

"제가 좀 알아봤는데."

희미한 비즈니스 스마일을 그린 채 흔들림 없는 시선으로 맞대했다.

"그 여자분 정신병원 상담 기록이 있던데요."

"어?"

굳이 돌려 말할 필요 있을까? 직구를 날리자 역시나 여사님이 크게 당황하여 손사래를 친다.

"아, 아니…… 누가 그래? 어머나 무슨? 일없어."

물론 그런 정신 병력 기록 같은 개인의 신상은 쉽게 캐낼 수 없다는 것을 잘 안다. 하지만 내 직업이 심리 상담사임을 아는 여사님 앞에서 슬쩍 허세를 부려본다. 여사님은 빠른 머리 회전으로 내 인맥과 정보의 바다를 추측해볼 것이다. 과연 미세하게나마 불안정하게 흔들리는 눈빛을 보이면서 조금씩 내게 말려들기 시작했다.

"그, 그거 예전 시댁에 너무 시달려서 잠깐 상담만 받아 본 거래. 너도 직업상 잘 알잖아. 그런 상담 정도는 진짜 별것 아니야."

"그래요? 듣기로 최근에는 쇼핑 중독에도 빠져 있다고……."

"아휴! 무슨 그 정도로 중독이라는 무시무시한 표현을 쓰니?"

너스레를 떨지만 더 이상 말을 잇지 못하는 걸 보니 속이 얼마나 철렁거리며 물결치고 있을지 굳이 확인하지 않아도 알 것 같았다. 나는 슬며시 미소를 그려 보였다.

"어머니께는 아직 아무런 말씀 안 드렸어요."

여사님은 그제야 조금 안도한 얼굴이다. 내가 선택한 '아직'이라는 어휘에 희망을 가진 듯 미소 짓는 입꼬리에 나이와 맞지 않는 애교가 스며들어 있다. 자신이 그런 이력의 여성을 큰아들 맞선 상대로 소개했다는 사실이 내 어머니, 이정숙 여사님의 귀에 들어가면 몹시도 난처해질 테니까. 우리나라에서는 안타깝게도 현대인들에게 지극히 정상적인 치료 방법인 정신 상담을 미친 사람들이나 하는 것이라고 치부하는 경우가 많다. 선진국에서는 그저 소소한 감기 치료쯤으로 인식하는 형편인데.

"그래그래, 굳이 꺼내서 좋을 이야기도 아니잖아. 게다가 미선이는 정말 아주 잠깐 우울증 증세 보이다가 이미 완치 됐거든. 요즘 사람들 우울증 정도는 누구나 조금씩 가지고 있다잖아, 그렇지?"

난 이쯤에서 내 진짜 용건을 꺼내도 된다고 판단했다.

"정 여사님."

"응?"

"그 차미선이라는 여자분, 제 상담 센터에 한번 오게 해 주세요. 제가 직접 만나보고 싶어서요."

"어머, 왜? 진짜 완치되었다니까. 그걸 꼭 확인해야 하 니? 그렇게 미덥지 않으면 맞선 파할게. 아휴, 내가 이런 거 주선해서 무슨 영화를 누린다고."

"꽤 챙기시잖아요."

직설적인 내 언사에 여사님이 다시 한 번 당황한다. 아마 도 숱한 사람들을 대했을 그녀가 나 같은 애송이에게 이런 식으로 당하기는 처음일 것이다.

"어차피 이번 맞선은 파할 겁니다. 차미선 씨가 아닌 다 른 상대를 데려와도 소용없을 거예요. 그래도 애쓰신 수고 비는 챙기셔야죠."

나는 테이블 위에 봉투를 가만히 밀어주었다.

"이거 뭐야? 누가 이런 거 달라고 했어, 응?"

어투가 금세 변한다. 질문 같지도 않은 질문을 던져대며 슬그머니 봉투 안 금액을 확인하는 늙은 여우. 나는 구태여 다른 말을 꺼낼 필요가 없을 것 같아 싱긋 웃음만 보였다.

"에이, 근데 거길 어떻게 가라고 해? 미선이 개 요즘 아주 잘살고 있거든."

조금 전에 정신 상담을 별것 아닌 것처럼 말하더니 금세 발뺌하려 한다. 나는 자상한 어투를 꾸며서 여사님이 도망 가지 못하도록 방법까지 일러주었다.

"쇼핑 중독 상담 치료랑 육아 상담도 받아보라고 부추겨 주세요. 물론 제가 부탁했다는 말씀은 말고. 어차피 정신병 원도 아니고 단순한 상담 센터일 뿐이잖아요."

요령이 좋은 사람이다. 내가 이 정도만 말해도 아마 알아 서 처리할 것이다. 나는 그때까지 차미선에게 어떻게 강렬한 첫인상을 남겨줄지만 고민하면 된다. 입질은 빨랐다. 정 여 사님에게 수작을 건 지 나흘 만에 센터로 그녀가 찾아왔다.

인포메이션 여직원이 일반 고객인 줄 알고 멋대로 그녀 가 다른 선생과 상담하도록 예약해놓았지만 예약자 명단 을 확인한 내가 담당 선생을 바꾸도록 수를 써놓았다. 쓸데 없이 추가금을 운운한 것은 마음에 들지 않았으나 결국에 차미선이 내 방문을 열었으니 다른 건 신경 쓰지 않기로 했 다.

"차미선 씨 오늘 상담 취소하셨으니 처리해주세요."

"아니? 이것 보세요!"

쉽게 기뻐하고, 쉽게 화내고, 쉽게 흥분한다. 그녀의 다채로운 반응과 표정에서 눈을 떼기 어렵다. 정말로 눈부시다. 앞으로 계속 어떤 작전을 펴나가든 나는 여태까지의 무미건조한 삶에서 벗어나 아주 행복해질 것만 같아 가슴이 벅차다.

그, 그런데?

"아악! 난 몰라아아!"

어라? 이것 봐라.

내가 어떤 짓을 저지르기도 전에 그녀가 먼저 사고를 쳐 준다. 엘리베이터 로비에서 넘어지는 걸 잽싸게 받아줬더니 빛의 속도로 내 입술을 훔치고 달아난 것이다. 후훗, 그렇다면 바로 되갚아줘야겠지? 틈이 보이면 파고든다. 이것이 연애의 지론이다.

"나는 누가 내 것을 훔쳐가면 꼭 돌려받는 성격입니다만."

말도 안 되는 이유를 대가며 무턱대고 삼킨 그녀의 입술은 달콤하기만 하다. 언제나 멀리서 지켜보기만 했던 그 여린 어깨와 가느다란 허리를 감싸 안고 미미한 향기에 취한 순간 엄청난 희열이 느껴진다. 바로 그때 여태껏 멎어 있던 심지훈 내면의 톱니바퀴가 돌아가기 시작한다.

달칵달칵.

머릿속을 쿵쿵쿵 울리는 맥박의 비명 때문에 내 모든 생각이 차미선에게 향한다. 다음 날도 그다음 날도 그녀의 마음 한구석을 차지하기 위해 수단 방법 가리지 않고 애쓰는 나 자신이 대견하게 느껴진다. 두 아이들과의 재회, 제주도에서부터 숨차게 달려오는 동안 밖으로 튀어나올 것 같던 내 심장, 둘만의 로맨틱한 청혼, 내 방 내 침대에서 나눈 열애. 그리고…… 우리 둘의 진실한 고백.

"사랑해요, 지훈 씨."

"나도 사랑해요."

그녀와 내가 하나가 되었다는 사실에 난생처음 행복감이 밀려든다. 내 곁에 누군가가 있고 내가 그 누군가의 옆을 지켜줄 수 있다니 너무나 가슴이 벅차다. 그렇지만 행복의 순간은 잔인할 정도로 짧았다.

"내가 지훈 씨를 사랑하는 마음은 그대로예요. 하지만 내 아이들과 친정 엄마 입장을 생각하지 않을 수 없어요. 조금만 이해해주면 좋겠어요."

모든 것은 한낱 백일몽에 지나지 않았던 것일까?

"일주일만 시간을 줘요. 그동안 절대 찾아오지도 말고 전화도 하지 말아요. 내가 정리를 끝내면 먼저 연락할게요."

우회적인 이별 통보 앞에서 나는 무너진다. 돌아서서 걸어가는 내 팔다리가 기계적으로 움직인다. 이러면 안 되는데. 숨결을 빼앗긴 마네킹은 이제 걸음을 옮기기도 버거워. 다시 쇼윈도로 돌아간다 한들 벌거벗은 몸에는 아무런 옷도 입혀지지 않을 거야.

당신이 필요한데.

난 이제 당신 없이는 살 수 없는데.

절망에 뒤덮여 숨조차 쉬기 힘든 내 몸뚱이를 붙들고 오열하기를 여러 번, 미친 듯 밖으로 뛰쳐나가 그녀의 집 앞을 서성이고 잠깐이라도 외출하는 그녀를 지켜보려 멀찍이 떨어진 벽 뒤에서 밤을 지새운다. 일전에 알아두었던 은비의 유치원 옆에 조용히 서 있다가 그들 모녀가 지나치는 찰나를 눈에 담아둔다. 밥을 먹을 수 없고 잠을 잘 수도 없다. 그러다가 깨닫는다.

아, 이렇게 미쳐가겠구나!

버림받은 패배자의 비명에는 아무도 귀 기울이지 않는구나.

나 자신조차도.

어느새 뺨을 적시는 건 투명한 눈물이다. 지독한 현실의 벽 앞에서 무너지는 나 자신을 원망한다. 허나 어쩌지? 미쳐가는 나를 멈출 수 없다. 백일몽이었을지언정 그 꿈으로 돌아가고 싶은 내 진심 앞에서 철저하게 망가지는 나를 어쩌지 못한다.

이제 나는 그녀의 웃음소리만 들을 수 있어.

내 입은 그녀를 향해서만 말을 한다지.

그리고 내 심장은 더 이상 뛸 수 없게 될 거야.

"그만."

스스로에게 나직이 속삭여본다. 나 자신을 컨트롤하기 위해 눈을 감는다. 안 된다, 안 돼 심지훈. 이러다가 결국 너도 어머니처럼 심각하게 고장 날지도 몰라. 혹은 심다훈처럼 사랑하는 여자를 악랄하게 괴롭힐지도 모르지. 아…….

그렇게 되면 어쩌나? 내가 그녀를 결국 망가뜨리면? 그건 참을 수 없는데.

"헤어지자."

차라리 내 심장이 터지는 게 나을 테니까.

"놓아주자."

그녀를 향한 내 마음에 아직 이성이 살아 있는 동안에.

"미선 씨를 위해 그냥 우리는 헤어지는 게 좋겠다는 결론을 내렸죠."

이렇게 당신에게 직접 이별을 통보해버리자.

"앞으로도 나를 믿지 못하는 미선 씨를 지켜보면서 나 또한 서서히 변해갈지도 몰라요."

변명일지 몰라도 진심이다. 진실이다. 그러니 어서 도망쳐줘. 내 마음이 변해서 잡을 수 없도록. 아주 멀리 달아나버려.

"언젠가 형처럼 잔인해질지도 몰라."

그러니까. 그러니까…….

"그간 미선 씨 덕분에 많이 행복했어요. 그래서 항상 고마웠고요."

당신 눈 속에 눈물이 고이는 걸 눈치챘지만, 그 순간 당신이 내게 돌아올 거라는 걸 깨달았지만, 매정하게 돌아서는 나를 따라오다가 당신이 아프게 넘어진 것도 알고 있지만…… 이제 돌이킬 수 없어.

눈이 쌓인 거리 위로 차를 몰며 정신없이 속도를 내본다. 어디로 가는 거지? 난 이제 어떻게 해야 할까? 끼이익! 급브레이크를 밟으며 멈춘 곳은 이상하게도 최근 며칠간 저들을 몰래 보기 위해 찾아왔던 그 유치원이다. 은비가 있는 곳. 눈물이 흘러내리던 내 뺨에 어느새 미소가 어린다. 사랑스러운 그 아이를 떠올리는 것만으로도 다시 심장이 뛰는 것 같다.

"내게 아빠라고 불러줬는데."

늘 가던 자리로 걸어가 입구를 쳐다본다. 또 이러고 있다가 그녀와 그녀의 딸을 마지막으로 지켜봐도 될까? 웃긴다, 심지훈. 조금 전 너는 이별을 통보하고 왔잖아. 그런데 또 이렇게 미련 남은 모습으로 엉겨 붙으면 어쩌겠다는 거야? 구질구질하다. 실소가 터져 나왔다. 앞으로 어찌해야 하는지 막막한 미래 앞에서 무너지는 기분이었다. 그런데, 그 순간 이상한 광경이 내 시선을 잡아끌었다.

"어……?"

소란스러운 건물 입구. 정신 차리고 살펴보니 유치원 대

문 앞에 고급 승용차가 정차되어 있다. 아이들을 가르치는
선생님들의 비명이 들려온다. 그리고 곧이어 울부짖는 어
린 여자아이가 그 승용차 쪽으로 끌려가고 있었다. 한데 그
아이는!

"은비?"

건물 입구에 서 있는 덩치 큰 남자들이 유치원 선생들을
압박하고, 아이는 모피 코트를 입은 노파에게 억지로 반쯤
안겨 있는 형상이다. 퍼뜩 정신이 들었다. 차미선의 전 시
어머니가 아이들을 데려가려 한다던 이야기가 뇌리에서
깨어났다. 나는 좀더 큰 소리로 아이를 부르면서 그들 쪽으
로 뛰어갔다. 6차선 도로를 넘어가야 하지만 위험 따위는
안중에 없었다.

"은비야!"

"아빠! 아빠아아!"

나를 알아본 은비의 처절한 목소리가 내 귀를 찢어놓는
것 같다. 노파의 표독스러운 눈동자가 나를 노려보고 있었
다. 선생님들에게로 향했던 시커먼 남자들의 시선도 이쪽
으로 모아진다. 허나 그들의 험악한 눈빛 따위는 내게 위협
을 줄 수 없으니.

"으윽!"

그런데 길을 건너기도 전에 근처에 서 있던 남자 둘이 내
게 달려들어 팔을 잡았다. 뿌리치려 해보지만 이들은 꿈쩍

도 않는다. 곧이어 그들의 거친 주먹이 내 하복부를 강타했다.

"억!"

아찔하게 눈앞이 어두워진다. 고통이 너무 심해 숨을 내뱉기조차 버겁다.

"조용히 못 해? 은비 너 어떻게 저런 놈팡이에게 아빠라는 소리를 하는 거냐? 네 아빠는 고승찬 한 사람뿐이란 말이다!"

"싫어! 이거 놓으란 말이에요! 난 우리 아빠에게 갈 거야!"

바락바락 대드는 아이의 목소리에 고개를 들어 그쪽을 쳐다보았다. 식은땀이 흘러내렸다. 은비를 내가 구해야 하는데…… 그렇지 않으면 차미선은 누구보다 슬피 울고 말 것이다.

"아! 아얏!"

순간, 은비가 노파의 손을 깨물어 그 품에서 벗어나는 모습이 시야로 들어온다. 모든 것은 순식간에 일어났다. 누가 어떻게 할 틈도 없이 아이가 날쌘 다람쥐처럼 저들에게서 빠져나와 도로를 가로지르기 시작했다.

은비의 젖은 시선은 내게로 고정되어 있었다. 나는 아이에게 위험하다고 고함을 질렀으나 이마저 들리지 않는 듯싶다.

"아빠!"

차가운 눈이 덮여 빙판처럼 얼어붙은 6차선 도로 위로 일곱 살짜리 어린 소녀가 곡예 하듯 위태롭게 뛰어오고 있었다. 잠깐이나마 그것은 요정이 빙상 위로 춤추며 날아오는 것처럼 경쾌하고 귀엽게 느껴졌다. 하지만.

빠아아앙!

요란한 경적 소리와 급브레이크를 밟는 소음이 귀가 먹먹해질 정도로 크게 들린다. 내게로 향했던 아이의 눈길이 공포를 입은 채 자신에게로 미끄러지며 선회하는 자동차 보닛으로 옮겨간다. 위험의 경종이 온 세상을 메운다.

"은비야!"

내 팔을 잡고 있던 두 남자를 어떻게 패대기쳤는지 모르겠다. 순간적인 괴력으로 그들을 뿌리친 뒤 아이를 향해 몸을 날렸다. 손을 뻗어 은비를 품에 끌어안고 몸을 바닥으로 굴렸다. 순간적으로 환한 헤드라이트가 내 눈을 찌른다. 손을 들어 막아보지만 부질없는 짓임을 이미 알고 있었다. 차미선 그녀를 내 마음에서 몰아내려는 것 자체가 불가능한 것처럼.

―안녕하세요, 심리학 박사 심지훈입니다.

그 순간, 내게로 흩뿌려지는 빛 속에서 선명하게 들린 건 희한하게도 내 목소리였다. 그녀와 정식 대면할 때 나를 소개하며 가장 먼저 내뱉은 말. 낮고 정중하고 고급스럽게 해보겠다며 우습게도 한참이나 준비한 말.

이 한 문장을 뱉어내기 위해 나는 얼마나 노력했던가. 거울 속 나 자신에게 내밀었던 어색한 손동작만 해도 천 번은 될 것 같다. 자연스러운 미소 짓기도 매일 연습해야 했던 목록 가운데 하나였다. 잠에서 깨어 눈을 뜨면 가장 먼저 한 일이 거울로 달려가 평범한 사람들처럼 행동하는 법을 익히는 것이었으니까.

그렇지만 이제는 다 소용없다. 어쩌면 내가 그녀 앞에 나선 것 자체가 해서는 안 될 일이었는지 모른다.

그래도 후회할 수는 없어. 다만 며칠이었을지언정 나는 너무나 행복했으니까. 그대를 내가 불러봤음에, 그대가 나를 불러주었음에, 그리고 그대를 내 품에 직접 안아보았다는 사실만으로도. 어쩌면 이제 그대들의 뇌리에 영원히 기억될 것도 같으니.

이것은 내가 꾸어선 안 되었던 꿈을 가지려 했던 대가일 것이다.

그래……. 너무도 잘 안다.

힐링타임

가만히 손을 잡아본다.

따뜻한 온기, 부드러운 감촉. 이런 느낌이구나. 새삼스럽
다. 돌이켜보니 내가 먼저 내밀어 잡아본 기억이 없다. 언
제나 그가 내 손을 자신의 커다란 손으로 감싸 안았다. 그
래, 이렇게 천천히 손을 따스하게 잡고 눈을 가만히 들여다
보며 부드럽게 미소 지었지. 눈부실 정도로 화사하게.

가슴속으로 뭉근한 뜨거움이 지나간다. 회상 속에서 그
모습은 지나친 행복으로 포장되어 있다. 겨울날의 추억임
에도 영화의 한 장면처럼 마냥 훈훈하고, 잔잔하게 더듬는
밝은 햇살만 가득한 느낌이다.

"지훈 씨."

하지만, 깊고 까만 그 눈동자를 지금은 볼 수 없다.

"지훈 씨……."

이제는 그 섬세하고 기다란 손가락이 내가 움직여주는 대로 가지런하게 내 손바닥 위에 머물 뿐이다. 슬쩍 놓아버려도 스스로 뻗어와 내 손을 잡아주지 못한다. 그저 툭 하고 아래로 떨어진다.

"언제까지 이렇게 잠만 자고 있을 거예요?"

고요하게 잠든 이는 깊고도 평안한 다른 세상에 홀로 머무는 것만 같다.

"으흑……."

더 이상 울지 않는다고 다짐했음에도 눈시울에 열감이 느껴지는 건 불가항력이다. 목 안에 가시가 걸린 것만 같다. 이틀이나 펑펑 울어댔는데도 또 물기가 솟아나는 걸 보니 눈물샘이란 온몸의 수분이 모두 빠져나갈 때까지는 마르지 않는 모양이다.

"내가 잘못했어요. 그런 식으로 경솔하게 헤어지자고 말한 건 정말정말 멍청한 짓이었어요. 당신보다 다른 사람을 믿은 건 차미선이 세상 최고의 바보라서 그런 거예요. 그러니까 제발……."

결국 또 흐느낌이 짙어진다. 꼭 잡았던 그의 손을 들어 내 뺨에 갖다대자 참았던 아픔이 가슴을 뚫고 나오는 것 같다. 공기 중의 미세한 먼지들처럼 내 온몸을 덮는 것은, 처절한 죄책감. 이 사람이 이렇게 되기까지 내가 무슨 짓을 했지? 그를 의심하고 멋대로 상태를 단정 짓고 애절하게 매달리는 걸 뿌리치기까지 했다.

시간을 되돌리고 싶어. 그때로 돌아간다면 난 절대로 그런 바보 같은 선택을 하지 않을 거야. 공상 과학 영화에 나오는 타임머신이라도 있으면 좋을 텐데. 그에게 이별을 선언한 날로 돌아가 어리석은 내게 망설여서는 안 된다고 가르쳐줄 것이다.

과거의 차미선 귓가에 버럭 소리칠 것이다. 심지훈을 오해하지 말라고! 그는 내 아이 은비를 위해서 목숨까지 버릴 수도 있는 남자라고! 나를 너무 사랑해서 나를 위해 결국엔 스스로 떠나버릴 사람이라고! 그러니까……!

"제발…… 눈을 떠요."

뺨을 적신 맑은 내 눈물이 남자의 손을 더듬더니 팔을 타고 흘러내려간다. 한 방울 두 방울 모여들어 묵직한 무게를 이기지 못한 채 수직으로 내리꽂힌다. 툭. 눈물이 바닥에 떨어지는 마찰음은 기계 소리로만 가득한 이 적막한 공간에 이질적인 소음이 되어 들려온다.

이 잔인한 인간아, 왜 자신 안에서 나오지 않는 거야? 나 지난 이틀간 영혼이 빠져나갈 것처럼 서럽게 울었어. 당신 같은 남자를 힘들게 한 죄의 대가 톡톡히 받고 있다고. 나 사랑한다며? 은비를 목숨 바쳐 구해낼 만큼 나와 내 아이들이 소중한 것 아니야? 그럼 내가 이렇게 힘들어하는데 내버려두면 안 되잖아! 나 이토록 서럽게 흐느끼는데 아무렇지도 않니? 일어나! 나를 보라고!

오열하는 울음소리에 파묻혀 하고 싶은 말들이 튀어나오지 못한 채 가슴에 켜켜이 쌓여만 간다.

"일어나란 말이야……. 제발, 돌아와……."

끅끅, 삼키는 흐느낌 속에서 속삭이듯 절규가 새어 나온다.

—죄송하지만, 의식을 찾지 못하는 이유를 알 수가 없습니다.

이틀 전 유치원 앞 사거리에서 심지훈은 위험에 처한 은비를 감싸 안으며 사고를 당했지만, 다행히도 급브레이크를 밟은 차량과 강한 충돌은 없었다.

목격자들에 의하면 추운 날씨와 폭설이 겹쳐 도로가 스케이트장 못지않은 빙판 상태였다고 한다. 사고 차량은 당연히 서행 중이었는데도 브레이크 제동 시 급격하게 미끄러졌다고 한다. 하지만 천만다행으로 아슬아슬하게 속도가 줄어든 차에 부딪혀, 치명적인 상태는 아니었다고 했다.

그 덕분인지 남자의 품에서 보호받은 은비는 상처 하나 없었다. 심지훈 역시 몇 군데의 찰과상과 사고 당시 바닥을 짚은 왼팔 뼈에 금이 간 정도였다. 자동차 보닛에 가볍게 머리를 부딪친 흔적이 이마 근처에 남아 있지만 그 안

쪽이 손상될 정도의 충격은 아니었을 것이라 했다.

"그런데도 왜……."

나도 모르게 아랫입술 안쪽의 살점을 자근자근 씹기 시작했다. 머리가 묵직해지는 느낌에 팔꿈치를 괴며 손으로 이마를 짚었다. 시야가 흔들리고 어지럼증이 몰려온다. 탈진해서인지 자꾸만 눈이 감기려 한다. 의식이 가물가물 멀어지면서 이틀 전 눈발 사이로 뒷모습을 보이며 걸어가던 남자의 모습이 흐릿하게 보이는 것 같다. 손을 뻗어도 닿지 않음에 가슴이 지독히 아파온다.

"그때 어떻게 해서든 잡았어야 했는데."

나는 그대로 그와 헤어진 뒤 사무실로 돌아가 하염없이 울기만 했다. 나 자신을 원망하고 내 마음을 몰라주는 그를 원망하고만 있었다. 바보같이.

—어머니! 은비 어머니! 빨리 좀 오셔야겠어요! 여기……!

유치원 원장 선생님에게서 다급한 전화를 받고서야 현실로 돌아왔다. 제정신 아닌 상태로 차를 몰아 병원으로 달렸다. 짧은 거리였음에도 오만 가지 생각이 뇌리를 가득 메웠다. 유치원까지 찾아왔다는 지독한 전 시댁 사람들에 대한 생각부터 어째서 그 순간 심지훈이 그곳에 있었는지, 그리고 큰 사고는 아니었다고 하면서도 말끝을 흐리던 선생님과의 의심쩍은 통화 내용까지.

114

응급실에 들어서서 먼저 멀쩡한 은비를 찾아 안도의 한 숨을 내쉰 뒤, 심지훈 역시 크게 다치지 않은 경미한 사고 였다는 말을 듣고 난 다음에야 함께 병원까지 따라온 아 이의 담임선생님에게서 자초지종을 들을 수 있었다.

"은비 정말 큰일 날 뻔했어요. 검은 양복 입은 남자들까 지 와서."

그녀는 다급했던 상황을 흥분된 목소리로 열거해주었다. 좀더 자세한 이야기를 듣고 싶었으나 심지훈의 안위도 걱 정되어 아이를 잠깐 선생님에게 맡긴 채 그의 침대로 다가 가 응급처치가 끝나기를 기다렸다. 경미한 사고라고 들었 는데 남자는 의식을 잃은 상태였다.

"일시적인 쇼크일 가능성이 많습니다. 찰과상만 몇 군데 보이고 큰 외상은 없으니 너무 걱정하지는 마세요."

그들은 처음에 희망적인 소리를 해주었다. X-ray와 MRI 소견도 나쁘지 않았으니 회복실에서 기다리면 깨어날 것 이라고.

그러나 그 말은 사실이 아니었다. 심지훈은 예쁜 눈을 감 은 모습으로 그저 고요히 깊은 수면에 빠져 있었다. 일반 병실로 옮긴 뒤에 은비가 찾아와 아빠라고 울부짖어도 요 지부동이었고, 간호사의 만류에도 내가 달려들어 막 흔들 어봤으나 소용이 없었다.

"대체 어째서……?"

떨리는 목소리를 토해내고는 그의 손에 얼굴을 파묻었다. 끊임없이 솟아나는 샘물처럼 내 눈가가 계속 눈물로 젖어들었다.

느껴져? 나 이렇게 울고 있는 거 아직 모르겠어? 어서 일어나 아무 일 없었다는 듯 내 눈물 닦아줘야지. 자상하게 미소 지으면서 울지 말라고 위로해줘야지. 장난이라면 너무 심한 거 아냐? 이러다가 너무 짓궂다고 나 또 화내면 어쩌려고 그래, 응?

"미선아! 미선아!"

눈을 무겁게 깜빡이며 현실과 꿈 사이를 오가던 나는 누군가의 다급한 호명에 정신이 퍼뜩 들었다. 어지럽고 머리가 묵직하더니 그의 어깨에 뺨을 댄 채 기절하듯 잠든 모양이었다. 눈을 질끈 감은 뒤 고개를 흔들어 정신을 챙기면서 손을 들어 얼굴을 문질러보니 온통 젖어 있다. 잠들어서도 계속 울었던 것 같다. 하긴 꿈에서조차 이틀 전 사고 소식에 놀라 달려왔을 때가 재연되었으니 내 상태가 온전할 리가 없었다.

"아유, 이 얼굴 좀 봐. 너까지 쓰러지겠다. 뭐라도 챙겨 먹기나 한 거니?"

"은비는 어쩌고 여기 오셨어요?"

계속되는 현기증에 손가락으로 관자놀이를 슬슬 문지르자, 유 여사님이 한숨을 푹 내쉰다.

116

"어제 하루 쉬더니 괜찮다고 오늘은 유치원 갔어. 애 걱정할 때가 아니야. 미선이 너 지금 귀신이 하나 와서 앉아 있는 것 같다. 먹으라고 밥 좀 챙겨 왔는데, 아무래도 안 되겠다. 나랑 같이 집에 가서 쉬고 오자."

"전 괜찮아요."

얼른 고개를 흔들었더니 손을 내밀어 팔을 꽉 잡으신다.

"억지로라도 끌고 가야겠어. 이러다가 정말 큰일 나!"

"괜찮다니까요. 여기 있을 거예요. 지훈 씨 금방 깨어날 거란 말이에요! 저 사람 눈떴는데 내가 바로 옆에 없으면 어쩌라는 거예요? 나 찾을 거 아냐? 그런데 내가 어떻게 자리를 비워요!"

"미선아! 정신 차려! 너 정말 왜 이래?"

"싫어요, 놔줘요 엄마. 난 지금 잘 수도 없고 먹을 시간도 없어요! 뭐 어때요? 이 사람 조금만 있으면 눈뜨고 나 보면서 웃을 텐데! 그러면 나 아무렇지도 않아져요. 그러니까……."

억지로 엄마의 손아귀에서 손을 잡아 빼며 횡설수설 내 목소리 같지도 않은 목소리로 떠들어대는데 순간 누군가의 음성이 뒤에서 다가왔다.

"차미선 씨."

병실에 누가 들어온 것도 모르고 있다가 깜짝 놀라 일어섰다. 내 눈에는 여전히 고장 난 수도꼭지처럼 눈물이 흘러내리고 있었다. 나는 대충 손으로 뺨을 마구 문질러 닦으면서 훌쩍훌쩍 고개를 숙였다.

"오셨어요?"

아마도 유 여사님과 문 앞에서 마주쳐 함께 들어온 모양이다. 내가 내 정신이 아닌지라 그의 어머니라는 큰 존재를 깨닫지도 못하고 있었나 보다.

"오늘도 계속 지훈이 옆을 지킨 거예요?"

"네."

"지난밤에 잠은 잤어요?"

"…… 아니요."

그의 어머니가 조용한 얼굴로 나를 한참 응시하더니 내가 일어선 보호자용 의자에 엉덩이를 붙이고 앉는다.

"어머님 말씀이 맞아요. 차미선 씨는 가서 좀 쉬고 와야 할 것 같아요."

"아니에요."

"사람 간호하는 것도 기운이 있어야 가능한 거예요. 집에 가서 잠도 자고 어머님이 해주시는 밥도 먹어요. 여기는 내가 지키고 있을 테니까."

"그냥 있게 해주세요! 정 그러면 여기, 여기 보호자 베드에서 당장 눈 붙일게요. 그리고 일어나 엄마가 가져온 밥 먹으면 되는……."

"안 돼요."

목소리가 제법 엄하다. 나는 살짝 겁을 먹은 눈빛으로 그의 어머니를 응시했다. 아예 병실에서 내치시려는 걸까? 혹시라도 아들이 이렇게 된 걸 모두 내 탓을 하면 어떡해?

그간 넋 놓고 울기만 하는 내게 그의 어머니는 아무런 말씀을 하지 않고 지켜만 보다 가셨다. 어느 정도 시간이 지났으니 이제는 내게 물러나라는 것 같았다. 하지만 어쩌지? 나는 절대로 그럴 수 없는데!

"어머님, 저 이대로 못 가요."

용기를 내어 말을 내뱉으면서 아기처럼 도리질을 했다. 철없이 군다고 나무란대도 어쩔 수 없다.

"미선아, 왜 이래?"

"미선 씨, 나쁜 의도로 하는 말이 아니에요."

하지만 어른들 말씀이 하나도 귀에 들어오지 않았다.

"저요, 지훈 씨 눈떴을 때 바로 옆에 있어야만 해요. 지금이라도 당장 눈 반짝 뜨고 나 쳐다볼 수도 있잖아요? 그렇죠? 그러면 며칠 전에 멋대로 군 것 사과할 거거든요. 내가 어머님 말씀만 듣고 지훈 씨 못 믿은 것 백배사죄할 거예요. 그래서 저 여기 못 떠나요. 절대로요."

자꾸 눈물이 나오려고 해서 시선을 떨어뜨린 채 눈을 깜빡였다.

"잘못이 있다면 나중에 야단쳐주세요. 이 사람 곁에서 떨어지라고 말씀하시려면 그것도 나중에 해주세요. 지금은

요, 지금은 그냥…….."

"미선 씨…… 잠깐만."

다다다다 울먹이는 목소리로 막 뱉어대는 내 말을 막는 중년 여성의 입가가 완고하게 굳는다. 목구멍 안에서는 아직도 대충 나열된 단어들이 튀어나오겠다고 아우성이었지만 나는 일단 입을 다물었다. 주변이 핑핑 돌고 있었다. 계속 잠 한숨 못 자고 울기만 했더니 내가 내 정신이 아닌 것 같긴 했다.

불안하게 손끝을 매만지며 나는 자꾸만 옆에서 끌어당기는 엄마의 손길을 외면한 채 결연한 시선을 올려 바로 앞에 있는 여성을 마주했다. 그런데,

"!"

예상했던 것보다 눈길이 자애로워 보인다! 조금 마음이 놓이니 또 안에서부터 흐느낌이 새어 나와 숨을 참아야 했다. 이건 뭐 진한 술병이 났을 때보다 훨씬 심각하게 고장난 느낌이다.

"잠깐 이리로 와서 봐요."

그의 어머니가 옆의 유 여사님을 흘깃 응시하며 고개를 가볍게 숙여 보이곤 내 팔을 억지로 잡아끌어 병실에 딸린 욕실로 데려갔다. 거울 앞으로 등을 밀어 그 매끈한 면에 반사된 나와 만나게 해주신다.

"본인 얼굴을 보면서 느끼는 거 없어요?"

120

"예?"

"지금 당장 쓰러져 입원한다고 해도 이상할 게 없는 몰골을 하고 있잖아요."

내 어깨를 감싸 쥐는 손길이 따스하게 느껴지는 건 착각이 아니겠지?

"지훈이 깨어났을 때 눈앞에 있으려는 마음은 잘 알지만, 바로 앞에서 이런 모습을 보였다가 무슨 야단을 맞으려고 그래요?"

"…… 예?"

얼떨떨한 기분으로 입에서는 저런 이상한 소리만 계속 새어 나왔다.

"아마 이대로라면 미선 씨뿐만 아니라 나도 혼날 거예요. 자기 여자 이렇게 되도록 내버려뒀다고 버럭버럭 화낼지도 모르죠. 안 그래 보이겠지만 나 지훈이 꽤 무서워하거든요."

그녀의 입가가 희미한 미소를 품은 채 늘어진다. 뜻을 알기 어려워 뚫어져라 응시한 어른의 눈동자에서는 악의가 보이지 않았다. 내가 너무 마음이 약해져 착각하는 걸까? 왠지 그의 어머니가 처음 만났을 때보다도 조금 더 후덕한 미소를 품고 있는 것 같았다.

"어서 다녀와요. 혹시라도 무슨 변화 생기면 바로 연락해 줄게요."

"저, 정말요?"

바보 같은 반문이 튀어나온다. 눈가가 또 뜨겁게 달아오른다.

"미선 씨 어머님도 와 계시고 지금 상황이 이러니 제대로 된 대화를 나누기는 어렵겠죠. 한 가지만 말해둘게요."

한 가지?

"내가 틀렸어요."

심지훈의 어머니가 마치 그 사람처럼 내 손을 따스하게 잡아주었다. 마주하는 눈동자에 포근한 느낌이 일렁였다.

"지훈이의 증세에 대한 것도 그렇고 미선 씨의 마음에 대한 것도 그렇고 내 멋대로 판단해서 두 사람을 힘들게 한 건 아닐까 하고 반성하고 있어요. 짧은 생각으로 경솔하게 미선 씨 찾아가서 이상한 말이나 한 건 아닌지."

그녀의 눈가도 서서히 젖어들었다.

"내 아들이라고, 오랫동안 지켜봤다고 다 알 수는 없는 법인데, 미선 씨에게 괜한 짓을 했어요. 두 사람한테 내가 너무 못된 사람이 되었네요."

"아, 아니에요. 어머님도 나쁜 의도는 아니었다고 생각해요."

중년 여성의 입가에 기운 없는 미소가 걸렸다.

"참 좋은 사람이에요, 차미선 씨는."

대화는 거기까지였다. 그녀가 내 손을 끌고 나와 유 여사님에게 인계했다. 나는 맥없이 질질 끌려서 택시에 올랐고 차가 출발하기도 전에 까무룩 잠이 들었다. 모처럼 편한 숨결이 폐부로 흘러들어오는 기분에 현기증도 사라지고 있었다.

"고맙……습니다."

잠결에 저런 말이 나도 모르게 입 밖으로 흘러나왔다.

*

더 쉬고 가라는 유 여사님의 강한 만류에도 불구하고, 나는 간단한 샤워 후 깨끗한 옷으로 갈아입은 뒤 엄마표 밥상을 5분 만에 마구 우겨 넣고선 병원으로 급하게 출발했다. 내가 없는 그 잠깐 사이 그가 깨어날까 한없이 불안했다.

"나 가고 있어요. 기다려줘요. 조금만."

내가 잠들어 있는 동안 당신은 뭘 하고 있었냐고 채근하면 어쩌지? 집에 가서 씻고 밥 먹고 쉬다 왔다고 대답할 수는 없잖아.

달칵.

고요한 병실이라 노크하기도 부담스러워 나는 조심히 문을 열었다. 어? 당연히 그의 어머니가 자리를 지키고 앉아 있을 줄 알았는데, 침대 옆에 키가 큰 남자가 넓은 창으로 들어오는 빛을 받으며 우두커니 선 채 뒷모습을 보이고 있었다.

'설마?'

빛에 익숙해지며 드러나는 그 뒤태에 나는 벼락을 맞은
것처럼 놀라 눈이 휘둥그레졌다. 처음 심리 상담 센터의 상
담실에 들어선 순간 마주친 바로 그 상담사 심지훈의 모습
과 흡사했다! 넓은 어깨와 다부져 보이는 체격, 무릎까지
내려오는 흰 가운 탓에 더 커 보이는 키. 아아, 이제 천천히
내게로 시선을 돌리며 웃어주겠지?

'지훈 씨! 심지훈!'

붕어처럼 뻐끔거리는 입에서 아무런 소리도 나오지 못한
다. 감격에 겨워 또다시 눈시울에 열감이 느껴졌다. 갈비뼈
를 뚫고 나올 듯 심장이 격하게 뛰어다니고, 떨리는 입가로
참을 수 없는 미소가 번진다.

"응?"

기척을 느낀 남자가 숨 막힐 것 같은 정적을 깬 뒤 천천
히 돌아보기 시작했다. 그가 나와 시선을 마주치기까지 영
원의 시간이 흐르는 것 같다. 어깨를 살짝 기울이며 고개가
이쪽으로 향하는 순간,

"이거야, 원. 완전히 위험한 유혹의 눈빛인데요?"

그림자가 먹어버린 그 얼굴을 제대로 보려고 미간을 찌
푸리던 나는 순간적으로 정신이 들며 심장이 쿵 하고 발밑
으로 떨어지는 기분이 들었다.

"〈당신이 잠든 사이에〉라도 찍으려고요?"

그리고 그렇게 굴러가버린 심장에서 피시식 실망의 바람이 피어나는 걸 느꼈다. 나도 모르게 입 밖으로 '빌어먹을'이라는 단어가 튀어나온다.

"그런데 어쩌나? 나는 지훈이에게 반한 여자에게 대용품으로 사랑받는 건 한 번으로 족한데."

"꿈에라도 그런 생각해본 적 없거든요, 심다훈 씨."

새하얀 가운을 입은 이 의사 선생님의 체격이나 분위기가 내 남자와 너무도 비슷한 걸 방금 뼈저리게 깨달았다. 그래도 그렇지 어떻게 둘을 헷갈린단 말인가? 잠깐 동안 그가 깨어난 줄 알았다가 아닌 걸 알아차리기까지 순식간에 천국과 지옥을 오간 것 같다. 다시 머리가 어질어질하고, 기분이 확 가라앉았다.

걸음을 옮겨 심다훈과 더 가까워지니 짜증까지 올라왔다. 정말 지독히도 닮았다. 나이 차만 아니면 쌍둥이로 보일 외모다.

"안녕하셨어요."

심다훈이 새삼스레 예쁜 미소를 더한 듣기 좋은 음성으로 인사말을 건넨다. 항상 인자해 보이는 가면을 쓴 이 남자. 나는 더 이상 상대해주기 싫어서 고개만 까딱해 답한 다음 시선을 내리고 옆으로 걸어갔다.

"지훈 씨, 저 다녀왔어요."

옆에 심다훈이 있거나 말거나 개의치 않고 잠든 그에게 다정한 말을 걸어본다. 대체 왜 온 걸까? 동생이 교통사고를 당해 자기가 근무하는 병원에 입원했는데도 이틀 동안 코빼기도 안 보인 인간이다. 이 두 형제의 아버지라는 사람도 그렇고……. 오히려 피도 섞이지 않은 새어머니만 아들 걱정이 깊으니 도무지 내 상식으로는 이해가 되지 않는 집안이었다.

"훗."

저를 대하는 내 냉랭한 태도에 심다훈이 피식 웃음을 삼키고 입을 열었다.

"수제비만 잘 끓이는 줄 알았더니, 차미선 씨 참 대단한 사람이네요."

뭐지? 기껏 와서는 한다는 소리가 어째 이 지경일까? 정말 무슨 생각을 하고 사는 사람인지 한숨만 나왔다. 지금 당신 친동생이 저승 문턱에 가 있는지도 모를 상황인데 어디 태평하게 나를 비아냥거리기나 하니? 속에서 부아가 치밀지만 심지훈이 들을까 저어되어 어금니를 앙다물고 참았다.

"심다훈 씨하고는 별로 할 이야기 없는데요. 어머님은 어디 가셨어요?"

"아, 바쁘신 이정숙 기획이사님 말씀이신가요? 아버지 호출에 나가셨어요. 그래서 내가 여기 불려 온 거고."

아하, 그런 거군. 어쩐지 여태 동생이 아프거나 말거나 알은체도 않던 사람이 여기까지 무슨 행차신가 했네?

"그럼 이제 그만 가보세요. 저 왔잖아요."

사람 좋은 척 부드러운 미소를 그리고 있어도 검은 속내가 보이는 것 같다. 어머님도 참, 아무리 바쁘셨어도 그렇지 이런 사람을 어떻게 지훈 씨 옆에 둔단 말인가. 차라리 지나가는 아무나에게 환자 좀 봐달라고 하는 게 낫다.

"너무 냉대하네요. 그래도 이 자식 걱정되어서 온 형인데."

대구해봤자 시비에 말려들 것 같아 샐쭉이 입 다문 채 의자를 침대 가까이에 끌어다 앉고 외면했다.

"내가 왜 차미선 씨 대단하다고 말했는지 안 궁금해요?"

"비아냥거리는 거 안 궁금해요."

"어? 비아냥거린 거 아니고 진심이었는데."

마지못해 돌아보니 빙긋 웃고만 있다. 에이, 돌아보는 게 아니었는데 말려들고 말았네. 실수다.

"제가 뭐가 그렇게 대단한데요? 별 볼일 없는 여자 주제에 지훈 씨 이토록 아프게 한 거?"

기왕 이렇게 된 것 뾰족하게 응수하니 심다훈의 한쪽 눈썹이 찡그려진다.

"자격지심도 대단하시네요? 열등감 느낄 대상도 없는데 왜 그렇지?"

"말장난할 기분 아니거든요!"

제발 좀 나가라고! 그쪽 얼굴 보고 있으면 더 심란하기만 하니까! 나가나가나가나가!

"내가 차미선 씨 대단하다고 한 건 그 무심한 우리 아버지를 움직이게 해서고……."

"예?"

예상과 다른 생뚱맞은 소리에 어이없다는 표정을 보였더니 이번에는 진하게 웃는다. 아, 뭘 해도 얄미워, 댁은.

"여기서 기다린 건 재미있는 어떤 일 보여드리려던 건데요."

절로 미간이 찌푸려진다. 얘 뭐라는 거니? 좀 쉽게 풀어서 말해주면 어디가 덧나나? 전부터 느꼈지만 수수께끼가 생활이 되어 있는 인간인 모양이다. 아, 머리 좋은 것들은 이래서 피곤하다니까.

"나랑 같이 가요. 재미있는 것 보러."

"생각 없거든요."

"흐음, 못 보면 진심 후회할 텐데."

한숨을 내뱉으면서 앞으로 팔짱을 꼈다. 애도 아니고 나이가 나보다 두 살인가 많은 걸로 아는데, 의식 없는 환자 앞에서 이 무슨 수작질이란 말인가?

"이것 보세요, 심다훈 씨. 난 하나도 안 궁금하니까 그만 나가주지그래요?"

"어, 시간 다 됐네!"

내가 하는 말은 제대로 듣지도 않더니 대뜸 내 팔을 덥석 잡는다. 어라? 뭐야?

"여기 로비로 오랬으니까 멀지 않아요. 잠깐 나갔다 오는 걸로."

"아니, 지금 아픈 지훈 씨 혼자 두고 어딜 가자는 거예요?"

"저 녀석 심술 나서 저렇게 누워 일어나지도 않는데, 혼자 좀 있으라고 해요. 자, 가자니까!"

"이거 놔요! 놔! 아우!"

웬일이니? 이렇게 우격다짐으로 막 끌고 가네! 놔! 놓으라니까! 너 지금 뭐하는 거얏! 아무리 아등바등해도 상관하지 않고 이 인간이 병실 밖으로 나를 질질 끌고 간다. 으엑, 나 정말 힘이 너무 약한가 봐! 아니 너무 가벼운 건가? 어쩜 이래?

지나치는 간호사들이 쳐다봐서 더 반항도 못 하겠고 결국은 잔뜩 성난 얼굴로 마지못해 느릿한 걸음을 옮겼다.

내가 고분고분해지자 심다훈이 간호사 한 명에게 뭔가를 부탁하고는 다시 내 손목을 잡고 손가락에 힘을 더해 잡아당긴다. 아마도 심지훈의 병실을 살펴보라고 부탁했겠지? 그나저나 도대체 뭔데? 별것 아니기만 해봐. 이 병원에서 더는 일 못 하도록 아주 쪽팔리게 해주겠어!

*

이걸…… 어떻게 받아들여야 할까?

"재미있는 거라면서요."

"진짜 안 봤으면 후회했을 것 같지 않아요?"

반짝반짝 빛나는 눈동자와 초승달처럼 휘는 눈을 노려보자니 왠지 맥이 탁 빠진다. 말할 것도 없이 지금 이 상황을 직접 대면하지 못하고 소문으로 듣기만 했다면 엄청나게 궁금해 속이 답답했겠지. 그건 맞다. 이 남자의 말이 옳다는 걸 인정한다고! 허나 그렇다 해도 아무런 방비 없이 이렇게 느닷없이 닥치기에는 눈앞의 사태가 너무 당황스럽다.

"심다훈 씨가 불렀나요?"

턱짓으로 저쪽을 가리키니 씨익 웃는다.

"그런 셈."

"하아."

저들은 아직 나를 못 봤다. 물론 곧 보게 되겠지만.

"하아아아."

끝없는 한숨이 입에서 흘러나온다. 시야에 들어오는 저들의 모습이란. 평소 근엄한 척하던 노인네는 잔뜩 긴장한 얼굴로 앉지도 못한 채 안절부절 서성이고 있고, 그 옆에서 오늘도 패션 파괴를 여실히 보여주는 내 예전 시누이는 염불이라도 외듯 중얼중얼 바닥을 향해 혼잣말을 내뱉고 있다. 즉, 로비에는 내 엑스시월드의 문제인간 둘이 와 있다는 말이다.

"도대체 이게 무슨 일인지 사태 파악을 위한 팁 같은 건 없어요? 너무 불친절한 것 같은데요."

"예습을 철저히 한 학생들이 공부는 잘할지언정 재미는 없거든요."

"…… 뭐예요, 그게?"

"음, 백치미가 좀 보이는 것 같더니 이해도도 부족인가?"

뭐야? 방금 혼잣말처럼 조용이 뱉어낸 말이 나를 향해 던진 돌직구 맞지? 여전히 얼굴 가득 부드럽고 따스한 미소를 지은 채 이런 엽기 대사를 뱉다니 무슨 미스 매치란 말인가?

뭐라고 나무라려니 이 남자, 애매하게 시선을 내가 아닌 허공으로 향하고 있다. 아으으! 여기 한국대학병원 근무자 여러분! 당신들이 알고 있는 다정다감하고 캐잘난 심다훈 과장님의 실체가 이렇거든요! 심술이 좔좔 흐르고 짓궂은 장난이나 좋아하는 뼛속까지 못된 인간이라고요! 절대로 평소 쓰고 있는 가면만 보고 그를 후덕하다 칭송하지 말란 말이에요!

뭔가 억울하다. 지난 며칠간 내 남자의 병실에 들른 간호사들마다 아이돌 언급하듯 '완벽한 심다훈 과장님'을 칭송

하는 꼴을 계속 봐왔다. 여보셈! 당신들 지금 환자 보러 온 거 아니심? 이 말이 목구멍까지 올라오는 걸 간신히 삼켰다. 그들 수다의 끝은 항상 같았다.

심다훈 과장님은 소아 병동 환자의 후원부터, 언제나 모든 환자들에게 친절이 쩌는 젊고 유망한 의사샘이라고. 단언컨대 심다훈은 가장 완벽한 의사라나 뭐라나? 어쩜 그렇게 이미지 메이킹을 잘했담? 직업을 잘못 택한 것 아냐? 의사가 아니라 사기꾼이 됐어야 하지 않을까.

"지훈이가 얼굴만 봐도 생각이 다 읽힌다는 말 안 해요, 차미선 씨?"

상념을 깨는 그의 짓궂은 어투. 꽁해져서 대답하지 않았건만 이미 피식 웃고 있다.

"그럴 줄 알았죠."

꽁. 나름 시크가 차갑게 휘감기는 커리어우먼이고 싶었으나 역시 연화 말마따나 나는 그런 건 무리인 모양이다. '언제나 쉽게 파악되어드립니다' 하고 이마에 간판이라도 주문 제작해 내걸어야 하는 거니? 아무래도 이건 심지훈 효과 같기도 하다. 그를 만나기 전까지는 이런 취급당한 적 없으니까.

"……."

꼬리를 무는 연상 작용의 끝에 등장한 심지훈이 잠깐이나마 평온을 찾았던 내 심장을 다시금 아리게 하고 말았다.

'심지훈, 왜 내 곁에 당신이 아니라 이 사람이 있는 거지? 내게 필요한 건 당신인데!'

그러니 어서 일어나줘. 나를 이렇게 바보로 만들어놨잖아. 이제 당신 없이 아무것도 못 할 것만 같은데 언제까지 자고만 있을 거야? 응?

"여기서 잠시 기다려요."

어느새 내 생각 속에 퐁당 빠져 눈가가 살짝 따뜻해지고 있는데, 심다훈이 그런 나를 들여다보며 짧게 말하고는 저들 쪽으로 걸어간다. 휴우, 대체 저 두 여자가 여기까지 왜 온 거지? 심다훈이 불렀다고? 왜 불렀는데?

심지훈은 은비를 저 깡패들에게서 구하려다 교통사고를 당했다. 그렇지만 그 사고 자체는 저들과 아무 관련이 없으므로 그걸로 어떤 처벌을 받게 할 수는 없었다. 은비의 납치에 대해서도 미수로 끝난 데다 저 노인네가 은비 친할머니이기도 하므로, 아이가 다치지도 않은 마당에 고소를 하기도 어려웠다.

무엇보다 은비가 무서운 얼굴을 한 어른들 앞에서 당시의 상황을 털어놓아야 하는 사태가 도래할까 봐 겁이 더럭 났다. 게다가 아무리 저 인간들이 괘씸하다지만 일곱 살짜리 내 딸이 자기 친할머니를 법적으로 처분하는 데 일조하게 할 수는 없었다.

"안녕하십니까, 신경외과전문의 신경외과 과장 심다훈입

니다."

차분한 인사말이 들려온다. 내 예전 시월드 두 여자가 득달같이 심다훈 과장에게 달려들었다. 기묘한 광경. 내가 사랑하는 사람과 꼭 닮은 그의 형이, 제수씨가 될 수도 있는 여자의 전 시어머니를 만나고 있다니. 이걸 참 어떻게 여겨야 하는 걸까?

"여기까지 저를 찾아오신 용건이 궁금합니다만."

듣기 좋은 울림이 들어 있는 음성이다. 거참, 나한테 대하는 거랑 천지 차이로 샤방한 오라가 주변으로 널리널리 퍼지는 기분이 들 정도다. 타고난 연기자야, 연기자. 저렇게 이중적으로 살면 피곤하지 않나? 생활이 되어 이젠 괜찮은 걸까?

"머리가 아주 좋아서 저런 게 되나? 흥, 저런 스타일이 늙어서 미치면 곱게 미치지 못할 텐데."

괜한 악담을 주워섬겨본다. 쩝, 관두자. 그런데, 찾아온 용건이라니? 내게는 본인이 불렀다고 하지 않았던가? 하긴 저런 성격이면 직접적으로 '날 만나러 오세요' 하지 않고 상대로 하여금 찾아오도록 어떤 계기를 만들었을지도 모르지.

"궁금하긴 뭐가 궁금해? 댁은 왜 우리가 여기까지 왔는지 정말 몰라?"

"승희야, 그만."

저놈의 저렴한 말투는 변함이 없네. 역시나 나의 전 시누이께서는 기대를 저버리지 않고 무식하게 덤벼든다. 제 어머니의 만류에 그나마 입을 다문 채 씩씩거리는 꼴이라니. 보아하니 무슨 부탁할 게 있는 모양인데, 저렇게 고자세로 나가면 안 되지 않나?

안타깝게도 내 위치에서 남자는 뒷모습만 시야에 들어온다. 어떤 표정인지 보이지 않아서 정말 아쉽지만 추측컨대 부드러운 비즈니스 스마일을 그리고 있을 것 같다. 상대방 화나고 당황스럽게 말이지.

"심다훈 선생님, 오전 내내 우리 회사 일로 심건석 회장님께 연락을 취했으나 도무지 만나 뵐 수가 없었습니다. 해서 이렇게 지푸라기라도 잡는 심정으로 큰아드님인 선생님을 찾아온 것이니 양해 바랍니다."

내가 저 노인네 알아온 게 9년쯤 된 것 같은데 저 정도로 정중한 어투는 처음 듣는 것 같다. 놀라움에 눈을 깜빡거리며 그들의 대화를 경청했다.

심건석 회장님? 대화 내용으로 미루어 심다훈과 심지훈 두 형제의 아버님인 것 같은데, 회장님이라니. 이 범상치 않은 직함에 새로운 혼란이 찾아온다. 저렇게 말하는 걸 보면 혹시 의류 쪽일까? 고승찬 그 인간이 중소 규모의 의류 제조업 회사 KST어패럴을 경영하고 있으니 혹시 거래처라면 그쪽 방면일 가능성이 크다.

"어쩌죠? 보시다시피 저는 회사와 아무 관계없이 이렇게 병원밥 먹는 사람이라 도움이 되어드릴 수가 없는데요."

"아, 아니. 아까 전화로는 한번 와보라고 하지 않으셨……."

"그거야 굳이 오신다고 하시니 그러라고 말씀드린 것뿐입니다."

두 여자 얼굴에 '낭패'라는 단어가 인두로 지져 새겨지는 기분이 들었다. 큭큭큭. 뭐 저쪽 사람들이야 심다훈 과장의 실체를 모르니 친절한 어투로 '네에, 오세요' 한 말을 맘대로 확대해석 해 눈썹이 휘날려라 달려온 거겠지.

물론 난 저 미래의 시아주버님께서 다분히 저들을 놀릴 요량으로 이리 불렀다는 데에 한 표를 행사하는 바이다. 속으로 통쾌함으로 간한 고소한 미소가 퍼지는 걸 보니 나도 정말 못 말리겠다. 그나저나 대체 무슨 일인데? 고승찬 씨의 잘나가던 회사가 망하기라도 했어? 그게 아니고서야 저 완고한 노인네가 저런 저자세를 취할 리가 있을까?

두근두근.

이런 심보 안 된다는 것 알지만, 묘한 기대감이 마음을 타고 내린다. 이혼하고 지난 3년간 참 겉으로 드러내지는 못하고 저들을 많이도 저주했다. 그런데 KST어패럴, 그놈의 회사는 얄미울 정도로 잘만 성장해서 자체 브랜드도 다섯

개가 넘었고 이제는 제법 그 이름만으로도 일반인들이 알아들을 정도가 되었다.

며칠 전만 해도 인터넷 기사에 유망 상장 기업이라며 게시된 걸 본 것 같은데, 설마 며칠이라는 짧은 기간 사이에 무슨 일이라도 있는 건가? 에이, 상상이 지나쳐?

"부탁드립니다. 이대로라면 KST어패럴은 부도를 맞고, 사장인 제 못난 아들은 구속입니다. 그간 패스트패션에 납품해온 물건에 약간의 하자가 발생한 모양인데, 그 정도로 10년 넘는 거래를 바로 끊고 고소까지 하신다니 너무 심한 처사입니다."

엥? 진짜로 부도? 그리고 어, 어디? 패스트패션?

"헉."

설마 심지훈네 집안이 패스트패션을 이끄는 재벌가였나? 패스트패션. 패션 의류업계의 대기업. 고승찬의 회사를 이만큼 키워준 슈퍼갑님.

놀라움과 더불어 이런저런 생각에 머릿속이 복잡해졌다. 나를 괴롭히러 왔던 저 두 여자에게 어머님이 찬물을 끼얹으며 화냈던 순간이 기억의 한구석에서 부스스 일어났다.

—혹시…… 이정숙 이사님? 지난달 패스트패션 창립기념회에서 뵀습니다만.

공손해졌던 노인네의 태도, 그때는 단순히 창립 기념회에 참석했던 다른 회사의 이사라도 맡고 있나 보다 나 혼자 판단했는데 그게 아니었던 모양이다.

"패스트패션의 심건석 회장."

아으, 이렇게 붙여놓고 말하니 뉴스에서 들어본 것도 같다. 다시금 현기증이 몰려오며 어디선가 찌잉 소리가 울린다.

—집안이 겁나 좋다. 해서 한국병원 원장 될 사람이라고 소문이 자자하다.

연화도 이미 심다훈에 대해 저렇게 언급을 했었지. 에휴. 수많은 힌트를 나는 귀머거리에 장님처럼 지나쳐버렸다는 이야기다. 아무렇지도 않게 입고 다니는 심지훈의 명품 옷들과 외제차. 속으로는 어느 정도 눈치챘을 수도 있지만, 어쩌면 나는 더 캐고 싶지 않았던 걸지도 모른다. 가뜩이나 그와 나를 비교하면 자꾸만 모자라는 기분인데 거기에다 집안 배경까지 너무 차이 날까 봐.

"하아아."

자꾸만 내뱉어지는 내 한숨 소리에 심다훈의 음성이 겹쳐진다.

"저는 사실 경영에 대해서는 잘 모릅니다만……."

흘깃 그쪽으로 돌아가는 내 시선의 끝이 흔들리는 것 같았다. 저들의 대화가 뇌리로 잘 들어오지 않았다. 어머님과의 대화에서 희망적인 모습을 보고 사실 좀 들떴는데 집안 배경을 알고 나니 가슴이 욱신욱신 쑤셔왔다. 더불어 심지훈의 아버지이면서 한 기업의 회장이 무섭게 버티며 나처럼 하찮은 여자를 반대하는 미래가 그려진다. 나 왜 이래? 자꾸 마음이 약해진다. 지금은 이런 생각보다는 심지훈이어서 깨어나기만 빌어야 하는 것 아닌가?

그런데.

"…… 듣기로 지난 10년간 납품 물량의 원단 재질을 하급으로 품질 조정해 경고를 받은 게 5회가 넘는다고 하더군요. 중국 공장 생산을 국내 생산으로 둔갑시켜 납품한 적도 수차례고요. 게다가 이번 봄 신상으로 출시 예정인 아웃웨어의 첨단 소재를 기능성 떨어지는 원단으로 바꿔치기하면서 생긴 차액을 사장 본인이 착복한 횡령 사건은 그냥 좌시할 수 없다고 들었습니다."

헐. 정말 입에서 이런 소리가 튀어나올 뻔했다. 고승찬 그 인간이 간덩이가 배 밖으로 나온 걸까? 어떻게 그런 짓을 하지? 경악으로 일그러지는 노인네 표정을 보아하니 제 엄마가 시켜서 한 게 아니다!

도대체 무슨 짓을 벌이고 다니는 거람? 그런 큰돈 뒤로 빼돌려 뭘 하는데? 살림 하나 더 차리기라도 하셨어? 드센 엄마 밑에서 항상 병신처럼만 굴더니 모처럼 한 건 하셨네. 하긴 나랑 결혼할 때도 반대하는 제 엄마에게 죽겠다고 협박하는 짓을 서슴지 않았던 인간이다.

결국 잘못 키운 아들이 집안까지 말아먹었구나. 쯧쯧. 이제 집안 회생은 어린 손자에게 기대하게 생겼으니 그 은효라는 아이의 미래가 왠지 암울해질 것 같아 측은지심까지 들었다. 어렵게 얻은 손자이니 얼마나 또 유난스럽겠어!

"그래서 이렇게 선처를 부탁드리려고 찾아뵌 것 아니겠습니까? 제발…… 부모를 대하는 심정으로 이 늙은이를 봐서라도……."

노인네가 두 팔을 내밀어 심다훈의 손을 잡으려 하자, 그가 슬쩍 뒤로 한 발 물러선다. 내뻗은 두 손이 무안해진 내 전 시어머니께서는 한숨을 내쉬면서 고개를 숙였다. 눈물 연기라도 하시려는 모양인데 그게 심다훈에게 통할지는 의문이다. 뒤에서 목줄 매어놓은 황소마냥 눈을 크게 뜨고 끔뻑거리며 자기 엄마 하는 행동을 지켜보고 있는 전 시누이께서는 입에 지퍼라도 채웠는지 말이 없다.

"말씀드렸듯 제게 이렇게 부탁하신다 해도 방법이 없어요. 연로하신 분이 힘드시겠습니다. 그만 돌아가시지요."

정말로 고소하긴 하다만, 이거 보여주려고 심다훈은 그토록 사람 궁금하게 했던 건가? 내 인생에 암흑기 5년을 만들어주고 내게 우울증을 선사했으며 내 아이들을 빼앗으려 한 인간들 망했다는 소식 들려주려고? 그 고자세였던 노인네가 여기까지 헐레벌떡 달려와 지푸라기라도 잡으려는 모습 보여주려고? 솔직하게 말해서 조금 시원하긴 하나 뒷맛까지 개운한 건 아니다. 앞으로 속이 더욱 꼬여서 나와 은비를 더 괴롭힐까 봐 걱정도 들고. 어쨌거나 은비와 은솔이 친가인데 깡통 차게 되었다니 뭔가 이성의 속삭임과는 다른 안쓰러움도 있고.

"휴……. 그만 가야겠다."

솔직히 저 노인네 눈물 짜는 모습까지 볼 자신이 없었다. 게다가 굳이 알고 싶지 않았던 심지훈의 너무도 잘난 집안 사정까지 알게 되어 마음이 너덜너덜해진 기분이었다. 나는 신데렐라를 꿈꾸는 어린아이가 아니다. 체면을 중시할 그들이 나 같은 며느리를 받아들이기 힘들다는 사실을 잘 안다. 어쩌면 어머님도 우리 두 사람의 결혼이 아닌 단순한 연애만을 허락한 것일지도 모른다. 아무리 심지훈이 심리적으로 문제가 있다 해도 겉보기로는 아무렇지도 않은데 나처럼 흠 많은 이혼녀와 연결되기에는 무리수가 너무 많다.

"아직은 그런 복잡한 생각 말자, 차미선."

고개를 가만히 흔들던 나는 천천히 몸을 돌려 내가 돌봐줘야 할 남자가 있는 병실로 한 걸음 옮겼다. 그냥 이 자리를 벗어나야겠다는 생각만 강하게 들었다. 잠들어 있는 심지훈이 갑자기 너무도 보고 싶었다. 하지만, 발길을 떼자마자 노인네의 입에서 튀어나온 황당한 언사가 내 발목을 잡았다.

"집안의 대를 이어가기 위해서라도 우리 고승찬 사장은

아들도 낳아야 합니다! 이런 말씀 고리타분하게 들리겠지만, 저희 집안에서는 정말 중요한 문제예요. 구속되게 둘수는 없어요. 차라리 어미인 제가 모든 것을 책임지고 잡혀가겠습니다. 그렇게라도 처리를 부탁드려요!"

이해하기 어려운 그녀의 이야기들. 낮은 음성을 입고 나열되는 단어들이 머릿속을 둥둥 떠다닌다. 잠깐 동안 멍한 상태가 되어 한적한 로비 쪽으로 고개를 꺾어 시선을 다시금 저들에게 맞췄다. 지나던 간호사 선생들이 걸음을 늦추며 그들을 흘깃거리는 게 시야에 들어왔다. 쾌적하고 넓은 진주빛 공간에는 투명하고 넓은 창문을 통해 햇살이 따사롭게 쏟아지고 있었다.

"도대체."

그런 화사한 공간으로 새어 나가는 내 목소리가 마치 다른 데서 들려오는 것처럼 낯설게 느껴졌다. 대를 이어가기 위해 아들을 낳아야 한다니? 이게 무슨? 댁들 아들 낳았잖아! 나 이혼당한 뒤 쓸모없다는 손녀 둘 데리고 쫓기듯 나왔고, 이후 재혼해서 손자 얻어놓고 또 뭐가 문제니? 혹시 내가 모르는 새 그 아이가 죽기라도 했나?

—이거 놔! 내가 이년을 죽여버리고 말 거야!

반쯤 미쳐서 내게 달려들었던 고승찬 씨의 현재 와이프가 떠오른다. 그때야 워낙에 경황이 없었지만 생각해보니 여자가 그 정도로 눈이 뒤집혔을 때에는 무슨 일이 있어도 아주 많이 있었다는 이야기가 되는데……. 별별 상상이 머릿속에 숨 가쁘게 채워진다.

"하지만……."

답답하다고 느닷없이 내가 나서서 무슨 일이냐고, 그 은효라는 돌림자까지 같이 쓴 어린아이는 어떻게 됐냐고 막 물어볼 수는 없지 않나?

"아니지."

이대로라면 나중에 궁금해서 미쳐버릴 수도 있을 것 같으니 정신 나간 척 들이대봐? 나야 뭐 별반 상관없어진 사람이라고 해도 내 두 딸들에게는 반쪽짜리이긴 하나 친동생은 친동생이니까 말이야.

그렇지만, 한 걸음 내딛으려 그쪽으로 쏠리던 내 몸은 심다훈의 작은 손짓에 멈칫했다. 미세한 움직임이나 느낌으로 알 수 있었다. 저 남자가 내게, 현재 서 있는 자리를 고수하라고 텔레파시를 보내고 있다. 뭐랄까? 마치 이제부터 쇼타임이라고 말하는 것 같다 할까?

"흐응."

낮은 한숨을 공간으로 끌어당기며 마지못해 다시 벽면에 어깨를 기댔다. 등만 보이는 상태면서 내 행동을 잘도 아네? 주변에 모습이 비칠 만한 것도 보이지 않는데 정말 귀신일세. 심지훈 눈치 빠른 점에 항상 감탄해왔건만 그의 형이 어째 한술 더 뜨는 것 같다. 외모 빼고는 닮은 구석이 없는 형제라 생각했거늘 꼭 그렇지만도 않은 모양이야.

"아, 낯이 익다 했더니."

심다훈은 듣기 좋은 음성으로 말의 서두를 꺼내며 이목을 집중시켰다.

"얼마 전 이곳에서 소란을 일으키셨던 적이 있지요? 그때 언성이 꽤 높아져서 경비 보시는 분들까지 오셨던 기억이 있는데……. 무슨 일이었더라?"

의도적으로 나 들으라는 듯 또박또박 정리해주는 그 말을 들으니 노인네의 대답이 기대되었다. 이곳? 여기 로비 말인가? 소란이라니 무슨 소리일까? 지금 대를 잇네 뭐네 하는 거랑 관련 있는 이야기인가? 대체 뭐가 어떻게 돌아가는 거람?

귓바퀴가 코끼리 귀처럼 커다랗게 늘어나는 기분이었다. 답답함에 손바닥으로 가슴을 툭툭 두드렸다. 목 안으로 메마른 갈증이 밀려온다.

"맞습니다. 지난달에 검사하러 왔다가 그 결과지 보고 제가 좀 흥분했지요."

검사? 무슨? 궁금함에 잠기는데 또 전 시누이께서 슬쩍 껴드신다.

"아유, 그 친자 확인 검사 결과 보고 얼마나 황당했던지! 엄마가 그렇게 화내신 건 당연한 일이야!"

"승희야, 조용!"

"아니, 뭐 어때서? 우리에게 무슨 죄가 있는 것도 아니고! 그 여자가 손자 낳아줬다고 예쁜 척해댔던 거 생각하면 얼마나 화나는데! 그간 그년 친정에서 가져간 돈이 얼마냐고!"

"승희야!"

나는 정말로 얼마간 숨을 쉬지 못했다. 딱 뭔가가 속에서 멎어버린 느낌? 놀라움과 황당함, 고승희의 혀를 통해 내뱉어진 엄청난 소리들이 투명한 랩이 되어 내 얼굴에 감겨온다.

친자 확인?

"헐······."

토해지는 숨결에 입혀지는 소리란 기껏 이런 것. 여태껏 저들을 향해 귀는 열어두되 시선은 거두고 싶었던 심기는 어느새 훨훨 날아가고, 내 눈앞에서 펼쳐지는 이 드라마틱한 상황에 채널이 고정되었다.

"깜찍한 게 어떤 놈 씨인지도 모르는 애새끼 배어 들어와 우리 모두 속인 채 아들이라고 낳고 유세를 해? 아, 정말 내 그것들을 다 싸잡아 죽이든가 해야지!"

대책 없는 딸이 분노로 방방 뛰는 꼴에 노인네는 더 이상 막는 걸 포기한 눈치였다. 병원 로비에서 혼자 화내며 소리 질러대는, 얼굴만 예쁜 험악한 분위기의 젊은 여자를 대하는 사람들의 표정이 드라마 촬영이라도 구경하는 것 같다.

어허허, 그나저나 저게 뭐니? 결국 저 웃기는 집안 콩가루 되었다는 소리야? 그…… 현재의 고승찬 씨 마누라께서 배 불러 결혼한 모양인데 그게 또 이 집 씨가 아니었다고?

푸하하, 아니 뭐 이렇게 복잡하니? 정말로 그 병신 고승찬은 아이 아빠가 누군지 몰랐단 말이야? 설마하니 그 여자도 모르지는 않았겠지? 속이려면 끝까지 잘 속이든가. 친자 확인까지 해서 들통 난 것 보니 뭔가 엄청나게 복잡한 사연들이 터진 모양이구나? 어머 어쩔, 고 씨 집안 제대로 뒤엎어지셨네!

거기다가 종마 노릇 해야 하는 장자가 옥살이까지 하게 생겼으니 저 노인네 제대로 똥줄 타는 거였니?

"킥킥……."

어머, 어떡해! 나도 모르게 입 밖으로 누르는 듯한 웃음소리가 새어 나와버렸다. 아음, 큰일 났네! 어느새 저 두 여자들 매서운 눈초리가 나를 발견해버렸잖아. 이러다가 한 대 맞게 되려나? 뭐 그래도 상관없을 정도로 기가 막힘과 통쾌함이 속으로 교차한다. 못된 심보 용서하소서. 그렇지만 지금 이 스토리는 전혀 모르는 타인의 이야기라 해도 어머어머 하며 재미있게 들을 내용이란 말이지.

"콜록콜록."

민망함에 한쪽 주먹을 입 앞에 댄 채 만들어진 기침을 내뱉어봤지만 이놈의 미친 웃음이 멎질 않는다. 쿡쿡쿡쿡 삼키는 웃음이 기침 중간에 섞여 튀어나왔고, 나를 노려보던 고승희, 내 엑스시누이의 얼굴은 점점 홍당무처럼 새빨갛게 물들어갔다. 쯧쯧, 저러다가 수천 퍼부은 얼굴에 고약한 주름 잡힐라! 왠지 약 올리고 싶은 마음까지 든다. 그나저나,

그래서 느닷없이 은비와 은솔이 데려간다고 난리 친 거였어?

이제야 깨달음이 몰려왔다. 그토록 나와 내 딸들에게 매몰차게 대하더니 기껏 만들어낸 손자가 집안의 종마가 될 수 없다는 걸 알고 아쉬운 대로 계집애들이라도 데려가려 한 거였군. 왜? 나중에 데릴사위라도 들이려고? 아이고, 뭐 대단하신 집안이라고 그토록 핏줄에 연연하실까? 누가 들으면 수십 대째 이어 내려온 종갓집 귀한 장손이라도 되는 줄 아시겠소. 결혼 시절에 보니 고승찬 씨는 자기가 무슨 본관인지도 잘 모르고 관심도 없던데 말이지.

"아, 차미선 씨!"

고승희가 내게로 걸음을 한 발짝 떼면서 막 폭발하려던 찰나, 기가 막힌 타이밍으로 내 이름을 부르는 심다훈. 그로 인해 저 여자는 아랫입술을 깨문 채 곁눈질로 키 큰 심 선생을 노려보기만 한다.

"마침 잘되었네요, 이쪽으로 와요."

무슨 짓 꾸미는 거지? 상글거리며 내게 손짓하는 샤방한

남자가 오히려 저들보다 두렵다. 하지만 이미 숨어 듣고 있던 걸 들킨 마당에 망설이던 기색을 지우고 고개를 빳빳이 들었다. 주눅 들 필요 없지? 항상 대단한 척하더니 사업 말아먹고 아들 구속될까 봐 여기 와서 비는 꼴이라니. 게다가 그토록 원해서 절까지 열심히 다니며 지성 들여 얻은 손자도 속 빈 강정이었어? 어라, 이게 맞는 비유인가? 뭐 어쨌든. 이성이야 '이런 마음 가져선 안 된다, 저들은 내 아이들과 친핏줄이다'라고 하지만 감성적으로는 속 시원하다고.

"여기서 뵙네요. 어쩐 일이세요?"

여태까지 무슨 대화가 오갔는지 뻔히 다 들어놓고도 일단 발뺌하듯 의례적인 인사를 건넨다. 역시나 옛 시누이께서 붉으락푸르락한 낯빛을 보이며 당장이라도 내게 달려들 기세다. 흥! 저번처럼 때리기라도 해봐. 오늘은 가만히 당하고만 있지 않겠어.

"뻔뻔하네! 차미선. 다 들어놓고선 뭐라고 지랄하는 거야?"

으휴, 이 인조인간 좀 치워주면 안 되나? 가뿐히 무시해 본다.

"그렇지 않아도 한번 뵙고 싶었는데. 은비 문제로요."

"뭐야 이게! 너 내 말 안 들려?"

노인네에게 말을 걸었더니 옆에서 쇳소리 공격이 들어온다. 쩝, 짜증 나게.

"이번에 멋대로 유치원 앞에서 아이 납치한 것 따로 신고나 고소 안 한 건 고승찬 씨나 고승찬 씨 어머님을 위한 건 아니었어요. 순전히 은비 때문이었지요. 그렇지 않아도 충격받은 아이에게 그때 상황을 다시 질문하고 증언해야 하는 상황이 너무 힘들 것 같아서요."

"야! 어디 어른한테 하는 말버릇하고는! 납치? 누가 누굴 위한다고? 어?"

계속 무시했더니 옛 시누이가 결국 어깨를 팍 밀치며 시비를 건다. 어느새 주변에 사람들이 삼삼오오 모여들어 싸움 구경을 즐기고 있었다. 그래, 다들 뭔가 화끈한 걸 바라는 거지? 내 시선을 외면하는 노인네, 이글이글 타오르고 있는 고승희. 근데 어쩌니, 나 댁들 때문에 힘들었던 과거가 너무 짜증 나는데 더 이상 참아야 할 이유 없거든!

이 모든 사태의 한가운데에 있어야 할 저 남자, 마치 관계없는 사람인 양 한 걸음 물러나 빙긋 웃고만 있는 심다훈을 슬쩍 노려보았다. 설마하니 일이 더 크게 번져도 그대로 구경만 하고 있지는 않겠죠? 내 무언의 눈빛을 눈치챘는지 어깨를 으쓱해 보이는 인간이다. 사실 미래 시아주버님이 될 수도 있으니 조신하게 굴어야 한다는 걸 알지만 왠지 이 꼬인 남자 앞에선 굳이 내숭을 떨 필요가 없을 것 같았다.

"지금 나 친 거니?"

어쨌든 현재 당면한 사태는 바로 이 여자, 나는 지난 암흑기 동안 억눌러왔던 본성을 일깨워서 나랑 비슷한 덩치가 거는 시비에 카랑카랑한 어투로 반응해줬다.

"뭐?"

여태껏 한 번도 반항하지 못하던 내게서 처음으로 듣는 날 선 어투에 어리둥절해하는 엑스시누이를 향해 검지를 들어 그 낯짝에서 돈을 가장 많이 들인 동그란 이마 한가운데를 꾹 눌러줬다.

"너 말이야, 고승희."

"하? 뭐…… 뭐라고?"

"있는 돈 다 얼굴에 처바르고 괴상한 패션 센스로 촌티 작렬하는 멍청한 여자 고승희, 너!"

"이게 아주 제대로 미쳤구나!"

탁!

한 대 칠 기세로 올라오는 팔목을 잽싸게 붙잡자 엑스시누이가 놀라 손을 빼내려 한다. 그렇지만 나도 악다구니 좀 부릴 줄 알거든! 마흔도 넘은, 너처럼 집안일에 손끝 하나 까딱하지 않고 피부 미용이나 받고 사는 근력 제로 여자에게 질 정도로 내가 연약하지는 않다고!

"그래 미쳤지. 너희들이 나 미친년 만들었잖아. 잊었어? 너무 멍청해서 그런 거 기억도 못 하나?"

"뭐야?"

"잘 들어. 내가 진짜 미친개처럼 너한테 달려들어 물어뜯는 꼴 보고 싶지 않으면 유일하게 성형 안 하고 남아 있는 네 귀 잘 열어서 똑똑히 들으라고!"

엑스시누이가 팔을 비틀어대며 손목을 빼려다가 잘 안 되자 반대편 손을 쓰려고 한다. 나는 잽싸게 그 손목도 움켜쥐었다. 이래 봬도 두 딸 키운 엄마다. 아이들을 힘으로 제압해 야단칠 때 하던 방식이다 보니 생각보다 요령이 생겨서 상대를 꼼짝 못하게 만들 수 있었다.

"고승희 너 자알 듣고, 네 엄마에게도 제대로 전해!"

바로 옆의 노인네 들으라고 딱딱 끊어가며 큰 소리로 말을 이어갔다.

"앞으로 한 번만 더 은비에게 깝죽댔다가는 이번 납치사건까지 다 엮어서 콩밥 먹게 해줄 거야. 일단 당시 유치원 선생님들만 해도 여덟 명이 현장 목격자로 증언할 수 있거든! 그것만으로도 너희들 접근 금지 명령 받을 수 있어. 그 전에 자유로 해놨던 면접 교섭권은 해제 신청 해놓은 상태야. 면접 교섭권이 뭔지나 알아? 모르겠지, 무식해서?"

"이거 안 놔?"

바동거리는 고승희 어깨 너머로 화를 눌러 참는 노인네의 입술이 파르르 떨리는 모습이 보였다. 아싸, 통쾌하기도 해라. 5년 동안 내가 당신에게 당한 것 생각하면 새 발의 피도 안 되겠지만 일단은 이 정도가 어디냐.

"이 시간 이후로 나와 내 아이들 앞에 그쪽 집안 사람 누구도 나타나지 않았으면 좋겠어."

"누구 맘대로!"

"싫다는 거야?"

씩씩거리는 고승희를 보면서 최대한 비열한 미소를 보였
다. 으이씨, 거울이 있어야 하는데. 지금 내 얼굴이 어느 정
도로 사악한지 알 방법이 없네!

"주변에 한 번이라도 얼쩡거리다 들키면 경찰에 신고해
서 제대로 망신당하게 해주겠어. 그리고 고승찬 씨 하나밖
에 없는 아들 고은효가 사실은 그 집안 핏줄이 아니고 현
재 고승찬 씨의 부인이 밖에서 바람피워 낳아온 사생아라
고 사방팔방에 소문내버릴 거야! 내가 그래도 5년이나 그
집안에 있었는데 누구 귀에 들어가면 안 되는지 정도도
모를 것 같아?"

치사하지만 이 방법은 고씨 집안 두 여자를 순간이나마
얼어붙게 했다. 경쟁사가 많은 업종이다. 저들의 귀에 들어
가서 하등 도움 될 게 없다. 게다가 유망한 상장기업이었던
고승찬의 회사 KST어패럴의 주가에도 영향을 끼칠 수 있
다. 증권가란 그런 것.

"얼쩡거린다니! 무슨 소문을 내겠다고?"

그 순간, 내 전 시어머니의 노기충천한 낮고 강렬한 목소
리가 공간을 가르며 울려 퍼졌다. 용기백배하던 여태까지
의 내 행동이 움찔하며 멎고 말았다. 마음을 다잡았다고 생

각했는데 완벽히 그럴 수는 없는 모양이다. 고승희에게서 눈길을 돌려 노인네를 쳐다보자 분노로 타오르는 눈빛과 마주할 수 있었다. 나도 모르게 맹수 앞의 토끼처럼 오금이 저려왔다.

이럴 필요 없어, 미선아! 속으로 되뇌어봐도 나도 모르게 침이 꿀꺽 넘어가며 긴장으로 어깨가 굳었다.

"그따위 짓을 하면 내가 널 가만히 둘 것 같으냐! 그리고! 내 손녀 내가 만나고 데려가겠다는데 어떤 놈이 뭐라 한단 말이야!"

제멋대로인 노인네 이론이 또 튀어나오기 시작한다. 아, 정말 저 목소리 듣기 싫어. 귀를 틀어막고 싶은 충동을 간신히 억누르며 떨리는 음성을 토해냈다.

"손녀라고요? 은비와 은솔이가 어머님 손녀이긴 했어요?"

"뭐라고?"

"날 며느리로 인정한 적 없듯 그 아이들도 손녀로 인정한 적 없잖아요! 이제 와서 이러는 게 더 웃기는 거 알기나 하세요? 아들 못 낳았으니 딸이라도 필요하다는 건가요? 꿩 대신 닭이에요? 그게 엄마에게서 애들을 빼앗아갈 이유가 된다고 생각하세요?"

"흥, 정신 병력 있는 어미가 애들을 제대로 키우기나 하겠어? 은비, 은솔이까지도 저처럼 미친년으로 만들려나 보지?"

"뭐라고요?"

"길을 막고 물어봐! 친어미라고 미친년한테 애들을 키우게 할 수 있는지? 열이면 열, 애들 빼앗아 오라고 할걸! 내가 너 우리 집에서 미친 짓 한 것들 다 기록으로 안 남겨놓은 줄 알아? 식칼 휘둘러서 승찬이까지 죽이려고 했잖아! 그런 건 살인미수야!"

"그, 그건…… 내, 내, 내가 죽으려고 했는데…… 그 사람이…….."

바보같이 말이 더듬더듬 나온다. 젠장! 이유야 어찌 되었든 이혼하자던 남편이 내가 휘두른 칼에 다친 건 사실이다. 아, 어쩌면 좋지? 머릿속 생각이 꽉 막혔다. 이럴 때는 뭐라 상대해야 하는지 아무것도 생각나지 않았다.

"그간 애들도 어리고 또 어미라고 애들 끼고 살겠다기에 내가 불쌍해서 내버려뒀더니 뭐가 어쩌고 어째? 납치? 접근 금지? 은비 왜 못 만나게 하는데? 걔네들 이미 너 때문에 제정신 아닌 채로 살고 있는 것 아냐? 그거 들킬까 봐 숨기는 것 아니냐고? 그래! 제정신 박힌 애가 차 앞으로 달려드는 짓을 할 리가 없지!"

뭐……라는 건가, 이 여자가? 내가 뭘 어쨌다고? 나 당신네에게서 벗어나서 지난 3년간 우리 애들 구김살 없이 잘만 키웠거든! 아무리 내가 일한다고, 쇼핑한다고, 정신없이 굴었다고는 해도 너희 집안에서 죽어가던 때보다는 훨 나았어! 지금도 봐! 새로 들어왔다는 며느리도 반미치광이처럼 굴던데! 지금 그런 집구석에서 내 아이들을 다른 여자, 그것도 사생아나 낳고 미쳐가는 사람 손에 맡겨 키우겠다고? 그게 말이나 되는 소리야?

"차미선 씨 잠깐만요."

어깨가 주체할 수 없이 떨려 움켜쥐었던 고승희를 놓아주고 부들부들 떨리는 양손을 꽉 맞잡고 있는데, 그때 심다훈의 음성이 다가왔다. 어느새 나는 숨결이 가빠지고 눈가가 젖어 있었다. 이런, 시집살이할 때 생긴 고질병인 속병과 발작이 또 시작되려는 것 같다. 하고 싶은 말이 입 밖으로 나와주지 않는다. 참을 수 없는 눈물이 핑그르르 돌고 호흡이 제대로 정리되지 않는다.

"지훈이 혼자 너무 오래 내버려둔 것 같으니, 그만 돌아가요."

"네? 네?"

정신없어 대답이 제멋대로 튀어나왔다. 시선이 불안정하게 흔들린다. 이 상황에서 갑자기 예쁜 신발이 사고 싶어진다.

"흥분을 가라앉히세요, 여사님. 잠시 잊으신 것 같은데, 처음에 저를 찾아온 용건이 고승찬 대표님 때문이었죠?"

두 여자와 내 사이로 끼어든 심다훈이 새삼스레 저들의

용건을 상기시켜주었다. 매서운 노기를 띠고 있던 노인네의 눈빛이 살짝 누그러지며 키 큰 심 선생에게로 옮겨졌다. 그리고 나는 그제야 후우우, 숨을 제대로 내쉴 수 있었다.

"근데 어쩌죠? 찾아온 번지수가 틀리셨으니."

"예? 그게 무슨 말씀이신지?"

심다훈의 뜻 모를 소리에 노인네의 어리둥절해하는 음성이 들렸지만, 나는 고개를 들지 못한 채 시선을 바닥으로 떨어뜨리고만 있었다. 따라서 내 남자의 형님이 내뱉은 이상한 말에 조금 시간이 지나서야 반응할 수 있게 되었다.

"아버지이신 패스트패션 심 회장님께서 이번에 KST어패럴에 극단의 조치를 취하신 데는 아들인 제가 보기에도 사적인 감정이 좀 개입된 것 같아요. 그런데 그 원인은 아마 제 동생인 심지훈 때문일 겁니다. 지훈이를 편애하시거든요."

"…… 예."

"더불어 둘째 며느리가 될 차미선 씨에게도 위해를 가해서 더 그런 것 같습니다."

"예?"

노인네 입에서 평소 절대로 들을 수 없었던 새된 소리가 새어 나왔다.

"그러니 고승찬 씨에 대한 선처는 제가 아니라 여기 제 예비 제수씨에게 부탁하셨어야죠."

"그, 그, 그런……!"

엥? 머릿속이 느리게 돌아가는 느낌이었다. 조금 전 심다훈과 저 노인네가 나눈 대화 내용이 뇌리에서 천천히 부유하는데, 그 의미가 잘 파악되지 않아 미간을 찌푸리며 고개를 들었다. 잠깐이나마 왜 저 두 여자가 나를 저런 오묘한 표정으로 응시할까 하는 작은 의문이 들었다.

"말도 안 돼! 저런 여자를 패스트패션 둘째 며느리로 받아들인다고요?"

고승희의 갈라진 어투가 내 귓바퀴를 거칠게 때리는 기분이었다. 가만, 무슨 소리야? 며느리? 내가 언제 확실하게 결혼 승낙을 받았던가?

"저런 여자라니요? 말씀이 심하시군요."

여태까지와 달리 조금 딱딱해진 심다훈의 목소리에 정신이 퍼뜩 들었다. 고개를 바로 하니 내 앞을 막아선 체격 좋은 이 남자의 옆으로 저들이 얼핏 보인다. 고승희와 노인네가 표하는 지독한 난색에 희미한 웃음이 흘러나왔다. 기운은 없으나 모처럼 가슴속이 훈훈해지는 기분이었다.

예비 시아주버님의 말씀이 모두 사실은 아닐 것이다. 하지만 어찌 되었든 아까 내가 약간 개긴 것보다는 저 못된 인간들에게 확실히 큰 펀치를 먹인 것 같았다. 얼마간의 침묵이 지나가더니 서서히 낯빛이 하얗게 질려가는 노인네가 뒷목을 잡은 채 눈을 감는 모습이 시야로 들어왔다. 음,

저런······. 어째 쇼하는 게 아닌 것 같다?

"엄마? 엄마!"

고통스럽게 찌그러지는 노인네의 미간이 보였다. 제 엄마에게 달려들어 부축하는 고승희의 찢어질 듯한 비명 소리를 뒤로 한 채 나는 로비에서 벗어나 병실 쪽으로 걸음을 옮겼다. 뭐가 어떻게 돌아가는 건지 잘 모르겠다만 어쨌거나 고승찬은 제대로 물먹을 것 같고, 저들 역시 이 위기에서 벗어나기는 힘들 것으로 보였다. 노인네가 진짜로 쓰러졌는지 아닌지는 중요하지 않다. 갑자기 저 집안에 대한 모든 관심이 더운 날 눈 녹듯 사라져버렸다. 공허할 정도다. 참 신기한 감정의 변화였다.

"괜찮아요?"

금세 긴 다리로 따라와 옆에서 나와 보조를 맞춰 걷던 남자의 음성이 머리 위로 떨어졌다.

"정말 심다훈 씨 말씀처럼 무지하게 재미있는 것 맞네요."

"그렇죠?"

넌 내 말에 또 히죽거리니? 반어법을 못 알아들었을 리 없건만 배시시 웃어버리는 모양새에 은근히 짜증이 난다.

"앞으로는 괜스레 제 일에 끼어들지 말아주세요."

"지훈이 깨어난 후에는 제가 이런 짓 꾸밀 수나 있겠어요?"

158

"하, 하, 하…… 그런가요?"

맥없이 웃음소리를 들려주며 병실 문고리를 향해 손을 내미는데, 그가 내 앞을 막으면서 얼굴을 들여다본다.

"왜요? 할 게 남았어요?"

"화났나 보네?"

"그럼 제가 고맙습니다, 하고 인사라도 할 줄 알았어요?"

또 어깨를 으쓱한다. 욱하고 뭔가 올라오는 것 같아 언성이 높아졌다.

"도대체 심다훈 씨가 왜 나와 내 이전 시댁 사이에 개입하는 거죠? 저 사람들 일부러 나랑 만나게 하려고 부른 것 맞죠?"

"시원시원하게 말 잘하면서 아까는 왜 그렇게 답답하게 굴었어요?"

아띠, 또 동문서답이야. 정말 상대하기 벅찬 인물이다.

"지훈 씨 사고 때문에 회장님이 KST어패럴을 무너뜨렸다, 둘째 며느리 차미선에게 위해를 가한 것도 원인이다, 왜 이런 거짓말까지 하는 건데요?"

"음? 그걸 왜 거짓말이라고 생각해요?"

"그럼 그게 사실이라는 거예요? 말이 돼요?"

"안 될 건 뭔가요?"

엥? 갑자기 말문이 턱 막혔다. 눈을 올려 떠서 나를 내려다보는 그와 시선을 마주했다. 그의 얼굴에서 가식적인 미

소가 지워져 있다. 그가 몇 번 본 적 있는, 제 동생 심지훈을
대할 때와 비슷한 눈빛과 무표정으로 불퉁스럽게 말을 뱉
었다.

"거짓말 같은 건 안 하고 살아요."

어, 내 남자가 자주 했던 그 말에 잠시 나는 멈칫했다. 그
어느 때보다도 심다훈이 동생과 비슷해 보이는 착각이 들
었다. 이건 진정으로 묘한 기분.

"그럼."

그가 느슨하게 기대고 있던 병실 문에서 등을 떼더니 내
곁을 스쳐 지나갔다. 그의 싸늘한 분위기에 잠깐 입을 다물
었던 나는 퍼뜩 어떤 생각이 떠올라 그 뒷모습에 대고 호명
했다.

"심다훈 씨!"

그가 걸음을 멈춘 채 귀찮다는 포즈로 뒤돌아본다.

"혹시…… 말이에요."

말을 꺼내기 민망해 머뭇거리고 있으니 재촉의 뜻을 담
은 눈빛이 돌아온다. 나는 망설이며 다시 입을 열었다.

"화났어요? KST어패럴…… 아니, 고승찬 씨네 집안 사
람들에게?"

심지훈과 똑같이 생긴 예쁜 눈썹이 슬쩍 올라갔다가 내
려온다. 뭐야, 맞아? 그래서 저 사람들 불러서 나랑 맞대하
게 하고 제대로 망신 준 거였어? 그래?

"지훈 씨 다치게 해서? 그런 거예요?"

남자의 입가에 피식 작은 웃음이 번지더니 천천히 그 입술이 떨어졌다.

"그럴지도."

그가 다시 몸을 돌려 등을 보인 채 손만 슥 흔들며 걸어간다. 그렇게 복도 끝으로 사라지는 이의 흰 가운을 한참이나 응시하던 나는 뒷머리를 긁적였다. 거참, 비뚤어진 애정 표현일세. 그냥 처음부터 동생이 교통사고 나서 저렇게 깨어나지 못하고 있으니까 화난다고 인정하면 안 되는 거였나?

"정말 어려운 가족 관계라니까."

*

병실 문을 열고 들어서는데 베드 옆에서 혈압을 체크하던 간호사가 흠칫하는 게 시야에 들어왔다. 어라, 내가 노크를 안 해서 그러나? 조금 머쓱해서 웃음을 머금은 채 입을 열어본다.

"놀라게 한 모양이네. 미안해요."

"어머, 아니에요. 볼일은 모두 끝나셨어요?"

고개를 끄덕였더니 일이 많아 나가봐야겠다며 혈압 기계와 차트를 들고 병실 밖으로 사라진다. 근데 왠지 허둥지둥

하는 느낌? 끝인사로 남긴 미소마저도 어딘지 어색하게만 보였다. 뭐지? 내 기분 탓인지, 간호사가 나가기 전에 누워 있는 심지훈을 흘깃거린 것도 같다.

"설마 상태가 더 나빠졌거나 하는 건 아니……겠지?"

나쁜 예감은 심장의 두근거림을 강하게 만든다. 덕분에 밖에서 엑스시월드를 격파한 통쾌함 같은 건 한 방에 날아갔다.

"아니죠? 곧 일어날 거죠? 응?"

그의 감긴 눈꺼풀 위로 중얼거림 같은 질문을 던져보지만 역시나 그는 묵묵부답이다. 창문으로 밝은 햇살이 드리우는 백색의 깔끔한 공간에 반투명한 색감으로 살랑이는 연베이지색의 커튼, 이름 모를 여러 기계들, 삐, 삐 규칙적으로 울리는 이질적인 소음, 병원 특유의 약품 냄새, 가습기에서 뿜어져 나오는 뽀얀 수증기, 특실을 장식하는 초록빛 화분들. 내 남자가 이들과 조화롭게 어우러져 직사각형의 반듯한 침대 위에 누워 있다. 이 현실이 온몸으로 느껴지면서 다가오는 묵직한 슬픔이란…….

"얼른 이렇게 나 쓰다듬으며 웃어줘요."

그의 가지런한 손가락을 두 손으로 감아쥐어 내 뺨에 갖다댔다. 따스한 온기가 느껴진다. 눈을 감으니 남자의 손바닥을 통해 그의 규칙적인 심박 소리가 들리는 것 같다. 공간으로 부서지는 고른 숨소리도 크게 와 닿는다.

"어떻게 해야 당신이 깨어날까?"

작은 한숨이 피어올랐다.

"왜 내게로 돌아오지 않는 걸까?"

그러고서 살며시 잠이 들었던 것 같다. 잠결에 부드러운 손놀림이 내 머리칼을 쓰다듬었다. 나직나직 조용한 음성이 내게 무슨 말을 건넨 것 같기도 했다. 아아, 지훈 씨 깨어났어요? 이제 우리 다시 전처럼 지낼 수 있는 거지요? 가슴 가득 행복감이 밀려들었다. 너무 기뻐서 눈물이 날 것 같아! 붙어 있던 눈꺼풀을 다급히 떼어내며 몸을 벌떡 일으켰다.

"어?"

고요하다. 정말 허무하게도 밝고 조용한 병실만 아까처럼 똑같이 나를 맞이했다. 그는 여전히 고운 눈을 감은 채 잠에만 빠져 있고, 반복되는 기계음들이 그가 여전하다는 것만 알려준다. 아직 꿈에서 다 빠져나오지 못한 나는 멍하니 눈만 깜빡였다.

똑똑똑.

노크 소리가 귓가로 엉겨온다. 고개를 흔들어 정신을 가다듬으며 대답을 들려주자 열린 문 뒤에 나타난 건 심다훈이었다.

"또 무슨 일이에요?"

인사말도 없이 날카롭게 내뱉는데도 그는 빙긋 웃고만

있다.

"어머니께서 차미선 씨 밥은 챙겨 먹고 다니는지 체크해 달래서요."

미간을 찌푸렸더니 또 어깨를 으쓱 올린다.

"나도 귀찮거든요. 나름 바쁜 사람이라고요."

"그냥 적당히 먹고 있더라고 대답해드리면 안 되나요?"

"인증샷 찍어서 전송하라던데요. 그것도 다른 사람 시키면 안 되고 내 휴대폰으로 직접."

허헐……. 그분 철저하시네! 하긴 무슨 이사님이랬지. 단순히 회장님 부인이라 얻은 직함이 아니라면 외모에서 느껴지는 유순함과는 달리 카리스마를 지닌 커리어우먼일 수도 있겠다. 그러고 보니 심지훈의 과거사를 이야기해줄 때도 목소리며 말투며 상당히 설득력이 있었다.

패스트패션의 경영에 동참하고 계신가? 아니면 계열사라도? 음, 이 사람들 집안에 대해 생각해본 적도 없고 패스트패션의 사업 규모도 잘 모르지만, 준재벌 정도 된다는 건 알고 있다. 깨어나지도 않은 심지훈과 결혼을 목전에 둔 건 아니라 해도 돈 많은 집안에 거부감이 있는 나로서는 달갑지 않은 정보이긴 한데.

그나저나 아무리 친아들이 아니라고는 하지만 왠지 나한테만 맡겨놓고 신경을 별로 쓰지 않는 듯한 느낌이 드는 건 뭘까? 아까만 해도 나한테 쉬고 오라면서 자기가 책임질

164

것처럼 굴더니 그 몇 시간 만에 바쁘다며 가버리고 이런 시큰둥한 큰아들이나 세워놓고. 또 아버지라는 사람은 정말 연락 한 번 없는 눈치다. 여기 와서 방글거리기나 하는 심다훈 이 이상한 인간도 납득 불가 케이스. 도무지 상식적으로 이해되지 않는 가족들일세. 이렇게 깨어나지 않을 정도로 심각한 상태면 일반적인 부모들은 눈물 바람으로 밤잠 설쳐가며 병실을 지키고 하지 않나? 우리 부모님이었다면 당연히 그리했을 것이다.

쩝. 지훈 씨, 나라도 있어서 다행이에요. 내가 꼭 옆에서 지극정성으로 빌어 당신 눈뜨게 할 테니까.

"자, 도시락이에요."

내 상념을 비집고 들어오는 내 남자의 형님 목소리에 슬쩍 짜증이 난다.

"직접 사 오셨어요? 뭐하러?"

고맙다는 표정은커녕 날선 어투로 물으며 인상을 찡그렸지만, 심다훈은 전혀 개의치 않는 눈치였다.

"병원 환자식은 환자들이 먹는 거라 맛이 없고, 나가서 먹자 하니 번거롭고. 여기 도시락 괜찮거든요."

오지랖 한번 참. 어라, 근데 왜 뭉클해지지? 순간적으로 이 사람이 또 심지훈처럼 느껴진 것 같다. 히잉…… 당신이 이렇게 날 챙겨주면 좋잖아! 왜 계속 누워만 있어? 왈칵 성난 눈물이 샘솟으려 해 재빨리 고개를 숙였다. 가만히 쳐다보는 심다훈의 눈길이 느껴져 얼굴이 달아오른다. 하아아, 아무래도 감정 조절에 장애가 생긴 것도 같아.

"흐음 위험한데. 내가 지훈이보다 조금 더 멋지지만 그렇다고 반하지는 말아줘요."

"으악! 무슨 소리를 하는 거예요?"

나는 잠시 이곳이 병실이라는 사실도 잊고 버럭 악을 썼다. 아 진짜, 이 인간 좀 누가 데려가줘. 함께 있고 싶지 않단 말이야!

"안 바빠요? 무슨 과장님씩이나 되는 분께서 이렇게 한가해요?"

"바쁘죠. 그러니 어서 먹어요."

"두고 가요. 어머님께는 배고플 때 먹는다 했다고 전하세요."

"싫은데."

"뭐예요?"

심지훈과 완전히 다른 게 하나 있지. 바로 저 썩소. 눈동자에는 웃음기 없이 입으로만 짓는 미소는 진실한 감정이 아니다.

"하아, 정말이지."

나는 아랫입술을 깨물었다.

"제발 좀 꺼져줄래요?"

"큭, 그 말투 마음에 들어요."

상대를 말자. 고개를 내저으며 시선을 옮기려는데 한 걸음 성큼 다가온 남자가 질문을 꺼내든다.

"지훈이 어떻게 하면 바로 깨어날지 알려줄까요?"

　아놔, 진짜! 동생이 이 지경인데 저딴 소리나 하고 있다니! 정말로 화가 난 나는 낮은 한숨을 깔면서 고개를 들어 문제 인간을 노려보았다.

"장난할 기분 아니거든요?"

"농담 아닌데요."

"심다훈 과장님이 몸담고 계신 이 대단한 한국병원 의사 선생님들도 모두 방법이 없다고 하는데, 도대체 무슨 말씀을 해주시려고요? 방법이 있다면 왜 다들 여태까지 가만히 있었겠어요? 되지도 않는 소리 작작 좀 하고 제발 귀찮으니 나가라고!"

　손을 휘적대도 요지부동이다. 아우, 짱나. 나는 건강하게 내 앞에 나타나는 댁을 보기만 해도 열 받거든! 내 아이로 인해 이렇게 다친 내 남자가 사경을 헤매거늘 그와 똑 닮은 형이라는 작자는 병실에 나타나 농지거리나 해대고!

"그거야 그 사람들은 차미선 씨가 아니니까 지훈이를 못 깨웠죠."

"뭐라구요?"

"일단 들어요. 나는 증거 사진 찍어야 해요. 먹기 싫어도 먹는 척해봐요, 어서."

휴대폰을 들이대는 인간 앞에서 나는 심다훈처럼 썩소를 짓다가 마지못해 젓가락을 들었다. 모래알 씹는 심정으로 하얀 쌀밥을 입안에 넣고 잘게 썰어진 돈가스와 조그마한 깍두기를 우겨넣었다. 맛은 있네, 쳇. 느끼지 못해서 그렇지 사실은 꽤 배가 고팠는지 어느새 나는 허겁지겁 도시락을 다 먹고 말았다. 쩝쩝, 조금 민망하군.

"말 잘 듣는군요. 착한 아줌마니까 내가 상으로 방법을 알려줄게요."

착한…… 아줌마는 뭐람? 아줌마라는 표현이 틀린 건 아니지만 듣는 아줌마 그닥 기분 좋지는 않다는 말이쥐.

"뭔데요?"

쓸데없는 소리만 지껄여봐라. 지훈 씨 형님이고 뭐고 없어. 숟가락으로라도 마구 때려줄 테닷!

"저 녀석 안 일어나는 건 억울해서일 수도 있어요."

"에?"

이건 또 무슨 귀신 씻나락 까먹는 소리냐.

"몇 년 전에 이곳 병동에 결혼식을 마치고 신행을 가던 따끈따끈한 신혼부부가 함께 교통사고를 당해 실려 온 적이 있어요."

"나한테 방법 알려준대 놓고 그건 또 무슨 이야기예요?"

"참을성 없긴. 일단 들어봐요."

눈웃음을 살살 짓는 게 어이없지만 일단은 입을 다물고

경청해준다.

"타박상에 다리 골절에 새신랑 쪽은 부상이 심각했지만 새신부 쪽은 큰 부상이 없었죠. 사실 안전벨트도 잘 매고 있었고, 사고 자체가 그렇게 큰 편은 아니었어요. 그런데 이상하게도 새신랑은 그 정도 부상에도 정신을 잃은 적 없이 멀쩡했건만 새신부는 사고 현장에서 기절한 채 실려 와서 일주일이나 되도록 의식을 찾지 못하는 거예요."

어헐, 일주일이나? 어째 심지훈 상태랑 비슷한 것도 같은데?

"그래서요?"

내가 흥미를 보이자, 또 어깨를 으쓱 올린 남자가 내가 먹다 남긴 반찬을 정리해서 가져온 도시락 상자를 차곡차곡 쌓았다.

"의료진 중 누구도 여자 환자의 상태에 대해 원인을 알아내지 못했어요. 신부 쪽 집안에서 달려와 신랑을 때리고 울고불고했죠. 신랑 집안에서는 무당도 불러오고 아무튼 참 시끄러운 환자들이었어요."

남들 이야기라고 재미있게 말하는 그에게 나는 날카로운 눈빛을 보냈다. 당사자들한테는 얼마나 심각한 일이었을까? 이렇게 아무렇게나 타인의 입에 오르내려도 되는 걸까?

"너무 그렇게 노려보지 마세요. 어쨌거나 새신부는 깨어났으니까."

"어머 그래요? 어떻게요?"

"그게 내가 말해주겠다고 한, 지훈이를 깨울 방법이에
요."

여태까지 느슨하게 듣고 있던 나는 허리를 세워 앉으며
심다훈의 이야기에 집중했다. 도대체 무엇이 그녀를 깨어
나게 했을까? 어서 알려줘!

"무당이 다녀가고도 별 차도가 없던 날 저녁, 신랑이 화
사한 꽃다발과 예쁜 구두를 사 들고 왔어요. 그가 사 온 꽃
다발은 웬만한 어린아이 정도는 푹 감쌀 정도로 엄청나게
컸죠."

"꽃다발과 구두요?"

"예, 사실 병실에 꽃다발은 금지라서 처음 입구에서 제지
를 당했지만 그가 말했죠. 잘난 것도 없는 자기에게 새신
부인 여자 친구는 언제나 헌신적이었고 자신을 위해 이벤
트를 수시로 열어줬으며 뒷바라지를 위해 열과 성을 아끼
지 않았다고요. 그런데 정작 자신은 공부한다는 이유로 여
자 친구의 정성을 모두 당연하다는 듯 받아들였고 반대로
자기가 여자 친구에게 뭔가를 해주거나 사 준 적이 한 번도
없었다는 거예요. 심지어 청혼까지도 여자 친구가 먼저 했
다고 하더군요."

"그래서요?"

나는 어느새 흥미진진해하며 그의 이야기에 푹 빠져들었다.

"결혼 전에 여자 친구가 소원을 말한 적이 있는데 자기 몸이 가려질 만큼 커다란 꽃다발을 준비해 청혼을 해줬으면 했대요. 비싼 꽃이 아니고 작은 안개꽃이라도 좋으니 아주 풍성하게 들고 와서 무릎 꿇고 결혼하자고 말해달라고요. 물론 이 남자는 안 들어줬고요. 그리고 얼마 전에 결혼 준비하러 다닐 때 이 구두를 보고 사 달라고 조르는 걸 외면했다더군요. 그 정도 부탁도 들어주지 못했다면서 눈물 짓는 신랑이 딱해서 병원에서는 꽃다발을 병실에 가져가도록 해주었어요."

심다훈이 잠시 이야기를 끊은 채 나를 보고 희미하게 미소를 지었다.

"어떻게 되었을 것 같아요?"

"아……? 그, 글쎄요? 설마 새신부가 깨어났어요?"

"딩동댕."

"으아, 진짜요? 그런 거짓말 같은 드라마틱한 결말이라고요?"

"여긴 병원이잖아요."

그가 주섬주섬 도시락 상자를 쇼핑백에 담아 들고 일어섰다.

"생과 사를 넘나드는 병원에서는 하루하루가 드라마예

요. 그러니까…….”

슬쩍 웃는 남자의 시선이 베드에 누워 있는 동생에게로 향했다.

“차미선 씨에게 다가가려고 오랜 시간 열과 성을 다했던 지훈이가 깨어나게 하려면 그런 노력이 필요하지 않겠어요? 저 녀석 진짜로 억울해서 심술부리는 걸지도 모르는데.”

문밖으로 사라지는 심다훈을 배웅할 생각도 못 한 채 나는 깊은 상념에 잠겼다. 그래, 하긴 나도 항상 이 사람에게서 받기만 했잖아. 그는 지난 3년간 내 앞에 서려고 엄청난 노력을 했다는데, 나는 그동안 내 인생을 즐기기만 했잖아. 그리고 우리가 만난 뒤에도 늘 이 남자가 먼저 다가오고 나를 위해주었지. 청혼도 물론 이 사람이 했고. 음…… 어쩐다?

“내가 당신에게 무엇을 해줄 수 있을까? 당신은 내게 무엇을 바랐을까?”

지금은 알 수 없다. 하지만 이제 이렇게 맥 놓고 앉아 있을 이유도 없다. 뭔가 액션을 취해보자. 꽃다발, 구두 그런 것 말고 나만이 할 수 있는 뭔가를!

똑똑똑.

응? 뭐지? 설마 심다훈이 또 찾아왔나?

깊은 생각에 잠겼다가 발끈해서 노려보는데 열린 문 뒤

에 뜻밖의 손님이 와 있었다.

"미슨아, 고생이 많제."

"어머, 여기까지 어쩐 일이야?"

"저도 왔습니다아."

문밖에서부터 허리를 굽실거리며 들어오는 연화의 연하 애인을 맞대하자니 뭔가 기분이 어색하다. 크흠, 태성에게 심지훈 스파이라며 화낸 뒤로 계속 말을 나누지 않았던 것이다.

"어서 와."

이제는 다 부질없는 감정 소모였다는 생각도 들지만.

"내 급히 오니라 아무것도 못 사 왔네. 잠깐 나갔다 올 거구마는."

"어, 아냐, 됐어."

"곰방 댕겨올게."

도망치듯 나가는 내 뚱땡이 친구 연화. 거참 덩치와 안 맞게 행동거지는 진짜 빠르다니까.

"태성이는 거기 앉아. 뭐 마실 거라도 줄까?"

"괜찮아, 누나."

태성이 언제나처럼 보기 좋은 눈웃음을 지으며 의자에 엉덩이만 붙인다. 얼마간의 침묵. 이 녀석과 이렇게 어색해지다니. 왠지 상황이 묘하다. 보나마나 방연화 이늠지지배는 나와 태성이를 화해시키려고 끌고 온 거겠지? 아니, 그러면 중간에서 어떻게 애를 써보든가. 우리 둘만 덜렁 남겨 놓고 사라지면 뭘 어쩌라는 거냐고?

속으로 비명을 질러대는데, 가만히 나를 쳐다보던 태성이 먼저 입을 열었다.

"지훈이 형은 많이 안 좋은 거야?"

"음, 글쎄. 의사들 소견으로는 큰 문제 없다는데 깨어나지를 않네."

얇은 한숨을 내쉬며 다시 녀석을 흘끔 쳐다보았다. 조금 전에 생각이 났다. 물어볼 말이.

"그런데 태성아."

"응?"

"지훈 씨랑 어떻게 아는 사이야? 그때 같이 왔던 여자애는 누구고?"

태성이 "아, 그거?" 하고 중얼거리며 손을 들어 머리칼을 넘기더니 입을 살짝 비죽대다가 가만히 이야기를 시작했다.

"그때 걔는 지훈이 형 사촌 여동생이야. 형네 작은아버지의 딸."

그렇군. 친여동생이 아닌 것에 감사하고 싶은 내 마음이란.

"내 애인 아니니까 오해는 말아."

"걔는 그렇게 생각 안 하는 것 같던데? 이름이 심혜린이

174

랬나?"

"그냥 같은 과의 친한 후배일 뿐이라고."

억울하다는 듯 토로하는 태성을 보면서 피식 웃음을 삼켰다.

"연화에게 많이 혼났어?"

"응."

생각하기 싫다는 표정으로 고개를 절레절레 흔든다.

"지훈 씨는 어떻게 알아? 친한 후배라도 사촌 오빠까지 친하다는 건 이해하기 힘든데?"

태성이 이야기하기가 다소 껄끄러운지 잠깐 뜸을 들이며 나를 가만히 응시했다. 나는 고개를 살짝 기울였다.

"왜? 말하기 어려운 사연이라도 있어?"

"약간."

"뭔데? 혹시 심지훈과 강태성은 과거 연인 관계였다든가?"

"왜 이야기가 그쪽으로 가는데?"

"네가 대답을 피하니 그렇지."

"내 상담 선생님이야. 내가 심리적으로 의지하는 정신적 지주이기도 하고."

태성이 냉큼 대답하고는 갈증이 나는지 일어나서 냉장고의 물을 꺼내 목을 축인다. 음료수로 한잔하라는데 끝까지 말을 듣지 않았다.

"그때 혜린이가 한 말 다 사실이거든. 아버지가 테러리스트라는 거라든가 내가 어릴 때 총으로 사람을 쏜 거라든가. 그게 지독한 트라우마로 남아서 사회생활이 어려울 지경이었어. 정신병원에 입원한 적도 있고, 퇴원해서도 계속 상담 치료를 받았고. 최근에 호전되었다는 판정 받은 뒤에 소개 받고 간 데가 지훈이 형네 심리 센터였어."

아항, 그렇게 된 거구나. 이해할 수 없었던 두 사람의 관계도가 그제야 머릿속에 제대로 그려져 자리를 잡았다.

"내가 거기 첫 손님이었대. 그래서인지 형도 나를 다른 내담자들보다 많이 챙겨줬고, 나는 형, 형, 하면서 따르게 됐지."

"연화에게는 이런 이야기 다 한 거지?"

"훨씬 상세하게."

진지하게 대답하더니 또 씩 웃는다.

"몸으로도 열심히 공들여서 이야기해주었고."

"으이구."

내가 어이가 없어 허탈하게 웃는데, 태성이 다시 심각한 표정으로 뭔가 말을 꺼낼 타이밍을 재고 있는 게 보였다.

"뭔데 갑자기 진지해졌어?"

"이 말은 꼭 하고 싶었어, 누나. 나 진짜로 지훈이 형이 시켜서 누나에 대해 보고하고 그런 것 아니야."

"그 이야기는 됐어. 이젠 궁금하지 않아."

나는 언급하기 싫은 부분을 거론하는 태성을 막으려 했지만, 이 녀석은 내 의사 따위 사뿐히 지르밟고 말을 이어갔다.

"변명으로 둘러대는 말이 아니야. 형한테서 누나 이야기를 좀 들었어. 내가 궁금해서 매장 근처에 왔다가 연화 씨에게 반했고, 내친김에 연규를 갈궈 누님 소개해달라고 졸랐고, 알바 구한다기에 쳐들어왔어. 그러면서 어차피 매장 나오는 김에 형이 궁금해할 소식을 문자로 보내준 것뿐이야."

태성의 강한 어필에 나는 녀석의 눈동자를 차분하게 들여다보았다. 거짓말 같지는 않았다. 태성은 내 오해가 억울해 죽겠다는 듯 이후로도 이런저런 이야기를 하면서 심지훈의 결백을 증명하려 애썼다.

아아, 이런. 결국은 내 멋대로 오해한 죄가 또 늘어난 셈이네! 정말로 그가 심다훈의 말처럼 심술이 나서 일어나지 않을 수도 있겠다는 생각이 진해졌다. 연화가 돌아오고 그들과 얼마간 수다를 나누고 돌려보낸 뒤에도 머릿속에는 심다훈이 제안한 이벤트만 가득했다.

"후우, 이제 어쩐다?"

고요하게 잠든 심지훈을 내려다본다. 정말 금방이라도 눈을 반짝 뜨고 나를 쳐다봐도 어색하지 않을 것처럼 너무도 멀쩡한 이 남자를.

일단 꽃다발부터 준비. 질질 짜는 건 아닌 듯싶으니 최대한 발랄하게 말해보자.

끙……. 심다훈에게 들은 이야기대로 따라하려던 건 아닌데, 난 정말 창의성이 부족한가 봐, 엉엉. 도대체가 뭘 해야 할지 생각이 나지 않는다고! 되새겨보자. 심지훈이 나한테 무엇무엇을 해줬더라?

"지난 3년간 열심히 수련해서 내게로 온 건 제외. 그것까지 갚겠다고 지금부터 3년 동안 당신을 위해 정진하고 노력한 뒤에 깨어나라고 빌 수는 없는 거잖아? 라하하하."

공허하게 병실을 울리는 차미선의 웃음소리.

"좋아요. 깨어나면 내가 앞으로 3년간은 어떤 일이든 노력 봉사할게요. 그건 눈뜬 다음에 하자고요. 어쨌거나, 맹세."

느닷없이 진지 모드로 돌변해 한 손을 든 자세로 떠들어본다. 이것 참 민망하다잉. 그리고 또 뭐가 있느냐. 차근차근 기억을 더듬어간다.

"기습 키스?"

백화점 구석에서 한 첫 키스가 생각난다. 하지만 그건 내가 먼저 입 박치기해서 나온 결과였지, 아마. 으흐흐 그때 생각하니 또 웃기잖아. 난 대체 무슨 생각으로 처음 본 남자에게 그렇게 들이댄 거람? 단순히 잘생겨서?

"설마."

세상에 잘생긴 남자는 의외로 많다. 그런 사람한테 하나하나 다 들이댔으면 연애 박사가 됐을지도 모르지. 혹은 풍기문란으로 잡혀갔으려나? 킥킥.

　"설명하기 어렵지만 지훈 씨가 먼저 날 유혹한 느낌이었어."

　돌이켜보니 그때 심지훈은 나를 자기 상담 센터로 불러들이고 내 반응을 보면서 내심 웃고 있었을 것이다. 저한테 반하라고 속으로 강력한 텔레파시를 보냈을 수도 있지. 암 그랬을 거야, 틀림없이.

　"그리고 또…… 아이들과 수족관 간 것?"

　은비 생일이었지. 은솔이가 멋대로 아빠라고 부르는 바람에 진땀을 흘렸는데, 하하하. 아아, 그때 이 사람 벌써 나랑 결혼까지 생각하면서 작전하고 있었구나. 그때 참 티는 못 냈지만 얼마나 설레고 기분 좋았던지. 그래, 좋다는 표현에 내가 정말 박했다. 미안하게시리. 고맙다는 인사도 한 기억이 별로 없다. 나름 고민해서 이것저것 나한테 해줬을 텐데 그동안 얼마나 김빠졌을까. 정말이지 못됐구나, 차미선.

　"그때로 돌아갈 수만 있다면 나 정말로 잘할 수 있는데. 영화 속 타임머신이라도 대여 불가능한가?"

　말도 안 되는 소리나 지껄여댄다. 넓은 병실에 조용하게 누워 있는 사람 곁에서 풍성한 꽃다발 껴안고 홀로 비 맞은

뭣처럼 중얼중얼하는 꼴이라니. 허이구 참. 지금 이런 나를 보는 사람이 아무도 없기 망정이지. 바보가 따로 없다 카하하.

"지훈 씨…… 있잖아요."

일단 내가 그간 아낀 감사의 인사부터 꺼내보기로 결심한 상태. 자고 있는 사람에게 이런저런 이야기를 꺼내기 쑥스럽긴 하나 창의성 제로 차미선에게는 이 정도도 장족의 발전이다. 손에 들린 예쁜 꽃들에 시선을 둔다. 맨손으로 의자에 앉아 떠들기만 하는 것도 웃긴 듯싶어 전화로 꽃다발을 주문해 받은 것이다. 수국, 장미, 카라, 히아신스, 글로리오사, 리시안, 호접, 유카리, 엽란으로 화사하게 꾸며진 고급스러운 꽃무리가, 보는 것만으로도 상쾌함을 선사하는 것 같다.

"사실 나 그때 상담 센터에서 지훈 씨에게 첫눈에 반했어요."

담백한 고백 후의 이 어색함이란. 분위기 상 무릎 정도 꿇어줘야 할 것도 같다만 여자가 그러는 건 좀 웃기지 않나?

"아니지. 웃길 게 뭐야?"

보는 사람도 없는데 해볼 것 다 해봐야지! 그래서 심지훈이 깨어나기만 한다면야 못 할 게 뭐냐고.

"흠흠, 다시 해야겠다."

의자에서 일어나 침대 옆에 무릎을 꿇었다. 왼쪽 무릎을 내리고 오른쪽 무릎을 세운다. 반대였나? 아, 몰라. 한 손을 내밀어 그의 손을 감아 잡고 나니 어라, 이놈의 꽃다발이 처치 곤란이네. 무릎 위에 올려놔? 아님 그냥 바닥에 내려놔? 끙…….

영화 같은 데서 남자가 어떻게 하더라? 내가 여자인지라 받을 생각만 해봤지 직접 하게 될 줄 누가 알았냐고? 그나저나 아무도 없는데 이러고만 있어도 왠지 얼굴이 화끈거리누만. 남성들이여, 이 짓을 어떻게 사람들 바글거리는 그런 카페 같은 데서 할 수 있단 말인가! 새삼스러운 존경의 박수. 짝짝짝.

"나 지금 무지 쪽팔린데 말이에요."

나는 피식 웃음을 흘리면서 잠든 남자를 향해 다시 입을 열었다.

"다시 말할게요. 나 정말 보자마자 반했어요, 지훈 씨에게. 물론 멋진 외모만 보고 반한 건 아니고요. 분위기라든지 느낌이라든지. 아, 그렇다고 지훈 씨가 멋지지 않다는 건 아니고……. 에고, 뭐가 이렇게 꼬인담?"

콜록콜록 어색한 기침을 뱉어본다.

"첫 대면에 지훈 씨가 좀 무게 잡는 것 같더니 활짝 웃었잖아요. 그 모습이 너무 예뻐 보여서 가슴이 갑자기 쿵쿵 뛰었어요. 곰곰이 생각해봐도 아마 그때 내가 제대로 당신한테 뿅 꽂힌 것 같아."

또 배시시 미소가 피어오른다.

"솔직히 내가 막 들이대서 뽀뽀하고 달아났다가 백화점에서 다시 마주친 순간에는 뭐 이런 미친 새끼…… 아, 미안해요. 이상한 사람이 있나 했는데…… 응?"

어, 이상하다? 혼자 마구 뒤죽박죽 말하는 중에 '미친 새'라고 말한 순간 심지훈의 손에 잠깐 힘이 실린 느낌이 들었다! 어라라라. 말을 끊고 얼른 일어나 얼굴을 들여다봤으나 당연히 변화는 없다. 착각? 에이, 나도 참. 머리를 긁적이다가 자리로 돌아가 다시금 무릎 꿇기 자세를 취한다. 자자, 마음을 가다듬고 진지하게.

"백화점에서 지훈 씨가 키스해줬을 때 너무 황홀했어요. 에헤헤."

벌쭉 웃음이 나오는 것까지는 제어가 안 된다.

"그때 내가 사지 못한 숄도 선물로 주고. 정말 꿈인가 싶을 정도로 두근두근 정신을 못 차렸거든요. 너무 늦은 감이 있지만 고마웠어요."

감사의 인사. 새삼스러운데 어쩐지 가슴속이 알싸하게 젖어들며 뭉클해진다.

"은비랑 은솔이 앞에 나타나 아빠라고 막 부르는 데도 당황하지 않고 잘 응대해준 것, 말로 표현하기 힘들 정도로 감격이었어요. 그때 나 애들에게 화만 내는 엄마로 보였을 텐데, 사실 너무 당황스러워서 그랬을 뿐 속으로는 그런 거 아니었답니다."

잔잔하게 잦아드는 목소리가 가슴을 울리는 기분이었
다.

"수족관에서도 애들 기뻐하는 모습에 가슴이 벅찼었지
요. 역시나 너무너무 고마워요."

잠깐 숨을 고른다. 미동 없는 그를 응시하며 희미한 미소
만 품어본다. 고마워요, 고마워. 말로 표현 못 할 정도야. 그
런데 정말 이렇게 고맙다는 표현만으로 다 되는 걸까?

"그리고 제주도 학회 갔다가 급하게 돌아온 지훈 씨는!
아, 정말 그 감동은 말로 표현하기 진짜진짜 힘들어요. 누
가 나를 그렇게까지 생각해줄 수 있을까요? 물론 당시에
119에 신고한다든가 혹은 아파트 관리사무소에 연락한다
든가 그런 방법도 있었겠지만 한달음에 달려온 지훈 씨가
그 순간 나를 완벽하게 사로잡아버렸다고요. 그때 내가 고
맙다고 했나요? 으음, 한 것도 같고…….."

또 기억을 더듬어보는데 이런 짓 저런 짓 하려다가 연화
에게 딱 걸린 것만 또렷하게 각인되어 있다. 하하하.

"정신 나가 쇼핑질할 때 따라와서 나무라지도 않고 그 짐
다 들어주고……. 또 노래방 가서 진실 게임 한 덕에 기분
도 풀어지고."

그러고 보니 그날 이후 쇼핑해본 게 언제더라? 간단히 집
에서 인터넷 쇼핑몰 들어가본 것 빼고는 없다. 오우, 새삼

스레 참 놀랍구나!

"나 진짜로 지훈 씨 덕에 쇼핑 중독에서도 거의 벗어난 것 같아요! 그렇지만 아직도 쇼핑하는 건 좋거든요. 중독성 없는 작은 취미까지는 뭐라고 하지 말아줘요. 알았죠?"

무릎 꿇은 다리가 조금 저려오는 기분이었으나 참았다.

"올 엄마 갑자기 들이닥쳐 제대로 못 한 프러포즈 나중에 다시 멋지게 해줘서 그것도 너무너무너무너무 감동이었어요. 당신 피아노 치면서 한 노래는 끝내줬다고요. 아, 정말 이렇게 말하고 있으니 차미선 너무 받은 게 많았군요!"

새삼스러운 깨달음에 언성이 높아졌다가 후우우 한숨으로 돌아왔다.

"미안해요, 정말. 이런 모든 걸 그저 신 나하기만 하면서 받아먹고 그때그때 감정 표현도 제대로 안 해주고. 나 같은 여자도 없을 거야, 그렇죠? 대체 지훈 씨는 이런 바보 같은 차미선이 뭐가 좋아서 그토록 노력했어요?"

대답할 리 없는데도 허무한 질문을 던져버렸다. 계속 예쁘게 웃으며 장난스럽게 말을 이어가려 했으나 결국 차오르는 눈물을 막을 수 없었다. 난 세웠던 무릎까지 바닥으로 내려서 쪼그린 채 서럽게 흐느끼기 시작했다. 한 손에 들고 있던 꽃다발에 시선이 멎자 더 가슴이 아파온다.

어서 일어나, 이 남자야! 나 이렇게 힘든 거 안 보여? 당신 나 그렇게 사랑한다며! 나 때문에 3년 동안이나 홀로 연습하고 노력하고 그렇게 애썼다면서! 근데 어쩜 이러니? 내가 당신에 대해 다 알고 난 뒤 일주일간 시간 갖자고 했던 것 복수하는 거야?

"미안해요! 멋대로 시간을 달라고 하고 일방적으로 헤어져서! 진심이 아니었어요! 며칠 있다가 지훈 씨가 진짜 헤어지자고 했을 때는 죽고 싶은 마음이 들었단 말이에요!"

당신이 찾아왔을 때 사실은 너무 기뻤는데, 그 차가운 눈발 속에서 기다린 당신을 못 이기는 척 따스하게 안아주며 다시 만나야겠다고 마음먹었는데. 당신은 오히려 나를 위해 헤어지려고 했었지.

"고마웠어요! 나 그렇게 사랑해줘서!"

울먹울먹 고함치듯 간신히 목소리를 쥐어짠다.

"고마웠어요! 은비를 위험에서 구해줘서."

그리고…… 그리고…….

"고마워요, 내 앞에 나타나줘서."

그러니까

"그러니까…… 이제 그만…….'

이제,

"내게로…… 우리에게로 돌아오지 않을래요?"

나도 은비도 은솔이도 이제 당신 없이는 안 될 것 같으니까, 제발.

"제발 눈을 떠요."

돌아와줘. 부디!

"돌아와요."

돌아와.

"사랑해……."

사랑해. 사랑해. 내 인생 살면서 만나온 그 누구보다 당신을 사랑해. 앞으로도 영원히 심지훈 당신만 사랑할 수 있을 것 같아.

"사랑해요, 지훈 씨."

비틀비틀 자리에서 일어났다. 뜨거운 눈물이 뺨을 타고 내리는 느낌이 든다. 거치적거리는 꽃다발 따위 내팽개쳐 버린다. 한 걸음 그에게로 다가가 우두커니 선 채 그 조용한 얼굴을 내려다보고만 있었다. 툭. 턱으로 간지럽게 미끄러지던 눈물이 한 방울 남자의 깨끗한 피부 위로 궤적을 남겼다.

천천히 손을 들어 그 뺨의 물기를 닦아내다가 엄지로 심지훈의 아랫입술을 가만히 더듬어보았다. 내가 처음에 무턱대고 입술로 박치기했던 그거구나. 힘없는 미소가 새어 나온다. 불과 얼마 전 일이거늘 그간 참 많은 일이 있었다. 이 예쁜 입으로 내게 감미로운 노래도 불러준 사람인데. 지훈 씨가 했던 모든 말들이 뇌리로 떠오른다. 그와 나누었던 입맞춤의 추억들이 가슴에 알알이 총탄이라도 맞은 것처럼 구멍을 뚫어버린다.

"사랑해요, 미안해요, 고마워요."

복합적인 이 감정을 어찌 몇 개의 단어로 다 담아낼 수 있을까.

"당신이 어떤 상태여도 나는 상관없어. 나 역시 이제는 감정을 속이거나 스스로를 자제하려 애쓰지 않을 테야. 그러니 어서 일어나 나를 잡아요. 그리고 나와 결혼해줘요."

가슴에서 우러난 그대로의 청혼을 끝낸 나는 눈을 감고 가만히 몸을 숙였다. 미동 없는 남자의 부드러운 입술에 내 입술을 맞댄 채 조용히 머물렀다.

유치찬란한 발상이라고 해도, 너무 식상한 전개라 해도 어쩔 수 없다. 잠자는 숲 속의 공주를 깨운 왕자처럼 나는 그저 그의 입술을 훔칠 뿐이다. 이것이 내가 할 수 있는 최선이었고, 단순해서인지 다른 건 무엇도 생각나지 않았다.

멈춰진 공간. 멈춰진 시간. 그리고 그곳에서 키스로 연결된 그와 나. 공기마저 유동을 멈춘 것처럼 세상이 숙연해진다.

어?

그런데!

순간, 등으로 감겨오는 따스한 손길이 나를 끌어안았다! 내가 정신 못 차리는 새에 그가 내 입술을 열고 짧은 키스를 해준다! 그러고는 천천히 나를 떼어내며 눈꺼풀을 걷어 올린다!

으아악!

거짓말 같은 기적이 일어났다!

"지…… 지…… 지훈 씨!"

놀라움에 덜덜 떨리는 내 손을 그가 가만히 그러쥐더니 희미한 미소를 품는다. 아직은 졸린 듯 눈꺼풀을 몇 번 느릿하게 깜빡이고는 내게로 초점을 맞춘다.

"괜찮아요? 나 알아보겠어요? 내 목소리 들려요?"

스스로 알아듣기에도 어려울 만큼 와들와들 떨려오는 내 목소리였다. 마치 고장 난 라디오에서 흘러나오는 괴상한 소음 같다.

진정해라, 차미선! 지금 어떻게 해야 하는 거지? 간호사를 불러? 담당 의사에게 달려가? 지훈 씨 어머님께 연락해야 하나? 아, 그렇지. 이럴 때 심다훈 그 화상에게 바로 말해야……?

"…… 진정하세요."

어머! 말했어!

"지훈 씨…… 지훈 씨!"

아아, 여전히 너무도 감미로운 심지훈의 목소리가 아닌가! 나는 감격에 겨운 얼굴로 입을 다문 채 그를 뚫어져라 쳐다보았다. 주책없는 눈물이 또 뺨을 가득 적신다. 조금 전보다 훨씬 맑아진 새까만 눈동자가 나를 직시하고 있다. 환상이 아니다. 정말로 그가 깨어났다. 아냐, 어떡해! 지금 내 몰골이 어떤지 모르겠네? 딱 눈을 뜨는 순간 가장 예쁜 모습을 보여주고 싶었는데!

"그런데……."

"네? 말해요. 왜요?"

무슨 말을 하려다가 잠깐 입을 오물거리는 남자에게 다급한 질문을 던지고는 초조하게 대답을 기다렸다. 어디 아픈가? 설마 지금 안 들린다든지 하는 건 아니겠지?

"누구……신가요?"

"에?"

자자자자자자자잠깐? 방금 뭐라고 했? 누구냐고? 영어로 후아유? 일어로 다레데스까? 지금 그런 것 맞지?

"지훈 씨?"

"저 아세요?"

정말로 머릿속에서 떵 하는 파열음이 들린 기분이었다. 둔기로 얻어맞은 것처럼 의식까지 희미해진다.

"으…… 으…… 으아아!"

나는 심지훈의 손을 뿌리치고 괴물이라도 본 것처럼 괴악한 비명을 지르면서 병실 밖으로 뛰쳐나갔다. 말도 안 돼! 어떡해! 어떡하냐고! 드라마에서나 보던 일이 일어났다! 내 남자가 기억을 잃었어! 기억상실증이야! 그럼 이제 우찌 되는겨? 연인을 기억 못 하는 남자와 이제야 완벽한 사랑을 깨달은 여자. 기억상실이 돌아오기까지 무던한 노력이 계속되나? 보통 그 끝은 어떻지? 다들 기억 돌아오는 거 맞던가? 의학적으로 가능한 이야기인가? 그래?

"차미선 씨? 차미선 씨!"

목적지도 없이 복도를 내달리던 나는 누군가가 팔을 덥석 잡으며 호명하자 헐떡거리며 돌아보았다. 이런, 내 남자와 비슷한 그 인간이다. 놀란 얼굴로 나를 부르는 심다훈을 보며 나는 대성통곡을 하고 말았다.

"엉엉! 심다훈 선생님! 어떡해요!"

"무슨 일이에요?"

당황하는 심다훈의 음성에 나는 끅끅 소리를 섞어가며 울먹울먹 말을 시작했다.

"지훈 씨가…… 지훈 씨가…… 깨어났어요……. 엉엉…… 근데에…… 기억이…… 상실이…….."

"지훈이가 깨어났는데 기억상실 같다고요?"

계속 울면서 고개를 주억거리니 잠깐 생각에 잠겼던 심다훈이 내 손목을 잡아 이끈 채 병실로 돌아간다. 으흑, 어쩌지? 기억을 잃은 심지훈과 대면할 자신이 없어진다. 순진한 눈망울로 나를 보면서 또 누구세요, 같은 소리를 하면 어쩔? 이대로라면 그 앞에서 기절해버려도 이상할 게 없을 듯싶단 말이야.

"들어간다."

심다훈은 노크와 함께 말을 던지고는 문을 벌컥 열었다.

침대 등받이를 올려 몸을 기댄 채 하얀 종이를 들고 읽던 심지훈이 이쪽을 쳐다보면서 미간을 살짝 찡그린다. 이를 응시하던 심다훈은 나를 흘끗 내려다보더니 다시 시선을 동생에게로 향하며 입을 열었다.

"기억상실?"

"아, 그게……."

"나보다 더한 놈이네. 네 여자 얼굴 쇼크로 하얗게 질린 것 안 보이냐?"

엥?

"조금 놀려주려던 거였는데, 뛰쳐나가더라고."

"못 가게 잡았어야지."

"그러려고 했는데 몸이 말을 안 듣네."

"하긴, 따라 나오긴 아직 무리인가? 그렇다고는 해도 상당히 느긋하군?"

"담당에게 연락했더니 형이 이쪽으로 데려오는 중이라 하기에."

에엥?

"그리고 이 정도는 해야 형이 빚을 제대로 탕감해줄 듯싶었거든."

"그 또한 맞는 말이고."

에에엑!

"뭐…… 뭐, 뭐예요! 기억상실 아니에요? 장난이었어요?"

내 소프라노성 비명 질문에 심지훈의 얼굴이 머쓱하게 변했다. 흐미흐미, 뭐야! 정말 장난해? 장난칠 게 따로 있지!

"제대로 확인도 안 해보고 그렇게 뛰쳐나갈 줄 몰랐어요. 바로 말하려 했는데 타이밍이…… 미안해요, 미선 씨."

그가 겸연쩍은 미소를 그리며 자신에게로 오라는 듯 두 팔을 벌렸으나 다리에 힘이 풀린 나는 제자리에 풀썩 주저앉고 말았다. 옆에 서 있던 심다훈이 잽싸게 내 양쪽 겨드랑이를 받쳐 세워주었고 이를 지켜보던 심지훈의 표정이 조금 날카로워졌다.

"그런 얼굴 할 거면 네가 직접 와서 부축하든가."

비아냥거리는 어투의 심다훈에게 도움을 받으면서 잠깐이나마 생각에 잠기자니 이 상황에 대한 묘한 상념들이 뇌리로 켜켜이 쌓이기 시작했다. 지금 좀 이상하지? 심다훈은 지훈 씨가 깨어났다는 것에 큰 반응이 없잖아? 아니, 심지어 이미 알고 있었다는 듯 노크까지 하면서 담담하게 들어와서 동생이 친 심각한 장난에 대해 야단까지 쳤다.

"잠시만요."

나는 나를 부축해주는 남자의 손길을 밀어내며 이들 형제를 한 명씩 말끄러미 쳐다보았다.

"이게 지금 어떻게 된 거죠?"

시간을 돌이켜보자. 갑자기 병실에 들어서는 순간 어색하게 도망가던 간호사의 모습, 내가 집에 다녀오는 새 사라진 이들 형제의 어머니는 걱정될 텐데 연락조차 없고, 지나칠 정도로 느긋한 심다훈의 태도는 형제간에 아무리 사이가 안 좋다 해도 말이 안 되는 것이다. 모든 것이 주마등처럼 스쳐갔다.

가만……. 어째 나만 모른 채 뭔가가 진행된 기분이다. 이래저래 짜 맞춘 결론 앞에서 망연자실, 맥이 탁 풀렸다. 더불어 스멀스멀 분노의 기운이 몸속에서 기어 나오기 시작한다.

그대와의 버킷리스트

"아얘! 아얘! 아파요. 나 이래 봬도 환자인데."

"환자는 무슨 환자! 엉엉! 너무하잖아! 다들 작당하고 나를 놀렸어!"

두 주먹을 꽉 쥔 채 가슴을 펑펑 때려댔더니 엄살을 부린다. 이 남자 봐라? 뭐가 아파! 내 마음 아팠던 것보다 더 아파? 응?

사실 되는대로 때리는 척하고는 있지만 환자복 입은 사람에게 어찌 심하게 하겠는가. 모션만 컸지 사실 별로 아프지 않을 것이다. 나 그다지 손끝이 매운 편도 아니거든!

"미선 씨! 미선 씨! 진정해요, 진정."

어느새 두 손으로 내 양 손목을 감아쥔 그 예쁜 얼굴이 바로 앞까지 와 있었다. 부드럽게 휘는 눈매를 대하자니 또다시 화가 몰려온다. 우띠, 이거 놓으라고! 환자라면서 힘은 왜 이렇게 센 거얏! 익익대며 아등바등 용을 쓰니 확 끌어다가 아예 침대에 눕히고 위에서 누르며 씩 웃는다. 으에엑! 뭐야 이게!

"놔욧! 저 링거 줄 끌어다가 목을 졸라버리는 수가 있어!"

"손도 다 잡혀 있으면서 어떻게요? 발로?"

하라면 내가 못 할 줄 알고? 오른발을 뻗어서 씩씩씩 링거를 발가락에 걸려고 휙휙 내저으니 문가에서 킥킥 웃음소리가 들려왔다. 아차, 저 인간 심다훈도 여기 있었지? 워매 창피한 거.

"안티질의 절정이라고 생각했는데 이것도 안 먹히네."

안, 안티질? 뭔 소리야?

"나 두 사람 결혼 결사반대라고 했잖아요. 그래서 나름 수 쓴 건데."

"뭐라고요?"

그러니까 뭐야. 지금 이 모든 사태가 심다훈 댁 아이디어라는 이야기야? 나랑 심지훈 서로 감정 상하라고? 근데 그걸 또 시키는 대로 한 심지훈은 뭔데? 너네 형제 사이 나쁘잖아! 그것도 쇼였어?

온갖 잡다한 심상으로 복잡 미묘함이 얼굴에 가득한 나

를 지그시 내려다보던 심지훈은 형을 쳐다보지도 않은 채
입을 열었다.

"안 통한다고 했잖아. 이제 빚 청산도 끝났으니 꺼져주
셔. 애정 행각에 방해돼."

"아아, 기꺼이."

무슨 빚? 그리고 무슨 행각? 누가 누구랑 무엇을 한다고?
지금? 엄머머, 이 남자 죽은 척하고 누워서 혼자 무슨 생각
을 한 거야? 심다훈이 나가면서 닫히는 문소리가 저기 멀
리서 들리는 기분이다. 여전히 심통 어린 표정으로 입을 삐
죽 내민 채 바로 코앞의 인간을 말끄러미 쳐다보자니 그가
조금 음흉해 보이는 눈빛으로 입을 연다.

"얼굴 빨개졌어요. 무슨 생각하고 있기에?"

우익! 뭐, 뭐, 뭐래? 내가 뭘!

"손목을 콱 잡고 있으니 빼려고 힘써서 그런 거잖아요!
어서 놔줘요!"

"싫어요. 내가 원래 누가 내 걸 훔쳐 가면 꼭 돌려받는 성
격인 것 이미 알잖아요."

"대체 뭘 훔쳐 갔다고 그래요?"

어머머, 내 마음을 훔쳐 갔소, 뭐 이런 유치뽕짝 대사 하
려고? 이보셈, 그 멀쩡하고 반듯한 얼굴에는 안 어울리셈.
'궁금하면 오백 원'보다 더 안 어울린다고오.

"입술."

엥? 조금 전 내가 누워 있는 그대에게 질질 짜면서 한 것? 에이 그게 무슨 훔쳐 간 거야? 거참 나름 진지하게 뽀뽀 좀 해줬구만. 쪽쪽 몇 번 했다고 닳는 것도 아니고 어때 서……. 가만 어째 이거 기시감이 드는데?

"…… 어."

소리가 날 정도로 내 입술에 쪽 하고 입 박치기를 해준 심지훈이 살짝 짓궂어 보이는 표정을 그리며 입을 열었다.

"나라는 놈 도둑뽀뽀 당했다고 백화점까지 따라가 기습 키스 한 미친놈인 것 그새 잊었어요?"

"커헉."

아으, 맞다! 조금 전에 이 남자 깨어 있었지? 어헝헝! 새삼스레 창피해지잖아! 어째 내가 아까 '미친 새'라고 내뱉을 때 손에 힘이 들어간 것 같다 했어. 속으로 웃음 참고 있었던 거지? 크아악! 또 화난다고! 난 대체 두 형제의 농간에 그토록 진지하게……!

"……."

진지하게…… 반응한 걸까? 바보처럼, 멍청하게. 쩝.

조금만 주의를 기울였다면 알아챌 수도 있었을 텐데. 생각도 못 했다. 상상할 수도 없었다.

"후우우."

여태까지 퍼덕퍼덕하던 감정이 한순간에 사그라졌다. 진실된 분노란 이런 것일까? 느닷없이 머릿속이 차가워지는 기분이 들었다. 몸으로 한 줄기 날카로운 얼음 조각이 관통하는 기분? 감정적으로 질질 끌려가던 내게 오랜 시간 동안 가출했던 이성이 돌아왔다.

"미선 씨?"

가라앉아버린 내가 여태까지와 달리 무표정한 얼굴로 바로 앞의 심지훈을 또렷하게 노려보자 그가 고개를 갸우뚱 기울인다. 평소라면 이 겁나 귀여운 포즈에 꺄아아 넘어갔을 수도 있으나 지금은 그게 안 되네그랴.

"미친 새끼니 뭐니 막말한 건 미안했어요. 허락도 안 받은 채 멋대로 뽀뽀한 것도 잘못했고요. 기억상실인 척 농담했는데 그 농담 알아채지 못한 것도 진짜 바보 같았네요. 그러니 이제 그만 이거 놔줄래요?"

"어, 미선 씨 진짜로 화났어요?"

그럼 화 안 나겠니? 너희 둘이서 얼마나 짓궂은 장난친 건지 아직도 사태 파악이 안 돼? 보통 사람이라면 이 정도로 심한 장난질에 절교할 수도 있는 거라고! 머리 좋은 줄 알았더니 영 엉망이구나?

"내가 화낸다고 별달리 여겨주기나 해요?"

"미선 씨."

"난 그저 심지훈 씨나 심다훈 씨가 놀려먹기 좋은 멍청한 여자일 뿐이잖아요?"

어째 말이 조금씩 심해지는 기분도 들어 아차 싶었으나

생각할수록 화가 치밀어 자제하기에 이미 늦은 것 같았다.

"어떻게 이런 짓을 해요?"

그는 대답 없이 나를 물끄러미 응시만 한다. 보나마나 내 상태에 대해 스스로 판단을 내려 대응하려는 거겠지? 아씨, 그렇게 여기고 보니 화가 더 나네? 내가 왜 부처님 손바닥 위의 원숭이여야 하는데?

"맘대로 내 심리 상태 분석하려고 하지 말아요!"

버럭 소리를 지르자 그가 찔끔한 표정으로 눈을 깜빡인다.

"아니 나는……."

"직업병이라고 말하고 싶은 거예요? 지훈 씨 그런 눈으로 쳐다볼 때 상대가 기분 나쁠 수도 있다는 생각 안 해봤어요?"

억지다. 알고 있다. 하지만 어떤 꼬투리를 잡아서라도 나는 지금 내가 몹시 화난 상태라는 걸 어필하고 싶었다.

"장난이나 칠 생각이 들었어요? 어떻게 그래요? 내가 지훈 씨 사고 소식에 어떤 마음이었을 것 같아요? 지난 이틀 간 어떤 심정으로 누워 있는 당신 곁을 지켰는지 이해할 수 있어요?"

이런. 목이 메어서 목소리가 갈라진다. 나는 큼큼 소리를 내며 감정을 다스리려 노력했다.

"정말 바보 년이지. 심다훈 그 미덥지 않은 사람이 해주

는 말을 곧이곧대로 믿고는 나름 애쓴다고 꽃다발을 주문
하고 그간 있었던 일 나열해가며 웃기게 무릎 꿇은 채 고백
도 하고 그리고…… 그리고…….”

우이씨. 왜 자꾸 눈물이 나는 거야? 나 지금 화내는 중이
거든! 눈물샘에 설치된 수도꼭지 좀 누가 잠가줘!

“그리고…… 멍청하게 노력한다고 청혼까지 하고. 당신
하고 같이 하고 싶은 일을 리스트까지 작성해서…… 그랬
는데…… 사실은 자고 있는 척 거짓말한 거였고…… 거기
다 기억상실인 척 나 또 놀리고…….”

뭐라고 떠드는지도 모르겠다. 어느새 그에게서 빼앗듯
잡아당긴 내 두 손으로 얼굴을 가려버린다. 하염없이 쏟아
지는 눈물과 꽉 잠긴 목 때문에 말하는 것도 포기했다. 입
술이 파르르 떨려오며 꼭 다물어지지도 않는다.

“흐윽, 흐으윽…….”

목 안에서부터 뜨거운 뭔가가 솟아나 짙은 흐느낌을 생
성하기 시작했다. 정말이지 지난 40여 시간이 내게는 40년
은 된 것 같다. 이 남자와 만나 사랑하게 되었던 그 숨차도
록 빠른 기간에 잠깐 쉼표 하나 만들어주려다가 마침표를
찍어버린 건 아닌지 후회에 후회를 거듭했던 그 시간. 나는
분단위로 초단위로 감정의 파도에 휘둘려 절망했었다.

“지훈 씨를 좀더 믿지 못한 나를 원망했어요……. 어머님
말씀만 믿고 당신에게 확인조차 안 했던 내 어리석음을 저

주했어요……. 애초에 그분이 어떤 말씀을 하시든 듣지 말 걸 하고 후회를 거듭했어요…….."

결국 이렇게 먹먹했던 모든 감정이 약해진 전신을 휘감아 통곡하게 만든다. 끅끅 소리를 내며 억지로 말을 이어가던 나는 눈물로 범벅이 된 얼굴을 들어 그를 쳐다보면서 소리를 지르기 시작했다.

"나를 놔주겠다고 말하는 당신을 어떻게든 붙잡았어야 했는데! 바보처럼 그대로 보내서 그렇게 사고가 난 거라고!"

"미선 씨, 그만."

"왜 그랬어요? 도대체 무슨 생각으로 그렇게 나를 떠나려고 한 거예요? 은비한테는 왜 갔어요? 그 애 마지막으로 본 다음에 어디 가서 무슨 짓을 하려고?"

"그만, 그만해요! 내가 잘못했으니까!"

"나쁜 사람이에요! 만일 이 정도로 경미한 사고가 아니라 당신이 영원히 깨어나지 않았다면 나도 은비도 제대로 살아갈 수 없게 되는 거라고요!"

남자의 손이 내 어깨를 와락 끌어당겨 가슴에 꼭 안아준다. 나는 계속 커다랗게 울면서 기억도 안 나는 헛소리들을 지껄여댔다. 밉다고, 나쁜 놈이라고 계속해서 악다구니를 퍼부어준 것 같다. 아까같이 솜방망이처럼 툭툭 때려대는 게 아니라 온 힘을 다해 그의 가슴에 주먹질을 해대고 있었다.

"잘못했어요, 미안해요. 이제 다시는 놀라지 않게 할게요."

내가 아무리 버둥거려도 이 남자는 가만히 안고만 있었다. 억지로 뿌리칠까 잠깐 고민했지만 필요 없는 소모전일 것 같아 관뒀다. 어차피 모든 것이 그가 깨어나기를 바라며 한 행동이었잖아. 이 황당한 해프닝만 아니었으면 지금쯤 나는 하늘이라도 날 듯 기쁨에 겨워 하고 있을 것이다. 결국은 투정이다. 이 사람의 따뜻한 품에 안긴 것만으로도 내 분노는 눈 녹듯 사라지고 있었다.

"고마워요, 내 옆을 지켜줘서."

조용조용 귓가로 울리는 심지훈의 음성은 내 몸속에 작은 새 한 마리가 휘젓고 날아다니는 것 같은 간지러움으로 다가온다. 더불어 새소리가 재재재 귀엽게 노래해주는 것 같은 즐거움도 동반된다.

"내가 미선 씨를 힘들게 할까 봐 떠나면 그만이라고 생각했어요. 나 혼자 아프고 마는 게 서로를 위해 좋을 거라고 그렇게 멋대로 판단했어요."

"말도 안 돼요! 어떻게 그런!"

"알아요. 이제는 깨달았어요. 내가 얼마나 어리석었는지."

흐르는 눈물을 내버려둔 채 다시금 그의 품에 기대어 나직하게 울리는 이야기를 가만히 듣기만 했다.

"깨어났을 때 미선 씨가 바로 옆에 없기에 살짝 심술이 나서 형이 시키는 연극을 따라했던 건데 이렇게까지 사태가 커질 줄 몰랐어요. 미선 씨가 아니라 내가 진짜 바보예요."

내 젖은 눈가에 그의 입술이 살포시 맞닿았다. 부드러운 입술이 눈물 위로 닦아내듯 지나간다.

"미안해요."

말을 꺼내면 또 울음이 나올까 봐 고개만 가로로 내저었다.

"내게 다시 기회를 줘서 고마워요."

"나, 나도 고마워요."

혼자 그에게 고백할 때 되새긴 것처럼 나는 고맙다는 말에 후해지기 위해 간신히 입을 열었다. 의문이 담긴 그의 눈길이 내 눈동자를 향한다. 나는 희미한 미소를 품은 채 말을 이어갔다.

"내게 이렇게 돌아와줘서 고마워요."

심지훈의 맑은 눈동자에 감격의 기운이 일렁였다. 고맙다는 한마디에 이렇게 감동해준 덕분에 마음이 벅차올랐다.

"다시는 떠날 생각 말아요. 이제 나 당신 없이 살아갈 수 없음을 깨달았으니까."

다시 한 번 온 마음을 다한 내 고백에 그가 정말 해맑게
웃어주었다.

"사랑해요."

　낮게 스며드는 남자의 듣기 좋은 음성이 또다시 시의 한
구절처럼 진하게 다가온다. 새삼스러울 것도 없는 말인데
마치 처음 고백을 듣는 것처럼 심장이 튀어나갈 듯 뛰기 시
작했다.

"나도 사랑해요."

　내 수줍은 화답에 그의 숨결이 부드럽게 내 뺨을 타고 내
려가더니 가만가만 윗입술을 더듬는다. 본능적으로 고개
를 살짝 들자 두 입술이 만나 합쳐진다. 자연스레 벌어진
틈으로 그가 내 영혼이라도 삼켜버릴 것처럼 깊게 휘감아
오고 이미 익숙해진 남자의 향이 기분 좋게 내 안으로 스며
든다. 정신이 혼미해질 정도로 강한 심지훈의 향기.

"이상해요. 나쁜 냄새가 하나도 나지 않아."

　긴 키스의 여운을 즐기며 그에게 안긴 채 침대 위에 함께
누워 있다가 조용히 질문을 꺼내들었다.

"무슨 환자가 이렇게 깔끔해요?"

　정말로 의문이 담뿍 담긴 분위기를 팍팍 풍기자 그가 피
식 웃음을 삼킨다.

"짜잔 하고 미선 씨 앞에 일어났을 때 구질구질한 것 싫
어서요."

잉? 그 말인즉슨?

"에에, 설마 씻었어요?"

"물론이죠."

아, 뭔가 환상이 깨지는 소리가 와장창 하고 들린다. 동시에 내가 언제 돌아올지 몰라 후다닥 서둘렀을 모습이 상상되어 조금 웃음도 나오려 했다. 뭐 어쨌든 그건 지금 중요한 게 아니고.

"대체 언제부터 깨어 있었던 거죠?"

고개를 돌려 백허그 상태인 남자를 흘깃 쳐다보자 빙그레 미소를 보인다.

"비밀."

컥. 뭐야, 이 사람? 어째 잠들었다가 깨어나니 분위기가 좀 달라졌다. 조금 가벼워지고 조금 더 짓궂어진 느낌? 크흠, 자기 형 닮아가는 것 같다고 말하면 화내려나? 아까 보니 어째 둘 사이도 전과는 다른 공기가 감돌던데.

"설마 처음부터 깨어 있었다든가!"

"에이, 그렇지는 않아요."

웃는다. 아, 얄미워. 그래도 마냥 좋으니 나도 병이야, 병. 정말로 처음부터 깨어 있었는데 죽은 척한 거라면 진짜 그와의 관계를 정리해야 하나 고민해주려 했거늘. 다행히도 그건 아니라는 거지?

"그렇다면, 아까 나 집에 간 다음 어머님 혼자 계실 때 깬 건가요, 혹시?"

집요한 내 추궁에 방긋 짓는 웃음이 대충 정답을 맞힌 것 같기는 하다. 어째 유 여사님 따라 나서기가 불안불안 하더라니. 내 예감이 딱 맞았군! 나는 기막혀하며 몸을 반쯤 일으켜 그의 얼굴을 똑바로 들여다봤다.

"그때부터라면 대여섯 시간은 지난 것 같은데. 아니 무슨 직쏘도 아니고, 내가 이 대목에서 감탄해줘야 하는 건가요?"

의도적으로 한쪽 눈썹을 찡그리며 화난 척 표정을 지었더니 그가 손가락을 들어 슬쩍 내 미간을 눌러준다.

"직쏘? 누구더라? 아, 그 영화 〈쏘우〉에 나오는?"

"맞아요. 거기 나오는 계획적인 살인마."

말해놓고 보니 약간 비슷한 면도 있는 것 같긴 하네. 아주 계획적이고 치밀한 것 말이야. 음, 이런 생각은 말자.

"나 그 영화 1편만 봤는데 잔인하기만 하고, 당최 이해 안 가는 살인 사건만 저질러놓고는 끝에 보니 누워 있던 시체가 그놈이더라, 이것만 인상적이었거든요."

심지훈이 큭큭큭 소리 내어 웃음을 뱉었다.

"인상적인 영화긴 하죠. 이후 시리즈가 계속해서 나오긴 했지만 사실 아류작 같은 느낌이 강하기도 하고. 그래도 마니아들이 꽤 될걸요?"

그가 어깨를 으쓱 올려보고는 다시 시선을 맞춘다.

"난 거기서 직쏘의 대사가 기억에 남았어요. '대부분의 사람들은 살아 있는 것에 대해 감사할 줄 모른다'라는 의미심장한 한마디."

"흥, 그렇지만 그 한마디를 위해 대체 몇 명을 죽인 거람?"

"그렇다고는 해도 틀린 말은 아니잖아요."

갑작스러운 영화 논쟁을 멈춘 그가 손을 뻗더니 내 앞 머리칼을 가만가만 만지작거린다. 나른해지는 기분, 아아, 좋구나. 그리고 보니 내가 아까 침대에 엎드려 잠들었을 때 나를 살그머니 쓰다듬은 이 사람의 손길은 꿈이 아니었던 모양이다.

"미선 씨는 어때요? 난 이제 확실히 알 것 같은데. 살아 있는 것에 대해 감사하는 마음."

나는 조용히 그를 응시하다가 계속 내 머리께에서 움직이는 남자의 손을 잡아 그 손바닥에 살포시 키스했다.

"지금 이 순간 당신이 살아 있는 것에 대해서는 확실하게 감사할 수 있어요, 지훈 씨."

그가 으레 그 눈부신 미소를 머금는다. 그 모습이 너무나도 아름다워서 나는 다시 한 번 이 남자에게 반했다는 것을 느꼈다. 여태 몰랐지만 심지훈에게는 금세라도 부서질 것 같은 위태로움이 있었다. 완벽의 가면에 가려져 있었으나 어딘지 모를 안타까움이 그의 주변에 산재했던 것이다.

어쩌면 그것이 나를 이끌었고 내 안의 모성애를 끌어당겼다. 내가 그에게 빠져들 수밖에 없는 것은 그의 표면적인 아름다움이 아닌, 그런 아픈 내면 때문이었을지도 모를 일이다.

"앞으로는 차미선에게 포장되지 않은 심지훈 본연의 모습으로 머무르기. 죽음 앞에 다가갔다가 돌아온 당신 곁에서 계속 살아갈 내가 염원하는 거예요."

"명심할게요."

이번 일로 깨달았다. 그는 이제 내 마음의 완벽한 주인이다. 내 심장을 가져간 사람이다. 헤어진다면 나를 슬픔에 빠져 죽음에 이르도록 할 수도 있는 사람이다.

함께한 시간이 얼마고 언제부터 만났는지는 중요치 않아. 그의 어린 시절이 어떠했든, 내 과거가 어떤 식으로 꼬였든 그건 결국 인생 전체를 놓고 볼 때 사소한 문제일 수밖에 없다. 이미 내 영혼은 죽음이 갈라놓을 때까지 함께할 반려를 찾았으니까.

어쩌면 그를 처음 만났을 때부터 내 본능은 그걸 알고 있었을 것이다. 현실의 내가 그 사실을 받아들이거나 인정하지 않은 것뿐이지.

"앞으로는 절대 서로를 놓지 말아요."

＊

"그런데 이건 뭐예요?"

심지훈이 팔랑팔랑 내미는 종이를 보던 나는 '아' 소리와 함께 그걸 받아들었다.

"써놓은 그대로예요. 지훈 씨와 하고 싶은 버킷리스트."

"뭐하려고 이걸 적어놨는데요?"

"그게…….."

흐미, 새삼스레 얼굴이 달아오른다. 뭐하러 했냐고? 당근 창의성 제로 처절키스로 그대를 깨우겠소, 해도 효과가 없으면 엉엉 울면서 이거 하나하나 읊어주며 유치찬란하게 당신과 이걸 앞으로 하겠소, 그러니 일어나시오 꺼이꺼이 눈물바람, 뭐 이러려고 했던 거지. 눈치 빠른 사람이 그 정도도 몰라? 앙? 모를 리가 없지. 저 눈길 좀 봐. 또 나를 놀리려는 의도가 다분히 보인다고.

"잠든 내 옆에서 이거 읽어주면서 나 일어나라고 설득하려던 거 아니에요?"

거봐! 잘 아네! 근데 왜 물어봐?

"아깝다."

"뭐가요?"

"조금 더 참고 기다렸으면 미선 씨 목소리로 기분 좋게 읽어주는 이 버킷리스트 상세히 들을 수 있었을 텐데."

"뭐라고요?"

발끈해서 한마디 해주려는데, 침대 위에 걸터앉은 내 뒤로 다가와 가만히 끌어안는 손길 앞에서 말문이 탁 막혔다. 어깨와 목덜미 사이로 그의 턱이 얹어진다. 짜르르르 전기가 오는 것만 같아 살짝 움츠러든다. 내 머리칼이 그의 숨결 앞에서 내 마음처럼 가벼이 흔들린다.

"지금이라도 읽어줘요."

낮은 목소리가 귓불에 착 감겨온다. 아, 헤롱헤롱 정신을 못 차리겠구나!

"싫어요."

그래도 심술은 부려야지. 꿈결처럼 둥둥 떠오르는 내 영혼을 분노의 이성이 덥석 잡아 내렸다. 뭐가 어쩌고 어째? 조금 더 참고 기다렸으면? 내 애간장을 얼마나 촬촬 녹이려고? 이 차미선 속을 완전 새까맣게 타도록 만들려는 거야?

"왜요오오?"

오오옥! 부비부비하지 마! 이, 이 남자 애교도 있었어? 웬일! 웬일! 안 어울릴 것 같은데 아니잖아! 으헝. 커다란 털북숭이 개라도 된 것처럼 내게 기대오며 비비적거리는데 정녕 몸 둘 바를 모르겠다. 으흐흑, 아니지. 단순한 멍멍이라고 하기엔 이 미친 존재감 어쩌란 말인가!

"이, 이, 이, 이미 다, 다 읽, 읽어봤, 봤잖아요."

바보처럼 왜 말이 더듬더듬 나오지? 내 이 개그스러운 어투에 귓가로 느껴지는 낮은 웃음소리는 차미선에게 호흡 곤란 증세를 동반시키니. 오 맙소사! 내 얼굴에 청색증이 왔을지도 몰라. 꺄아아! 어떡해?

"그래도 미선 씨 목소리로 듣고 싶은데. 미선 씨라면 내가 이런 것 작성했을 때 내 목소리로 직접 읽어주는 거 듣고 싶지 않겠어요?"

다, 다, 다, 당연히……! 심지훈이 나와의 버킷리스트를 작성해 저 섹시한 목소리로 조곤조곤 귓가에 속삭여준다니! 상상만으로도 등에 소름이 보스스 일어나는 기분이 들고 귀 바로 아래까지 벌쭉 미소가 걸린다.

"그러니까 어서 읽어봐요."

"네에."

그의 긴 두 다리와 단단한 두 팔 사이에 갇힌 나는 꼼짝달싹도 못한 채 이 남자를 온몸으로 완연히 느끼며 내 손에 들린 리스트에 멍한 시선을 꽂았다. 그런데, 하얀 것은 종이고 까만 것은 글씨로구나아아!

아무것도 보이지 않는다. 이는 정녕 책 한 줄 못 읽고 잠든 뒤 부랴부랴 늦은 출석만 겨우 하여 맞대한 시험지 같도다! 내가 쓴 한글인데, 어째서! 어째서?

"안 되겠어요?"

"어떡해! 글씨가 안 보여요. 힝."

울상을 지어 보였더니 고개를 갸웃 기울이는 게 느껴진다.

"그럼, 어쩔 수 없죠. 그냥 내가 읽어볼게요."

대답도 못 한 채 고개만 끄덕끄덕 움직여주자 피식 웃는다. 근데 또 그 콧바람이 내 귓바퀴를 한번 흔들고 가네그랴. 아후, 짜르르르르르 하는 소리가 이명이 되어 온몸을 울리누나! 왜 이러냐고? 누가 보면 10년 수절한 여편네가 죽은 줄 알았던 남편 돌아와 애욕에 온몸을 떠는 줄만 알겠네.

"1번, 공개적인 장소에서 한 시간 이상 키스만 하고 있기."

두둥! 헉, 이를 어째! 처음부터 강한 걸로 나가보자고 시작한지라 대뜸 저런 민망스러운 리스트부터 나왔다!

"와아, 이게 가능할까? 어떻게 이런 생각을 했어요? 의외네, 미선 씨."

큼큼큼 마른기침을 뱉고 말았다. 차라리 내가 후다닥 읽고 지나갈걸 그랬나? 아흐흑, 왜 이렇게 창피해?

"그, 그냥 써놓은 거예요. 글로는 뭔들 못 해요? 게다가 이거 듣고서 잠든 지훈 씨 벌떡 일어나라고 쓴 거라, 되도록이면 자극적으로……."

"우리 꼭 해봐요. 기대된다."

잉? 뭐냐, 이 반응은? 몹시도 즐거운 듯 콧노래까지 흥얼거리면서 긴 팔을 뻗어 펜을 집어 들더니 1번 항목 옆에 사인까지 한다. 뭐하는 거냐고 물어보자 접수한 표시란다. 어헐.

"어디가 좋을까요. 명동? 대학로?"

"에엥? 뭐가요?"

"한 시간짜리 키스. 둘 중 어디든 젊은 사람들이 많은 곳이니까 욕을 먹지는 않겠지만 민망한 환호와 함께 유투브 같은 곳에 실시간으로 뜰 각오는 해야겠네요."

크헉! 뭐라고? 아니 이보셈! 리스트를 리스트로만 받아들여! 소망을 적기는 했으나 꼭 해야 한다는 건 아니었다고! 게다가 명동? 대학로? 으허헐…… 이를 어쩌란 말인가! 내가 내 무덤을 팠구나!

"공개적인 장소라고 했지, 언제 그렇게 사람 많은 데라고……."

"기왕이면 기억에 강하게 남아야죠! 원래 사람 심리라는 게 당시에는 망설여져도 정작 하고 나면 성취감이 강하거든요. 망설이다가 패스해버리면 두고두고 기억에 남아 후회하게 되니까."

아니! 그게 아니잖아, 요지는! 난 공개적 장소라고만 했지 그렇게 엄청난 인파 속에서 꼭 행해야 한다고는 안 했어! 흐엉엉엉!

"음 그리고, 또…… 2번, 3번, 4번……. 내가 아까 감동 받은 게 어디 있더라? 아, 여기다."

리스트를 꼼꼼하게 살피던 남자가 어느 한곳을 손끝으로 짚었다.

"5번, 영화관에서 에로 영화 한 장면 찍기."

"아, 하하하. 저기…… 그건 그냥 어디서 베낀 거예요……."

내 목소리 왜 점점 작아지는데? 으흑, 정말이지 저거 작성할 때 나는 제정신이 아니었다고! 다시마 눈물이라고 들어봤어? 나 지금 딱 그런 상태야. 그런데 내가 그러거나 말거나 이 남자 아주 신이 난 것 같다?

"이거 제 취향이에요. 당근 오케이하죠. 느낌 아니까."

"헉?"

또 사인한다! 아니, 잠깐만! 그런 게 아니라!

"요즘 영화관들은 좌석 사이 손잡이가 모두 유동적이니까 아예 한 여섯 좌석쯤 연석으로 다 사서 편하게."

"무…… 뭐…… 뭐, 뭐를요?"

"아니면 통째로 빌려볼까요? 여자들 그런 거 로맨틱하게 여기잖아요. 드라마 보면 카페나 영화관이나 이런 데를 아예 둘만의 공간으로……."

"으아악! 지훈 씨!"

난 결국 참지 못하고 벌떡 일어나며 그의 손에서 종이를 탁 낚아챘다. 나 정말! 도대체 왜! 이따위 꽝당하기 그지없는 소리나 지껄인 종이를! 어째서! 만든 거냔 말이다!

"몽땅 다 취소예요! 내가 잠시 이벤트 아이디어에 목마른 나머지 정신이 나갔었나 봐! 못 본 걸로 해요! 애초에 이런 버킷리스트는 없었어요!"

그냥 확 구겨서 쓰레기통에 버릴까? 박박 찢는 건 오버로 보이려나? 아님 완강한 표현으로 앞에서 우걱우걱 먹어버려? 종이 맛이 어떻지? 배탈 나던가? 씹으면 삼켜지기는 해? 그럼 거기 묻어 있는 잉크는?

"큭큭, 미선 씨."

오만상이 다 그려지는 내 얼굴을 보던 남자가 결국 참았던 웃음을 뱉더니 손을 뻗어 내 어깨를 잡는다. 소리를 크게 내지 않으려 노력 중인 것 같지만 어깨까지 들썩대는 폼이…… 우띠, 나 또 놀림에 넘어간 거지? 화를 내며 확 뿌리치자니 압박붕대가 감긴 그의 왼팔이 신경 쓰여 멈칫했다. 부러진 건 아니라지만 금이 갔다잖아, 금이.

"웃어서 미안해요. 그런데 정말로 놀린 건 아니에요. 그 중 재미있는 걸 먼저 읽은 것뿐이지."

"아, 몰라요. 내가 너무 생각이 없었나 봐. 안 해도 괜찮아요. 그냥 써보고 싶었고 별로 생각나는 게 없었을 뿐이에요."

마구 손사래를 치자 그가 잠깐 동안 가만히 나를 응시하기만 한다. 왜? 그렇게 아쉬워? 내가 당신 속사정까지 다 알게 되고서도 받아들였다고 너무 막 나가는 것 아니니? 고급스러운 외모와 매치 안 되게 왜 이래? 들이댈지언정 그전에 폼 잡던 럭셔리 가이 심지훈이 살짝 그리워지는 건 내가 문제 있는 건가?

"9번하고 10번 같은 것들도요?"

망상에 젖어 있는데 그의 입술이 열리며 조심스러운 질문이 들려온다. 9번하고 10번? 뭐였더라? 잠깐 생각이 안 나 눈동자를 데구루루 굴리자니 심지훈이 다시금 조용히 말을 꺼낸다.

"9번, 지훈 씨 친어머니와 형수님 찾아뵙기."

그는 종이를 들여다보지도 않은 상태였다. 이미 다 외웠다는 소리구나. 에효 못 살아.

"물론 그건."

나는 되도록 차분한 어투로 대답을 시작했다.

"생각 없이 써놓은 건 아니었어요. 10번 역시."

10번을 언급하는 내 눈빛에 어떤 의지가 보였을지도 모를 일이다. 그의 눈동자에 찰나였으나 흔들리는 감성이 지나가는 게 느껴졌다.

"음, 10번은 조금 고려해봐야겠지만."

심지훈이 쓸쓸한 미소를 그린다. 어째서? 왜? 이것만큼은 양보할 수 없다는 생각에 입술을 꾹 다문 채 그를 직시한다. 나는 정말로 당신을 닮은…….

"안 된다고 완강하게 나가고 싶으나 고려한다고 말 바꾼 거예요. 막무가내로 진행시키지는 말고 충분히 시간을 주세요."

"그래도. 나도 이제 나이가 있는데요."

216

"미선 씨는 아직 많이 젊어요. 걱정 말아요."

아니 이봐! 그건 당신 생각이고! 나도 나지만 은비와 은솔이에게 너무 큰 터울 지는 동생을 만들어주기는 싫단 말이야!

따지고 싶은 생각이 확 솟구쳤으나 일단 참는다. 그가 어떤 생각과 어떤 두려움을 가지고 있는지 대충 짐작이 갔기 때문이다. 서두른다고, 밀어붙인다고 될 일은 아닌 것 같으므로 일단 한발 물러서기로 마음먹었다. 좋지 않은 선례인 그의 형수 문정원만 봐도 알 수 있지 않은가.

"솔직히 조금 놀랐어요."

그는 나를 끌어다가 이번에는 마주 보고 앉았다. 왠지 눈빛을 마주하기가 버거워 나는 살짝 고개를 숙였다.

"돌아가신 두 여자분들 찾아뵙겠다고 생각한 것 자체가."

"그냥 그 두 분 모두 지훈 씨와 함께하는 내가, 차미선이 어떤 사람인지 궁금해하실 것 같았거든요."

희미한 미소를 품은 채 시선을 들어보니 그의 표정이 더없이 진지해져 있다. 조금 전까지 장난을 치던 이의 얼굴이 아니다. 새삼스레 그런 모습이 너무 멋있어서 가슴이 콩닥콩닥 내 머릿속까지 어지럽게 했다.

"지금 나는 내가 미선 씨를 선택하고 잡은 게 얼마나 잘한 일인지 스스로에게 상을 내리고 싶어졌어요."

어머, 또 손발이 오글오글해지는 말을 해주잖아. 심장이 간지럽다. 시선을 어디에 둬야 할지 모르겠다.

"단순히 첫눈에 반해서, 처음 본 순간 내 영혼이 울려서 만난 사람이기에 앞서 당신은 참 멋진 여성이에요."

이런, 또다. 한 단계 뭔가 업그레이드되는 느낌.

그의 칭찬이 나를 성장시킨다. 별 볼일 없는 쇼핑 중독 이혼녀였던 차미선을 당당한 여자로 만들어준다. 그가 내 삶을 돌아보게 해주었고, 잘못된 기억을 바로잡고도 상처받지 않도록 해주었으며, 인생에 있어 무엇이 정녕 소중한지 깨닫게 해서 내 아이들을 보다 귀하게 여기도록 해주었다. 그러더니 이젠 스스로의 자존감도 드높게 세워준다.

"지훈 씨가 나를 이렇게 바꾸어주었잖아요."

절로 미소가 지어졌다. 그에게 이런 식으로 말할 수 있게 된 내가 너무 마음에 들었다.

"당황스럽게 여기지 말고 그냥 우리 여기 있는 것 다 해보기로 해요. 미선 씨가 작성한 리스트 말이에요."

"아니 이건 정말 말이에요, 지훈 씨."

갑자기 또 버킷리스트 이야기로 돌아가는 남자에게 나는 핀잔하듯 말을 건넸으나 그는 고개를 젓는다.

"당장 다 해보자는 게 아니에요. 우리가 무슨 시한부로 짧은 날을 받아놓은 것도 아니고. 살아가며 이벤트 하듯 하나씩 해보는 거죠. 가령 결혼기념일이라든가."

"에…… 결혼기념일이오?"

"내가 먼저 청혼했고 미선 씨도 아까 내게 청혼했으니 이제 우리 식만 올리면 되는 거잖아요."

어라? 갑자기 이야기가 그쪽으로 확 진행되는 이유가 뭔데?

"이 리스트는 결혼식 이후에 해보는 걸로 하죠. 난 이제 일분일초가 아까우니까. 가능하다면 내일이라도 식 올리고 미선 씨랑 같이 살고 싶거든요!"

에에? 아니 이 사람 뭐라는 거야? 번갯불에 콩을 볶아 드실 기세일세!

"뭐 굳이 식 같은 것 필요 없으면 그냥 다 생략해도 되는……."

"으악! 그건 안 돼요!"

아니 이보셈. 나야 그렇다 쳐. 댁은 초혼이잖아! 아무리 남자라지만 어떻게 인류지대사라는 결혼을 확 넘기려는 건데? 이래 놓고 훗날 늙어서 나 구박이라도 하려고? 어머, 같이 늙을 생각하니 난 또 왜 이렇게 좋지?

"훗, 난 정말로 왜 미선 씨가 무슨 생각하는지 다 보이는 걸까요?"

"어머머 그거야……."

우리가 운명이라서 그렇지, 뭐. 쳇, 나는 심지훈이 아니라서인지 이런 닭살 멘트가 그냥은 잘 안 나온다. 나중에 둘이서 술이라도 한잔하면 술술 입에서 나와주려는지.

"알았어요. 간단하게 가족끼리만 모여서라도 식은 올리는 걸로 해요. 일단 퇴원하는 대로 미선 씨 어머님부터 정식으로 뵙도록 하고."

"그렇게 급하다면 혼전에라도 같이 살죠, 뭐. 지훈 씨 집에 그냥 내가 들어가도 좋지만, 그러려면 어머님 골동품부터 치워야 하는데 쉽지 않을 것 같기도 하고."

뻔뻔하게 드디어 말했다! 그의 조금 놀라는 듯한 시선이 돌아왔지만 애써 모른 척 당당하게 고개를 쳐든다. 아, 근데 왜 얼굴이 점점 뜨거워지는 건데?

난 왜 심지훈 앞에만 서면 이렇게 작아지는가!

"흠, 진심이죠?"

"네에, 물론이에요."

아니 요즘이 무슨 조선 시대도 아니고. 날까지 다 받아놓으면 같이 살 수도 있지. 솔직히 신혼 때라고 해도 은비랑 은솔이까지 데리고 나오면 그때는 깨소금 재미 안 날 테니까 핑계 김에 혼전의 짧은 기간이나마 신혼 놀이 해보겠다는 거라고. 둘만의 알콩달콩 예쁜 2인용 살림도 해보고 말이야. 난 먼젓번 결혼 때도 바로 시어머니랑 시누이 모시고 살았거든. 물론 고승찬 그 인간과 뭘 했든 당신과 하는 일과는 비교도 되지 않으리라는 걸 알지만.

"20대 후반 한창인 남자를 이런 식으로 화끈하게 유혹하다니. 의외인데요. 기대에 부응하려면 내가 노력을 많이 해야겠어요."

에엥?

"무슨 소리예요? 난 지훈 씨 밥도 아침마다 내가 챙겨주고, 빨래도 해주고 뭔가 신혼다운 아기자기한 살림을……."

"내가 언제 식모가 필요하다고 했어요? 에이."

응? 엥? 뭐? 정신을 차리기도 전에 그의 오른손이 내 허리를 확 낚아채더니 어느새 내 등이 침대 위에 면해 있다.

"지, 지훈 씨? 여기 병원이거든요!"

내 위로 올라온 그의 얼굴을 쳐다보면서 허둥지둥 밀어내려 했으나 꿈쩍도 않는 남자의 힘이란. 환자 맞아?

"어차피 우리 둘뿐, 아무도 없잖아요."

"누가 들어오면 어쩌려고 이래욧!"

"음, 그러니까 내가 이러는 건 괜찮은데 누가 들어오는 것만 아니면 된다는 말이죠?"

으악! 왜 맘대로 해석하는 건데!

"아, 아니 그……."

똑똑똑.

때마침 노크 소리가 들린다. 시계를 보니 담당 간호사의 혈압 체크 시간이다. 아하하, 다행히도 민망한 타이밍은 모면하는구나! 안도하려는데 이 사람이 그대로 있다! 에엑, 뭐지? 싱긋 웃는 심지훈의 얼굴에 장난기가 가득하다.

"허억, 서, 설마!"

"후후."

환자 침대에 드러누운 차미선 위에 환자복 차림의 쌔끈남 심지훈이 포개져 있는 상황. 문이 서서히 열린다! 꺄악! 뭐야, 이 남자!

"어, 어머머!"

놀란 간호사가 들어오다가 멈칫하자 그가 그쪽을 보며 미소 띤 얼굴로 말을 건넸다.

"저 지금 혈압하고 체온 재면 정상치로 안 나올 것 같아서요. 나중에 다시 와주시겠어요?"

현재 상황과 어울리지 않는 상큼한 심지훈의 언사에 젊은 간호사는 '네에' 소리만 남긴 채 발긋하게 홍조가 올라온 얼굴로 사라지며 문을 살며시 잠가주고 나가는 센스까지 발휘했다. 창피함과 민망함에 두 손으로 얼굴을 가렸던 나는 문제의 남자를 노려보며 노발대발 소리를 지르려다가 모든 말을 그의 입속에 쏟아 넣는 결과 앞에서 결국 항복하고 말았으니.

이후는 모두의 상상에 맡긴다. 묵념.

그의 이야기 4. 지울 수 없는 기억

꿈을 꾸었다.
그것은
오래 전에 지워버린 아픈 기억의 한 자락.
평온하고 따사롭던, 드넓은 백사장에서
두 어린 소년이
아기자기한 모래성을 쌓아 올린
지극히 짧고도 아련한 이야기.

"지훈아, 이리 와봐."
　상냥한 음성, 밝은 분위기와 예쁜 미소. 나무토막처럼 가
만히 서 있는 내 작은 손을 감아쥐어 이끈다. 남자아이라고

믿기 힘들 정도로 섬세하고 부드러운 느낌이었다.

"괜찮아, 괜찮아."

백사장에 닿자마자 움츠러드는 내 손가락을 천천히 펴주면서 진득한 인내심으로 모래를 한 알 한 알 손바닥 위에 올려놓는다.

"이건 절대로 더럽거나 무서운 게 아니야. 자, 봐! 햇빛을 받으니 반짝반짝하잖아. 보석 같지 않니?"

맞대한 눈동자가 너무 맑고 아름다워 계속 쳐다보기 어려울 지경이었다. 입 끝을 늘려 자연스레 걸리는 상대방의 미소는 내 가슴속에 묵직한 어떤 느낌을 생성했다.

"넌 그냥 조금 느린 거야. 이렇게 하나하나 만지고 느끼다 보면 곧 보통 사람들과 똑같아질 테니까."

누구도 들려준 적 없는 희망 가득한 소리를 내뱉는 소년에게 뭐라 대꾸해주고 싶은데 입술이 열리지 않는다. 그저 말끄러미 인상 좋은 그 얼굴만 응시하고 있었다.

─네가 미워!

엄마는 나를 항상 윽박질렀다.

─네가 정상적이기만 했어도 그 사람이 나를 이렇게 버려두지는 않았을 거야! 이런 게 왜 생겨서! 차라리 태어나지 말지!

성마른 고함은 어린 나를 뒤흔들었다. 웃을 수도 말을 할수도 없게 되었다. 많은 어른들이 무서운 동정의 시선을 보냈다. 무수한 또래 아이들이 손가락질했다. 심지어 내 친아버지라는 사람은 나를 만져보는 것도 싫어했다.

나는 그렇게 메마른 세상에서 하루하루 죽어가던 아이였다.

"예쁘지? 까끌까끌한 게 느껴지지?"

그런데, 처음으로 나를 향해 웃어주고 보통의 아이처럼 대해주고 괜찮다고, 똑같아질 거라고 말해주는 사람이 생긴 것이다. 그것도 안타깝다는 눈길로 응시하던 숱한 어른들이 아닌, 나보다 불과 몇 살 많은 어린 소년이.

왠지 모르게 눈시울이 달아오르는 느낌이 다가왔다. 생경하다. 이런 감정 처음 접해보는 것이다. 어떻게 반응해야 할지 알지 못해 당황스러웠다.

"음, 말 안 해도 알 것 같은데. 너 방금 나한테 고맙다고 한 거 맞지?"

나한테서 계속 대답이 없는데도 큰 소리로 웃음을 터뜨린다. 무엇이 그리도 즐거운지 나를 향해 생글생글 예쁘고 행복한 미소를 보여준다.

뭘까, 이건?

내가 잘 아는 얼굴이지만 동시에 너무도 낯선 이 맑은 웃음은 누구란 말인가? 친절하고 희망적이다. 지극히 염세적이던, 내가 아는 그 인간의 성격과 너무도 달라 짙은 괴리감이 팽배했다.

"저랬었나?"

어째서 새삼스레 이런 장면이 떠오를까. 이것은 진실인가? 내 뇌리에서 지워버린 추억의 일부일까? 정말로?

"형."

어느새 오래된 사진처럼 정지된 그들의 장면을 내가 가만히 응시하고 있다. 당시에는 결국 입 밖으로 꺼내지 못한 말들이 절로 새어 나오기 시작했다.

"고마웠어."

나를 평범한 동생으로 여겨주고 잘 돌봐주었잖아.

손을 뻗어본다. 그 어린, 열 살도 안 되어 보이는 해맑은 이를 만져보고 싶어 천천히 팔을 움직인다.

파삭…….

"아."

한순간에 무너지는 모래성처럼, 낡은 두 소년의 영상이 단박에 가루가 되어 흩날린다. 어쩌면 저것은 산산이 부서진 행복이라는 이름의 작은 조각들.

"가슴이 아파."

중얼거림이 절로 내뱉어진다. 은은한 슬픔이 전신을 휘감는다. 이럴 필요 없잖아. 너무도 짧았던 이런 기억 한끝을 잡은 채 가슴 아프다고 눈물을 흘려야 할 이유는 무엇인지? 그렇지만 또다시 한쪽으로 밀어 넣어 묻어버리기엔 안타깝고 아쉽다.

"이젠 잊고 싶지 않은데."

고개를 살래살래 흔드는 순간 세상이 바뀐다. 여태껏 찬란하던 태양빛이 구름에 가려지고 칙칙한 스산함이 몰려와 어깨가 선뜻해진다.

"어……?"

다시금 소년의 뒷모습이 내 앞에 나타나 있다. 번뜩 치솟는 반가움에 그 어깨를 돌려세운다. 그러나…… 조금 전까지 맑게 미소 짓던 소년의 얼굴에는 서릿발 같은 냉기가 감돌았다. 같은 듯 다른 사람.

"너 같은 건 내 눈앞에서 사라져버렸으면 좋겠어."

아아, 그렇지. 이런 모습이야. 내가 진짜로 기억하던 너라는 인간은. 바보 같은 예쁜 웃음 따위는 어울리지 않는다. 한 소년이 다른 소년을 향해 내뱉는 독설, 쓰디쓴 약이 발라진 아픈 단어들, 죽음의 숨결이 입혀진 슬픈 목소리. 하지만 그게 훨씬 익숙해.

"대답도 못 하고 제대로 쳐다보지도 못하는 너 같은 병신 인형 따위 없어지기를 바란다고! 너만 아니었으면 엄마가 죽지 않았잖아! 널 저주해! 널 죽여버리고 말 거야!"

귀가 찢어질 것처럼 커다란 비명으로 악다구니를 퍼붓는 그 소년은 바로 나의 형 심다훈이다. 죽은 어머니와, 그리고 미운 아버지와도 많이 닮은, 아프고 슬픈 눈의 못된 소년.

그래, 아까 그건 환상이었어. 누구나 하나쯤 간직하는 어릴 적 고운 추억 하나 만들어보고 싶었던 내 소망이 빚어낸 신기루일 뿐이야. 그걸 두고 고민하다니 정말 바보 같다.

"훗."

기억하는 한, 내가 아는 심다훈은, 날 향해 웃어준 적이 단 한 번도 없었던 것이다.

*

이후로도 수많은 꿈들이 밀물처럼 찾아왔다가 썰물처럼 떠나갔다. 그중 가물가물 잡히지 않는 건 아주 어린 꼬맹이 시절의 추억들이다. 안타깝지만 손가락 사이로 빠져나가는, 보석같이 하얀 모래알갱이처럼, 내 머릿속에 그 작은 흔적조차 남아 있지 못했다.

그런데, 왜 이렇게 슬픈 것일까?

기억해내지 못하는 뭔가가 절절하게 가슴을 조이고 눈가를 뜨겁게 만들었다. 답답했다. 슬펐다. 그리고 아팠다.

잊혀진 것들, 지워진 것들, 버려진 것들, 또…….

무성의 흑백영화처럼 색을 잃은 흐릿한 장면들이 한쪽에 차곡차곡 쌓여만 간다. 펼쳐보면 모두 후드득 떨어지고 파사삭 부서질 것만 같아 건드리기도 무서운, 그런 오랜 기억. 지워지지 않았다지만 펼쳐볼 수 없는.

—지훈 씨.

순간, 그것들을 가만히 쓸어보며 미련으로 매여 있는 나를 잡아끄는 목소리가 들려왔다. 소스라치게 놀라 고개를 돌린다. 내가 여태 집착하던 오랜 기억과 대조적으로 알록달록 화려한 색감의 영상이 하늘을 수놓고 있다. 그제야 현재의 심지훈을 있게 하는 소중한 기억의 잔영들이 나를 목이 터져라 부른다는 사실을 깨달았다. 손끝에 미묘한 열기가 전해진다.

나 여태 뭘 하고 있었던 거지?

깨달음이 뇌리를 강타한다. 내가 사랑하는 여인을 향했던 내 손길에 화끈함이 더해져 점차 뜨거워진다.

―지훈 씨.

"…… 미선 씨."

입에서 무의미한 단어처럼 그리운 이름이 튀어나왔고 어렴사리 소리로 토해내고 나자 온몸에 퍼져 나가는 감정으로 붉은 피가 심장을 향해 출렁인다.

차미선, 그녀의 음성.

차미선, 그녀의 향기.

이럴 수가! 내가 놓아버린 여자가 가까이에 있는 것만 같다!

"이러지 마, 심지훈. 너는 그녀를 놓아주었잖아."

어서 다시 가버리라고 말해야 하는 걸까? 당신과 나는 헤어졌으니 이렇게 다정히 부르지 말라 충고해야 할까?

"달아날 수 있을 때 달아났어야지. 내가 당신에게서 먼저 등 돌렸을 때에."

그런데 어떡하지? 이렇게 죽음이 목전에 이르니 깨달아 버렸어. 나 당신 절대로 포기 못 할 것 같아.

"하하하……."

헤어지자고 했던 말 모두 취소야. 이대로 미쳐서 당신을 괴롭히게 될 수도 있지만 내 마음이 이제는 너무나 이기적으로 돌아가버렸거든.

"미안해."

그러니까 다시 내게로 와. 천천히 걸어도 괜찮으니 종착지점이 심지훈이기만 하면 돼. 나 다시 기다릴 수 있어.

─지훈 씨……. 언제까지 이렇게 잠만 자고 있을 거예요?

낭랑한 그녀의 목소리가 또 울려온다. 그 목소리가 멀리 하늘 끝에서부터 노을처럼 퍼져 내 꿈속 세상을 곱게 물들이기 시작한다.

─내가 잘못했어요. 그런 식으로 경솔하게 헤어지자고 말한 건 정말정말 멍청한 짓이었어요. 당신보다 다른 사람을 믿은 건 차미선이 세상 최고의 바보라서 그런 거예요. 그러니까 제발…… 눈을 떠요.

아, 이럴 수가! 그토록 듣고 싶었던 차미선의 이야기다.

정말인가? 들려오는 이것이 진정한 그녀의 마음일까? 아니면 내 상상이 만들어낸 또 다른 허구? 부디 진실이었으면 하는 바람으로 허겁지겁 몸속으로 생기를 불어넣어본다. 찾아야 한다. 당장 잡아야 한다. 다급한 마음이 내 심장을 다시금 미친 듯 펄떡이게 만들어 차갑게 식었던 붉은 피에 열기가 돌며 온몸을 일깨우도록 두드린다.

그런데?

—죽어버린다고 정말 가버릴 생각이냐?

다른 누군가의 맥 빠진 말투가 새로 다가온다. 낯익은 음성, 그렇지만 훨씬 메마르고 날카로워야 할 그것은 기억 속에 머무르는 느낌보다 정적이고 차분하여 낯설다. 누구? 설마?

—그만 일어나. 이런 건 진짜 재미없어.

심통 난 어린아이 같은 저 말투 때문에 왠지 웃음이 날 것만 같다. 팔락. 어둡게 쌓였던 흑백 화면 같던 영상 한 조각이 내게로 날아든다. 그건 작은 장난감 자동차 때문에 나와 형이 실랑이를 벌이던 아주 어린 시절의 기억 한 자락. 모래성을 쌓던 때보다 더 작아진 심다훈이 마지못해 어린 아기에게 장난감을 양보하는 낯선 장면.

—이젠 죽어버리라는 말 같은 건 하지 않을 테니까. 너까지 죽어버리면 나는 정말 어찌해야 할지 모르겠어.

혼잣말처럼 잠겨드는 속삭임이지만 정확하게 알아들을 수 있다. 다른 의미로 심장이 쿵쿵거리며 뛰기 시작한다.

이는 여태껏 꽉 감겨 있던 무거운 눈꺼풀을 걷어 올리도록 밀어내고 말았다.

"…… 분명히 들었다."

나는 잘 움직여지지 않는 입술로 단어를 먼저 뱉어냈다. 그러고는 내 옆에 우두커니 선 흐릿한 형체에 초점을 모으려고 노력했다. 서너 번의 깜빡임 뒤에 길쭉한 인영이 새하얀 가운을 입은 내 형의 모습으로 완성되었다.

"……."

내 기억 어디를 뒤져봐도 찾을 수 없는 놀라고 얼빠진 얼굴로 나를 내려다보고 있는 심다훈이 시야에 들어온다. 시선이 또렷하게 마주치자 그제야 정신이 든 듯 재빨리 표정을 바꾸었으나 이미 내가 다 목격한 이후였다. 큭, 아쉽다. 저 완벽한 척하는 포커페이스 면상이 망가진 꼴을 오래 못 봐서.

"깼냐?"

멋쩍은 듯 고개를 슬쩍 돌리는 행동거지에는 웃음이 나왔다. 항상 뾰족하게 날 선 말만 뱉어대던 인간 같지가 않다. 새삼스레 조금 전까지 내게로 파도처럼 덮여오던 기억의 물결들이 떠오르면서 눈길에 아련한 감정이 담기고 말았다.

"뭐야, 왜 그렇게 쳐다봐? 식상한 스토리처럼 누구세요, 저 기억이 안 나요, 나는 누구 여긴 어디, 이따위 대사 하는 건 아니겠지?"

내용은 웃긴데 어투는 시니컬한 저 대사에 어이가 없어 피식 웃었더니 미간을 좁힌다.

"진짜 이상하네. 웃어?"

허리를 숙이더니 내 얼굴 바로 앞까지 눈동자를 갖다댄다. 잠깐 동안 눈만 깜빡이던 나는 손을 들어 그 얼굴을 확 밀어냈다.

"들이대지 마."

"흥, 반응은 정상이군."

"싫다는데도 와서 들러붙는 건 예나 지금이나……."

응? 말을 내뱉은 나나, 이를 들은 심다훈이나 잠깐 놀란 반응이었다. 얼마간의 어색한 공기 뒤에 먼저 입을 연 건 나였다.

"나 얼마나 오래 이러고 있었던 거야?"

형이 시계를 흘깃 들여다보더니 대답을 들려주었다.

"48시간쯤."

내가 눈길로 누구를 찾는지 아는 듯 형이 피식 웃는다.

"헤어졌다면서. 왜 찾아? 그 여자 딸 구해줬으니 은인에게 다시 돌아오세요, 이런 신파라도 찍냐?"

아, 이 밉상 같으니.

"그딴 식으로 말하면 재미있어?"

평소처럼 뭐라도 집어 던지고 싶은 마음이 굴뚝같으나

몸이 따르지 않으니 슬프다. 상체를 일으키려다가 포기하고 다시 입술을 뗐다.

"어디 갔지? 내가 아까 분명히 목소리를 들은 거 같은데."

"흥."

말 안 해주겠다 이거지? 아무튼 유치하기는.

"어머! 지훈아!"

때마침 담당의와 함께 병실로 들어서던 어머니가 나를 발견하고는 기쁨 가득한 표정으로 달려오신다. 부드럽게 웃어 보였으나 공허한 마음속은 채워지지 않는다. 그녀 차미선은 어디로 갔나? 왜 내가 깨어난 순간 곁에 없는 걸까? 설마하니 저 거짓말쟁이의 말처럼 병실에 찾아오지도 않은 건 아니겠지?

*

약에 취해 다시 잠이 들었던 것 같다. 오한이 들고 사지가 아파왔다. 모두가 말리는데 무리를 해서 샤워를 한 게 가장 큰 잘못이었다. 아니 어쩌면 심다훈, 내 형이라는 인간의 황당한 제안을 받아들이고 생각이 많아지는 바람에 몸의 고통과 함께 정신적으로 극심한 피로가 몰려왔던 것도 같다.

하지만 이렇게 계속 자고 있을 수는 없다. 어디선가 느껴지는 그녀의 심장 소리, 숨결이 내 귓가로 부서진다. 익숙한 향이 희미하게 얼굴 주변을 간질이는 기분. 굳이 눈뜨지 않아도 느낄 수 있는 그녀의 존재감.

"……."

간신히 정신을 모아 시야를 열었을 때, 내 곁에는 그녀가 의자에 불편하게 앉은 채 침대에 엎드려 잠들어 있었다. 이런, 타이밍이 어긋났다.

"곤히 잠들어버렸네."

잔잔한 미소가 입가로 번진다. 사실 다른 이들에게는 며칠이나 지났을지 몰라도 내게는 차미선과의 이별이 불과 몇 시간 전의 일이나 마찬가지였다. 헤어짐의 아픔이 아직도 가슴을 송곳으로 쑤시듯 날카로운 상흔으로 남아 있다. 슬픈 화이트 크리스마스이브 저녁 차가운 눈보라 속에서 놓아버린 손길이 여전히 강렬한 기억으로 머물렀다.

그런데 마치 꿈처럼 그 모든 것이 지나간 것이다.

한순간의 신기루처럼 고통스러운 순간이 기억 저편으로 사라졌다. 기쁘다. 벅찬 느낌에 숨쉬기 어려울 정도로 감정이 북받쳐온다. 떨려오는 손을 천천히 뻗어 긴 머리칼을 손끝에 감아본다. 정말로 꿈이 아니다. 바로 옆에 내 여자, 차미선이 이렇게 존재한다. 그것도 완전히 나를 위해 머무르면서.

"일어나봐요. 당신 눈을 들여다보고 싶은데 계속 잠만 자면 어쩌란 말인가요."

당장 깨어나 나를 보고 깜짝 놀라면 형하고의 약속 따위
깔끔하게 무시한 채 그저 함께 있는 지금 순간을 만끽하리
라, 그녀를 품에 안고 손을 꼭 잡은 채 키스하며 사랑한다
속삭이리라 마음먹었거늘 당최 이 여자 눈을 뜰 기미가 안
보인다.

"짓궂은 장난 치고 싶지 않은데."

가만가만히 그녀의 머리를 쓰다듬으며 나직하게 말을 꺼
냈다.

"그래도 거래는 거래니까."

잠결에 그녀가 기분 좋은 얼굴이 되어 있다. 사랑스럽다.
지금의 나를 무의식중에 느끼는 걸까, 아니면 정말로 심다
훈이 그녀를 도와 그 지긋지긋한 인간들을 골탕 먹인 걸
까?

"당신을 괴롭히던 그 사람들은 시원스럽게 혼내줬어요?"

형과의 약속. 차미선의 골칫거리인 전남편과 그 가족들
문제를 해결해주는 대신 계속 깨어나지 않은 척 드라마틱
한 상황을 만들어서 본인을 즐겁게 해달라고?

"흐음."

진짜 그 인간답지 않다. 불퉁스러운 말투도 여전하고 이
따위 짓거리나 시키는 게 심술궂은 것도 맞는데, 어딘지 모
르게 낯설다. 요물스러워. 다르게 말하자면 형 같다는 말이

다. 아닌 척 속으로 걱정해주고 보통의 장난꾸러기 형제가 된 느낌?

"이거 참, 아무래도 저 인간 신상에 무슨 일이 생긴 게 맞는 것 같은데."

뭔가가 변한 느낌이었다. 크리스마스이브 아침에 잠시 만났을 때에도 그렇고 묘하게 색다른 분위기. 아까 내가 깨어나던 순간 내뱉은 말도 굉장히 의외였다. 상대가 심다훈만 아니었다면, 확 변한 그 모습을 접하며 연애라도 시작한 건 아닌지 여겼을 것이다. 나름 심리학 분야에서는 전문가라는 나조차 도무지 파악불가인 사람.

"설마."

다른 여자를 관심 있게 본다?

"도대체 어떤 사람이면 그게 가능하지?"

정원이와 닮은 여자라도 나타났을까? 아니면 나처럼 친어머니의 그림자를 느끼기라도 했나? 그것도 아니면 느닷없이 운명으로 다가온 상대라도? 계속해서 의문이 더해지지만 그건 차후에 해결하기로 마음먹고 일단 뇌리에서 지운다. 어쨌거나 거래는 거래이니 지금은 내 역할에 충실하게. 그녀가 깨어나기 전에 다시 조용히 누워 눈을 감는다. 곧 벌어질 차미선 놀려주기 이벤트를 떠올리며 속으로 웃음을 참은 채.

똑똑똑.

심다훈이 또 나타나 도시락을 핑계로 그녀에게 얼토당토 않은 '신혼부부 사고 후 이야기'를 들려주며 나를 깨울 방법을 알려준다. 순진하게도 그녀가 그걸 믿는 눈치다. 속으로 자꾸만 미소가 피어오른다. 내심 어떤 식으로 '차미선만이 할 수 있는 것'을 행할지 기대감도 잠시, 꽃다발을 들고 와 무릎을 꿇고는 이런저런 이야기를 늘어놓는 모습에 행복감으로 젖어든다.

정말이지 백화점에서의 미친 새끼 발언에서는 푸하하하 큰 웃음이 튀어나오는 걸 간신히 막을 수 있었다. 뭐 따져보면 그때의 난 당신에게 다가서기 위해 제정신이 아니었던 건 맞지. 3년 동안 갈고닦은 걸 시행하며 하나하나 성과가 나타남에 따라 얼마나 마음 가득 희열을 느꼈던가!

"사랑해요, 미안해요, 고마워요."

떨리는 음성으로 내뱉는 고백의 단어들이 내 심장으로 스며들어와 마음속으로 뜨겁게 녹아든다.

"당신이 어떤 상태여도 나는 상관없어. 나 역시 이제는 감정을 속이거나 스스로를 자제하려 애쓰지 않을 테야. 그러니 어서 일어나 나를 잡아요. 그리고 나와 결혼해줘요."

감동받지 않을 수 없는 이 모든 행동과 대사들! 왜 당신은 듣지 못하는가? 튀어나올 것처럼 펄떡대는 내 심장 소리를! 그녀가 다가오는 것이 느껴진다. 따스한 기운이 내 몸과 얼굴 위로 덮여온다. 살며시 닿아오는 입술의 감촉에 참지 못하고 두 손을 들어 떨리는 등을 끌어안았다.

놀라는 느낌이, 기뻐하는 이의 온기가 너무도 기분 좋다. 서로의 시선을 맞추고 감격에 젖는 차미선의 얼굴에 함께 웃어주며 다시 한 번 우리 두 사람의 사랑이 얼마나 절실한지를 깨닫는다.

그런데…….

"누구……신가요? 저 아세요?"

순간 발동된 나의 장난기는 마냥 감격스러울 수 있었던 분위기를 완전히 망가뜨렸으니. 그녀가 나를 바로 기억상실이라고 판단하고 뛰쳐나갈 것이라고는 미처 예상치 못한 게 문제였다. 이런 이런. 아무래도 잠을 너무 오래 잔 후유증인 모양이다, 라고 슬쩍 변명을 해본다. 그래, 그건 나답지 않은 실수였다. 인정.

*

크리스마스이브. 차미선에게 찾아가 이별을 통보하기 몇 시간 전, 이른 아침에 나는 형을 찾아갔다.

"뭐야?"

마주치자마자 불퉁스레 귀찮아하는 기색이 역력한 이 인간.

"보통 이렇게 느닷없이 찾아온 사람에게는 '무슨 일이 있어서 찾아왔나?' 하고 호기심을 갖는 게 일반적인 사람들의 반응이지."

"심지훈 선생, 아침부터 나타나 설교냐? 시비 걸려는 게 목적이면 귀찮거든. 다음에 하지."

대화 자체를 거부하며 그냥 몸을 돌려 들어가려는 심다훈을 잡기 위해선 뭔가 자극적인 주제가 필요했다. 물론 나는 형이 다시 돌아설 수밖에 없는 단어들을 이미 머릿속으로 생각해놓은 상태였다. 진작 터뜨렸어야 하는 묻어버린 상처, 엄마의 죽음.

"조금 갑작스럽기는 하지만, 어릴 때 돌아가신 우리 둘의 친엄마 말이야."

형의 행동이 멈칫하는 게 느껴졌다.

"몇 년 전에 잠깐 언급하다 말았는데, 지금 그 이야기를 마무리 짓고 싶어서."

마치 안부 인사라도 건네듯 가볍게 말을 꺼내보았다.

"아, 진짜. 헛소리 들어줄 시간 없다니까!"

손을 휘적거리는 모션은 컸으나 쉽사리 떨어지지 않는 발걸음이 보인다. 충분히 자극을 받았다는 말이다.

"형 그때, 23년 전 엄마 돌아가시던 당시에 말이지."

나는 의도적으로 잠깐 말을 끊고 그를 주시했다. 형은 억지로 돌아보지 않으려 하지만, 시선에 들어오는 그의 턱선에 묘한 떨림이 포착되었다. 금기의 주제, 형의 내면 깊은 곳에 가라앉아 있는 어둠, 하지만 조금만 건드리면 심다훈의 모든 정신을 뿌옇게 흐려놓을 수도 있는 바로 그 진실!

"사실은 엄마가 자살하기 전날, 형이 직접 우리 집으로 찾아왔었잖아."

이는 오랜 시간 동안 내 입에서 튀어나올 수 없었던 이야기다. 더없이 민감하지만 왠지 항상 심다훈의 입에서 왜곡되어 열거되고, 형을 통해서만 변질된 채 언급되었지. 결과적으로 나를 세상 최고의 나쁜 놈으로 만들던 주제.

물론 전에 한 번, 정원이가 죽던 날 언급될 뻔했으나 의붓어머니에 의해 제지되었던 바로 그것.

"무슨 소리를 하려는 거야?"

역시나 반응하지 않을 수 없겠지. 예상대로 심다훈이 버럭 성을 내며 돌아와 내 멱살을 확 움켜잡는다.

―네가 이런 식으로 자극하면 형은 완전히 무너진단다. 이성적으로 네 말이 모두 옳다 해도, 해서 안 되는 말도 있는 거야. 더 이상 오늘의 이야기들을 언급하는 일은 없었으면 싶구나.

그래, 어쩌면 어머니 말씀이 맞겠죠. 내가 여기서 한 걸음 더 나아갈 경우 걷잡을 수 없는 사태가 벌어질 수도 있어요. 허나,

"몰라서 물어, 형?"

곪을 대로 곪은 저 상처에는 이제 칼을 대야만 하는 겁니

다. 계속해서 억누르고 가려놓은, 그래서 엄청나게 거대해진 환부가 결국 심다훈을 지옥으로 내몰고 있으니까요. 그가 완전한 불구덩이로 빠져들기 전에 도려내야지요. 그로 인해 그가 어딘가 불구가 된다 해도 말이에요. 잔인할지언정 제가 할 수 있는 선택은 이것뿐이에요.

"그간 숨겨뒀던 진실을 말하려는 건데……."

내가 사라진 뒤 더 심하게 망가질 형을 내버려둘 수는 없으니까. 그래서 지금 이런 혹독한 선택을 한 겁니다. 누구에게도 이해해달라고는 하지 못하겠지만.

"…… 언제까지 그렇게 모르는 척할 거야?"

"이, 이 자식이!"

내 멱살을 감아쥔 손에 힘이 더 들어갔으나 나는 개의치 않은 채 눈을 가늘게 뜨면서 코앞의 형을 노려보았다.

"뭐라는 거야? 몰라! 내가 뭘 알아야 하는 건데?"

심하게 일그러진 그의 얼굴이 한 꺼풀 가면을 벗는다. 비틀린 감성이 고스란히 느껴질 정도다. 평소의 연기력을 어디다 팔아 치웠는지 드러난 맨얼굴은 지독히 낯설다. 어쩌면 저건 평소 내가 그토록 부러워하던 진실한 감정이 담긴 표정이겠지? 난 지금 어떨까? 그녀와의 이별을 감행한 뒤 나도 저런 얼굴이 되어버리는 건 아닐까? 아니, 과연 그렇게 될 수는 있을까?

"언젠가…… 형이 그 모든 진실을, 엄마가 죽던 날의 이야기를 먼저 말해주기를 바랐던 내가 어리석었지."

내 눈으로 보기에도 우리 둘은 참 징그럽게 닮았다. 신이 있다면 왜 이토록 우리를 똑같이 만들어냈는지 물어보고 싶을 정도로. 그리고 어째서 너무도 닮은 우리가 서로를 이렇게까지 미워하고 상처 주도록 인생을 설계했는지도 꼭 따져보고 싶다.

"나 그날, 엄마 따라서 집 앞 골목에 나와 있었거든."

동공이 모두 드러날 정도로 커다래진 눈이 내 앞에 있다. 그 안에서 흔들리는 자아가 보인다. 지금 이 순간 내가 얼마나 잔인한지 가늠할 수조차 없을 정도다. 하지만 망설여서는 안 된다. 시작했으면 끝을 봐야 한다. 하다가 마는 것은 시작을 하지 않느니만 못하다는 사실을 나는 잘 알고 있다.

"형이 찾아와 엄마한테 무슨 이야기했는지 다 들었어."

"웃기지 마! 개소리!"

씨근대는 숨소리가 내 귓가로 부서진다. 멱살을 움켜쥔 손이 부들부들 떨려와 내 어깨까지 진동되었다.

"……."

상대의 눈동자 주변의 붉은 실핏줄까지 선명하게 보였지만 대조적으로 나는 더없이 침착했다. 그건 아마도 모든 것을 정리하기 전 숙제처럼 남아 있던 것을 행하고 있기 때문일지도 모른다. 오랫동안 이때를 위해 배워온 이론들과 많은 사람들을 상대해 쌓아온 상담 경력의 결과가 드디어 나타나고 있었다.

현재의 우리 두 사람, 심다훈과 나는 형과 아우가 아닌 내담자와 심리 상담사였다.

"나 진짜로 들었어. 엄마한테 창피하다며 죽어버리라고 한 말."

"시끄러워!"

비명에 가까운 고함소리가 공간을 찢는 기분이었다. 이성을 잃은 형이 나를 앞뒤로 마구 흔들어대기 시작했다. 어차피 예상된 사태였다. 나는 이 예민한 이야기들을 한 번쯤 도마 위에 올려놔야 한다고 생각했고 그 시기는 갑작스럽긴 했으나 현재가 적당해 보였다.

'제발 더 이상 달아나지 마.'

스스로 상처를 내보이고 돌아보도록 만들어야 한다. 그리고 모든 것이 한꺼번에 드러난 순간, 그때의 일은 네 잘못이 아니었다는 걸 알려줘야 한다. 과거에게 삼켜지고 잡아먹히는 건 엄마와 정원이에 이어 나 심지훈까지면 족하다.

"너…… 이 자식, 갑자기 이런 말 꺼내는 이유가 뭐야?"

허나 심다훈은 영리한 사람이었다. 약간의 이성이 돌아왔는지 흔들리는 눈빛으로 나를 다그치려 들었다. 미안하지만 그건 안 된다. 내가 지금의 어려운 대화를 마무리한 뒤 사랑하는 여인에게 이별을 통보할 것이며 그 이후 미련 없이 생을 마감할 수도 있다는 건 절대로 들키면 안 된다. 까뒤집은 곪은 상처에 메스가 아닌 염산을 들이부을 수는 없으니.

"형수님 죽음에 대해서도 나는 할 이야기가 많은 사람이야."

일부러 희미한 미소까지 그렸다. 잠깐 이성적으로 돌아가려던 심다훈이 뒤통수를 한 대 맞은 사람처럼 깜짝 놀란 표정을 지어 보이더니 괴상한 소리를 내지르면서 나를 땅에 패대기쳤다.

"정말로 네가 죽고 싶은 모양이구나!"

"엄마도 정원이도……. 그녀들의 죽음에 관해 내게 죄를 만들어 다 덮어씌웠지? 양심의 가책도 없었어?"

"건방지게 어디서 형수 이름을 함부로 불러!"

나는 잠깐 바닥과 격하게 만나 시큰해진 손목을 움켜쥐었다.

"정원이가 죽은 게 단순히 내가 아이에 대해 어리석은 조언을 했기 때문이라고 했어? 그리고 내가 사실은 실수인 척 의도적으로 차를 끌고 나가게 만들었다고? 그게 말이 된다고 생각해?"

"이 새끼! 내가 오늘 너 꼭 죽인다!"

작전이 맞아떨어져 저 인간이 길길이 날뛰게 만들었다.

아무튼 심다훈, 내 형이라는 작자는 겉모습만 번드르르하지 내면은 아직 어린애인 것이 맞다.

"형수님이 진실로 네 아이를 원했다는 걸 아직도 모른다고는 안 하겠지?"

"그만하지 못해!"

다시금 형의 손아귀에 멱살이 잡혔다. 아까보다 과격해진 그 손길은 내가 담담하게 단어들을 열거할수록 점점 옥죄는 느낌이 강해졌다.

"심다훈, 바로 네 아이를 원했고 그래서 노력해 아이를 가졌고 낳고 싶어 했지. 어째서 거부한 거야?"

"닥쳐!"

숨이 막힐 지경이라 목소리가 갈라져 나왔지만 나는 말을 이어가는 걸 멈출 생각이 없었다.

"사실은 알고 있었잖아. 정원이가 과거의 나를 더 이상 마음에 두고 있지 않다는 걸. 형을 사랑하고 형만 바라본다는 사실을!"

순간, 분위기가 가볍게 바뀌었다.

"네가 뭘 안다는 거야?"

모처럼 잦아든 심다훈의 음성과 더불어 내 목을 꽉 조여오던 손길에 힘이 약간 빠졌다. 덕분에 가빠지던 숨결이 한층 안정적으로 돌아왔다.

"첫사랑인 나를 닮은 아이를 낳으려 한다는 말까지 서슴지 않고 해버렸지? 왜 그랬는데? 그런 게 얼마나 큰 상처로 남을지 몰랐어?"

"그런 게 아니야……."

"아니긴 뭐가 아냐! 내가 정원이에게 직접 들었는데!"

"아니라고! 정원이와 결혼한 다음에 쓴 게 아니었어! 그런 일기가 남아 있는지조차 나는 몰랐단 말이야! 걔가 오해한 거야! 그건 정말 오래전에 정원이가 혼자 캐나다로 떠난 직후 망상에 젖은 내가 술에 취해서 써놓은 글귀였을 뿐이야! 정말이라고! 두고두고 후회했어! 내가 왜 그걸 안 버렸는지!"

속사포 같은 회환의 고백을 들으면서 나 또한 잠시 할 말을 잊었다. 그럼 그게 모두 정원이의 오해였단 말인가? 정말?

"아이를 원하지 않은 게 아니야. 다만 아직 준비가 덜 되어 있었어. 그래서 기다려주기를 바랐는데, 정원이가 그 노트를 어딘가에서 찾아 읽고 오해를 하더니 하루하루 이상하게 변해갔어. 나는!"

그의 어깨와 팔이 부들부들 떨리는 것이 시야에 들어왔다. 절망과 분노, 아픔과 슬픔이 진득하게 묻어나는 모습이었다.

"형."

어쩌면 부정할 수 없는 진실 앞에서 두려워하고 있는 것일 수 있다. 들여다본 눈동자의 동공까지 험하게 출렁인다. 꽉 다문 잇새로는 연신 가쁜 숨결이 뱉어졌다. 사나워진 자아는 이미 사라지고 한없이 나약해 보이는 사내가 제정신 아닌 눈빛을 가진 채 스스로를 자책하고 있었다.

"나는 정원이가 그 정도로 심각한 상태인지 몰랐어."

형이 힘겹게 침을 삼키며 다시 입을 열었다.

"아이를 가졌다는 말에 놀랐던 것뿐이야. 철저하게 피임했다고 생각했는데 그런 결과에 당황했고."

형이 내 멱살을 잡았던 두 손으로 이제는 자신의 머리를 감싸 쥐면서 힘겹게 말을 토해낸다.

"내가…… 내가 도대체 왜 그런 식으로 잔인한 말을 내뱉었는지 나도 모르겠어. 그때 나 정말 미쳤었나 봐."

─필요 없다고 지워버리라잖아! 태어나도 쳐다보지 않는다잖아! 자기 아이라는데도!

정원이가 울부짖으며 내뱉던 소리가 다시금 귓가에 쩌렁쩌렁 울려왔다. 서로 간에 오해로 점철된 이들의 가슴 아픈 비극이 너무도 안타깝게 다가왔다. 나는 철옹성 같던 형이 무너지는 모습을 차마 계속 응시하기 어려워 눈을 감았다.

"지훈아, 나는…… 정원이를 따라 죽을 용기도 없는 병신 같은 놈이야."

그의 한탄이 낮은 바닥을 타고 내 발치로 흘러온다.

"나는…… 아버지가 무서워서 엄마를 따라가지 못한 겁

쟁이였어."

힘없이 쫓겨나는 엄마를 쳐다보면서 무서운 아버지의 억센 힘에 붙들려 함부로 울 수도 없었을 어린 형의 슬픔이 느껴진다. 네 살배기 어린아이였다. 아직은 엄마의 손길이 절실한 미완성된 자아였다.

"이제라도 같이 살고 싶다면서 찾아가놓고는 마음에도 없는 소리로 엄마에게 상처만 준 바보였다고!"

그날, 엄마가 자살이라는 극단적 선택을 한 하루 전날, 열 살이었던 심다훈은 우리 모자를 찾아왔다. 아버지와 함께 사는 숨 막히는 생활이 너무 싫어 엄마와 동생과 살고 싶다는 말을 하려던 것이었다. 그러나 감정 표현이 서툴렀던 어린 소년은 엄마의 초라하고 나약한 모습에 화가 나고 말았다.

ㅡ엄마 이러고 있는 거 너무 창피해! 그 아줌마가 얼마나 사람들에게 인기가 좋은지 알아? 왜 엄마는 못 그래? 그러니까 아빠가 싫어하잖아! 그러니까 아빠가 매일 그 아줌마만 만나는 거잖아!

또다시 울음이 터진 엄마를 향해 소년은 고함을 질러댔다.

ㅡ그렇게 항상 울기만 하고 짜증 나게 굴 거면 차라리 죽어버려!

울음 섞인 험한 말을 뱉어낸 어린 심다훈은 돌아서서 전

속력으로 뛰어갔다. 제 어미의 가슴에 못을 박는 소리를 한 줄도 모른 채 그렇게 도망가버렸다.

하지만 어린아이였을 뿐이다. 열 살, 게다가 친엄마의 사랑을 온전히 받지 못한 채 성장한, 네 살에서 자라지 못한 작고 여린 자아였을 것이다. 소년의 몸을 가진 아기의 영혼은 자신의 말로 인해 어떤 사건이 벌어질지 전혀 예상할 수 없었으리라. 그리고 엄청난 충격에 휘말렸을 것이다.

"죽어버리라고 말했어, 내가."

형의 허탈한 어투가 혼잣말처럼 사그라진다.

"그랬더니 정말로 죽어버리더라고."

형이 눈물범벅인 얼굴로 킬킬킬킬 웃음을 쏟아내기 시작한다.

"그렇게 죽어버리라고 소리 질러댄 너라는 놈은 여태 멀쩡히 잘만 살아가는데 말이야. 웃기지?"

기괴한 웃음소리가 계속되었다. 형은 세상에서 가장 웃긴 코미디라도 본 사람처럼 자지러졌다. 하지만 그 박장대소와 달리 깊이를 알 수 없을 정도로 공허해진 눈길이 바닥으로 내려앉아 있었다. 젖은 웃음을 뚝 그친 그가 굳어버린 조각상처럼 멈추었다.

측은지심이 강하게 가슴을 때려왔다. 20년이 넘는 세월동안 이 인간에게 당해온 것에 대해 억울한 마음조차 들지 않았다. 언제고 한 번은 짚어주고 싶은 진실이었으나 처절하게 망가지는 형의 모습 앞에서는 준비한 어떤 말도 쉽사리 떠오르지 않았다.

"그럼, 나도 죽어줄까?"

의외로 너무도 선선히 나온 내 말이, 내가 생각하기에도 놀라울 정도로 냉정했다.

"심다훈, 네가 원하는 게 그거야?"

하얗게 질린 채, 마음을 닫았던 과거의 나처럼 허망한 표정이었던 그의 얼굴이 다시 변한다. 환멸과 분노가 금세 들어차 평소의 페이스로 돌아간다. 어쩔 수 없다. 저 배배 꼬인 인간을 정상적인 삶으로 돌리기 위해선 이 정도의 충격 요법은 필요하다.

엄마가 자살한 원인 중 일부가 자신에게 있음을, 사고로 죽은 아내가 자신 때문에 절망에 빠졌음을 인정하고 수용해야 한다. 그래야만 내 죽음 앞에서도 고통을 이겨낼 수 있을 것이다. 그 모든 잘못을 뒤집어쓴 나, 심지훈이라는 존재가 세상에서 사라지는 순간 그가 내면의 굴곡을 더 깊게 왜곡시키지 못하도록. 그의 분노와 절망은 완전히 가시화되어야 한다.

"다음 날 엄마가 정말로 죽어버리니 기분이 어땠어?"

"…… 그만……."

형이 어지러워진 시선을 둘 곳 없어 산만해지고 있었다. 어느새 손을 들어 두 귀를 틀어막는 행동을 보였다. 새삼스레 그의 그런 모습이 너무도 어린아이의 형상 같아 가슴이 먹먹해졌다. 부정하지 못한 채 도망치려고만 하는 걸 보니 나를 괴롭혀온 오랜 시간 동안 사실은 스스로도 엄청나게 괴로웠을 것이란 사실이 느껴져 마음이 아팠다. 어린 심다훈은 그의 안에서 죄책감에 조금씩 죽어가고 있었을 것이다.

"정원이에게 그렇게 못되게 굴어놓고 그날 밤 정원이가 차를 끌고 나가 사고로 죽었다는 소식을 들으니 어떤 생각이 들었어?"

"그만해…… 그만! 제발 그만하라고!"

절규하듯 외치며 달아나려는 그의 팔을 꽉 움켜잡았다.

"아아아악! 이거 놔!"

형이 고함을 지른다. 억센 힘으로 내게서 벗어나려 애쓰면서 악다구니를 퍼붓는다. 그래도 나는 물러서지 않았다.

"나를 봐, 형! 무조건 달아나려 하지 말고! 그간 모든 잘못을 내게 씌워놓은 채 그토록 괴롭혔으면 이제 사과 한마디 정도는 해줘야 하는 것 아니야?"

물론 사과 같은 건 받을 생각도 없다. 그러나 계속 심다훈이 현실에서 달아나려는 것을 잡아야만 했다. 아아! 이럴 때 누군가 형을 살짝 흔들어줘도 좋을 텐데. 너무 내면 깊이 달아나버려 끌어내기 힘든 저 연약한 자아를 툭 건드려줄 상대가 있다면 지금 이런 건 아주 수월하게 진행될 것이다.

'조금만 일찍 시작했어도!'

앞으로 이런 식의 치료는 지속되어야 하나 내가 그렇게 해줄 수 없음이 안타깝다. 나는 진작 형을 건드리지 못한 걸 후회했다.

—이건 절대로 더럽거나 무서운 게 아니야. 자, 봐! 햇빛을 받으니 반짝반짝하잖아. 보석 같지 않니?

모래 만지는 것조차 두려워하던 어린 동생에게 맑게 웃어주던 상냥한 심다훈의 자아.

—넌 그냥 조금 느린 거야. 이렇게 하나하나 만지고 느끼다 보면 곧 보통 사람들과 똑같아질 테니까.

희망적이고 친절하던 어린 소년. 숨어버린 그 진실한 모습을 찾아주기 위해서라도 일찌감치 내가 맞대응하여 싸웠어야 하는 것을. 진심으로 뒤늦게 찾은 이 타이밍이 가슴 아팠다.

그런데,

"그래."

놀라운 일이 일어났다.

"그래……. 나도 알아."

나는 잠깐이나마 내 눈을 의심했다. 아직 완전히 환한 빛이 내리쬐는 시각이 아니어서 명확하지는 않았으나 형의 얼굴에 평온한 기운이 스친 것 같았다. 이건 정말 예상치 못한 성과였다.

"엄마가 죽기 전날 찾아가서 죽어버렸으면 좋겠다고 퍼부은 건 사실이야. 정원이에게도 그 아이 내 아이가 맞냐는 둥 헛소리를 해가며 상처를 줬던 것도 맞아. 하지만 난……."

어느새 바닥에 주저앉은 형이 두 손으로 얼굴을 감싼 채 말을 이어갔다.

"나는 엄마도 정원이도 죽기를 바란 건 아니었어."

조용하게 사그라지는 음성을 가만히 듣던 나는 다리를 접어 형의 옆에 앉아서 작은 한숨을 내쉬었다.

"그간 참 어렵게도 돌아왔다."

그렇지만 이제는 내가 무슨 말을 해줘야 하는지도 알고 있다. 이 한마디를 해주려고 사실은 열심히 심리학 공부를 해왔다고 하면 믿어주려나. 형을 알고 싶어서. 형과 좀더 친해지고 싶어서. 내 어린 시절 진로에 대한 고민은 오래 걸리지 않았음을.

"심다훈, 그 두 사람이 죽은 건 네 탓이 아니야."

한때 형이 내게 모래성을 만든 모래가 더럽지 않다고 알려준 것처럼. 나 역시 작은 진실을 가만히 전해준다. 오랜 세월 지워버릴 수 없는 기억에 매달려 그것을 바꾸고 다른 것들로 덧입혔을 형에게, 자기 자신의 상처가 험악하게 벌어지는 것도 모른 채 우매하게 외면하려던 진실의 무게에 짓눌려 있을 형에게. 이제 그만 그 엄청나게 무거운 짐으로

부터 벗어날 수 있도록 도와준다.

엄마의 내면이 실은 이미 극한까지 치달아서 어린 큰아들의 모진 소리가 아니었어도 자살했을 가능성이 높았다든가, 정원이의 사고가 사실은 자살이 아닌 단순한 사고였을 수도 있다는 지루한 설명보다는 명확한 결론을 말해주기로 했다.

"운이 나빴던 거야. 형 탓이 아니니 이제 그만 마음에서 그들을 내보내줘."

들려오는 대답은 없었다. 끝까지 내게 사과를 건네지도 않았다. 그래도 나는 정말로 오래간만에 나란히 앉아 우리가 함께 메마른 겨울 햇빛이 내리쬐는 그 시간을 공유한 게 마음에 들었다.

이윽고 먹구름이 몰려와 세상에 하얀 선물을 던져주며 화이트 크리스마스를 예견할 때에서야 내가 엉덩이를 털고 일어났음에도 심다훈은 그냥 그대로 머물러 있었다. 그만 가보겠다는 짧은 인사를 남긴 채 나는 세상에 덮인 차갑고 하얀 눈밭에 첫번째 발자국을 남겼다. 새로운 눈으로 뒤덮일 수는 있지만 사라지지는 않을 그런 오래도록 남을 기억을.

꿈을 꾸었다.
그것은

오래 전에 지워버린 아픈 기억의 한 자락.

평온하고 따사롭던, 드넓은 백사장에서

두 어린 소년이

아기자기한 모래성을 쌓아 올린

지극히 짧고도 아련한 이야기.

"지훈아, 형하고 노는 게 제일 재미있지? 우리 앞으로 이렇게 같이 살까? 매일매일 나랑 놀면 정말 좋을 것 같지 않아?"

이제는 알 것 같은데. 그런 말을 밝게 건네던 소년의 눈동자 뒤에 숨겨졌던 슬픈 소망을. 엄마 곁에서 동생과 함께 자라고 싶었던 나약하고 서글펐던 바로 그 어린 심다훈을.

"형."

"응?"

병실에 서서 내게 본인의 거래 내용에 대해 설명하고 돌아서던 심다훈을 불러 세운 나는 오래전에 답해주지 못한 내용을 입에 담았다.

"내 어린 시절 기억 가운데 가장 행복했던 순간은 형하고 같이 모래성 쌓던 때였어."

"뭐?"

심다훈은 미간을 찡그리면서 며칠 만에 깨어나더니 무슨 개풀 뜯어먹는 소리나 하냐고 중얼거리다가 살며시 열리

는 병실 문으로 들어서는 차미선을 보더니 손가락을 들어
자기 입술 앞에 대며 쉿 소리를 내뱉는다.

"약속이나 지켜라. 똑바로 연기해."

버려야 할 것들

살다 보면 내 주변에 버릴 게 가득하다는 걸 느낄 때가 있다. 그것은 진짜 냄새나는 쓰레기일 수도, 겉보기에 멀쩡하지만 손이 전혀 가지 않는 오래된 옷일 수도, 불편해서 신지 않는 새 신발일 수도, 떠오를 때마다 진저리 나게 싫은 나쁜 기억일 수도 있고, 혹은 행복을 위해 정리해야만 하는, 끈적끈적하고 불필요한 인간관계일 수도 있다.

그리고 이제 행복을 목전에 둔 나 차미선에게는, 아직 그런 게 많이 남아 있음을 알고 있다. 이번에 큰일을 겪고 나니 새삼스레 그런 것들이 하나하나 뇌리로 떠올랐다. 훗날 내 남자와 즐겁게 행할 버킷리스트도 중요하지만, 그런 인생을 만들기 위해서 정리해야 할 것이 산더미였다.

"고씨 집안 문제에 대해 법적으로 짚어야 할 것들을 알아 봐야겠어."

물론 1순위는 내 전 시댁 사람들에 대한 사항. 심지훈에 게 더 험한 꼴을 안 보이기 위해서라도, 내 두 아이들의 미래를 위해서라도 그리고 나 자신을 위해서라도 이는 꼭 필요한 절차로 느껴졌다. 법적인 문제는 별로 아는 바 없고 어쩌면 많이 귀찮아질 수도 있겠지만 더 이상은 좌시할 수 없다. 단순히 아이들의 친할머니와 친아빠라는 명목으로 이어가야 할 연결 고리라기에는 위험이 너무 컸다.

"지훈 씨에게 아는 변호사라도 소개해달라고 해야 할까?"

조금 겸연쩍은 면도 있으나 이제 인생을 함께할 사람이 기에 의논이 필수라는 판단이 들었다. 퇴원하는 대로 이 일 부터 처리하자고 말을 꺼내야겠다고 생각했다.

"어머, 안녕하세요."

정수기에서 물을 하나 가득 받으며 생각에 잠겨 중얼거리는데 탕비실로 들어오던 한 여성이 알은체를 한다.

"앗, 안녕하세요."

지난 며칠간 안면을 익힌 아기 엄마다. 아픈 아이에 대해 몇 마디 위로의 말을 건네는 것으로 대화가 한참 지속되었다.

"곧 퇴원하나 봐요? 그때 남편분 뵈었는데 아주 훤칠하

니 멋지더군요. 교통사고로 들어와 있다고 했던가요? 어쩌
다가."

군이 아직 혼전이며 그가 내 아이를 구하다가 다쳤다는
이야기를 할 필요성을 못 느껴 말없이 웃고만 말았다. 궁금
한 게 잔뜩 도사린 얼굴이었지만 앞으로 계속 볼 사이도 아
니고 난 이제 그만 병실로 돌아가고 싶었으니까.

"내일 퇴원이에요. 오늘 별다른 이상 소견이 안 나오면
요."

적당한 마무리. 난 상대가 기분 나쁘지 않을 타이밍으로
자리를 빠져나와 복도를 잽싸게 걸어갔다.

"나도 애 엄마지만 엄마들의 수다란."

픽 웃음을 삼키며 소리가 안 나도록 병실 문을 살짝 밀어
서 빠끔 열었다. 수다 떠느라 시간이 꽤 지체된 느낌이라
혹시나 그가 잠들었을까 싶어서 조심스러웠는데……

'어?'

그런데? 침대에 비스듬히 기대앉은 내 남자 심지훈의 얼
굴에는 이미 환한 미소가 걸려 있다. 허나 그건 나를 향한
게 아니었다!

"정말 다르시네요. 재미있는데요."

낭랑하게 공간으로 울리는 건 낯선 여자의 목소리다. 심
지훈의 미소가 진해진다. 그가 가까운 의자에 기대어 서 있
는 어떤 여자를 보고 웃고 있다! 그의 찬란하고 눈부신 표

정을 보고 두 볼 발그레 홍조까지 깃든 여성은 나보다 나이도 훨씬 어려 보이는 데다 귀여운 스타일의 미인이었다.

"예림 씨, 내가 한 말 모두 맞죠?"

"아이, 그런 거 아니라니까요. 호호호."

예림 씨이이? 뭐야, 저 다정한 호칭은? 게다가 내 입장에서는 한없이 간드러지게만 들리는 그녀의 웃음소리! 크악! 도, 도대체 누구지? 누구냐고! 난 심지훈이 나 외의 여자에게 저리 자연스러운 미소를 보여주는 걸 처음 봤단 말이다! 게다가 그 눈치 빠른 사람이 내가 병실 문을 연 것조차 모르고 있잖아!

저 여자의 엉덩이 근처로 아홉 개의 꼬리가 살랑거리는 것 같은 착시가 들었다. 아악! 가슴속으로 확 차오르는 질투에 미쳐서 안으로 성큼 들어서려는 순간 내 팔을 누군가가 덥석 잡았다. 잉? 이건 또 뭐?

"쉿."

소름이 끼칠 정도로 귀 가까이로 느껴지는 숨결과 속삭임에 흠칫 놀라 물러서니 으레 그 생글거리는 얼굴이 시야에 들어왔다. 내 남자와 몹시 닮았으나 볼 때마다 기분 나빠지는 그런 사람이 또 등장하셨다. 거참 자주 보네.

"무슨 짓이에요?"

나는 얼른 한쪽 귀를 손으로 가렸다. 짜증 난 심기 그대로를 고스란히 드러낸 내 얼굴은 아마 보기 싫게 구겨져 있을 것이다. 눈앞의 남자는 빙긋 웃음을 그리더니 내가 들여다보던 병실 문틈에 시선을 잠깐 주었다. 음? 어깨가 살짝 들썩거리는 게 티를 내지 않으려 노력 중이지만 어쩐지 숨이 가쁜 듯하다.

"차미선 씨 그대로 뒀다가는 훗날 엄청 후회할 짓을 저지를 것 같아서요. 하긴 내 입장에선 그것도 꽤 재미있기는 한데, 상대가 상대인지라."

"예?"

또 수수께끼 같은 소리를 해대는 심다훈에게 미간을 팍 찡그려 보였지만 생각에 잠긴 이 인간은 혼잣말을 중얼거렸다.

"무서운 놈."

"누구 말하는 거예요? 설마 지훈 씨요?"

"차미선 씨는 지훈이 안 무서워요? 눈치도 너무 빠른 데다 심리학 전공이라서 그런지 사람 속 꿰뚫어보는 느낌도 들고. 난 내 동생이어도 가끔 섬뜩하던데."

난 댁이 더 무서워. 하고 싶은 말을 삼키며 입을 삐죽거리자 피식 미소를 그린다.

"하긴 지금 완전 콩깍지 상태일 테니 뭔들 안 좋게 보이겠어요? 지훈이 사정 다 알면서도 도망가지 않는 걸로 봐서, 뭐. 아아, 나도 나에 대해 다 알고도 좋다는 여자 어디서 찾아야 하는데."

커헐. 여자래 여자. 또 어떤 불쌍한 인생을 잡아드시게? 아니지, 댁이 새로운 사람을 마음에 담을 수나 있고? 그쪽 상태 내가 너무나 잘 알거늘 이 무슨 헛소리란 말인가.

"대체 무슨 말이 하고 싶은 거예요?"

너 나한테 시비 걸려고 온 거지? 저기요! 한국병원 사람들 뭐하나요? 여기 이렇게 한가한 의사 하나 건들거리며 돌아다니는데. 근무 태만 아냐? 응?

"별로. 여기 차미선 씨에게 용건 있어서 온 건 아니거든요."

"아아, 그러세요, 아주버님?"

의도적으로 호칭을 또박또박 말해주자 한쪽 눈썹을 슬쩍 올렸다가 다시 웃음 가득한 가면 얼굴로 돌아온다. 맘에 안 들어. 허나 이제 어찌 되었든 우리는 한 가족이 될 처지라오. 나도 그대가 너무너무 비호감이지만 어쩌겠소? 나 역시 가식적인 미소를 그려본다.

"내가 차미선 씨라고 부른 거 사과해야 하는 건 아니죠?"

"아직 결혼 전이니까요. 하지만 앞으로는 주의해주셨으면 해요."

"그럴게요. 그럼 나 들어갑니다."

뭔데. 동생 보러 온 거라는 이야기인가? 두 사람 언제부터 그리 사이가 좋아졌다고? 정작 중환자 상태일 때는 찾아오지도 않더니만. 게다가 심지훈 찾아오면 나는 자동 읍

션이거든. 어떻게 내게 용건이 없을 수가 있냐고!

"그럼, 수고해요. 제수씨."

심다훈이 문을 소리 나게 벌컥 열자 자연스레 병실 안에서 훈훈한 분위기였던 두 사람의 시선이 문가로 돌아온다. 심지훈의 의아함 담긴 눈길이 자기 형을 지나쳐 내게로 향했다. 나는 뭔가 잘못하다가 걸린 어린아이처럼 살짝 움츠려든 채 머뭇머뭇 안으로 걸음을 옮겼다. 그러고 보니 내 손에는 정수기에서 떠 온 맑은 물이 담긴 1.2리터 물병이 들려 있다. 엄마야, 여태 무게감도 못 느끼고 있었네. 하하하.

"근무 중 병실에 앉아서 환자와 노닥거릴 시간이 허용되어 있었나요, 서예림 간호사?"

"으앗! 과장님!"

허둥지둥 당황한 여성이 벌떡 일어서다가 그만 간이테이블 위의 화병을 건드려 와장창 깨뜨렸다. 두 남자의 놀란 눈빛 앞에서 내가 재빨리 다가가 옆의 쓰레기통을 들고 큰 유리 조각들을 주워 담았다.

"어머, 어떡해. 그냥 두세요! 제가 할게요!"

"괜찮아요. 그쪽 걸레나 이리로 주세요."

이럴 때는 원래 아줌마들 행동이 빠른 법이지. 어린아이들 데리고 다니다 보면 별의별 사고를 다 겪기 마련이거든. 게다가 이 아가씨 너무 당황한 얼굴이라 불안하단 말이야.

264

"어, 서 간호사님이셨군요. 누군가 했네."

이제야 그녀의 복장 상태가 눈에 들어왔다. 얼굴이 낯익다 했는데 여기 병실 담당 간호사님이잖아? 저번에 내가 들어서던 순간 당황하며 달아났던 그녀일세. 흐음, 뭐지. 심지훈하고 원래부터 아는 사이였어?

"이쪽은 내가 잡아간다."

"나랑 대화 중이었던 거 몰라? 형 너무 경우 없는 거 아니야?"

"그 대화 주제가 뭐였는데?"

두 여자가 부산스레 깨진 유리와 바닥의 물기를 닦아내는 동안 형제는 의미를 알기 어려운 언쟁만 벌이고 있었다.

"그만하면 충분했을 것으로 판단되니 이만."

동생의 대답도 듣지 않은 채 내 옆에 쪼그리고 있던 간호사 쌤의 뒷덜미를 콱 잡아 일으키는 심다훈이었다. 그녀는 어? 어? 소리만 내면서 질질 끌려 병실 밖으로 나가고 말았다.

"유익한 대화였어요. 다음에 또 이야기 나누어요."

심지훈의 인사말만 그들의 뒤를 동동 따랐다. 멀뚱하니 서서 이해할 수 없는 상황 앞에서 눈동자만 굴리는 내 손을 따스한 그의 손길이 감아쥔다.

"손 안 다쳤어요? 유리 조각인데 장갑이라도 끼고 해야지 큰일 나요. 그리고 그 물통 안 무거워요? 언제까지 들고 있을 거예요?"

"아, 아참."

물통을 냉장고에 갖다 넣고 침대 옆에 냉큼 앉았다. 가만히 생각에 잠겼다가 그를 쳐다보았다. 언제나처럼 자상한 분위기의 남자가 고개를 갸웃 기울인다. 독심술사 심지훈 씨, 내 의문을 읽어주오. 눈길에 퀘스천 마크를 둥둥 떠워서 그에게로 쏘아 보낸다.

"무슨 말이 하고 싶은 걸까?"

"텔레파시 보내고 있는데 안 들려요?"

그는 훗훗 소리를 내며 작게 웃었다.

"담당 간호사님하고 무슨 이야기를 그렇게 정답게 했는지 궁금하죠?"

"잘 아네요."

심지훈은 자신의 긴 손가락으로 턱을 가만히 만지작거리다가 짓궂은 미소를 그려 보였다.

"질투?"

이 사람이! 빨랑 말 안 해?

"자꾸 약 올리면 화낼 거거든요!"

"화내는 것도 예쁜데."

"악!"

두 주먹 꽉 쥐고 벌떡 일어나자, 그가 크게 웃음을 터뜨린다. 뭐가 그리 재미있는지 데굴데굴 구를 기세다. 어째 점

266

점 개구쟁이 같아지는 느낌이 들지?

"크크크, 형이 당황해서 여기까지 뛰어온 거 못 느꼈어요?"

"예?"

웃음에 섞여 나오는 그의 말을 듣고 가만히 생각에 잠기자 새삼스레 이 시간에 여기까지 나타난 심다훈 과장에 대한 의문이 떠올랐다. 어라, 그러고 보니 사람이 좀 조급해 보였던 것 같기도 했다. 평소와 약간 다른 분위기였다고 할까?

—나도 나에 대해 다 알고도 좋다는 여자 어디서 찾아야 하는데.

그래, 분명히 저런 소리도 했었지?

"뭐예요, 그럼 아까 그 간호사 선생님이랑?"

"아직 확실한 건 아니지만. 허겁지겁 여기까지 찾아온 모양새가 수상한 냄새 나지 않아요? 내가 내 담당 간호사랑 만나면 안 될 이유가 있는 것도 아니고."

"어머 웬일."

그러나 조금 전 상황을 되새기던 나는 갸름하게 만든 눈으로 그를 쳐다보았다.

"그래도 아무에게나 그런 웃음 보여주지 마요."

심지훈은 미간을 살짝 올렸다가 다시금 화사한 미소를 지어 보인다.

"이런 거요? 어쩌지, 사람들에게 예쁘게 보이려고 무지하게 연습해서 이젠 습관이 되었는데."

"아, 하지 마요. 그런 건 나한테만 가끔!"

"웅, 우리 미선 씨가 질투 나쪄요?"

"놀리지도 말고!"

주먹을 불끈 들었더니 아야야야 미리 엄살을 부린다. 우이씨, 얼른 퇴원이나 시켜줘! 차마 환자복 입은 사람을 때릴 수가 없잖아!

*

다음 날에 아침 일찍 와서 함께 퇴원 수속을 밟기로 이야기하고 일단 나는 집에 돌아가 자기로 했다. 아무리 유 여사님이 괜찮다고는 말씀하시지만 어린 은비가 혹여 밤잠을 못 이루는 건 아닌지 걱정되기도 하고, 퇴원하자마자 같이 살자는 이 남자 뜻에 따라 유 여사님께 의논도 드릴 겸 집에 가야 했다. 무엇보다도 밤새 같이 있어봤자 우리 두 사람 전혀 쉴 수 없으리란 걸 알고 있으므로. 어쨌거나 아직은 회복 중 환자인 심지훈이 쉬도록 배려할 필요가 있었다.

"에이, 누가 잡아먹는대요? 그냥 이야기 나누면 되는 거지."

웃고 있어도 나는 당신의 음흉한 속내가 이젠 다 보여. 보인다고!

"그 입 다물고 푹 자둬요. 내일 아마 애들도 아침에 따라 올 텐데 샤방한 아빠 모습만 기억하는 꼬마 아가씨들에게 눈두덩이 시커먼 얼굴 보여줄 건 아니죠?"

"알았어요. 로비 가서 한가하게 TV 시청이나 하다 자야지. 드라마 보고 혼자 우는 예쁜 여자 환자 있으면 슬며시 말도 걸고."

"이, 이 사람이!"

농담인 걸 알면서도 버럭 튀어나오는 고함까지 막을 수는 없다. 아 정말이지, 젠틀맨 심지훈이 그립단 말이다. 여태 이 장난기를 어떻게 참고 있었지? 아니, 사고 나면서 진짜 머리 어디 다친 거 아닐까?

"으음, 나도 요즘 나 자신을 재발견하는 중이에요. 사실 미선 씨가 놀리면 상당히 재미있는 타입이기도 하고."

"난 이런 식으로 놀림당하는 거 싫어요."

"그래요, 이제 안 그럴게요."

푸근한 미소를 그린 채 이 남자가 나를 향해 두 팔을 벌린다. 씨잉, 이러면 토라진 걸 유지할 수가 없잖아. 그대로 토토토토 걸어가 포옥 안기면서 귀여운 척 눈을 치켜떠준다.

"말로만 간다고 해놓고 눈길로 자꾸 유혹하면 진짜 잡아먹는 수가 있어요."

"칫, 3년을 지켜봤다면서 하루 더 기다리는 게 그렇게 힘들어요?"

"물론 힘들죠. 기다림은 두근거리는 1%의 천국과 그립고 가슴 아픈 99%의 지옥이니까."

차분해진 그의 목소리에 묻어나는 어떤 감정이 느껴져 잠깐 입을 다물었다. 그의 어깨에 코를 묻고 익숙한 체향을 맘껏 음미하다가 그 입술에 살포시 베이비 키스를 남겨준다.

"이젠 그렇게 힘든 기다림 없도록 해줄게요."

"고마워요."

아쉽지만 그 품에서 떨어져 나왔다.

"다녀올게요. 몇 시간 동안 나 없이 푹 자는 거예요. 꼭."

"조심히 갔다 와요. 도착하면 전화 한 통 주고요."

그렇게 손을 흔들고 나와 택시를 잡아탄 나는 그와의 즐거운 미래를 상상하며 연신 콧노래를 흥얼대고 있었다. 아, 행복하다. 이제는 99%의 천국이 우리 두 사람 앞에 도래한 거야! 이 기분은 이제 영원할 것만 같았다. 집 앞에 등장한 뜻밖의 인물과 맞닥뜨리기 전까지는.

"당신…… 여기 어쩐 일이에요?"

놀랍게도 구겨진 담배를 입에 문 채 우리 아파트 입구 주변을 부산스레 배회하고 있는 커다란 인영은 내 전남편 고승찬이었다.

"은비 엄마!"

의아해하는 내 반응과는 대조적으로 너무도 반갑게 척척 다가와 내 두 손을 확 잡아버린다.

"어머, 놔요! 이게 무슨 짓이에요?"

"나 당신과 할 이야기가 있어! 어디 잠깐 들어가자."

"난 고승찬 씨와 할 이야기 없어요. 이 손 치워요!"

누가 보기라도 할까 봐 주변을 둘러보며 물러나는 싸늘한 내 태도에 이 남자가 조금 놀란 눈을 하고 미간을 찌푸리며 내려다본다. 그러고 보니 까칠하다. 거뭇하게 올라온 수염이며 정리가 안 된 채 삐죽 뻗쳐 있는 머리카락, 푸석한 피부, 쏙 들어간 양쪽 뺨, 며칠 잠을 못 잔 것처럼 뻘겋게 충혈된 눈까지.

"돌아가세요. 나 지금 들어가봐야 해요."

"은비 엄마, 나…… 이혼했어."

"뭐라고요?"

헐. 남들 평생 한 번 못 해보는 사람도 많은 일을 참 쉽게도 두 번이나 하는구나, 너라는 인간은. 나는 살짝 경멸의 눈빛으로 과거 나와 한솥밥을 먹던 사람을 노려보았으나 쭈뼛거리는 이 남자는 내 이런 언짢은 감정을 전혀 눈치채지 못한 듯하다. 답답하다! 아흐, 바로 딱 심지훈하고 비교되는 요소가 보이누나!

사람 비교하는 거 정말 안 좋은 태도라는 걸 알지만, 외모나 나이나 직업 같은 외적인 것을 배제하고서라도 눈치 둔

하지, 배려심 없지, 말투 유치한 것까지 어쩜 이렇게 내 예비 남편하고 견줄 만한 게 하나도 없을까?

"내가 정말 사람 잘못 봤어. 내가 곧 알거지 될 거라는 사실을 알자마자 짐 싸들고 도망가더라고. 은효까지 데리고."

그가 궁금하지도 않은 두번째 전부인 이야기를 꺼낸다. 흥, 그래도 이번에는 못 견디겠다며 먼저 이혼하자는 소리를 꺼낸 건 아닌 모양이네.

"그거 참 안됐다고 말하기도 그렇고 잘됐다고 하기도 그런 소식이네요. 그런데 그게 여기 내 앞에 갑자기 나타난 거랑 무슨 상관이 있어요?"

"왜 상관이 없어? 우리 둘 재결합할 수 있게 된 거잖아!"

"예에?"

아니 이 무슨 귀신 씻나락 까먹는 소리냐!

"사실 나 해외로 빼돌린 재산이 좀 있어. 이건 어머니도 전혀 모르는 거야. 아주 풍족하지는 않겠지만 당신이랑 은비, 은솔이 이렇게 우리 네 식구 같이 사는 데 큰 지장은 없을 정도거든. 새로운 사업 구상도 끝내놨어. 그간 연락해온 현지 친구와 함께 한국식 패스트푸드점을 차리기로 했지. 남미 쪽이라 우범지대가 조금 많기는 한데 그래도 애들 영어와 스페인어도 다 모국어처럼 하게 될 거고……."

"잠깐잠깐잠깐잠깐!"

나는 장황하게 이어지는 그의 말을 중도에서 잘랐다. 고
승찬은 꿈에 들떠 떠들어대던 자신의 이야기가 중도에 가
로막힌 게 살짝 불쾌한 눈치였으나 내가 그걸 신경 쓸 이유
는 없었다.

"누가 누구랑 무엇을 어떻게 한다고요?"

"왜 이래? 여태 돌아오고 싶어도 내가 재혼한 바람에 어
쩔 수 없었던 거잖아. 이제 그 장애물 치워버렸으니 우리
재결합에 방해될 건 아무것도 없어. 애들도 그래. 이제 드
디어 친엄마 아빠와 함께 살게 되는 거지."

아이고! 얘 뭐래니?

"당신이 정말로 바라던 거 아니야?"

"아니거든요!"

결국 나는 동네가 떠나가라 악을 쓰고 말았다. 이 정신 나
간 화상아! 도대체 너라는 인간의 착각의 늪은 그 깊이가
얼마나 되는 거니? 누가 누구에게 돌아가? 내가? 은비랑
은솔이가?

"미쳤어요? 당신이 내 새끼들 아빠라고? 3년 동안 코빼
기도 보이지 않던 사람이 무슨 염치로 들이대는 거예요?"

"은비랑 은솔이 내 핏줄 맞잖아! 무슨 소리를 하는 거야,
당신?"

핏줄이라. 씨만 뿌리면 멋대로 아빠라 주장할 수 있다는
거야? 아참 그렇지. 은효라는 아기가 사실은 당신 아이가

아니었다고? 그걸 알고 나니 딸들이 갑자기 그리워져? 이 따위 이야기를 꺼내며 대놓고 비웃어주고픈 마음도 있었으나 꾹 눌러 참는다.

"은비 엄마, 내가 재혼해서 많이 화났겠지. 이해해. 그래도 당신 혼자 수절한 것도 아니었잖아. 잠깐 남자 생겼던 거 내가 너그러이 이해해줄게. 그러니까 서로 쌤쌤하자고."

"하!"

무슨 쌤쌤! 어린애들 장난하니? 하하하, 기막혀 웃었더니 그런 내 모습을 보며 안색이 어두워진다.

"보나마나 그놈은 당신이 과거 정신 병력 있었다는 거 알면 싫어하겠지? 난 괜찮아, 다 이해해줄 수 있어. 그리고 그놈 부잣집 아들에 총각이라며? 처음에야 애들 귀엽다면서 당신에게 친절하게 접근했겠지. 그런데 그런 놈이 이혼녀를 진지하게 생각해주겠어? 좀 갖고 놀다가 버릴 거라고. 설마 벌써 같이 잔 건 아니겠지? 응?"

멘붕이 와서 대꾸할 말조차 생각나지 않았다.

"예전의 나는 잊어. 그땐 나도 참 철이 없었지. 이제는 당신도 애들도 행복하게 해줄게! 진짜야!"

정말 더 듣고 있을 필요가 없었다. 진정한 바닥이 무엇인지를 보여주는구나, 고승찬!

"비켜요. 상대할 가치를 못 느끼겠네. 나 그냥 집에 들어

갈래. 고승찬 씨 때문에 괜한 시간 낭비하고 싶지 않네요. 제발 앞으로 우리 앞에 나타나지나 말아요. 그게 나와 애들에게 해줄 수 있는 고승찬 씨 최고의 배려 방법이에요."

획 돌아서 가버리려고 했더니 뒤에서 내 어깨를 꽉 잡아 품에 끌어안는다. 으아악! 버둥거려봤지만 내가 어떻게 해보기엔 남자의 힘이 너무 거셌다.

"내 말 들어! 당신 지금 단단히 착각하고 있는 거야! 패스트패션 차남이 뭐가 아쉬워서 너 같은 여자랑 결혼까지 생각하겠어! 정신 차려, 미선아! 그래! 너 또 미쳐버린 거지? 앞뒤 분간 못 하는 거지? 이러다가 그 남자에게도 또 칼 휘두르는 거 아니야?"

"놔! 이거 놓으라고! 비명 지를 거야! 사람 살려요! 구해주세요!"

진짜 짜증 난다! 도대체 그 노인네, 자기 아들에게 가서 무슨 헛소리를 지껄여댄 거냐고!

"미선아, 왜 이래. 내가 다 이해해줄 테니 우리 같이 떠나자."

"당장 그 입 닥치고 꺼지지 못해?"

"애들이랑 네 비행기 표도 다 끊어놨어. 사흘 뒤 미국으로 갈 거야."

도대체가 말이 안 통한다. 정말 듣기 싫은데 힘으로 이렇게 나를 꽉 잡고 있으니 이도 저도 못 하겠다.

"제발 꺼지라고. 난 댁하고 더 할 말도 없고, 이렇게 말 섞는 것조차 소름 끼쳐!"

"우리도 좋았던 시절이 있잖아. 무조건 밀어내려 하지 말고 조금만 진지하게 생각을 해봐. 너 나 사랑했잖아, 응?"

하하하. 좋았던 시절? 그런 게 있었던가? 그리고 사랑?

"아직도 모르겠어? 난 고승찬 씨 사랑한 적이 없어."

잔인할지 모르지만 그냥 직설적으로 내뱉어야겠다는 생각이 들었다.

"당신 처음 만났을 때 나야말로 정말 철이 없었지. 명품 좀 사 주고 내 비위 맞춰준다고 홀랑 넘어갔던 거야. 게다가 우리 아빠가 많이 아파서 빨리 결혼하는 모습 보여드리고 싶어 서둘렀던 거고."

아빠……. 돌아가신 아빠를 떠올리자 순간 울컥하는 심기가 올라와 잠깐 말을 멈추었다.

"그래, 장인어른 많이 아프셨지. 내가 병실도 꽤 지켰는데."

여전히 정신 못 차리는 인간이 헛소리를 해댄다. 어이구! 병실을 지켜? 겨우 하루? 그것도 떠나가라 코 골아서 옆자리 사람들에게 얼마나 미안했는데!

"구구절절 이야기 길어지는 건 싫으니 한 번만 말할게, 고승찬 씨."

이렇게까지 구는데도 나를 응시하는 눈동자에는 기대감

이 담뿍 담겨 있다. 아휴…… 이 화상을 어쩌면 좋아? 내가 당신하고 사는 동안 그렇게까지 괴로웠는데 돌아갈 가능성이 있다고 생각하는 거야? 리얼리? 진심 너 바보임?

"당신과 결혼한 건 내 인생 최악의 선택이었어."

"뭐?"

"지워버리고 싶은 암흑기야! 고승찬과의 결혼 생활 5년은!"

드디어 이 남자에게 돌직구를 날렸다! 암흑기! 지옥! 더 심한 단어가 떠오르지 않는 게 아쉬울 정도다. 너희 집안으로 인해 점점 미쳐갔던 과거의 내가 지금 생각해도 너무 불쌍하다. 더불어 그곳에서 나와 함께 기죽어 살던 은비의 유아기를 생각하니, 진작 거기서 탈출하지 못한 내가 원망스러울 정도다. 아, 정말! 다시 떠올리고 싶지 않은 기억인데!

"미, 미선아!"

내 팔을 움켜쥐려는 이 인간의 손을 핸드백으로 딱 때려버렸다.

"자꾸 똑같은 말 하게 하지 마! 홧김에 내뱉는 것도 아니고 정말 진짜 진심으로 말하는 거라고! 제발 부탁이니 나와 은비, 은솔이 인생에서 사라져줘. 우리 셋에게는 당신이나 당신 가족들이 너무나도 싫은 존재란 말이야!"

싫다. 닿는 것조차 끔찍하다. 예전에 이 인간과 어떻게 한 이불을 덮고 살았는지 내가 생각해도 신기했다. 그러나 내

의지를 강력하게 표했음에도 고승찬의 얼굴에는 어떤 결심만이 더해질 뿐이었다. 이런, 좋지 않다.

"그 암흑기 5년까지 보상해주면 되잖아! 미선아! 은비 엄마! 나 한 번만 봐주라, 응?"

으악! 그게 왜 그런 결론으로 도달하는데!

"이거 놔! 놓으라고!"

바동바동하면서 주먹질을 하고 정강이를 걷어차도 꼼짝 않는다. 뭐라뭐라 계속해서 내 귀에 떠들어대지만 하나도 못 알아듣겠다. 아니, 왜 이렇게 소란을 떠는데 아무도 안 나와보는 거야?

다시 핸드백을 움켜쥐고 퍽퍽 때려대기 시작했다. 그나마 이게 충격이 있는 모양이다. 내 허리를 꽉 안았던 손길이 조금 느슨해진다. 기회는 이때다 싶어 확 밀쳐내고 우리 동 입구의 경비실로 뛰어갔다. 다행히도 이 바보가 방심하고 있었는지 억 소리를 내며 뒤로 벌러덩 넘어지는 바람에 탈출은 성공이었다. 흥! 쌤통이다!

"아저씨! 아저씨!"

혹시 아무도 없으면 어쩌지? 걱정하며 경비실 문을 열었는데 다행히도 졸음에 잔뜩 겨운 아저씨가 힘겹게 눈을 뜨다가 깜짝 놀라 벌떡 일어선다.

"어이쿠! 은비 어머니 아니세요? 어쩐 일이신가요?"

"아저씨! 저기! 저 이상한 남자가 막 쫓아와요!"

의도적으로 치한이라도 만난 척 호들갑을 떨자, 경비 아저씨가 눈을 커다랗게 뜨며 어깨를 흠칫 떨었다.

　"예에? 어디요? 이쪽으로 얼른 들어오세요!"

　그러나 아저씨가 제대로 정신 차려 신고하기도 전에 고승찬이 확 들이닥쳤다.

　"이상한 남자라니! 내가 왜!"

　그의 박력에 경비 아저씨도 움찔 행동이 멎는다. 어어, 이게 아닌데.

　"뭐하세요! 아저씨, 얼른 이 사람 쫓아주세요!"

　"나 이 여자 남편이야!"

　"무슨 헛소리야! 누가 누구 남편이라고?"

　정말 기도 안 찬다. 이 진상을 어쩌면 좋지?

　"가정 문제니 상관하지 말아요! 함부로 껴들면 나중에 가만있지 않을 겁니다!"

　버럭 화내는 모습에 기가 찼으나 어째 경비 아저씨는 고승찬 이 인간의 말에 어느 정도 휘둘리는 눈치다. 아니 아저씨, 이것 보세요! 내가 여태 애들 혼자 동동거리며 키우는 거 다 지켜본 양반이 왜 이래욧!

　"아니 그…… 가정 문제는 남이 함부로 끼는 게 아닌데. 지금 보아하니 그냥 치한은 아닌 것 같네요. 맞죠, 은비 어머니?"

　"아니라고요! 이 작자 진짜로 내 남편 아니에요!"

"남편 맞아요! 몇 년간 떨어져 살긴 했지만 우린 부부 맞습니다! 이 여자가 지금 나한테 화나서 이러는 겁니다. 이해해주세요."

헷갈리는지 눈치만 보는 아저씨 때문에 속이 타올랐다.

"아저씨이이! 자초지종은 나중에 설명할 테니까 저 좀 보호해달라고요!"

"당신 왜 이래? 아무리 화가 났다지만 이러는 건 너무 심하잖아."

아저씨가 무슨 조치를 취하기도 전에 그가 천연덕스럽게 말을 이어가더니 넙죽 인사까지 건넨다.

"그럼, 늦은 시간에 실례 많았습니다!"

다짜고짜 내 손목을 꽉 잡아 경비실 밖 로비 쪽으로 성큼성큼 걸어가는 인간 때문에 나는 제대로 비명도 못 지른 채 질질 끌려가기 시작했다.

"미쳤어? 내가 아니라 당신이 미친 거잖아! 이게 무슨 짓이야!"

"그래 나 미쳤다!"

씨근거리는 숨소리에 이어 아까까지 나를 어르고 달래던 눈빛이 아닌 싸늘한 시선이 내게로 돌아왔다. 결혼생활 중에도 간간이 보이던 그 표정이었다. 온몸의 털이 쭈뼛 서는 느낌이었다. 도와줄 이 하나 없는 공간에서 나는 겁이 더럭 났다.

"차미선! 나 말고 다른 놈한테 간다고? 아주 신이 나셨구 만! 어디 내가 가만히 앉아서 이대로 당하고만 있을 줄 알았어?"

얼씨구! 뭐야! 결국 그런 거야? 돼먹지도 않은 질투란 걸 하고 계셨어? 아니, 지가 뭐라고? 잠시 겁먹었던 게 무색하도록 발끈한 나는 다시 소리를 버럭 질러댔다.

"왜? 난 재혼하면 안 돼? 그럼 내가 어떻게 하고 살 줄 알았는데? 이혼당한 뒤 죽은 듯 애들만 키우며 살다가 그렇게 늙어갈 줄 알았니? 그랬는데 너보다 훨 잘난 남자랑 사귄다는 소식에 눈이 뒤집혔어? 그런 거야? 이런 미친!"

"시끄러워!"

"왜 이래! 내가 이런다고 너라는 인간하고 재결합 따위 할 것 같아? 넌 정말 징글징글해! 최악의 인간이라고!"

"그런 건 이제 아무래도 상관없어! 그치만 내가 못 가지면 다른 놈에게도 못 줘! 특히 그따위 미덥지 않은 부잣집 아들 따위에겐! 그런 놈이 내 새끼들을 제대로 키우기나 하겠어? 안 그래?"

"뭐라고?"

"당장 올라가 은비에게 물어볼 거야! 정말로 새아빠가 좋으냐고! 엄마가 좋은 척 연기하라고 강요한 건 아닌지도! 내가 네 친아빠 고승찬인데 나랑 사는 게 피 한 방울 안 섞인 새아빠보다 좋지 않겠냐고! 애들 의견 안 중요해? 너 그런 멋대로인 엄마야?"

"캬악!"

그 순간, 있는 힘껏 놈의 마수에서 오른손을 빼내어 무작정 휘둘렀다. 짜악! 경쾌한 마찰음과 함께 남자의 고개가 옆으로 확 꺾어진다. 내 손바닥으로 후끈한 고통이 올라올 정도의 힘이었다.

"최악이야! 저질이라고! 정말 개만도 못한 새끼!"

뚜껑이 열려 이성이 날아가버린 나는 놈의 얼굴에 주먹질까지 해대며 내가 아는 모든 욕을 속사포처럼 퍼부어댔다.

"아빠? 친아빠? 웃기지도 않아! 지금 그런 소리 하는 것 자체가 자격 미달이거든!"

아픈 뺨을 쥐고 나를 쳐다보는 남자의 눈에 놀라움이 새겨 있다. 그래! 내가 미쳐서가 아닌 이성적인 상태로 이렇게까지 펄펄 끓는 게 낯설지? 나도 이 정도로 열 받은 건 머리털 나고 처음인 것 같네.

"애한테 뭘 어쩌고 어째? 직접 묻는다고? 하! 네가 뭔데! 너 따위가 도대체 무슨 자격으로!"

두 손이 부들부들 떨려온다. 성마른 목소리의 끝이 듣기 괴로울 정도로 갈라지며 쇳소리가 났지만 상관없었다.

"넌 먼저 네 그 대단하신 엄마라는 양반 때문에 은비가 당한 고통을 생각해야 해! 몸이 다치지는 않았다지만 마음이 다쳤을 그 교통사고에 대해 물어봤어야 했어! 그리고 또! 다니던 유치원에서 애를 억지로 끌어낸 데에 대한! 그 충격적인 사건에 대한 사과부터 했어야 했다고!"

우물우물 말을 꺼내려던 남자는 내 찢어질 듯한 고함소리에 다시 입을 다물었다.

"그런 걱정부터 하는 게 진짜 아빠라는 거야! 애가 엄마의 새 남자에게 즐겁게 아빠라고 부르기까지 어떤 심정을 갖고 살았는지 미안해해야 하는 거라고! 어떤 게 아이가 더 행복한 건지 한 번이라도 생각해봤다면! 자기가 못 해준 걸 아이에게 해준 사람에게 감사하지는 못할망정!"

악을 쓰는 목소리가 점점 더 떨려온다. 참으려 해도 눈가가 뜨거워진다. 이 순간, 내 딸 은비가 너무나도 불쌍해서 그리고 내가 저 따위 인간을 친아빠로 만들어줬다는 자괴감이 들어서 눈 속에 고여 세상을 부옇게 만들던 습기가 끝내 뺨으로 흘러내리기 시작했다.

"여, 여보……. 은비 엄마, 난 그런 게 아니고……. 당연히 은비 걱정 하고 있었지. 어머니가 이번에 하신 행동은 내가 생각해도 잘못된 행동이었어. 그래서 내가 어머니와 인연도 끊어버리고 이렇게 같이 떠나자고 하는 거잖아. 내가 그간 힘들게 한 거 다 보상할게. 정말이야! 그, 그러니까……."

찌질한 인간이 내 눈물과 고함 앞에서 어쩔 줄 몰라 하며 말을 더듬거리고 있었다. 여전히 정신 못 차리고 헛소리다. 이 백해무익한 대화를 왜 나누고 있는지 모르겠다는 생각만 들었다.

"보상? 수백억을 가져와봐! 그게 가능할 것 같니? 이 바보 같은 새끼야!"

눈물이 멎지 않는다. 이제는 고승찬이고 뭐고 나 자신의 감정에 빠져 흐느낌이 마구 짙어져만 갔다.

"은비가 내게 어떤 딸인데. 그렇게 어린 나이에 부모 이혼을 겪고도 구김살 없이 마냥 밝게 자라준 고마운 아이라고! 그런데도 나는, 나라는 여자는, 쇼핑에나 미쳐서 애를 등한시하고, 이제야 좀 잘해주려고 정신 차렸는데 너희 때문에 은비는 교통사고로 죽을 뻔했고……."

횡설수설이 또 시작되고 있었다. 아, 모르겠다. 그간의 극심한 피로와 스트레스가 이 어리석은 남자에게 모두 분출되는 느낌이었다. 나는 결국 쪼그려 앉은 채 소리 내어 서럽게 엉엉 울어버렸다.

"은비 잘못되었으면! 내가 너희 집안 사람들 다 죽여버렸을 거야! 알아? 나쁜 인간들! 내 아이 몸속에 너희 집안 피가 흐른다는 것 자체가 너무너무 혐오스러워! 정말 싫다고!"

머뭇거리는 손길로 나를 잡으려는 고승찬을 확 밀치며 일어서 뒤로 한 걸음 물러났다. 등신 같은 놈! 그는 우두커니 선 채 나만 뚫어져라 쳐다보고 있다. 혹시 정말로 미안해지기라도 했어? 그럼 차라리 꺼지기나 해버리지 뭐하자는 거야!

땡!

점점 열불이 치솟는데 때마침 아파트 엘리베이터가 1층에 도착했다는 알림음이 울려왔다. 스릉, 문이 열리고 입구에 있던 고승찬과 나는 서로를 노려보느라 누가 내리는지 신경도 쓰지 않은 상태였다. 그 순간, 뭔가가 이쪽으로 빠르게 날아왔다.

픽!

"아얏!"

의문의 물체에 머리를 정통으로 맞은 고승찬이 외마디 비명을 지르며 바닥에 넘어졌다. 나는 깜짝 놀라 로비 쪽을 돌아보았고 그곳에는 노기로 시뻘겋게 타오르는 두 개의 눈동자가 어둠 속에서 형형하게 번뜩였다.

"엄마?"

오, 맙소사! 아마도 경비 아저씨에게게서 연락받은 것이 분명한 우리의 유 여사님이 엘리베이터를 타고 내려와 1층에서 문이 열리자마자 전광석화와 같이 빗자루를 집어 던진 모양이다. 유 여사님은 샤방샤방 곰돌이가 그려진 예쁜 노랑 잠옷과 어울리지 않는 무서운 오라로 꿈에서조차 보고 싶지 않은 살벌한 표정을 그린 채 다른 한 손에 프라이팬을 들고 우리 옆으로 걸음을 옮겼다.

"내 오늘 저놈시키를 죽이고 나도 죽을 거다!"

아픈 이마를 문지르며, 현 상황이 이해되지 않는 듯 어리둥절한 얼굴이던 남자는 그제야 유 여사님을 알아보고 벌떡 일어섰다.

"으악! 장모님!"

"누가 누구 장모님이라는 거야!"

으앗, 저것은! 두 달 전쯤 내가 사 드린 통주물 프라이팬이다! 무게가 상당할 텐데 한 손으로 가뿐하게 들고 계시네. 분노가 사람의 괴력을 발산시킨다더니 유 여사님도 그런 모양이었다.

"어디 이 노인네 손맛 제대로 봐라!"

헐, 진짜로 저거 맞으면 뇌진탕이라도 걸리는 거 아닐까? 나도 모르게 고승찬을 걱정해주고 있는데 유 여사님이 살기등등하게 이를 휘두르기 시작했다. 고승찬은 나이 많은 어른을 어떻게 하지도 못하고 위협적으로 얼굴 앞을 획획 스쳐가는 프라이팬의 위력에 슬금슬금 물러서고 있었다.

어느새 하나둘 열린 창문으로 구경하는 이웃들과 다른 동에서까지 원정 오신 경비 아저씨들의 따가운 시선들이 그를 휘감았다. 어쩔 줄 몰라 갈팡질팡하던 고승찬은 순간, 그 커다란 덩치가 아깝다는 생각이 들 정도로 걸음마 날 살려라 하고 도망쳐버렸다.

"미선아, 괜찮은 거냐?"

유 여사님이 넋 놓은 내게로 다급하게 달려들었으나 나는 계속 멍한 얼굴일 뿐이었다.

"미선아? 얘 왜 그러니?"

시선을 들자 유 여사님과 눈길이 만났다. 큭, 하는 소리가 입에서 튀어나온다. 그리고 나는 그만 큰 소리로 웃음을 내뱉으면서 빵 터져버렸다.

"아하하하하하하!"

"엥?"

"엄마 이게 다 무슨 일이야! 고상하신 우리의 유 여사님이 깡패가 되셨어! 그리고 대체 그 괴상한 패션은 뭐야! 신발도 짝짝이잖아!"

배를 잡으며 깔깔깔 넘어가게 웃어댔더니 유 여사님이 머쓱한 표정으로 프라이팬을 내려놓으신다. 아, 정말 눈물이 날 정도로 나는 계속 웃고만 있었다. 우리의 유 여사님? 그녀의 패션은 이러했다. 헐렁한 컬러풀 잠옷에 리얼 폭스퍼로 된 베이직한 모피를 걸치고, 머리는 세팅 중이었는지 열 개가 넘는 굵은 롤이 말려 있었다. 무지개 색상의 두툼한 수면 양말과 급하게 꿰찬 듯 한쪽에는 슬리퍼, 다른 한쪽에는 구겨 신은 운동화.

"아니 내가 그 썩을놈 패주러 오는데 꽃단장이라도 하고 나오리? 너라는 애도, 참."

결국 유 여사님도 나를 따라 피식피식 웃음을 뱉어버리고 말았다.

"아, 엄마. 정말! 끝내줬어."

"속이 다 후련하지? 내 언제고 그놈 면상 마주치면 이렇게 해주고 싶었다. 어딜 감히 여기까지 와서."

키득키득 감정을 추스르며 손등으로 눈물을 닦아냈다. 어떤 이유에서건 내 엄마가 그 인간을 패주었다는 게 한편으로 죄송스러웠으나 결과적으로는 무엇과도 비교할 수 없을 만큼 통쾌했다.

고승찬 이 나쁜 놈아, 다시는 오지 마라. 정말로 이렇게 제발제발 부탁이니까.

그렇게 그날 이후 한동안 아파트 단지 내에서 내 뒤통수를 따갑게 만든 한밤중의 사건은 그냥 좋은 이야깃거리를 남긴 작은 해프닝으로 막을 내렸다. 고씨 집안의 소식은 듣기 싫어도 어느새 내 귀로 풍문처럼 들려왔다. 물론 좋은 소식은 하나도 없었다. 고승찬은 혼자 해외로 도피해버렸고, KST어패럴은 부도를 맞아 조각조각 나뉘어 매각되었다는 이야기였다.

은비 주변을 몇 번 서성이다 걸린 고씨 집안 두 여자들에게는 정식으로 법원 접근 금지 명령서가 전달되었다. 그래도 노인네가 이를 무시하고 출몰했지만 고맙게도 예비 시

288

어머님께서 은비에게 사설 경호원을 붙여주신 덕에 우려했던 사태는 더 이상 없었다.

몇 년 뒤, 해외로 도피했던 고승찬은 놀랍게도 제 어머니가 그토록 바라 마지않던 손자를 만들어 한국으로 돌아왔다고 한다. 물론 다시 한 번 사업을 말아먹고 깡통을 찬 상태였다. 그의 어머니는 손자를 보고 기뻐하기는커녕 그대로 쓰러져 병원에 입원하고 말았는데, 그것은 아이가 너무나도 제 엄마를 많이 닮아 딱 봐도 한국인이라고 보기 어려운 외모를 가졌기 때문이란다.

뭐 눈이 파란색이었는지 녹색이었는지, 피부가 하얬는지 검었는지는 잘 모르겠다. 나는 결혼 이후 내 행복한 생활만으로도 너무너무 바빴으니까. 그들이 어떻게 살든 이제는 관심 밖이었다. 1%의 근심 따위는 99%의 행복에 파묻혀 존재를 인정하기조차 어려웠던 것이다.

어쨌거나 아직은 그런 행복에 파묻히기 전, 심지훈과 내가 혼전 동거를 시작한 지 일주일이 되었을 무렵, 나는 드디어 그의 아버지인 심건석 회장님을 뵙기 위해 나갈 채비를 하고 있었다.

"준비 다 됐어요?"

가벼운 노크와 함께 들려오는 내 남자의 부드러운 음성에 한숨을 푹 내쉬며 문을 열었다.

"힝, 어떡해. 마음에 안 들어요. 입을 만한 것도 없고!"

히스테릭한 어투를 들은 심지훈이 고개를 갸웃 기울이면서 내 위아래를 살펴본다.

"음, 괜찮은데?"

"지훈 씨 말은 안 믿어요! 내가 비키니만 입고 간다고 해도 예쁘다, 괜찮다 말할 거면서!"

그는 눈을 예쁘게 휘면서 작은 웃음소리를 냈다.

"비키니였으면 나만 봐야 한다고 갈아입히기는 했을걸요."

"농담 아니에요! 난 지금 심각하단 말이에요!"

양쪽 미간을 두 손으로 잡은 채 고개를 휙휙 저어대며 아아아아 소리를 내었더니 그가 내 손목을 잡아 끌어당긴다.

"쉬이."

그의 넓은 가슴에 폭 안긴 채 숨을 고르니 조금씩 긴장된 마음이 이완되는 것 같았다.

"왜 이렇게 겁을 내요? 우리 아버지 미선 씨 안 잡아먹어요."

"우이쒸, 머리로는 괜찮다고 하지만 내 심장이 완전 바운스바운스 진정이 안 되니까 그렇죠. 식은땀도 나고 손도 떨리는 것 같고, 또……."

사실 처음 보게 되는 심지훈의 아버지는 내 상상 속에서 거의 지옥성의 마왕이나 다름없었다. 심다훈과 심지훈 형제의 모습으로 미루어보아 아주 멋진 미노년의 남자가 그려진다. 대기업 회장님이니 근엄한 카리스마는 필수겠지? 게다가 소시오패스적인 성향이라고 했으니 야수처럼 날카로운 통찰력으로 나를 면밀히 뜯어볼 것이다.

"나 싫어하시면 어떡해요?"

이런 식의 자기 비하는 내 남자가 가장 싫어하는 것임을 잘 알지만 어쩔 수 없었다. 자격지심이라고 손가락질해도 별수 없단 말이지. 날 욕하기 전에 지금 내 위치에 당신들이 서봐, 어디! 안 떨리나! 안 두렵나!

"싫어하실 리가 없어요. 너무 걱정 마요. 솔직하게 말해서 내가 어떤 여자를 데려간다 해도 큰 관심 없으실 거예요."

"위로가 되지 않아. 흑."

고개를 떨어뜨린 내 등을 가만히 문질러주던 그는 내 턱을 들어 가만히 눈길을 맞추다가 살며시 키스를 하며 온기를 나누어주었다.

"안 떨리게 하는 마법의 주문."

부드러운 그의 미소가 내 시야에 가득해진다. 튀어나올 것처럼 쿵쾅거리던 심장 소리가 조금씩 잦아들었다. 크게 심호흡을 하고 나니 숨결도 많이 진정되었다.

"고마워요."

굳은 턱을 움직여 웃음을 머금고 그를 따라 본가로 이동

했다. 고풍스럽고 커다란 철제문이 열리고 아름다운 정원을 지나 깔끔한 내부로 들어섰다. 어머님이 먼저 나와서 맞아주셨다. 로봇처럼 딱딱한 동작으로 기계처럼 걸어 거실에 들어선 나는 소파에 착석하고 있는 문제의 어르신을 드디어 만나게 되었다.

그런데?

'헉.'

내 예상은 꽤나 많이 어긋나 있었다.

*

사실 나는 예비 시아버님에 대한 조사를 몰래 진행했었다.

"대기업인 JH그룹의 계열사지? 패스트패션이라."

솔직히 너무 궁금했던 것이다. 심다훈 심지훈 두 형제의 아버지라는 사람, 거대 패션 회사의 오너이고 과거 사랑에 미쳤었던 로맨티스트. 물론 그로 인해 저들 형제의 친어머니가 죽음에 이른 비극도 초래했지만 어쨌거나 제삼자 입장에서의 심건석 회장은 다분히 흥미로운 사람이었다.

"자료가 좀 있네."

놀랍게도 인터넷에 누군가가 간단하게나마 올려놓은 최신 포스팅 페이지를 찾을 수 있었다. 내가 관심이 없어 그렇지 꽤나 유명 인사들인 모양이다. 하긴 재벌가란 언제나 화젯거리니까.

대략의 내용은 이러했다.

패스트패션의 심건석 회장. 그는 국내 30대 대기업 중 하나인 JH그룹의 차남으로 태어나 어려서부터 기업인이 되기 위해 자란 사람이다. 옆길로 눈 한 번 돌린 적 없이 고집스레 경영 공부에만 매진하던 그는, 형인 장남 심우석을 따라 상류층 인맥 강화 겸 사교 모임에 참석했다가 그곳에서 신흥 기업인 Y유통의 막내딸 이정숙과 첫 만남을 가졌고, 처음부터 호감이 있던 두 사람은 급속도로 가까워졌다. 그러나 결혼을 일주일 정도 남겨둔 시점, 어떤 불미스러운 일이 발생되어 식은 무산되고 보름 뒤 파혼 발표가 났다.

"어떤 불미스러운 일? 무슨 이따위로 뭉뚱그려서. 대체 뭔데?"

안타깝게도 그 포스팅에는 이에 관한 추가 사항이 한 마디도 언급되지 않았다. 따로 검색을 넣어봐도 워낙 오래된 자료라 그런지 별다른 수확이 없다. 여기저기 도서관 사이트를 뒤져가며 검색 삼매경에 빠졌던 나는 눈길이 멎는 기사를 하나 발견했다.

"오, 사진이다."

─패스트그룹의 차남 심건석과 Y유통의 3녀 이정숙 결혼 발표

그나마 중앙도서관 온라인 페이지에서 예전 잡지 기사를 따로 스캔해놓은 자료를 찾아낼 수 있었던 것이다.

"윽, 젠장. 얼굴이 안 보여."

보안 문제라도 있었는지 상세 사진은 없었고 멀리서 그 실루엣만 알아볼 정도의 흑백 자료가 전부였다. 물론 그 실루엣만으로도 이 두 형제의 아버지라는 것을 단박에 알 수 있을 정도로 훤칠하게 키가 크고 풍채가 좋은 남자였다.

"지훈 씨가 친어머니를 닮았다고 했으니 얼굴은 다를 텐데. 우우, 아쉽다."

곧 뵙게 될 테지만 그래도 많이 궁금하단 말이다. 강한 호기심이 속을 괴롭혀 입안이 바짝 말라갔다. 큼, 이상하게 이분, 최근 모습조차 볼 수가 없네. 인터넷을 아무리 뒤져도 패스트패션의 심건석 회장은 그 모습이 알려진 바가 거의 없는 신비주의자였다. 먼발치에서 찍힌 자료 화면조차 찾는 게 불가능일 정도다. 심지어 몇 년 전에 행해졌던 장남 심다훈의 결혼 사진에서조차 심건석 회장의 모습을 볼 수 없었다. 이상한 일이었다.

"이렇게 되면 오기가 생긴단 말이지."

그리하여 나는 시간을 따로 내어 우리나라에서 어지간히 오래된 자료가 다 있다는 국회도서관을 찾아갔다. 출입증을 착용하고 5층 정간 열람실에 올라갔다. 눈이 휘둥그레질 정도로 많은 자료가 깔끔하게 정리되어 있다. 어디서부터 손을 대야 하는지 막막해하며 고심하다가 내가 봤던 중앙도서관 자료보다 좀더 오래된 잡지들을 훑어나가기 시작했다. 의외로 이런 짓이 적성에 맞는지 지루해하지 않고 나름 즐거워하며 들여다보게 되었다. 예전의 유행 패션 같은 자료들도 보면서 연화에게 알려줄 아이디어도 몇 개 건졌다.

"어, 모드패션이네?"

그런데 생각 없이 펼친 책에서 반가운 광고 사진이 하나 눈에 띄었다. 지금은 규모가 작아지며 디자이너 부띠끄처럼 바뀐 회사지만 한때 국내 패션계를 주름잡던 큰 기업 모드패션이었다. 내 부모님도 모드패션의 하청 업체로 일했었기에 그 회사가 부도난 이후로도 내게는 상당히 익숙한 이름일 수밖에 없었다. 요즘 사람들에게는 완전히 잊혀진 존재겠지만 말이다. 굳이 비교하자면 현재의 패스트패션 정도로 잘나가던 업체?

"지금 보기에도 센스 돋네. 멋지다."

감탄하면서 팔랑팔랑 페이지를 넘기던 나는 어느 한 부분에서 발견한 익숙한 이름에 시선이 멎게 되었다.

"JH그룹 차남 심건석과 모드패션의 외동딸 현수아 결혼? 에엥?"

헉, 이럴 수가! 모드패션 현성철 사장의 외동딸이 심건석 회장의 조강지처였다. 즉, 내 남자의 친어머니가 그녀라는 말이었다. 눈이 휘둥그레졌다. 뚫어져라 사진 속 젊은 여성의 얼굴을 노려보았다. 그녀 현수아는 오래된 사진 속에서도 찬란하게 빛나고 있었다.

"이렇게 보니 진짜 많이 닮았네. 아, 정말 미인이잖아."

그녀가 모드패션의 로열패밀리였다니. 새삼스러운 인연 앞에서 나는 기가 막혀 웃었다. 더불어 이렇게나 고급스러운 마스크와 아름다운 분위기를 지녔는데 사랑받지 못한 그녀에게 강한 동정심이 일었다.

나는 그 기사 이후의 모드패션 관련 자료를 뒤적이기 시작했다. 그리고 딸의 결혼 후 JH그룹의 후광으로 더욱 승승장구하던 모드패션 이야기를 접하며 그 화려해진 전성기를 상상하게 되었다. 몇 년간 모든 잡지 안에서의 모드패션은 최고의 모습으로 우뚝 서 있었다. 마치 현수아의 미모가 그곳으로부터 기인했음을 증명하듯. 그러나.

—모드패션 부도 못 막아. 주력이었던 여성복 세 개 브랜드는 JH의 패스트패션으로 흡수

JH그룹에서 분리되어 나온 패스트패션은 모드패션이 일궈놓은 베이스에서 급속도로 성장했지만 결국 뿌리를 잡아먹고 흡수해버렸다. 심건석과 현수아의 이혼이 가시화되자 주력 라인뿐 아니라 사이드 브랜드까지 모두 섭렵하였으며 그로 인해 모드패션은 부띠끄만 남긴 채 공중분해되고 말았다.

"세상에."

어떻게 이럴 수 있을까. 아무리 현수아와 이혼했다지만 아들들의 외가댁이다. 그런데도 심건석은 이런 사실 따위 개의치 않고 그 업체를 산산이 부셔버렸던 것이다.

"그럼 뭐야. 불미스러운 일이 아니라 단순히 자기 사업을 키우기 위해 약혼녀였던 이정숙을 버린 거였고, 모드패션의 현수아와 결혼한 뒤 패스트패션이 성공 가도에 오르자 또 필요 없어진 모드패션을 가차 없이 분해해버렸단 말인가? 그래놓고 다른 남자와 결혼한 이정숙을 되찾기 위해 온갖 악행을 저질렀다고?"

머릿속에 그냥 적당히 멋지게 생긴 영화 속 악당 같은 이미지만으로 완성되었던 시크한 소시오패스 미노년 남성이 야망에 미친 나머지 잔인하고 악랄한 인면수심의 모습으로 변모하는 순간이었다.

"로맨티스트는 개뿔."

나와 크게 상관없는 이야기일 수도 있는데 그냥 화가 났다. 도대체 이 심건석이라는 한 남자로 인해 얼마나 많은 사람이 피해를 본 것인가?

파혼당한 이정숙. 다른 남자와 결혼하여 평온하게 살아갔으나 심건석의 마수에 걸려들어 남편은 바람이 났고, 결국 회사의 경영난 앞에서 그 남편은 죽음까지 이르고 말았다.

이용만 당한 현수야. 결혼하여 씨받이마냥 아들만 낳아 주고 집안이 몰락당한 뒤 내쳐졌다. 결과적으로 비관하여 자살했고.

가장 불쌍한 것은 심건석의 두 아들들이다. 심다훈과 심지훈 그들 형제는 악랄하고 이기적인 아버지 아래서 불쌍한 두 어머니를 겪어야 했고, 결과적으로 고질적인 정신 질환까지 떠안고 말았다. 제대로 된 사랑을 하기도 힘든 비뚤비뚤한 어린아이로 자라났지.

"미선 씨."

어쩜. 그런데도 이 나쁜 남자는 정작, 본인은 사랑하는 여인과 함께하며 회사도 승승장구, 모자람 없이 살아가고 있다. 한 기업의 대왕마마가 되어 아들들에게 인계해준 것도 없이 모든 권력을 한 손에 거머쥔 채 모두의 위에서 군림한다. 아, 불공평하구나! 어째서 신은 이런 죄 많은 인간을 벌하지 않는가?

"미선 씨?"

공평하지 못하다. 공평하지 못해. 불쌍한 저들 때문에 내 가슴만 아파오는구나!

"미선 씨!"

"으앗! 예!"

생각에 푹 잠겨 있느라 심지훈의 멋진 음성이 내 이름을 부르고 있었음에도 이를 귓바퀴에서만 맴돌게 하던 내가 그제야 알아듣고 화들짝 놀라 대답했다. 그는 빙긋 미소를 보여주었다.

"아, 미안해요. 딴생각을 하느라."

"완전히 영혼이 다른 세상에 가 있는 얼굴이었어요. 그만 앞을 봐요. 거의 다 왔잖아요."

"어머, 그래요?"

시선으로 그의 손끝을 따라 언덕 위에 나타나는 화려한 저택을 훑었다. 높은 돌담 안에 현대식으로 지은 멋진 건물과 정성이 많이 들어간 것으로 보이는 아름다운 정원이 보인다.

"와아! 나 저런 집은 영화에서나 본 거 같은데!"

저절로 튀어나오는 감탄사에 다시 내게로 눈길을 주던 남자의 얼굴에 부드러운 웃음이 걸렸다.

"어머니 취향대로 꾸며진 집이에요. 어머니 뵙고 집에 대한 칭찬을 건네봐요. 아마 상당히 기뻐하실 거예요."

"꼭 그럴게요."

이런 팁 상당히 중요하다. 이미 여러 차례 만나봤던 시어머님이지만 집에서 따는 점수는 또 다르기 마련이지. 정말 그의 세심한 배려에는 항상 감사하게 된다.

"그런데 지훈 씨 아버님은 어떤 분이세요?"

이런저런 조사의 결과로 어느 정도 만들어진 이미지가 머릿속에 있었으나 그래도 먼저 심지훈의 이야기를 듣고 싶었다.

"아직도 그렇게 두려워요? 안 그래도 된다니까요."

"에이, 그래도 마음의 준비를 위해."

적당히 말끝을 흐렸더니 어깨를 으쓱 올려보던 남자가
입을 열었다.

"곧 뵙게 될 텐데 그때 판단해요."

"아잉! 첫 만남 전에 사전 정보 좀 얻고 싶단 말이에요.
플리즈!"

그는 피식 웃는다.

"자료 찾아봐도 별거 없었죠?"

"엥?"

우잇, 어떻게 알았지? 정곡을 찔린 기분에 찔끔하면서 배
시시 웃었다.

"몰라요. 아버님 사진조차 한 장도 못 찾았으니 제 검색
능력이 참 모자라는 거겠죠."

그가 가만히 고개를 젓는다.

"미선 씨가 모자라는 게 아니라 정말로 찾을 수가 없는
거예요."

"에…… 진짜요?"

"공식 석상에 잘 나가지 않으시고 혹여 참석해도 촬영은
절대 불가거든요."

"어째서죠?"

심지훈은 잠깐 생각에 잠긴 표정을 보이더니 눈동자만 굴려 나를 흘깃 쳐다보았다.

"아버지에 대해서는 일단 뵙고 난 뒤에 이야기해줄게요. 그게 나을 거예요."

잉, 뭐야뭐야. 신비주의 회장님 만들기에 아들까지 적극적으로 일조를 한다는 말인가? 나도 모르게 입술이 비죽하게 올라가니 그가 손가락으로 이를 제자리에 돌려놓는다.

"표정 예쁘게 해요. 들어갈 거니까."

그제야 주차장에 차가 멈춘 걸 깨달았다. 갑자기 다시금 찾아오는 긴장감에 숨을 흡 들이마셨다. 침이 꼴깍 넘어간다. 걸음걸음 어지러움도 찾아오는 것 같다.

"어서 와요."

고풍스러운 현관문을 열자 반갑게 맞아주시는 어머님은 밖에서 뵈었을 때의 사무적인 복장에서 벗어난 덕분인지 평소 아는 모습보다 훨씬 부드럽고 여성스러웠다. 나는 간단한 인사를 나눈 뒤 정원과 집의 인테리어를 과장될 정도로 칭찬해드리고 가져온 작은 선물도 드린 후 천천히 거실로 걸음을 옮겼다.

두근두근두근⋯⋯. 금세 심장이 자기 할 일을 잊고 덜컥 멈추어버린다 해도 이상하지 않을 정도로 과부하가 걸린다. 목 뒤가 뻣뻣해지는 느낌도 들었다. 심지훈의 따스한 손을 맞잡은 내 손바닥에서 축축한 땀이 묻어나기 시작했다.

"아버지, 저희 왔습니다."

그의 인사말에 거실에서 우리를 기다리고 계셨던 장년의 남자가 앉은 채로 나를 쳐다보았다. 아, 저런 이미지구나! 반듯한 인상의 얼굴은 회장님 역할로 자주 나오는 모 탤런트와 비슷해 보인다. 짙은 눈썹 아래 적당한 크기의 눈매가 부드럽게 휘고, 남자답게 각진 턱 선이 도드라진다.

"이쪽으로 와서 앉아라."

실내 공간을 울리는 낮은 음성은 매력적이었다. 살짝 내밀어 자리로 안내해주시는 손동작에 친근함이 묻어난다. 매섭고 차가우며 야비할 것이라는 못된 편견이 공기중으로 산화되는 느낌이었다. 서글서글한 인상과 남자다운 페이스, 가슴까지 울리는 낮은 톤의 목소리와 다정한 어투. 아들과 아내를 응시하는 시선에도 느긋함이 담뿍 묻어난다.

'상상과 너무 다르시네? 정말로 저런 분이 내가 조사해서 본 기사 속의 그런 사람이라고?'

믿기지 않는 과거의 행적이 심건석 회장의 주변에 부유한다. 외모를 공개한다면 오히려 그를 욕하던 여론이 잦아들 정도로 호남이다. 그런데 어째서? 왜 그렇게 비밀스러운 신비주의를 택한 걸까? 결과적으로 그는 여론의 뭇매도 많이 맞았다. 영업 전략이라기에는 좀 이상한데.

"……"

물론 이런 의문은 몇 초 후, 모두가 소파에 앉자마자 해결되었다. 내 시선이 자연스레 회장님이 앉은 의자로 달라붙었던 것이다.

'휠……체어?'

금색으로 반짝반짝 고급스럽게 제작된 그것은 분명히 양옆에 커다란 휠을 달고 있는, 하반신이 불편하신 분들을 위한 바로 그 바퀴 달린 의자였다.

*

솔직하게 말해 장애인을 이토록 가까이서 접해본 게 처음이었다. 아참, 연화는 장애인이라는 단어 자체를 싫어하지. 지체부자유? 뭐 그렇게 부르던데. 우리 덩치 사장님은 그 바쁜 와중에도 인근에 봉사 활동도 잦게 나가기 때문에 오전 중 내게 매장을 맡겨놓고 독거노인분들을 열심히 찾아뵙곤 했었다. 당연히 그런 분들 중 몸이 불편하신 분들은 부지기수고.

"차미선 씨?"

"네에?"

또 혼자만의 생각에 스르르 잠겨들어 밥알을 깨작거리던 나는 그분의 낮은 목소리에 퍼뜩 놀라 커다랗게 대답을 하고 말았다. 으아앗! 어떡해! 허둥지둥거리는 나를 응시하던 식탁 맞은편의 예비 시아주버님 심다훈이 킥킥거리며 웃음을 참는다. 쳇, 언제나 얄밉다니까.

"음식은 입에 맞아요?"

자상한 어투로 말을 걸어주시는 상석의 어른을 제대로 쳐다보지도 못한 채 떨리는 음성으로 대답을 했다.

"네, 마, 맛있어요. 아버님."

응? 얼결에 튀어나온 아버님 호칭에 잠시 모두들 침묵이 감돈다. 어라, 내가 너무 앞서 나갔나? 힐끔 그들을 둘러보다가 그 문제의 심건석 회장님과 시선이 마주쳤다. 나를 가만히 응시하던 그분의 눈동자에 잠시 날카로운 기색이 스쳐간 듯싶은 건 착각이었을까?

"아버님이라……. 듣기 좋네요."

눈가의 잔주름과 함께 미소가 그려진다. 나는 한시름 놓인 기분 앞에 배시시 바보처럼 웃었다. 아앙, 먹는 게 다 속에서 체할 것만 같다고! 사람 살려!

그때 양복을 딱 맞게 차려입은 젊은 남성이 식당으로 살며시 들어와 아버님의 귀에 몇 마디 말을 소곤거렸다. 오오, 비서? 재벌 배경인 드라마에서 많이 본 장면 같아! 눈을 반짝이며 쳐다보자니 머쓱한 표정을 지으신 아버님이 나를 향해 입을 열었다.

"실례인 건 알지만 급한 일이 생겨서 나는 이만 자리를 파해야 할 것 같아요. 편하게 있다가 가고, 차 마시며 담소하는 건 다음에 다시 자리를 마련하도록 하죠. 오늘 즐거웠어요."

상냥하게 조목조목 말해주는 모습에서 순간 내 남자의 모습이 겹쳐 보였다. 잠깐 멍하게 그런 어른을 쳐다보던 나는 얼른 얼굴에 예쁜 미소를 그리고 자리에서 일어나 허리를 숙였다.

"자주 찾아뵐게요. 저도 무척 반가웠습니다, 아버님."

조금 놀란 표정이 스치듯 지나간다. 그리고는 천천히 번지는 밝은 미소. 처음으로 장년의 남자가 눈동자까지 웃음으로 물들었다는 느낌이 들었다. 평소 움직이지 않는 근육이 아닐까 싶게 뺨으로 패이는 주름이 어색하다. 그러나 느낄 수 있었다. 심건석 회장이 나를 흡족하게 여기고 있다는 사실을. 오오, 기분 좋아라. 나 약간 자신감을 가져도 되는 거겠지?

어머님이 자리에서 일어나 조용히 휠체어를 밀고 식당 밖으로 걸어가셨다. 언젠가 저렇게 내가 밀어드려보고 싶다는 생각도 들었다. 음음, 오버일까?

"저 휠체어에 손대볼 생각은 포기해요. 그건 어머니 성역이니까."

또 표정을 읽어버린 심다훈이 우두커니 서 있는 내 옆으로 다가와 말을 툭 던지고 거실 쪽으로 느긋하게 걸음을 옮긴다. 아, 이 따뜻한 분위기에 금 가는 거 봐라! 아무튼 간에.

"왜, 왜요!"

무안해진 내가 팩 소리를 지르자 돌아보며 싱긋 웃는다.

"지훈이가 곧 설명해주겠죠. 밥도 다 먹었으니 차나 한잔 할까요, 제수씨?"

"싫은데요, 아주버님."

볼멘 얼굴로 당돌하고 솔직하게 대답하자 하하하 소리가 돌아온다.

"재미있긴 한데, 지훈이나 아버지나 취향 참."

"뭐예요?"

"그럼 커플끼리 닭살 툭툭 돋아나게 잘 놀아봐요. 어머니가 상대해주시겠지, 뭐. 심심해진 솔로는 이만 사라집니다."

미간을 찌푸리며 노려보자니 뒤에서 따뜻한 팔이 허리를 감싸 안아준다.

"심술쟁이 상대하지 말고 함께 거실로 가요. 어머니 금방 나오실 거예요."

"응, 알았어요."

고개를 슬쩍 움직인 곳 시선의 앞에 자리한 내 남자의 편안한 얼굴에 또 심장이 뛰기 시작한다. 아이, 좋아라. 얼굴만 닮았지 정말 성격은 천지차이라니까.

ㅡ지훈이 그런 성격은 제 아버지를 꼭 빼닮았어요.

심건석 회장님의 이런저런 이야기를 섭렵하며 어머님이 하셨던 저 말씀에 동의하기 어려워지고 있었는데 오늘 아

306

버님을 만나보니 부자간에 닮은 게 맞는 것도 같다. 무엇보다 분위기가 많이 비슷해. 잠깐이나마 마주 보면서 심지훈으로 보였을 정도였다고.

"아버지 안 무섭죠?"

"음, 지훈 씨랑 상당히 비슷해요."

"그런가요."

어라 혹시 기분 나빴나? 시큰둥한 반응에 그의 눈치를 살폈다. 그러나 그는 딱히 긍정도 부정도 하지 않는다. 아마도 본인이 아버지를 많이 닮았다는 걸 알고는 있으나 인정하기는 싫은 모양이었다.

"하긴. 하는 짓도 비슷했죠, 저는."

"응?"

거실로 연결되는 복도에서 잠시 걸음을 멈춘 남자가 전면 유리로 되어 훤하게 보이는 정원의 햇살을 응시했다. 차갑게 얼어붙은 눈이 그 따뜻한 볕에 조금씩 녹아내리는 중이다. 겨울답지 않은 포근한 날씨가 몇 개월 뒤에 있을 봄을 미리 알리는 것만 같았다.

"사랑하는 사람과 헤어진 뒤 정말로 죽음을 생각했었으니까."

"지훈 씨, 갑자기 그 이야기는 왜 해요."

아픈 주제를 느닷없이 꺼내는 남자를 채근하자니 그의 눈길이 다시 내게로 돌아온다. 가벼운 슬픔이 다시 눈동자에 스며들어 있다. 울컥하는 심기에 손을 뻗어 그의 뺨을 쓰다듬었다.

"아마 그래서 평소라면 상관 안 하셨을 분이 나서서 KST 어패럴에 손을 대셨을 거예요. 본인의 예전 모습을 보는 기분이어서 말이죠."

"예?"

어라? 고승찬의 회사 말인가요? 그거 아버님이 하신 일인 게 확실한 모양이네. 정말 화나서 의도적으로? 아까의 자상해 보이는 분위기와는 어울리지 않는다. 물론 조사한 자료에 따른 냉철하고 이기적인 모습과도 매치가 안 된다.

"아버지 다리 저렇게 된 것도 젊은 시절 나처럼 어리석은 짓 하려던 게 원인이거든요."

잉? 이건 또 무슨 소리야?

"이혼을 한 아버지는 당장 지금의 어머니에게 달려갔죠. 그런데 계획에서 어긋난 게 하나 있었어요. 바로 지금의 어머니이신 이정숙 여사님이 아버지의 해바라기 같은 감정을 외면하기 시작했다는 거예요."

심지훈은 작은 한숨을 내쉬었고 나는 가만히 그의 손을 잡았다.

"한 번은 파혼, 한 번은 남편의 외도 때문에 마음고생이 심했으니 어떻게 보자면 당연한 거였어요. 어머니는 아버지에게 돌아가는 걸 거부했죠. 아주 싸늘하게."

"그런……."

당시 상황을 머릿속에 그려보았다. 젊은 이정숙은 불같은 사랑을 했던 남자와 결혼을 목전에 두었다가 파혼 당했다. 그 이유까지는 모르겠지만, 어쨌거나 그건 너무도 자존심 상하고 가슴 아픈 충격이었을 것이다. 이후 다른 남자와 결혼을 했다. 그러나 이번에는 결혼까지 한 남편이라는 사람이 또 다른 여자와 눈이 맞아 자신을 버렸다. 물론 이후에 그것이 첫사랑 남자가 저지른 음모였다는 것을 알았다고는 해도 결과적으로는 배신당한 게 맞다.

같은 여자 입장에서 다시 돌아온 첫사랑을 받아들일 수 없는 마음이 충분하게 이해가 갔다. 나였어도 징글징글한 남자들을 다시 만나고 싶지 않아졌을 것 같아. 그런데 그랬다면 심건석 회장님은 어땠을까? 집안에서 정략결혼시켰던 아내를 버리고 뒤에서 조종하여 첫사랑이 이혼하도록 만들어 모든 일이 일사천리로 잘 풀려 세상 다 얻은 듯 기쁨에 겨웠다가 한순간 낭패에 빠지셨겠네?

"어떻게 되었을 것 같아요?"

"글쎄요. 굉장히 낙심하셨을 것 같기는 한데."

"낙심 정도로 끝나지 않았죠. 2년간 모든 일을 내팽개칠 정도로 여사님에게만 매달렸었어요. 그래도 통하지는 않았고요. 그러다가 내 친어머니가 돌아가셨고……."

음성의 고저 없이 이야기가 계속되는 중에도 자신의 어

머니가 가볍게 거론되는 순간 나와 맞잡은 손에 살짝 힘이
들어갔다.

"그 사건 이후 이정숙 여사님은 아버지를 완전히 밀어내
려 하셨어요. 그리고 다시는 만나고 싶지 않다는 냉정한 한
마디를 던졌죠. 아버지는…… 그 자리에서 돌아서 나와 망
설임 없이 죽는 걸 택해버렸어요."

"헉, 정말요?"

난 너무 놀라서 이곳이 어디인지도 인지하지 못한 채 비
명에 가까운 소리를 질렀다.

"극단적이었죠. 형과 나, 남겨지는 아들 둘 같은 건 그분
뇌리에 없었던 거예요. 아버지 머릿속은 오직 지금의 어머
니 이정숙, 그분뿐이었으니까."

담담하게 이어진 그의 어투임에도 무어라 말을 꺼내기조
차 어려운 어떤 아픔이 가슴을 조여오는 것 같았다. 심지훈
은 가만히 내 눈동자를 들여다보았다. 특별한 말을 하지 않
아도 알 것 같다. 그는 나 역시 본인에게 그런 존재라는 설
명을 눈으로 하고 있는 것이다.

"어려서는 절대로 이해할 수 없던 거였는데, 지금
은……."

그가 말미를 흐리며 나를 보고 엷은 미소를 그린다. 에이,
이 사람아! 당신은 안 돼! 어디 나쁜 생각이나 하고 말이
야!

"때찌때찌 해줄 거예요."

나는 그의 다른 손까지 끌어다가 꼬옥 잡았다.

"지훈 씨가 그런 식으로 죽어버렸다면 내가 계속 살아갈 수 없었다는 걸 몰라요? 목숨을 버리는 건 정말 남겨진 이들에게 잔인한 짓이에요. 절대 해서는 안 돼요."

"그래요. 다시는 안 그럴게요. 이번에 미선 씨 보면서 남겨진 사람의 고통이 어떤 건지 여실히 깨달았으니까."

마주하는 그와 나의 표정에 잔잔한 아픔이 부유했다. 다시는 놓고 싶지 않은 이 손. 감은 모습으로 내 곁에 있는 걸 더 이상 참을 수 없을 것 같아진 저 눈동자.

"사실 아버지가 응급실에서 사경을 헤매던 때, 형의 모습에서도 봤었지만 그때는 내가 너무 어리기도 했었고."

그는 눈동자를 움직여 과거를 회상하며 중얼거렸다. 어린 심다훈의 이야기인가? 그들의 친어머니가 돌아가신 직후의 일이라니. 열 살짜리 아이였을 그 사람이 연상된다. 엄마의 자살로 충격에 빠진 상태로 다시 마주했을 아빠의 죽음. 그건 그 나이의 아이에게 지독할 정도로 잔인한 현실이었을 것이다.

"아주버님요?"

그는 고개를 주억거린다.

"엄마를 내쫓고 죽음으로 내몬 아버지에게 미움만 남았던 형일 텐데. 온갖 의료 장비로 뒤덮인 산송장 같은 아버지를 보면서 열 살의 심다훈은 어떤 생각이 들었을까요."

잠깐 이야기를 멈춘 남자의 눈동자가 멀리 창밖 하늘로 향했다. 시리도록 하얗고 맑은 하늘이 그곳에 있다.

"하염없이 울었죠. 본인 말로 지금의 어머니, 이정숙 여사님에게 찾아가 울면서 빌었다고 하더군요. 살려달라고…… 제발 아버지를 살려달라고."

심지훈의 시선이 공허하게 공간을 더듬는다. 그의 기억이 어린 시절로 돌아가 생각 속으로 가라앉는다. 혼잣말처럼 낮은 음성이 계속해서 그의 입술을 가르며 흘러나왔다.

"형 때문이었을까요, 아니면 그 이후로 심정지가 찾아오며 심각한 상태로 들어선 아버지 때문이었을까요? 그것까지는 모르겠지만 여사님은 병실로 찾아오셨어요. 눈물도 없었죠. 어쩌면 체념한 것이었을지도 몰라요. 심건석이라는 사람의 그늘에서 벗어날 수 없음을 완전히 깨달아버린 거겠죠."

그의 얼굴에 잔잔한 미소가 돌아왔다. 나는 그의 분위기에서 가슴 아픈 이야기가 마무리되었음을 느끼며 가벼운 안도의 한숨을 뱉었다. 심지훈은 씩 웃어 보였다.

"그래서 형이 아버지 휠체어에 손대지 말라고 했던 거예요. 너무 서운하게는 여기지 말아줘요."

"아니에요."

어쩐지 기운이 빠져나가버린 것만 같은 남자를 천천히

끌어당겨 안아주었다. 얼마나 더 불쌍해져야 끝이 보이는 걸까, 이들 형제는. 내가 어루만져주는 것에도 한계가 있을 텐데.

어린 두 딸을 키우는 나로서는 지금의 내 딸들만 할 때 심다훈과 심지훈이 겪어야 했던 지독한 사연들이 너무나 마음 아팠다.

"그런 힘들었던 기억 같은 것 모두 내버리도록 도와줄게요."

조용히 속삭임처럼 그의 가슴에 말을 남겨준다.

"그러니까 그때의 슬픔이나 아픔도 전부 지워요."

헌 옷가지처럼, 맞지 않는 신발처럼, 그렇게 손쉽게 버려버릴 수만 있다면. 내가 이렇게 두 손으로 꽉 움켜쥐고 저 차가운 하늘로 흩뿌려버릴 수도 있을 것을.

"언제까지나 이렇게 안아줄게요."

그의 웃음 섞인 숨결이 내 정수리로 부서진다.

"고마워요."

사실은, 쇼핑당한 여자

햇살 좋은 어느 토요일, 호텔 로비가 북적이도록 삼삼오오 모여든 사람들이 식장 옆에 마련된 고급스러운 룸으로 찾아와 고개를 들이민다. 금빛으로 장식된 화려한 천장과 펄이 들어간 퍼플 벨벳으로 누빈 벽장식이 포근해 보였다.

은은하게 공간을 잠식하는 부드러운 조명, 티끌 하나 없이 맑은 유리거울, 그리고 그 안에 담긴 낯설도록 아름다운 나, 5월의 신부 차미선.

전문가의 손길에 힘입은 덕분인지 한 시간 넘게 공들인 내추럴한 메이크업, 귀엽게 세팅된 앞머리와 깔끔하게 틀어 올린 업스타일 헤어가 나를 20대의 여성으로 변모시켜 놓았다. 조명을 받아 눈부시게 반짝이는 티아라와 이어링도 고급스럽게 잘 어울린다.

'흠, 좋아. 딱 내가 원하던 모습이야.'

숍에서 이런저런 최신 스타일을 몇 가지 권유했으나 한사코 거절했다. 까다로워서냐고? 아니. 내 기준은 하나였다. 어려 보일 것. 후후후! 연하의 낭군님을 맞이하는데 그런 사항이 필수임은 당연지사 아니던가? 게다가 결혼식의 하객들이 재혼이라고 도끼눈으로 나를 훑어볼 텐데 달갑지 않은 말 절대 들을 수 없지.

"어머나, 미선아! 웬일웬일! 너 오늘 진짜 예쁘다!"

"저번 결혼식 때보다 훨씬 낫네. 호호호, 물론 그때는 어려서 뭘 입어도……."

"야야, 지영이 너는 무슨 소리를 하는 거야?"

대학 때 나름 친구라 일컬었던 3인방이 찾아와 호들갑을 떨더니 대뜸 저따위 소리나 하고 있다. 뭐 꼭 틀린 말도 아니니 크게 기분 상해하지 않으려 노력한다. 좋은 날 구태여 얼굴 붉히고 싶지는 않다고. 아아, 차미선 성질 많이 죽었구나!

"그렇지, 어릴 때는 패션 테러리스트처럼 하고 다녀도 예뻤던 거 같아. 그립다, 20대 초반의 젊음이."

내가 애써 어색한 미소를 그리며 맞장구를 쳐주자, 말실수하고 나서 의기소침했던 그녀의 얼굴에 안도의 화색이 돈다. 어쩌겠느냐. 너희들은 한 번도 하지 못한 결혼, 두 번이나 하는 내가 넓은 아량으로 감싸줘야지. 안 그래?

"근데 예비 신랑이 패스트패션 차남이라면서? 진짜야?"

"아, 응."

지나가는 말처럼 질문을 던져놓고 내 대답을 확인하자 경악하는 꼴이라니. 내 이혼 후 연락을 뚝 끊었던 것들이 부르지도 않았는데 찾아온 이유는 아마 내 결혼에 대한 소문을 전해들은 탓이리라. 조금 쾌씸하지만 가뜩이나 줄어든 신부 하객수를 생각하면 한 명이 아쉬운지라 간지러운 입술을 꾹 눌러 참는다.

"나 아까 들어오는데 입구에서 네 신랑 마주치고 깜놀했어. 신랑 남동생이 나와서 인사하나 했잖아. 어쩜, 너무 어리고 잘생겼더라! 나이가 몇이야? 초동안인가? 아님 진짜로 연하?"

"연하 맞아, 많이는 아니고 두 살."

"초혼이야?"

"응."

"웬일웬일! 완전 봉 잡았네! 차미선 끝내준다! 비결이 뭐니?"

비, 비결? 여고생들처럼 꺅꺅대는 3인방을 보며 어색하게 입가로만 살짝 웃던 나는, 잠시 동안 어떤 대답을 들려줄지 고심해야 했다. 심지훈을 낚아챈 나만의 비결? 그거야 처음 만났을 때…… 그렇지!

"놀이공원 가서 픽 쓰러져봐. 운명을 만나게 될지도 몰라."

"엥?"

"그게 무슨 소리야?"

내 엉뚱한 답변에 얼굴 가득 퀘스천 마크가 그려진 셋의 얼굴이 순간이나마 세쌍둥이처럼 보인 것은 착시 효과인가? 아, 물론 픽 쓰러졌는데 아무도 달려와주지 않으면 그건 개망신이겠지. 리스크가 크다만 나처럼 대어를 낚는 당첨녀도 있다네. 클클클. 풀 메이크업 얼굴에 주름질까 봐 크게 웃을 수 없음이 안타깝다.

"여서 뭣들 하나?"

그 순간 들려온 걸쭉한 말투가 3인방과 내 시선을 문 쪽으로 돌렸다. 연화가 작은 눈을 더 가늘게 뜨고서 내 과거의 친우들을 노려보고 있었다. 그 살기등등한 기세에 움찔한 셋이 얼결에 내 곁에서 한발 물러선다.

"어머, 방연화 아냐? 너네 여전히 친하게 지내는 모양이네. 오래간만이다."

그래도 그중 용기를 낸 한 명이 소프라노 톤으로 과장된 발랄함을 연기해 말을 걸었지만 척척 걸어 들어온 연화는 힐끗 시선만 그쪽으로 줄 뿐이다.

"미슨이 니도 아무리 좋은 날이라 카지만 저것들 뭐 볼게 남았다고 안 내쫓노?"

"어머머머!"

직설적인 연화의 언사에 셋의 입에서 동시에 기가 막힌다는 뜻의 하이 톤 소리가 튀어나왔으나, 우리의 사장님은 전혀 상관도 않는다. 사실 연화는 저들 3인방을 아주 싫어했다. 내가 불행한 결혼 생활을 겪고 이혼하고 나자 소식을 뚝 끊었다는 것이 이유였다. 좋을 때만 친구이고 힘들 때는 무관심한 그들을 경멸하는, 정의감 넘치는 그녀였다.

"자고로 기쁨은 나누면 배가 되고 슬픔은 나누면 반이 된다 했거늘. 니들은 기쁨을 배로 만들어줄 능력이나 되나?"

위압적인 체격과 매서운 눈빛 앞에서 기가 죽은 셋을 보던 내가 연화의 팔을 툭툭 쳤다. 그만 좀 해. 다른 사람들 눈도 있는데 좀 그렇단 말이지. 내 강렬한 텔레파시가 통했는지 마지못해 입을 다무는 그녀였다. 때마침 들어온 태성이가 묘한 분위기를 눈치채고 함박웃음을 짓는다.

"우와아! 우리 미선 누님! 누구세요! 나는 여기 연예인이 와서 앉아 있네 했잖아! 영화 〈졸업〉이라도 찍어야 할 것 같아! 뭘 준비됐지?"

녀석의 비주얼은 오늘도 죽여준다. 봄 냄새 물씬 나는 얇은 세미정장 스타일로 빼입고 왔는데 염색한 머리칼이 너무 튄다는 것만 제하면 감탄의 눈길이 향할 수밖에 없는 수려한 미모를 뽐냈다.

"어서 와. 너 좋은 데 취직했다면서?"

"좋지. 내가 원하던 빅사이즈 디자인을 평생 하게 되었으
니."

"이 미친놈이 대기업에서 모셔 간다는데도 거절했다 아
이가! 내가 증말 복장 터져서!"

공모전 대상을 거머쥐고 대학을 화려하게 졸업한 태성은
유창한 영어 실력까지 인정받으면서 전도유망한 예비 취
업생으로 모두의 이목을 집중시켰다. 허나 그가 선택한 직
장은 화려한 조건을 제시한 뭇 기업들이 아닌 여성들의 빅
사이즈 의류를 만들어 파는 영세 업체 '뷰티빅걸'이었으니.
이를 위대한 사랑의 힘이라고 해야 할까?

"오늘 부케 연화가 받을 거지?"

눈가를 부드럽게 휘는 태성이 주인님을 대신해 얼른 고개
를 주억거렸으나 연화의 닫힌 입술은 심하게 비뚤어진다.

"됐다."

"어머, 왜?"

"받고 6개월 안엔가 결혼 못 하면 재수 없다 카대. 내는
아적 한참 남았으니 저기 다른 애들 중 아무나 골라 주든지
아님 영화에서처럼 기냥 확 던지라."

"아악! 연화 씨! 준다는데 왜 안 받아! 그럼 나 줘! 내가
받을게! 미선 누나!"

"시끄럽다!"

요란스러운 태성이의 과장된 비명과 쿨한 연화의 반응을

어리둥절히 바라보던 3인방 중 하나가 궁금증을 참지 못해 달싹이던 입술을 열어 질문을 던지고 말았다.

"저, 저기 혹시…… 방연화 남친이야?"

스스로 말을 꺼내면서도 믿기지 않는 듯 눈동자가 심히 떨리는 모습에 웃음이 나왔지만 역시나 풀 메이크업의 힘! 나는 가벼운 미소만 그릴 수밖에 없었고 다행히도 나보다 먼저 대답을 뱉어낸 것은 태성이었다.

"옙! 강태성, 28세! 방연화 씨를 열렬히 애모하여 열심히 구애 중입니다!"

푸헉! 결국 강펀치를 맞아 나가떨어지는 복서처럼 나는 불가항력으로 하하하하 웃음을 빵 터뜨리고 말았다! 아앙! 눈가에 주름지잖아! 어쩔 거냐, 강태성!

"많이들 도와주십시오!"

이거야 원 무슨 선거에 공약 내걸고 나오는 후보도 아니고. 뭘 도와줘! 으악, 죽겠네! 어리둥절한 저들과 달리 나는 이 엉뚱한 녀석 때문에 눈물이 맺히도록 웃어버렸다.

"아, 정말 그만 좀 웃겨, 강태성!"

그렇지 않아도 말로는 나를 축하해주러 왔다면서 총 맞은 것처럼 부러움과 시샘의 표정을 짓고 있는 3인방을 네가 아주 확인 사살까지 하는구나!

그나저나 새로 들어서던 사람들은 웃음보 터진 신부를 목격하고는 "무슨 일인데?" 하고 서로 질문만 던지고 있었다. 으흑, 이 웃음 어떻게 해야 멎는 거야? 배가 아플 지경인데, 돌만 굴러가도 까르르 넘어가던 사춘기 소녀처럼 대소가 쉽사리 멎지 않는다. 어쩔.

"아?"

때마침 들려온 돌돌돌 바퀴 굴러가는 소음이 아니었다면 차미선은 대기실 입구에 가득 늘어선 사람들 시선 속에서 참 대책 없이 좋아 죽는 신부가 될 뻔했다. 뭐 사실 그런 마음 아주 없는 바 아니었지만, 큼큼.

"실례하겠습니다."

고급스러운 진보라톤 벨벳으로 이루어진 예쁜 벽면의 한곳이 가볍게 열리면서 제복을 갖춰 입은 두 여성이 화려하게 장식된 이동식 트롤리를 밀고 들어왔다. 딸기 가루가 보석처럼 곱게 뿌려진 화이트 치즈 무스케이크와 바나나, 사과 등의 과일이 너무도 예쁘게 담긴 이벤트용 브래킷이었다.

제복을 입은 여성 중 한 명이 브래킷 양쪽에 길게 세워진 양초 두 개에다 총 모양 라이터를 이용해 빛을 밝힌다. 태성이 때문에 깔깔 웃느라 못 느끼고 있었는데 이 이벤트를 위해서인지 어느새 신부 대기실 내의 조명도 한 톤 어두워져 있었다.

"신랑님이 보내신 메시지입니다."

상냥한 미소를 그린 제복의 여성이 파스텔 톤 하트 무늬로 단순하게 장식된 빳빳하고 작은 카드를 전해주었다.

—아침부터 제대로 먹은 게 없잖아요. 이거라도 조금 맛봐요. 꼭! 예식 중 쓰러지는 거 방지용입니다.

이런 세상에! 정말로 세심한 남자 같으니! 순간적으로 뭉클한 뭔가가 뜨겁게 가슴으로 치오르는 듯했다. 눈가로 화끈거리는 열감이 느껴진다. 안 돼! 아무리 감동이라지만 이 순간 울어버리면 웃음과 비교도 안 되게 얼굴이 엉망이 된단 말이야!

"어머 좋겠다."

누군가가 부러움 담뿍 담긴 감탄사를 내놓는다. 그러고 보니 이벤트 트롤리가 입장하고 나서 플래시가 더 자주 찰칵찰칵 연이어 터져서 차미선이 무슨 유명 배우라도 된 것 같다. 마음을 다잡아 눈물 흐르는 것까지는 간신히 막은 내게 작은 접시에 담긴 작은 무스케이크 덩어리와 티스푼이 넘겨졌다.

잉? 티스푼? 잠깐 당황스러웠으나 곧 이것이 화장 때문에 불편한 신부를 배려한 조치라는 걸 깨달았다. 가만 보니 바나나와 얇게 썰어진 사과, 방울토마토 등 입을 최소한으로 벌리고 먹을 음식뿐이다.

"고마워요."

간단한 눈인사 뒤에 입안으로 티스푼을 쏙 디밀었다. 사실 속에서 무얼 받아들일 만한 정신이 아니었지만 나는 애써서 조금씩 전부 맛보기로 했다. 이상하게도 이 모든 음식에서 내 남자의 향취가 느껴지는 기분이 들어 안정감이 찾아왔다.

남은 건 친구들에게 먹으라고 권했다. 작은 과일들은 입구 쪽의 사람들에게도 나누어줄 양이 되었다. 덕분에 신부 대기실 분위기는 조금 더 업그레이드되었다.

―고마워요. 사랑해요. 보고 싶어요.

얼른 휴대폰을 들어 톡을 보낸다.

―잠시 후에 만나요.

그의 빠른 답에 절로 미소가 피어올랐다.

*

신부의 아버지가 안 계시기에 신랑, 신부는 동시 입장을 하기로 했다. 호텔 예식장 입구에서 하객들의 뒤통수를 쳐다보며 가만히 서 있는 시간이 더디게만 느껴진다. 이상하게 지금 이 순간이 실감 나지 않았다. 뒷목과 어깨가 굳는 느낌이었다.

'아자아자! 힘내라 차미선!'

속으로 파이팅을 외친 뒤 이제 완전히 내 것이 되는 남자를 슬쩍 쳐다보았다. 민망하게도 그동안 계속 나를 쳐다보고 있었는지 바로 시선이 부딪쳤다. 혼자만의 생각에 빠져 표정이 막 왔다 갔다 했을 텐데 다 보았단 말인가? 으엑, 내 얼굴만 봐도 생각을 다 읽는 사람인데 지금 무지하게 웃음을 참고 있는 건 아닌지? 새삼스레 얼굴로 확 피가 몰렸다.

"괜찮으니 긴장 풀어요. 지금 너무 예쁜데 표정만 굳었어요."

장갑을 꼈어도 꼭 잡아주는 손길에서 전달되는 그의 따스함이 팔을 타고 올라와 가슴을 데우고 온몸으로 돌아다니는 기분이었다. 하이힐로 고생하는 발끝까지 훈훈해진다.

"지훈 씨."

이름을 부르는 것만으로도 찌르르한 감성이 전율한다. 꼭 맞게 입은 턱시도와 깔끔한 헤어 스타일링이 누구보다 아름다운 내 남자를 빛나게 만들어놓았다. 허나 내가 그에게 감동하는 건 저 멋진 외모 때문이 아니다.

심지훈은 내가 완벽하게 신뢰할 수 있는 사람이다.

심지훈은 내가 뛰어내린 절벽 아래에서 나를 받아준 남자다.

심지훈은 내가 갇혔던 어둠에서 밝은 빛으로 끌어내준 이다.

무엇보다 이제 나와 내 아이들을 행복하게 해줄 진실한 가족이다. 그 이상 무엇이 그에게 더 필요할까.

"고마워요."

내 느닷없는 감사 인사에도 의아함 없이 흔연한 미소만

보이던 남자는, 화동인 은비와 은솔이가 먼저 들어서며 시작된 사람들의 웃음과 탄성 소리에 나를 잡은 손에다 살짝 힘을 주었다.

"이렇게 항상 나만 쳐다봐주는 거야 좋지만, 넘어지지 않게 앞과 아래도 잘 봐요."

찡긋 보여주는 심지훈의 윙크가 결국 내게서 밝은 미소를 이끌어냈다. 그가 인도하는 대로 망설임 없이 한 걸음 앞으로 내딛는다. 환한 조명이 우리에게로 쏟아지고 결혼행진곡이 우아하게 울려 퍼진다. 사람들의 박수소리, 머리 위로 흩날리는 축포, 연이어 터지는 카메라 플래시. 현란하고 어지럽다.

"다 왔어요."

그의 듣기 좋은 음성이 내 귓가에 가만히 내려앉는다. 그제야 어느새 주례 앞까지 도달했음을 깨닫고 정신을 추슬렀다. 심지훈의 은사님이라는 인상 좋은 할아버님이 후덕한 웃음으로 우리를 맞이하고 계셨다.

이어서 울리는 주례사. 죄송한 말씀이지만 아무것도 기억에 남지 않았다. 웅성거리는 사람들도 심지어 시부모님이나 유 여사님까지도 눈에 들어오지 않은 채 점점 가중되는 긴장감 때문에 숨 쉬는 것조차 곤란해지고 있었다.

"괜찮아요?"

내 상태를 눈치챈 남자가 속삭이며 걱정 담긴 눈길로 응시하지만 한번 어색하게 웃어만 주었다. 지금 내 긴장의 원인이 결혼식 탓이 아니었으므로 그에게서 도움을 받을 수는 없었던 것이다.

곧 내가 연화에게 부탁한 악보가 반주자에게 넘겨졌다. 사회자에게 태성이가 말을 전달하는 게 시야에 들어왔다. 나를 숨 막히게 짓눌렀던 바로 그 순간이 다가왔다. 바로 이 자리에서 기절해도 어색하지 않을 정도로 내 온몸이 뻣뻣해졌고 눈이 천천히 깜빡였다.

"오 이런! 여러분. 신부님께서 신랑님을 위한 축가를 준비하셨답니다!"

으윽, 올 게 왔구나! 놀라는 심지훈의 시선을 애써 외면했다. 마이크가 내게로 넘겨진다. 전주가 나오기 시작한다. 사위가 조용해진다. 사람들의 기대에 찬 시선이 내게로 모두 모아진다. 아우, 이런. 난 프로가 아니라 실력이 형편없다는 말이다! 그렇게들 보지 말라고!

"눈부신 햇살이…… 오늘도…… 나를……."

아악! 망했다! 너무 긴장한 탓인지 도입을 놓친 나는 가늘게 떨리는 목소리로 엉망진창 가사를 읊다가 멈추었고 피아노와 바이올린 연주도 잠시 후 멎었다. 심장이 튀어나오기라도 할 것처럼 갈비뼈를 때려대며 두방망이질을 쳤다. 갑자기 눈앞이 하얗게 백지로 변한다. 아무 소리도 안 들리고 내 거친 숨소리만 머릿속을 괴롭혔다.

"쉬이. 괜찮아요."

그 순간 나직나직한 목소리가 귓가를 울리며 나를 현실로 끌어당겼다. 숙였던 고개를 드니 내 남자가 하얗게 변한 시야에 등장했다.

"내게 들려주는 노래 아니에요? 나만 봐요. 다른 사람 모두 없다고 생각하면 되잖아요."

그의 말에 작은 용기가 솟아났다. 최대한 크게 숨을 들이마시고 푸 소리가 날 정도로 날숨을 뱉었다. 이대로 포기할 수는 없지. 병원에서 그가 혼수상태에 빠져 있는 동안 나는 많은 생각을 했다. 그중에는 앞으로 절대 이벤트를 받기만 하면서 수동적인 행복으로 점철된 삶을 받아들이지는 않겠다는 다짐도 있었다.

그와 살아가는 여생 동안 나는 주는 사람이 되고 싶었다. 나이가 들어 자연스레 죽음을 목전에 두었을 때에 돌아보면서 내 인생을 허투루 살지 않았다고 흐뭇해할 수 있는 차미선으로 남을 생각이다.

그런 내가 이 정도 울렁증을 극복해내지 못할소냐!

"다시 할게요. 실력이 많이 모자라도 양해해주세요."

하객을 향해 꾸뻑 인사를 한 나는 다시 마이크를 감아쥐고 한 손을 뻗어 심지훈의 손을 잡은 뒤 그의 얼굴을 빤히 응시했다. 그윽한 눈매와 멋진 코, 섹시한 입술을 시야에 가득 담았다.

전주가 시작되었다. 다시 한 번 깊은 심호흡을 한 내 입이 차분하게 열렸다. 지난 한 달간 내 남자 몰래 연습해온 노래가 드디어 세상 밖으로 나오는 순간이었다.

눈부신 햇살이 오늘도 나를 감싸면
살아 있음을 그대에게 난 감사해요
부족한 내 마음이 누구에게 힘이 될 줄은
그것만으로 그대에게 난 감사해요

그 누구에게도 내 사람이란 게
부끄럽지 않게 날 사랑할게요
단 한순간에도 나의 사람이란 걸
후회하지 않도록 그댈 사랑할게요

이제야 나 태어난 그 이유를 알 것만 같아요
그대를 만나 죽도록 사랑하는 게
누군가 주신 나의 행복이죠

그 어디에서도 나의 사람인 걸
잊을 수 없도록 늘 함께할게요
단 한순간에도 나의 사랑이란 걸
아파하지 않도록 그댈 사랑할게요

이제야 나 태어난 그 이유를 알 것만 같아요
그대를 만나 죽도록 사랑하는 게
누군가 주신 내 삶의 이유라면

더 이상 나에겐 그 무엇도 바랄 게 없어요
지금처럼만 서로를 사랑하는 게
누군가 주신 나의 행복이죠.

'감사', 김동률

처음 심지훈과 만나 사랑에 빠지면서 나는 그를 단순히 '득템했다'고 표현했다. 어쩌면 그건 내가 잘나서 멋진 남자를 잡았다는 자만심의 반영이었을 것이다. 쇼퍼홀릭 차미선이 운도 좋게 정말로 매력적인 그를 쇼핑했다고.

하지만 그건 잘못된 생각이었다. 이 사람은 이미 오래전부터 나를 선점했고 많은 노력 끝에 이렇게 결혼까지 골인하게 되었다. 모든 것의 주체는 내가 아닌 심지훈이었다. 그리고 이제 나는 그 주체를 '우리'로 바꾸기 위해 애쓰며 살아가야 하는 것이다.

"언제나 당신에게 필요한 사람이 되겠습니다. 그리고 더불어 나 자신도 더욱 사랑하는 사람이 되겠습니다. 여기 계신 모든 분들 앞에서 진심으로 약속합니다."

누구나 똑같이 하는 형식적인 결혼 서약 같은 건 뇌리에 없다. 이것은 나 차미선이 남은 생애를 함께할 심지훈에게 하는 나만의 혼인 서약문이다.

"현명한 아내가 되기 위해 노력하고 좋은 엄마가 되어 지금의 아이들이나 미래에 태어날 아이들도 차별 없이 양육에 힘쓰겠습니다. 그리고 이후로도 지혜로운 쇼퍼로서 올바른 쇼핑 문화에 앞장서겠습니다."

이 대목에서 웃음소리가 터져 나왔지만 개의치 않은 채두 손을 맞잡은 내 남자의 새까만 눈동자만 말끄러미 응시했다. 내 얼굴을 한가득 담은 그의 눈에 물기가 어리는 것이 느껴졌다.

"심지훈 씨를 사랑하며 내 남편으로 받아들이겠습니다. 앞으로도 영원히 사랑할 것입니다."

얼마간 공간을 잠식하는 건 숨소리마저 잦아든 침묵의 강이었다. 그러나 곧, 와아아! 우렁찬 박수와 함성이 파도처럼 밀려들었다. 누가 키스하라고 시키기도 전에 그는 내 허리를 확 끌어당겨 입술에 자신의 입술을 달콤하게 맞추었다. 짜릿한 전율이 온몸을 투과하는 기분이 든다. 구름 위에 올라선 듯 붕 뜬 느낌이다.

"반칙쟁이."

가늘어진 눈매로 내려다보는 내 남자. 그의 속삭임 같은 채근에 나는 눈가를 늘어뜨리며 예쁘게 웃었다.

"나 좀 멋있죠."

근처에서 내 말을 알아들은 사람들의 작은 웃음소리가 기분 좋게 울린다. 예식은 다시 진행되었다. 이벤트에 대한 부담감에 어질어질할 정도로 긴장되었던 것이 해결되고 나니 모든 것에서 초연해졌고 더디던 시간도 빠르게 지나갔다.

"신랑님 신부님, 한복으로 갈아입으실게요."

어느새 폐백 시간이 다가왔다. 둘 다 네에, 대답을 뱉어내며 허둥지둥 옷을 갈아입으러 걸어갔다. 잠깐 눈길이 마주친 순간 약속이나 한 듯 푸홋 웃음이 터져 나왔다. 그가 한 말이 맞다. 결혼식이란 정신없고 필요성을 못 느끼는 허례허식이다. 하지만 생략하면 훗날 돌이킬 커다란 이벤트가 하나 사라지는 거잖아. 아마 그 역시 지금은 이 순간의 힘든 예식을 후회하지는 않을 것이다.

그렇게 나는 심지훈과 결혼했다. 이혼녀 차미선은 완벽한 매력남과 진정으로 행복한 재혼에 성공했다. 판타스틱하게도 말이지.

아, 조금 아쉽다. 만세 삼창도 내가 할걸.

나는 매력적인 이 남자를 득템했다고 여겼지만
혹시 반대로 내가 그에게 쇼핑당한 것은 아닐까?
반품할 수 없어 괴로워했던 아픈 과거를
이제는 그냥 내 일부로 받아들였다.

언제나 사랑받기만 갈망했던 나는
드디어 사랑을 베풀어주는 것이
얼마나 행복한 것인지도 깨달았다.
우울증은 저 멀리 사라졌고
쇼핑 중독은 '예전'이라는 수식어구가 붙어
추억 속에 남았다.
내 아이들은 멋진 새아빠와 더불어
온전한 엄마까지 되찾았다.
딸들의 얼굴이 밝아진 모습에
어느새 나 역시 활짝 웃는다.

외전 1. 예기치 못한 여행

지훈의 이야기

 내 이름은 심지훈, 심리학 박사 학위를 가진 센터의 상담
사이다. 그리고 내가 사랑하는 그녀, 내 아름다운 아내의
이름은 차미선, 다정하고 사려 깊으며 두 아이에게 좋은 엄
마이기도 한 여성이다.
 그러나 그녀에게는 치명적인 단점이 하나 존재한다. 흔
한 말로 쇼핑 중독자라고 일컬어지는 '쇼퍼홀릭'.
 물론 그간 내 간섭과 상담 치료로 충동적인 구매는 많이
줄었지만 그래도 끝끝내 버리지 못한 버릇이 있으니 그것
은 마감 떨이 상품을 그대로 지나치지 못한다는 것.

득템의 유희에서 벗어나지 못한 채 어제도 오늘도 내 눈
치를 보면서 인터넷 삼매경에 빠지곤 하는 내 사랑스러운
아내.

그녀는 그로 인해 간혹 예상치 못한 사고를 치고는 했는
데, 이제부터 들려줄 이야기는 그렇게 해서 시작된 우리의
느닷없는 여행에 관한 것이다.

*

"코타키나발루? 말레이시아?"

미선이 긴 머리칼이 출렁이도록 가만가만 고개를 끄덕인
다.

"당장 해외여행을 가자는 건가요? 여태 말도 없다가 사
흘 뒤에 갑자기?"

그녀는 눈길을 슬그머니 내리면서도 고개를 끄덕이는 건
멈추지 않았다.

"4주 뒤면 여름휴가잖아요. 한참 더울 때라 시원한 곳으
로 가야 한다고 해서 이미 북해도로 계획을 다 잡아놨는
데."

평소 나답지 않게 질문이 길어졌다. 살짝 따지는 어투도
나온 것 같다. 그도 그럴 것이,

—여름이라 더워 죽겠는데 또 더운 나라로 가는 건 싫어

요!

라면서 시원한 북해도를 먼저 제안한 것이 그녀였던 것이다.

일본 치토세 공항까지 가는 비행기편을 두 달 전에 미리 예매해놓은 상태다. 아는 사람을 통해 삿포로의 고급 별장도 하나 대여했고, 그녀는 오타루의 〈러브레터〉 촬영지에 갈 생각에 너무 기쁘다며 방방 뛰기까지 했다.

8월 3일, 아이들 둘에 장모님까지 해서 다섯 명 예약. 8월 초는 초등학교 1학년인 은비의 방학 때이기도 하다. 물론 7월 초인 지금은 아니다.

"그게……."

머뭇거리는 품새가 조금 수상했다.

"북해도로 휴가 가려던 마음이 바뀌었어요? 흐음, 한 달도 안 남아서 취소가 될지 모르겠네."

별다른 반응 없이 대뜸 전화기를 집어 드는 나를 보던 그녀가 눈을 번쩍 뜨며 으아아아 소리를 지른다.

"그게 아니고요!"

"음?"

"어, 어제……."

"어제?"

계속 뜸을 들인다. 가만히 기다리고 있자니 그녀는 뒷머리만 긁적거린다.

"혹시……."

아내가 머뭇거리는 사이에 어떤 불길한 결론을 추리해낸 나는 눈을 가늘게 떴다.

"여행사 홈페이지를 돌아다니더니 또 반값 상품을 산 거예요?"

정답인 모양이다. 짧은 한숨이 나왔다.

"그렇게 망설이고만 있지 말고 자세히 말을 해봐요."

"취소 건 반짝 타임 세일로 떠 있잖아요. 처음에는 그냥 궁금해서 구경이나 할까 하고 클릭했는데 70%나 할인된 가격으로 올라왔더라고요. 그것도 딱 맞춤처럼 성인 2인, 소아 2인. 업데이트된 지 3분 만에 내가 거의 일빠로 본 거라."

"그렇다고 나랑 의논 한마디 없이?"

의도하지 않아도 내 한쪽 눈썹이 느슨하게 호를 그렸고, 이를 지켜보던 그녀가 점점 기어들어가는 목소리로 웅얼거리기 시작했다.

"지훈 씨는 애들 동화책 읽어주는 중이었거든요. 그쪽 여행사 홈페이지에 보이는 상담 번호로 톡을 했더니 내가 질문한 뒤에 바로 두 명이나 대기 구매자가 떴다면서 당장 입금해달라기에."

쩝, 내 아내 같은 사람이 보이스피싱에 정말 취약한 사람일 거다. 주제와 안 맞는 생각에 잠기느라 잠깐 대답을 생략했더니 아내가 고개를 조금 숙인 뒤 동그란 강아지 눈망울이 되어 나를 쳐다본다. 큼, 내가 약해지는 그 포즈다. 의도적이겠지? 이런 예쁘게 약은 사람.

"아무리 그래도 사흘 뒤라니, 그렇게 멋대로 정하는 게 어디 있어요?"

가벼운 채근이 나올 수밖에 없었다. 아내나 나나 집에서 하는 일 없이 노는 사람들도 아니고, 결혼이니 신혼여행이니 학회니, 근래 자리를 별로 지킨 적이 없는 사무실인데 또 가족 여행 때문에 며칠간 쉬겠다고 말하기가 민망했다. 그렇다고 내 성격에 적당히 거짓말 섞어가며 에둘러 넘겨버리기도 불가능하다.

"역시 안 되는 건가요?"

맥없이 늘어지는 작은 어깨를 보고 있으려니 너털웃음이 나오고 말았다. 어쩌겠는가? 내가 너무도 사랑하는 여자가 원한다는데. 방법이 아주 없는 것도 아니고 말이지. 숨길 수 없이 부드럽게 접히는 내 눈가를 발견한 미선의 표정이 살짝 밝아졌다.

"좋아요. 여행은 며칠 동안이죠? 시간 빼볼게요."

"와와, 정말요? 3박 5일이에요! 수요일 밤 비행기로 가서 일요일 새벽에 도착. 정 바쁘면 수요일 오전에는 근무하고 오후부터 빼서 목요일하고 금요일 이틀만 휴가 내요!"

그녀의 눈동자가 잠깐 동안 하트로 변신한 듯 보인 건 착각이었을까. 정말 나이답지 않게 순수한, 어린아이 같은 여자다. 물론 남들에게 이렇게 말했다가는 팔불출 소리나 듣겠지. 하하, 나도 참.

*

공항에서 혼자 탑승권을 발권하며 가방 두 개를 화물로 부치는데, 앞에 선 여직원을 비롯해 내 뒤에 줄 서 있던 많은 여성들의 시선이 내 온몸으로 달라붙는 게 느껴졌다.

하아. 연예인 보듯 따라다니는 남들의 눈길을 즐기는 취향이 아니다. 그렇기에 평소 절대로 튀는 색상의 옷은 입지 않는다.

그러나 내 아내의 공항 패션 코디 때문에 지금의 나는 알록달록 몹시도 컬러풀하다.

"감사합니다."

수속을 마친 여직원에게 가벼운 인사말을 남기고 돌아서니 아쉬워하는 기운이 잔뜩 뻗쳐 나와 뒤통수에 엉겨 붙는다. 그나마 다행인 건 오랜 시간 기다리기 힘들었던 둘째 딸이 "아빠!" 하고 커다랗게 외치며 이쪽으로 달려와준 덕에 끈적끈적한 시선들에서 벗어날 수 있었다.

"어머 세상에, 유부남이었어!"

"저렇게 큰 애가 있네. 대체 몇 살에 사고 친 거래?"

소곤소곤해도 다 들린다. 사람들은 왜 호감을 가졌던 상대에게 임자가 있다는 걸 안 순간 뾰족한 시선으로 돌변하는 걸까?

　그네들의 말도 안 되는 꼬투리에 웃음이 나올 것 같았지만 애써 삼키며 은솔이를 번쩍 안아 들었다. 소매 없는 연분홍색 버버러 메시원피스가 가볍게 날린다.

　그나마 나까지 똑같은 원피스를 입히지 않아서 고맙다고 해야 하나? 저쪽에 보이는 은비도 은솔이와 똑같은 원피스를 입었고, 애들 엄마인 미선도 같은 스타일의 소매 없는 티셔츠에 흰색 바지를 받쳐 입었다.

　물론 나라고 완전히 가족룩에서 벗어난 건 아니다. 밝은 파스텔 톤의 블록 무늬 반팔 남방에 5부 길이의 연핑크색 면반바지를 입고 있다. 그러니까 깔맞춤이다.

　출국까지 이틀밖에 안 되는 동안 엄청난 쇼핑 속도를 자랑한 아내가, 옷과 신발과 선글라스와 수영복과 모자까지 4인 가족 맞춤으로 열 세트 넘게 싸들고 왔다. 3박 5일 정도가 아니라 7박 9일이라도 충분할 옷가지들이다.

　여행지가 더운 기후라 짐이 이 정도이지 만일 알래스카에라도 간다면, 부피가 엄청나게 불어난 짐가방을 다 처리하기도 버거울 듯싶어 아찔하다.

　"아빠아빠, 언니가 은솔이를 이렇게 이렇게 때렸어요."

　회상에 잠겼던 나를 현실로 불러들이는 작은딸의 목소리

에 시선을 돌려 마주했더니 작은 주먹을 야무지게 말아 쥐면서 내 팔을 제법 세게 내리친다. 이쪽으로 다가오던 은비가 발끈해서 "내가 언제?" 하고 소리를 질렀으나, 나는 한쪽 눈을 찡긋 감아 보이고 은솔이의 머리를 쓰다듬었다.

"저런, 그래서 은솔이 많이 아팠어요? 어떡하지? 당장 비행기 타는 거 취소하고 병원에 갈까요?"

눈동자를 또록또록 굴리며 작은 머리로 고민하는 기색이 보인다. 그 귀여움에 절로 피어오르는 미소를 삼키느라 오히려 표정이 굳고 말았다.

"아니에요! 아니에요! 은솔이 하나도 안 아파요!"

"언니가 그렇게 세게 때렸다면서. 나쁜 언니만 비행기 타고 가라고 해요."

"아니에요! 언니, 은솔이 안 때렸어요!"

바로 말을 바꾸고는 저도 민망한지 배시시 웃는다. 마주 웃어주던 나는 옆으로 다가와 우리 셋을 쳐다보면서 미소 짓는 아내를 끌어당겨 정수리에 가볍게 키스하면서 그 손을 잡아끌었다.

출국 수속을 마치고 들어간 면세점에서 아이들이 갖고 싶다는 인형을 하나씩 쥐어준 뒤 20번 게이트에서 시간 맞춰 비행기에 올랐다.

음…… 솔직히 이코노미 석에 타는 건 처음이었다. 게다가 어려서부터 다녀본 나라들은 미국과 유럽 몇 곳이라 이렇게 작은 규모의 비행기를 타보는 것도 첫 경험이었다. 무엇보다 가운데 복도를 두고 세 자리씩 양쪽으로 나뉜 구조였기에 우리 네 가족이 헤어져서 앉을 수밖에 없어 당황스러웠다.

그나마 수속을 일찍 해서 복도를 사이에 두고 양쪽에 두 자리씩 배정 받았다. 이코노미 석 맨 앞쪽에 아내와 은비가 나란히 앉고, 복도 맞은편에 나와 은솔이 나란히 앉았다.

"실례합니다. 유아 시트 설치하겠습니다."

그런데 이런, 나와 은솔이 옆자리에 앉은 여성이 이제 두 돌쯤 된 아이를 데리고 탑승했다. 비행기 이륙 후 안정 궤도에 들어서자 승무원이 와서 우리 좌석 앞에다 떡하니 직사각형의 아기 침대를 설치했다.

11킬로그램 미만의 아이만 아기 침대에 태울 수 있다고 분명히 적혀 있는데, 옆자리 여성이 첫눈에도 그보다 훨씬 묵직해 보이는 아이를 거기에 밀어 넣었다. 당연히 아이는 싫다고 빽빽 울어댔으나 막무가내.

다리를 뻗기도 힘들 만큼 좁은 자리와 시끄럽게 울어대는 어린아이에 더해 밤 비행이다 보니 은솔이까지 잠투정으로 칭얼거렸다. 이런 말까지는 하기 싫지만 정말 최악의 상황이었다.

"자리…… 나랑 바꿔요."

민망한 눈빛으로 계속 나를 응시하던 미선이 조심스레

말을 꺼낸다. 사람 둘이 지나갈 수도 없을 정도로 좁디좁은 복도 건너에 앉아 있는 미선이 자리라고 크게 나을 것 같지는 않지만, 본인이 저지른 여행에서 내가 고생하는 것이 몹시 미안한 모양이었다.

"괜찮아요."

빙긋 웃음을 그리면서 옆자리에서 징징대는 은솔이를 품에 안아 토닥이기 시작했다. 유아시트 때문에 자리에서 일어서는 것도 쉽지 않다. 목적지에 도착할 때까지 다섯 시간 동안 엉덩이를 뗄 일이 없기를 바라며 몰래 한숨을 내쉬었다.

미선의 이야기

사실은 좀 의도적이기도 했다.

"어머니 아는 분을 통해 삿포로에 별장을 하나 빌렸어요. 살림 봐주는 분까지 계시다고 하니 편하게 쉬다가 올 수 있을 거예요."

저 말을 들었을 때 은근히 심통이 났다. 뭔가 다른 세상의 왕자님 포스랄까? 여행조차도 럭셔리의 극치를 보이는 내 남편이라는 사람, 그가 개고생의 추억이 묻어나는 여행을 해봤는지 궁금해서 지나는 말처럼 그간 다녀본 곳들에 대

342

해 이런저런 질문을 던져봤다.

역시나 항상 비행기 프레스티지석과 5성급 이상의 호텔을 이용한 이야기를 한다. 현지에서도 지인들의 극진한 대접만 받아본 느낌이다.

'저 성격에 대학생 때 MT라도 가봤겠어? 원래 여행이란 적당히 삽질하고 고생스러워야 더 즐겁게 추억으로 만들어지는 건데.'

조금의 심술, 어쩌면 내 기준에서 제대로 놀 줄 모르는 그에 대한 측은지심, 그리고 때마침 서핑하던 인터넷에 두둥 등장해주신 타임 세일 여행 상품. 삼박자가 맞아떨어져 망설임 없는 결제로 이어진 것이다.

그것이 우리 여행의 시작이었다.

*

여행 출발 때는 항상 마음이 조급해진다. 전날 짐을 다 꾸려놨음에도 이것저것 미처 준비하지 못한 것들이 머릿속에서 쏟아져 내린다. 아, 이래서 해외여행이란 한 달 전부터 준비해야 하는 건데! 속으로 비명을 질러대며 다시 한 번 아이들 목욕 비누부터 로션, 치약, 전동 칫솔, 내 화장품, 선크림 등등 잡다한 것들을 들춰보았다.

갈아입을 옷은 하루 두 벌씩, 밤에 편하게 입고 잘 잠옷도 필요하다. 수영복은 마를 시간이 모자랄 수도 있으니 두 벌 이상씩 준비해야지. 말레이시아는 적도 근처의 나라라 자외선이 우리나라의 3.8배라는 소리를 들은 적이 있다. 아이들과 우리 두 사람의 긴팔 래쉬가드도 판매처에 닦달하여 전날까지 빠른 택배로 받아두었다.

"숨찬 준비였지."

회상 후 짧은 한숨 한 번. 이제 나는 우리 식구의 공항 패션을 챙기기 시작한다. 집에서 점심을 간단히 먹은 뒤 바로 출발하기로 했다. 여행 가방에 미처 싸지 못한 가족 커플룩 세 가지를 꺼내봤다.

새파란 나비가 겹겹이 프린팅된 아이들 원피스 두 벌과 같은 프린팅이 목 부분에만 있는 우리 두 사람의 커플룩을 들어본다. 시원해 보이긴 하지만 뭔가 부족해. 그리고 비행기에서 몇 시간이나 앉아가기에 좀 불편해 보이기도 했다.

단순하게 가자, 단순하게. 버버러 가족룩으로 낙찰한다. 민소매 디자인의 면 소재 아이들 원피스와 내 셔츠는 세트였고, 깔맞춤을 위해 남편의 바지를 같은 색상으로 맞췄다. 의도적으로 밝은 색을 고른 것이다.

"본인이 어두운 계열로 입었을 때 얼마나 쌔끈한지 모르는 것 같으니."

내 남편인 간지남 심지훈은 무채색 계열의 옷을 선호한다. 그는 유니크한 디자인의 블랙 혹은 그레이 계열의 셔츠나

티셔츠에 슬림핏의 진, 슬랙스 등을 매치하는 걸 좋아한다.

문제는 그런 옷들이 그의 몸매에 너무나도 잘 어울려서 죽여주는 비율을 조금 더 부각시킨다는 것이다. 게다가 수려한 그 얼굴은 어두운 색상들로 인해 더더욱 찬란한 빛이 나는 느낌이었으니!

"입어봐요."

의도적으로 눈을 초롱초롱 빛내면서 옷을 디밀었다. 그는 잠깐 망설이는 기색이었으나 별다른 말없이 내가 주는 대로 입고 쓰고 신었다. 그러나 곧 나의 판단 착오였음을 깨달았다.

나의 실수다! 그는 밝은 계열도 엄청나게 잘 어울리는 것이다. 이, 이래서 잘생긴 것들은! 아악! 오히려 이건 뭐 연예인 포스가 나서 더 눈에 띄는 결과가 나오고 말았잖아! 으워어! 이제와 다시 갈아입자고 할 수도 없고! 나는 눈물을 머금으며 찬란하게 빛나는 남편과 함께 공항으로 향했다.

걱정은 현실이 되었다. 수많은 여자들이 탑승권을 받으러 간 내 남자를 쳐다보는 게 느껴졌다. 으윽, 닳는다고! 어딜 쳐다봣! 부글부글 끓는 이 심정 어찌할 수 없어 방언 터진 사람처럼 공간을 향해 홀로 중얼거리다가 스스로를 진정시키며 잠깐 숨 고르기를 여러 번, 문득 어떤 생각에 멈칫한 나는 내 다리에 코알라처럼 매달려 있는 은솔이를 힐끗 쳐다봤다.

"솔아, 아빠 왜 이렇게 안 오실까?"

"어? 그러게? 엄마! 아빠 어디 있어요?"

"저어기, 저기."

슬그머니 검지를 세워 아이가 알아볼 때까지 저쪽을 가리켰다. 최신 스타일로 매니큐어가 세팅된 내 손끝에는, 짐 무게를 잰다는 핑계로 열심히 생글거리며 손님에게 말을 붙이는 항공사 여직원과 그런 사심 깃든 그녀에게 일일이 답해주는 친절남(패썸남) 심지훈이 걸려 있었다.

"와! 저기 있다!"

"보이지? 은솔이가 가서 아빠 이리로 모셔와. 응?"

"알았어!"

당장 공항이 떠나가라 "아빠아아아!" 하고 소리를 질러대며 달려가는 은솔이. 그는 당연하다는 듯 뛰어오는 다섯 살 딸을 번쩍 안아 든다. 오호호. 기대했던 이 반응들이라니! 수군수군 웅성임이 귓가로 다가오며 뒤이어 가족룩을 입은 나와 은비에게도 그 시선들이 와르르 향하는 게 느껴지지만 모르는 체 그의 곁으로 우아하게 걸어갔다.

"오래 기다렸죠? 얼른 출국 수속 하러 가요."

그가 나를 끌어당겨 가볍게 행하는 스킨십에 뭇 여성들의 질투가 화살처럼 쏘아지나, 흥이거든! 다들 눈 치워라! 이것들아, 내 거란다. 오호호.

"좌석수가 애매해서 둘씩 따로 앉아야 할 거 같아요."

"에? 어머머 그래요?"

뭔가 잘못되었음을 슬슬 인지하기 시작한 건 비행기에 탑승하면서부터였다. 이코노미라고는 알고 있었지만 오마이 갓! 비행기가 이렇게 작을 줄은 몰랐단 말이야!

좁아터진 좌석. 만석이라 실내는 답답하고 은솔이는 징징거린다. 게다가 심지훈 자리 옆의 아이 엄마가 유아 시트까지 신청해서 그의 긴 다리는 앞으로 뻗을 공간조차 없어 보였다.

"자리…… 나랑 바꿔요."

"괜찮아요."

아아, 이런 배려심! 오오, 정녕 사랑스러운 남자 같으니! 그의 부드러운 미소에 가슴이 짠해온다.

"아직 시간 많이 남았으니까 눈 좀 붙여요. 은솔이 걱정도 말고."

그의 음성이 귓가로 감겨오며 여태까지 좌불안석이었던 마음이 사르르 녹아내린다. 실내가 소등되고, 남편의 눈치를 보며 좌석의 액정 화면으로 영화를 보던 나는 어느새 스르르 잠들고 말았다.

*

"……."

공항 도착 후 입구로 가면 바로 가이드와 이동 버스가 있는 게 일반적이다. 그. 러. 나.

"어, 어떻게 된 거지?"

아무도 없었다, 정말로! 같은 비행기에서 내린 수많은 여행객들이 다 제자리를 찾아 사라져 공항이 한산해지고 있었지만 우리 네 사람을 비롯한 열몇 명의 사람들은 멀뚱멀뚱 공항 입구 쪽에 그대로 서 있었다. 수시로 열리는 자동 유리문 너머에서 습하고 무더운 공기만 밀려들어왔다.

"아니 여기까지 와서 벌써 50분을 기다리고 있잖소!"

누군가가 참지 못하고 휴대폰으로 항의 전화를 하기 시작했다. 눈으로 서성이는 사람들을 세어봤다. 우리까지 열네 명. 단언컨대 저들 모두는 나처럼 떨이 상품 구매자인 듯싶다.

그렇다고 이따위 대접을 하다니! 속에서 열불이 치솟고, 지루해하는 은비를 달래고 있는 남편의 눈치가 보여 죽을 지경이었다.

"뭐라고? 아니 그게 이유가 된다고 생각해!"

성마른 음성은 어느새 반말로 바뀌어 있다. 분위기가 험악해진다. 다들 숨소리까지 죽이며 남자를 물끄러미 응시하고만 있었다. 30대 후반의 남자는 목에 핏대까지 세워가며 따져대는 중이었다.

은테 안경과 얇은 선의 얼굴, 이런 휴양지까지 오면서도 마실 가듯 대충 입은 차림새가, 그가 마지못해 놀러 왔으며 성격이 은근 깐깐해 보인다는 인상을 풍겼다.

씩씩대면서 전화기를 꺼버린 그 사람은 잠깐 호흡을 고를 뿐이다. 주변 사람들이 호기심 증폭된 눈빛들을 보이고 있었으나 누구도 쉬이 그에게 말을 붙이지 못했다. 다행스럽게도 그 남자의 아내로 보이는 여자가 자초지종을 설명하라며 먼저 질문을 던졌다. 남자는 짜증스러운 듯 미간을 찌푸리며 와이프를 한번 노려봐준 뒤 사연을 늘어놓기 시작했다. 굳이 물어보지 않아도 누가 주도적으로 여행을 계획했는지 알 것 같았다. 동병상련의 처지로 나는 그 남자의 와이프를 한번 지그시 쳐다보았다.

어쨌거나 그 사람의 입을 통해 들은 내용인즉슨, 담당 가이드가 우리보다 한 시간 먼저 도착한 항공편에서 내린 손님들을 버스에 태우고 인솔해 갔단다. 문제는 우리가 묵을 리조트까지의 거리가 버스로 왕복 한 시간 반이며, 처음 도착한 사람들 체크인까지 하고 오면 두 시간이 넘게 걸릴 수도 있다는 거였다. 대책 없는 여행사에서는 조금 더 기다리라는 말만 하더란다.

"공항에서 현지 적응 시간을 갖는 건가요?"

웃음을 머금은 채 눈을 반달 모양으로 휜 내 사랑스러운 남편이 나를 약 올린다. 우이씨. 그래도 짜증 한마디 내지 않는 게 어디냐. 전화를 걸었던 남자의 가족은 이미 말싸움이 나서 소란스러웠다. 하하하, 저걸 어쩌나. 안타까움과 동질감에 내 표정까지 자연스레 어두워졌고, 이런 내 불안함을 읽은 남편이 나를 가만히 끌어당기더니 품에 꼭 안아준다.

"괜히 미안해하기 없기."

"네에, 알았어요."

이 순간 가장 편안한 건, 유모차에 곤히 잠들어 있는 은솔이려나? 에효.

지훈의 이야기

한참 만에야 나타난 가이드는 그냥 딱 보기에도 여기저기 많이 굴러먹은, 좋게 말하면 베테랑, 나쁘게 말하면 닳고 닳은 능구렁이 같은 사내였다.

"그래도 여러분은 운이 좋으세요! 우리 현지 운전사 양반이 많이 밟아주셔서 제가 10분 정도는 단축했거든요!"

어이가 없었지만 일단 화난 내 아내부터 달래야 할 터였다. 아내가 금세라도 저 남자에게 달려들어 주먹을 날려도 이상하지 않을 표정을 하고 있었던 것이다.

"자아, 이렇게 웃어요, 웃어."

입가를 손가락으로 죽 늘려주었더니 미간을 꽉 찡그린

다.

"지금 웃음이 나와요? 아우우, 뭐 저런 사람이 다 있어!"

"흠, 그럼 울까요? 엉엉엉엉."

"허억, 지훈 씨."

내 너스레에 결국 그녀도 웃음을 터뜨린다. 가이드가 뭐라거나 말거나 다들 한시라도 빨리 숙소에 도착해 짐을 풀고 싶은 마음이 강했으므로 하얀 도시락처럼 생긴 낡은 버스에 몸을 실었다.

이 더운 나라에서 냉방조차 엉망인 버스였다. 냉기가 나오는 구멍 부분이 제대로 움직이지 않아 어떤 자리는 바람이 하나도 나오지 않았고 어떤 자리는 냉기가 너무 강해 추울 정도였다. 덜커덩거리는 노후한 좌석들. 대책 없이 속도를 내는 운전기사.

하아.

티를 내며 불평할 수는 없다지만 앞으로 이곳에서 지낼 3일이 살짝 걱정되기 시작했다.

*

"으음."

아무리 성격 좋게 웃으며 넘기려 했다지만 정말 순간적으로 내 입에서 신음이 나오고 말았다.

"어떡해애애. 불이 한 개밖에 안 켜져. 히잉."

버스 이동 중에 가이드가 어째서 약간의 하자 정도는 그냥 넘기라고 강조했는지 이해가 가려 했다. 리조트의 입구 중앙 로비에서 15분은 걸어가야 하는 제일 끄트머리의 룸. 무더위 속에 거기까지 잠든 아이를 안고 가는 건 쉽지 않은 일이었다.

그래도 리조트의 대단한 규모에는 놀라지 않을 수 없었다. 밤이라 자세히 보이지는 않았지만 옆으로 끼고 있는 해안 길이만도 어마어마한, 수십만 평에 달하는 리조트라며 가이드가 너스레를 떨었다. 그리고 룸 역시 규모 면에서는 굉장했다.

처음에는 그 넓은 내부에 가벼운 감탄을, 큼직한 더블베드 두 개에도 만족의 탄성을 내질렀다. 비행기와 공항에서 살짝 기분 상하는 일이 있었지만 이 정도 보상이면 그건 웃으며 넘기자는 생각이 들 정도였다. 현관과 욕실 전등밖에 켜지지 않는 껌껌한 방이라는 사실을 깨닫기 전에는.

—여기 사람들은 중국 사람 만만디보다 더해요! 혹시 방에 도착했을 때 전구가 나갔다든지 하는 간단한 하자는 그냥 넘어가세요. 프런트에 서비스를 신청했다가는 와서 확인하는 데 30분, 돌아갔다가 다시 와서 고치는 데 한 시간, 그러면서 두세 시간은 그냥 잡아먹을 겁니다. 일단은 피곤하실 테니 쉬시는 게 좋습니다. 아침에 나가기 전에 말해놓

으면 돌아올 때까지는 고쳐놓을 거예요.

그러니까 저 말은 예방주사였던 거다. 하아, 이를 어쩌나. 밖은 칠흑 같은 어둠이 내려와 있었다. 불빛이 사라질 리 없는 한국과는 판이하게 다른 오지였던 것이다, 이곳은.

창문 밖으로 암막 처리된 밤의 커튼이 완연히 드리운 가운데 멀지 않은 곳의 파도 소리만 요란하게 들려오고 있었다. 그나마 올려다본 하늘에는 금세라도 쏟아져 내릴 것 같은 별들이 어마어마하게 많이 모여 있다. 흠, 운치는 있네. 문제는 이 어스름한 곳에서 샤워를 하고 잠도 청해야 한다는 거였다.

"리조트를 가장한 오지 체험?"

어쩔 줄 몰라 하는 그녀에게 농담을 건네면서 어느 정도 어둠에 익숙해진 눈길로 엑스트라 베드를 찾아 은솔이를 눕혔다. 다행히도 은비는 해 지면 자야 하는 원주민 움막 같은 이곳이 짜증 나기보다는, 창문으로 쏟아져 들어오는 별빛이나 근처에 있을 것으로 짐작되는 해변이 더 신기한 모양이었다.

"아빠, 들어봐. 파도 소리가 막 방 안까지 들어오는 것 같아요!"

"그래. 아마 해가 뜨면 예쁜 에메랄드 빛 바다가 창밖에 펼쳐져 있을 거야."

"와아아! 그럼 나 눈 뜨자마자 바다로 뛰어들어가도 돼요?"

"그럼. 그러려고 온 건데."

"아침밥은 먹고 놀아야지. 배고파서 안 돼. 여긴 집이 아니라 아무 때나 챙겨줄 수가 없잖아."

내 대답에 이어 아내의 당부도 이어진다. 은비는 엄마에게 혀를 메롱 내밀긴 했지만 금세 신 나는 표정으로 바뀌어 욕실로 들어가는 엄마를 따라갔다. 그런데 잠시 후,

"아악! 뭐야 이 샤워기! 게다가 욕조는 물이 계속 빠져!"

"엄마아! 샤워 부스도 무서워!"

곧 두 여자의 비명이 들려왔고 나는 머리를 긁적이면서 그리로 걸어갔다. 이미 물바다가 된 욕실 또한 넓기는 했다.

큼직한 금색 욕조가 한쪽에 있고 화려한 거울이 중간에 자리했으며 작은 변기가 거울 옆에 설치되어 있었다. 그리고 욕조 오른쪽 문 뒤에는 어른 둘이 들어갈 정도로 널찍한 샤워 부스도 있었다. 외견상으로는 몹시도 호사스럽다. 허나.

"샤워기는 못 쓰겠네요. 욕조는 물이 계속 빠지지만 수압이 워낙 강해서 계속 꼭지 틀어놓으면 물은 어느 정도 찰 것 같아요. 일단 그렇게 씻는 걸로 하죠."

샤워기까지 연결되는 호스 중간에 두 군데나 커다란 구멍이 나 있었다. 즉, 물은 모두 그리로 뿜어져 나온다는 거다. 그 덕에 이미 두 여자는 미처 벗지 못한 옷까지 몽땅 젖

어 물에 빠진 생쥐 꼴이 되어 있었다.

샤워 부스는 또 어떠한가? 투명한 유리 안의 그곳은 해바라기 모양으로 높이 달려 있는 샤워기를 틀면 유리 안쪽에 거센 물줄기가 튕겨 나갈 정도로 맹렬히 물기를 뿜어댄다. 한국 스파에서 등이나 허리 안마를 해주는 강한 샤워기만큼의 세기다. 은비가 왜 무섭다고 했는지 틀어보자마자 알 것 같았다.

"아주 빠른 샤워용인가 봐요."

웃음을 억지로 참으며 하는 내 말에 아내가 미간을 찌푸린다.

"긍정적인 것만큼은 진짜 타의 추종 불허인 내 님."

"하하하."

젖은 옷을 훌렁훌렁 벗는 그녀를 뒤에서 슬쩍 껴안았다가 팔꿈치로 한 대 맞고는 방으로 나왔다. 침실이 두 개 있는 숙소였으면 좋았을걸. 아쉬움에 입맛이 다셔진다.

미선의 이야기

아, 정말! 블로그에서 해외 저렴이 패키지 여행의 실태를 고발하는 글들을 몇 개나 봤음에도 왜 그때는 눈에 들어오지 않았던가! 내가 미쳤지. 눈에 콩깍지가 씌었던 거야. 허엉엉엉!

겉으로는 화를 냈지만 속으로 피눈물을 흘렸다. 로비에서 엄청나게 먼 방이라는 것부터 전등, 욕실의 물 사태까지 뭐 하나 멀쩡한 게 없다. 이대로라면 내일부터 있을 패키지 일정이 모두 걱정스럽다.

게다가.

"헉, 에, 에어컨이……."

"응?"

나는 진짜로 눈물이 나오고 말았다. 초긍정의 아이콘 남편님께서 옆으로 다가올 때까지 아랫입술을 깨물며 볼을 타고 물기가 흐르는 일만은 없기를 바라고 있지만, 이 눈치 빠른 사람이 내 지금의 상태를 모를 리가 없지.

"에어컨이 왜요?"

"온도 조절이 안 돼요. 심지어 꺼지지도 않……."

키힝. 목소리가 떨려 나오잖아! 결국 내가 먼저 그의 품으로 달려들어 울음을 터뜨리고 말았다. 그가 나를 끌어당겨 더 깊게 안아주었다. 등으로 둘러지는 단단한 팔에서 온기가 느껴진다. 토닥여주는 손길에 서서히 마음이 편안해졌다.

"어린애처럼 울기는. 은비는 독특해서 좋다잖아요. 별도 많이 보이고, 바다 소리도 들리고. 엄마가 딸보다 더 어린애 같으면 어떡하나요?"

"그래도 너무 속상해요."

홀짝거리는 내 고개를 살짝 들어 엄지로 눈가를 닦아준다.

"우리 미선이가 속상했쪄요."

"이씨."

"난 심씨인데."

"끄액, 재미없어."

황당해서 콧등을 찡그리며 허허 웃었더니, "울다가 웃으면 XX에 털 난대요"라는 유치찬란 노래를 읊으면서 엉덩이 깐다고 덤벼든다.

"으악! 뭐해욧!"

"은비야 빨리 자. 엄마 아빠는 아직 할 일이 좀 있거든."

"컥, 심지훈!"

이 늑대가 정말! 애들하고 한 방에서 자야 하는데 자꾸 이렇게 나오면 정말이지…… 아잉, 너무 좋잖아. 욕실이 웬만한 집 안방만 하던데 거기서? 웅? 아니 나까지 왜 이러는 거야!

"떨어져요. 애 보는데 창피하게 왜 이래요?"

"엄마 아빠가 찐하게 사랑하는 걸 보여주는 게 뭐 어때서요? 어려서부터 익숙해지는 게 좋아요. 자꾸만 감추려는 한국 문화는 잘못된 거라고요. 유아기에 부모가 사랑하는 모습을 많이 보여준 애들이 학습지 열 개 한 애들보다 인지

능력이 뛰어나다는 연구 결과도 있어요."

"말도 안 돼."

"진짠데. 내가 언제 거짓말하던가요? 한국 가면 그 논문 찾아서 꼭 보여줄게요."

싱글싱글 웃음을 그린다.

"아직 완성되지 않고 열려 있는 아이들의 전두엽에 긍정적인 자극을 주는 건 굉장한 효과를 동반하거든요."

말이 끝나자마자 대뜸 내 입술을 머금고 키스하기 시작하더니 등부터 더듬더듬 기름한 손가락을 미끄러뜨린다. 엄훠, 뭐하세…… 아아, 어쩌니! 이 어스름한 조명 아래서 정신을 차릴 수가 없잖아!

그런데 몽롱해진 시선의 끝에 검은 실루엣만으로 이루어진 우리 큰따님이 들어왔다. 두 손으로 눈을 가리고는 킥킥킥 웃으면서 침대로 걸어가는 중이다. 으흐, 이런.

"아야!"

맨발로 이 남자 정강이를 걷어차고는 그가 엄살을 피우는 사이 침대의 은비 옆자리로 올라가 누워버렸다. 그러고는 손가락으로 남아 있는 더블베드 하나를 가리켰다.

"음흉한 심지훈 씨는 저기 침대서 넓게 혼자 자요."

"에이, 싫은데요."

"그럼 저어기 바닥에서 주무시든가."

혀를 날름거렸더니 그가 눈을 흘기며 아랫입술을 비죽

내민 채 욕실로 씻으러 들어가버린다. 오잉? 삐쳤나?

"엄마, 아빠한테 너무한 거 아니야?"

"잉? 뭔 소리야?"

"신혼에 애 둘이나 끼고 살면서 남편한테 미안한 줄 알아야지."

컥. 암……. 무슨 여덟 살이 이딴 소리를 하냐고. 아무튼 유 여사님이 애들 앞에서 만날 이상한 소리를 한 덕에 애가 다 옮았다.

"쓸데없는 소리 말고 너는 얼른 자. 아빠는 엄마가 달래서 데려올 테니."

"응, 나 졸려."

"그래, 어서 자. 내일 일찍 일어나 바다 가서 놀아야지."

"아빠 나오면 자기 전에 꼭 뽀뽀하라고 해."

"알았어."

에휴. 잠깐 한숨을 내쉰 뒤 내려다보니 다섯도 세기 전에 잠드는 심은비 양께서 벌써 곯아떨어졌다. 저녁 비행기를 탔는데도 왜 이렇게 흘러가는 시간이 긴 것일까. 마치 시차 때문에 열 시간은 늦은 나라로 온 기분이었다. 실제로 말레이시아는 우리나라보다 겨우 한 시간 늦는 걸로 아는데.

갑자기 어깨 위로 피로가 몰려와 마구마구 짓밟아주는 느낌이 들었다. 흐느적대며 자리에서 일어나 바닥에 발을 짚었다. 바닷가이기 때문인지 서걱거리는 모래 느낌이 발

바닥에 묻어난다.

"남자가 샤워를 이렇게 오래 해? 혹시 욕조에서 잠들었나?"

하품을 하면서 투덜투덜 욕실로 다가가 문을 열자,

"어서 오십쇼."

"헉?"

문틈으로 보이는 해맑은 눈웃음. 곧, 남편님의 긴 팔이 쑥 뻗어 나와 나를 덥석 잡더니 욕실 안으로 끌어들인다. 엄마야! 마치 개미지옥에 끌려들어가는 곤충이 된 기분이었다.

"아우, 이 짐승!"

"남자가 짐승이라는 건 정설이라니까."

그렇게 나는 널찍한 욕실에서 개미귀신이 된 누드의 남편님에게 고스란히 잡아먹혔다. 어머나, 세상에.

＊

촤아악.

커튼을 걷는 소음에 살며시 잠이 깼다. 동시에 환한 햇살이 내 얼굴을 사르륵 더듬는다. 잠시 후 점차 커지는 파도 소리가 온몸으로 뒤덮여왔다.

"아빠아빠! 빨리 가자아!"

"언니! 저기 봐! 바다다! 꺄아!"

내 딸들의 들뜬 목소리가 귓가로 빨려 들어와 잠든 뇌를 흔드는 기분이다. 이에 떠지지 않는 눈꺼풀을 비비적대며 발가락을 꼼지락거렸다.

지난밤 우리는 결국 에어컨을 켜놓고 잤다. 그 무섭다는 동남아 모기 때문에 창문을 열어놓을 수도 없었고 한겨울처럼 이불을 목까지 꼭 덮은 채 자야만 했다. 뭐, 덕분에 땀의 여왕 은솔이가 한 번 칭얼대지도 않고 푹 자는 좋은 효과도 있었다만.

어쨌거나 에어컨이나 선풍기를 쐬면서 자면 얼굴이 퉁퉁 붓는 체질인 나는 갑갑한 눈두덩과 찌뿌드드한 몸 때문에 컨디션이 완전 메롱이었다.

"더 자요. 공주님들이랑 바닷가 한 바퀴 돌고 올게요."

침대가로 다가와 이런 나를 내려다보던 남편이 베개 옆에 살짝 앉아 내 머리칼을 쓰다듬는다. 매트리스를 통해 느껴지는 무게감에 억지로 눈꺼풀을 걷어 올렸더니 눈부신 햇살을 등으로 맞은 남자가 여느 때처럼 아름다운 모습으로 부드러운 미소를 그리고 있다. 하아, 정말 이 사람의 완벽한 모습은 결혼하고도 가끔 낯설다니까.

잠깐 넋을 놓았던 나는 잘 움직여지지 않는 입가의 근육을 다그쳐 입을 열었다. 꽉 잠긴 목소리가 간신히 새어 나온다.

"몇 시예요?"

"7시요."

아직 그거밖에 안 됐어? 애들이야 원래 놀러 오면 다 그러니까 그렇다 쳐도. 아, 강철의 인간이여. 대단하구나! 겨우 두 살 차이인데 이렇게까지 체력적인 차이가 나나? 아니지. 도대체 언제 운동해봤는지도 기억이 안 나는 내 저질 몸이 문제인 거야?

"나도 눈뜨자마자 바닷가로 나가보고 싶었는데."

아쉬운 감정에 투덜거림이 절로 나온다. 저 예쁜 아열대의 바닷가를 님과 함께 맨발로 거니는 상상을 했었거늘. 부드러운 모래에 선명한 자국을 남기며 걸으면 가끔 발바닥을 적셔주도록 사라락 밀려드는 따스한 바닷물이 기분 좋겠지?

따져보면 내 남편 탓도 있는데. 내가 지금 맥을 못 추는 건 여행의 피로 때문만은 아니란 말이다. 전날 밤 젊으신 이분께서 나를 참 집요하게 괴롭혀준 게 가장 큰 원인일 수도 있거든. 치이.

"내일은 꼭 가요."

슬쩍 째려봤더니 내 통통해진 눈꺼풀 위에 그가 웃음을 머금은 입술을 묻는다. 또 내 표정 보고 무슨 생각하는지 다 눈치챘군. 흥.

"다녀와서 8시 반에 깨워줄 테니 푹 쉬어요."

"응."

세 사람이 룸을 나서는 소리마저 희미해진다. 그의 푹 쉬라는 말에 최면에라도 걸린 듯 정말 정신없이 잤다. 룸으로 돌아온 두 아이가 달려들어 흔들 때까지도 나는 비몽사몽이었다.

"엄마, 배고파요."

아이가 징징대니 마지못해 자리를 털고 일어났다. 흐느적대며 고양이 세수를 하고 1층 식당으로 내려가는데 은솔이가 응아 마렵다고 아빠를 잡아끈다.

"먼저 들어가 있을게요."

애를 번쩍 안아 든 남자에게 식당을 향해 손짓을 하자, 그가 계단 아래 화장실로 사라지며 손을 흔들어준다. 나는 천천히 돌아서서 은비와 나란히 식당 입구로 들어섰다. 아? 근데 이런.

"Good Morning!"

당장 입구에서 난적을 만났다! 으헉, 어떡하지?

"하, 하이."

어색하게 손을 들어 인사를 건넸다. 상큼한 미소를 품은 현지 여성은 내 또래 정도로 보이는 까무잡잡한 미인이었다. 전통 의상을 입은 채 식당 입구의 데스크에 서서 들어오는 손님을 맞던 그녀는 사람들에게 인사를 건네며 뭔가를 확인하고 있었다. 내게도 뭐라고 쏼라쏼라 한다.

아흐! 이노무 영어 울렁증! 분명 쉬운 단어의 조합인데 머릿속에서 각각 따로 놀고 있었다. 침착하자 차미선. 넌 대학까지 나온 인텔리라고!

"에잇 파이브 포 세븐."

그래! 해냈다. 결국 그녀가 확인하는 건 룸넘버였던 것이다. 오호호호! 그, 그런데 얘가 일행이 몇 명이냐고 묻네. 이힝……. 은솔아, 언제까지 응가 하는 거야. 아빠랑 어서 오란 말이야!

"Two adult and two children."

"OK."

"My father and sister coming soon."

옆에서 가만히 보고만 있던 은비가 결국 입을 열었다. 오옷. 이럴 수가! 우리 딸 너무 멋져! 브라보!

"엄마, 아휴 정말. 이건 진짜 간단한 거거든."

차마 창피하다는 말은 못 하는 것 같다. 고개를 살래살래 흔들며 먼저 들어가버리는 딸의 뒷모습을 쳐다보던 내 얼굴에는 부루퉁한 심술이 내려앉는다.

"쳇, 한국이 세계를 제패하는 날은 없는 거야, 리얼리?"

지훈의 이야기

가족 단위로 오기 좋은 해변이다. 리조트 바로 앞에 위치해 있고 딱히 유명한 비치가 아니라고는 해도, 워낙 한산하여 여유를 즐길 수 있으니 한국에서는 절대로 느낄 수 없는 휴양지의 느긋함이 기분 좋게 우리 가족에게로 파도쳐 오는 기분이었다.

발가락 사이사이 스며들어 간질이는 고운 모래알갱이들과 제법 멀리 걸어 나가도 어른 가슴까지밖에 오지 않는 수심 얕고 따뜻한 바다, 내 다리 사이로 유유히 지나쳐가는 수많은 열대어들. 뭇 사람들이 언급하는 진정한 파라다이스의 모습과 많이 닮은 듯하다.

물론, 나와는 달리 이 모든 것을 느릿하게 받아들이지 못하는 사람도 한 명 바로 옆에 있지만.

"여기까지 와서 리조트 내 수영장이라니! 말도 안 돼!"

막 아침 식사를 마치고 나오자마자 리조트 내의 맑은 수영장에 뛰어든 두 딸에게 늘어놓은 내 아내의 잔소리였다. 음, 준비운동도 없이 물에 들어간 걸 야단할 줄 알았더니 내 예상이 빗나갔다. 이런이런.

"맛없는 밥을 억지로 우겨넣은 것도 억울한데, 바다를 완전히 정복해주고 말겠어!"

여행 온 그녀는 전형적인 한국 사람스러운 면모를 보여주었다. 내가 그간 여행지를 돌아다니며 느낀 것 중 하나가 한국 사람들은 여행을 전투처럼 한다는 것이다. 추억을 남겨야 된다는 강박관념, 사진 한 장이라도 더 찍어야 한다는

의무감, 빠진 곳 없이 유명세 탄 장소를 모두 들러야 한다
는 불굴의 의지.

솔직히 이해가 되지 않는다. 특히 이런 휴양지는 말 그대
로 심신이 편안해지도록 쉬러 오는 곳 아니던가. 뭐 그거
야 어쩔 수 없다치고. 내 아내의 성격이 그러하다면 따라
줘야지.

"음식이 그렇게 입에 안 맞았어요?"

"특유의 향 때문인지 저는 못 먹겠더라고요. 어휴."

옆에서 지켜본 미선은 열대 과일 몇 가지를 깨작거리다
가 우유 한 잔만 마셨을 뿐이다. 그마저도 우유에서 산양유
같은 향이 나는 것 같다며 고개를 살래살래 흔들었다. 입맛
이 무딘하지 않아 저렇게 마른 걸까? 한 번쯤은 그녀가 옆
사람 창피할 정도로 게걸스레 먹는 모습을 보고 싶다. 이런
내 소망은 사치일까.

"평소 식당 음식이 마음에 안 들면 주인에게 한마디 잘하
잖아요. 오늘은 왜 그냥 나왔어요?"

질문을 던지며 의미심장하게 씩 웃었더니 금세 얼굴이
확 달아오른 그녀가 주먹으로 내 어깨를 팍 때린다.

"우이씨! 몰라서 물어요? 나빴어!"

"음…… 여기 한국 관광객 워낙 많아서 한국말로 뭐라 해
도 거의 알아들을걸요."

"헉? 정말요?"

미선의 얼굴에 '이런 반전이!'라고 쓰여 있는 것 같다. 한국말 해볼 생각도 못 했는지 크아악 거리면서 머리를 쥐어뜯다가 첨벙첨벙 물을 튀기며 모래사장 쪽으로 걸어 나가 버린다. 제 화를 못 이기는 결과다. 에이, 저런 귀여운 사람 같으니.

"아빠는 엄마 놀릴 때 눈동자가 하트로 변해."

"응?"

큭큭큭 속으로 웃음을 삼키려는데 파도 소리와 어우러지는 큰딸의 음성이 귓가로 감긴다. 고개를 돌려보니 튜브에 올라탄 채 수면 위에서 흔들리는 은비가 가늘게 뜬 눈으로 나를 쳐다보고 있다.

"그래서?"

"닭살."

"풋, 누가 그래?"

"피아노 학원 언니들이 우리 엄마랑 아빠 같은 사람들은 닭살 제조 공장이래."

"하하하!"

심지어 이 아이는 자기 팔을 툭툭 쓸어내는 포즈까지 흉내 내고 있다. 아흠, 꽤 자주 보는 우리 둘의 애정 행각일 텐데 이젠 좀 그러려니 넘어가도 되지 않겠니? 장모님과 미선, 그리고 은비까지 세 모녀는 아닌 듯하면서도 서로 많이 닮았다. 은근한 까칠함도 있고. 뭐 내 눈에야 그런 게 모두 매력으로만 느껴진다지만.

그때 뒤쪽에서 다른 목소리가 들려왔다.

"아빠, 은솔이도 물속으로 요렇게 잠수할래요."

"오, 그래? 저기 물고기들처럼?"

"응! 수영은 물속에서 팔다리만 저으면 되는 거랬어!"

구명조끼를 입은 채 내 목에 매달려 다니는 게 영 심심했던지 저런 소리를 하는 둘째 딸이다. 요즘 뽀통령을 자주 보더니만 거기서 나온 한 에피소드 중에 수영 못 하는 여우 캐릭터를 향해 주인공 뽀통령이 한 말을 그대로 흉내 내고 있군. 이거야, 원. 정확하지 않은 정보로 아이들에게 혼란을 준다며 항의라도 해야 하나?

"은솔아, 바다는 위험하니까 수영 연습은 리조트 안에 있는 수영장에서 하자. 아빠가 가르쳐줄게."

"싫어요. 거기는 물고기 없잖아. 은솔이는 물고기랑 이야기할 거예요."

자못 진지한 얼굴로 결연한 의지를 표명하는 다섯 살 아이. 잠시 생각에 잠겼던 나는 한쪽 입꼬리를 말아 올리며 입을 열었다.

"수영장에 물고기 없다고 누가 그래? 가서 확인해볼까?"

"어, 정말요?"

"진짜?"

두 아이의 입에서 동시에 저런 의문형 단어들이 튀어나

왔다. 거짓말? 그런 건 안 하지, 나는. 장난스러운 미소가 입가로 번지는 걸 막기가 어렵다. 음, 안 되는데. 내 사랑스러운 아내가 이후 내가 행할 일들을 알아버리면 밤새 잔소리하며 야단칠지도 모를 일이다.

"잠깐만 기다려."

그래도 이 아이들 완전히 피곤하게 만들어 녹다운시키려면 신 나는 일들을 연속으로 만들어줘야겠지! 잠시 은솔이를 은비 튜브에 매달아놓고 물속에서 래쉬가드를 벗었다. 따가운 햇빛 아래 어깨와 등의 피부가 지글지글 익는 기분이었지만 내 딸들의 즐거움을 위해 조금 그을려도 상관은 없다고.

"수영장에서 물고기랑 놀고 나면 점심 먹고 나서 방에 가 코오 자는 거야."

"응! 알았어요!"

"은비도."

"에에, 초등학생은 낮잠 안 자는데."

"밤에 반딧불이 투어할 거란다. 낮에 미리 자두는 게 좋아."

"와! 오케이!"

이렇게 늑대 심지훈 표 계획은 진행되고 있었다.

으잇, 뭐하는 거지? 웃통을 왜 벗엇!

바닷가에 다리를 길게 뻗은 채 앉아 따사로운 햇살로 온몸을 달구던 나는 저 멀리 보이는 내 남자와 아이들에게로 멍한 시선을 고정하다가 정신이 번쩍 들고 말았다. 그도 그럴 것이 헐렁한 래쉬가드로 몸매를 숨겨놨던 내 남편님께서 물속 잠수를 감행하더니 잠시 후 벗은 몸으로 수면에 불쑥 나타난 것이다. 컥! 한산한 바닷가라고 해도 다국적인 뭇 여성들이 주변에 얼마든지 있단 말이다!

"우이씨! 나만 보려고 아껴둔 걸 왜 드러내고 그러는 건데?"

짜증이 나서 벌떡 일어섰다. 단단하게 다져진 저 죽여주는 몸매는 꼬부랑 할머니라 해도 눈길이 갈 게 뻔하단 말이지. 난 당신이 눈에 띄는 게 정말 신경 쓰인다는 말이야!

"도대체. 애들하고 뭐하고 있기에?"

그는 몇 번 수면 아래로 사라졌다가 나타나기를 반복하고 있었다. 은비와 은솔이는 뭐가 그리 좋은지 연신 깔깔깔 넘어간다. 간간이 드러나는 그의 맨살에 물비늘이 입혀져 눈이 부셨다.

"은비야!"

일부러 크게 부르며 다시 바닷물로 텀벙텀벙 들어갔다.

그런데? 내 목소리를 들은 세 사람의 시선이 이쪽으로 향하는가 싶더니 슬금슬금 옮겨간다. 어라?

"다들 어디 가! 나만 두고!"

속도를 내 그쪽으로 물살을 헤치며 마구 다가갔으나 남편이 아이들을 데리고 도망가는 게 더 빨랐다.

"야! 심지훈!"

이상함을 느낀 내가 다시 몸을 돌려 해안으로 헐떡거리며 나왔을 때에는 이미 그가 아이 둘을 데리고 리조트 안쪽으로 도망친 뒤였다. 헐? 바닷가에 들고 왔던 타월과 물통 등을 챙겨서 안쪽으로 걸음을 옮겼다. 몸과 발에 묻은 모래를 씻어낸 뒤 큰 타월을 어깨에 두른 채 유아 수영장 쪽으로 다가갔다. 그사이 물안경을 찾아 쓴 은비와 은솔이가 잠수를 한다며 호들갑 중이었다.

"아니 대체 왜 도망가는…… 으악!"

가까이 다가가 수영장 물속으로 다리를 뻗던 나는 물이 수면에 닿기도 전에 너무 놀라 후다닥 뒤로 물러섰다. 이, 이, 이게 뭐야?

"지훈 씨?"

"아하하하! 쉿!"

오, 맙소사! 맑은 수영장 물속에서 작은 물고기들이 내 딸들 주변까지 헤엄치고 있었다.

"이…… 물고기들이 왜 수영장에?"

그 순간 조금 전 바다에서 아이들과 깔깔대면서 뭔가를 계속하던 심지훈의 모습이 뇌리를 스쳤다. 더불어 그가 벗은 래쉬가드를 무슨 용도로 썼는지도 짐작이 가기 시작했다. 곰곰이 돌이켜보니 내게서 달아날 때 남편의 품에 뭔가가 동그랗게 말려 있었던 것 같기도 하다. 아마 물고기를 담은 옷이었겠지.

"저거 지훈 씨가 잡아온 거예요?"

"예. 아직은 관리인에게 안 걸렸어요. 훗훗."

개구쟁이 어린 사내아이처럼 해맑게 웃는 모습에 기가 턱 막혔다.

"허억! 아니 바닷물고기를 여기다 넣으면 어떡해요! 게, 게다가 이렇게 깨끗하게 관리 중인 수영장에다가 함부로!"

내 잔소리에도 한쪽 눈만 찡긋할 뿐이다. 아우, 이런 세상에.

"여기 수영장 물이 완전 담수가 아니더군요. 게다가 이 열대어들도 기수어라 염도가 좀 낮아도 죽지는 않……."

"지금 그게 문제가 아니잖아요. 왜 이런 짓을 했어요?"

"은솔이에게 물고기랑 같이 수영하게 해준다고 약속했거든요."

하. 하. 하. 이런 세상에에에! 저 빠른 것들을 잡은 그대도 대단하다만 이런 짓을 할 생각이란 걸 한 데 더욱 감탄스러운 심기가 찾아온다. 쩝. 애들 위해서 이랬다는데 더

야단하기도 뭐하고. 내가 이 리조트 관리인도 아닌데 말이지. 사실 저걸 봐. 은비와 은솔이 정말 신이 났잖아!

"나 참."

결국 나는 피식 웃음을 터뜨렸고 내 표정이 풀린 걸 본 그는 아이들과 놀아주느라 앉아 있던 유아 수영장에서 천천히 몸을 일으켰다. 그에 따라 맑은 물기가 내 남자의 벗은 몸을 타고 아래로 흘러내린다. 큰 키와 더불어 보기 좋은 비율의 길쭉한 몸매가 내 시야에 가득해졌다.

물기를 머금은 짧은 머리칼은 햇빛을 받아 반짝거렸다. 다부져 보이는 넓은 어깨와 예쁜 모양의 복근, 그새 햇빛에 그을린 건강한 피부. 무엇보다 보기 좋은 건 가지런하게 드러난 치아를 보이며 짓는 밝은 미소.

"내가 함부로 벗고 다니지 말랬죠. 화낼 거야."

근처에서 선탠 중이던 금발 여성 둘이 그에게로 시선을 향하는 게 보이자 나는 심통 난 얼굴을 해 보였다. 눈썹을 슬쩍 올리던 내 남자가 긴 팔을 뻗어 나를 냉큼 물속으로 끌어들인다.

"엄마야!"

풍덩!

타월을 두른 채로 얕은 풀에 빠져버렸다. 내가 인상을 쓰는 순간 그는 맑은 미소를 그리면서 나를 와락 끌어안았다.

"이렇게 임자 있는 티 내면 상관없잖아요."

부드럽게 휘는 그의 눈길과 마주하며 어이가 없어 웃어버렸다. 팔에 와 닿는 그의 단단한 가슴이 느껴져 심장이 쿵쿵 뛰고 있었다. 아이, 이 섹시한 남자 같으니.

"심지훈 씨, 애들하고 열심히 놀아준 다음에 뭐하려고요?"

"맛있는 점심 식사 해야죠."

"그러고는?"

"애들은 낮잠."

"그리고?"

"무슨 대답을 원해요?"

슬쩍 올려다보니 짓궂어 보이는 새까만 눈동자가 반짝반짝 빛나고 있다.

"에…… 아침에 못 다 한 둘만의 해변 산책?"

내 영혼 없는 답변에 그의 눈동자색이 더 짙어진 기분이 든 이유는 무얼까?

"그러죠, 뭐. 난 아내의 말을 잘 듣는 착한 남편이니까."

지훈의 이야기

아내에게 언급한 대로 '착한 남편'이 된 나는 우리 둘만의 산책을 정말 특별한 시간으로 만들기 위해 노력하는 중이었다. 아이들 낮잠을 재우려 룸으로 가는 길에 로비에서 베이비 케어 시스템을 신청해 지불까지 마친 상태였고, 미선을 데리고 나간 바닷가 산책은 왕복 40분 이상 걸리는 제법 먼 지점까지로 목표가 설정되어 있었다.

사실 아침에 아이들과 산책하면서 이미 낮의 데이트 코스를 모두 구상해놓은 상태였다.

"지훈 씨, 우리 너무 멀리 온 거 아니에요? 은솔이 깨면 어떡해요? 그만 돌아가죠."

"아이 돌봐주는 서비스 신청해놨으니 걱정 말아요."

"어머 정말요? 와아, 그런 것까지 있구나."

안심했는지 수평선을 바라보며 여유로운 표정으로 바뀌는 그녀가 정말 사랑스러웠다. 조금만 더 걸어가면 해안선이 휘는 후미진 곳에 당도한다. 내가 미리 쳐놓은 작은 움막형 텐트가 멀리 시야에 들어오기 시작했다. 아내는 아직 그것까지는 발견하지 못한 듯 아이들에게 갖다준다며 예쁜 조개껍질을 모으는 데 여념이 없었다. 그런 그녀를 바라보는 내 얼굴에는 자연스러운 미소가 걸린다.

"그토록 오래 연습할 필요 없이 그저 당신을 만나면 되었을지도 모르는데. 이렇게 웃음이 절로 나오는 내 모습이라는 건."

낮은 혼잣말은 파도 소리에 파묻히고 참방참방 그 물결을 밟아보던 내 여자의 입에선 까르르 웃음소리가 새어 나온다. 한낮의 지독히도 강렬한 태양을 막아주는 챙 넓은 밀 짚모자가 얼굴 위로 짙은 그림자를 드리우는 중에도 그녀 의 얼굴은 마주하기 어려울 정도로 찬란한 빛에 싸인 느낌 이었다. 가끔 이것은 내가 함께하기 어려운 다른 세상처럼 다가오기도 했다. 그건 약간의 안타까움이…….

"지훈 씨!"

내게서 몇 걸음 떨어진 위치까지 걸어갔던 그녀가 갑자 기 시선을 돌리며 나를 호명했다. 어쩐지 새삼스러운 미선 의 고운 모습에 취해 자리에 우뚝 멈춰 서서 가만히 응시 한다.

"고마워요. 나 이렇게 행복하게 해줘서."

가벼이 툭 던지는 인사말처럼, 맑은 음성으로 울려오는 그 마음의 소리에 일순 심장을 조이는 것 같은 강한 감동과 뒷목까지 저릿한 환희가 나를 잠식하는 기분이 들었다.

아…….

그 순간 알아버렸다. 이런 것이 행복이라는 사실을.

처음으로 깨달은 절실한 감정이 나를 휘감았다. 어쩌면 결코 살아가며 맞닿을 수 없었을 '보통 사람'의 감성일지도 모르는데. 범접할 수 없었던 그녀의 찬란한 세상으로 한 걸 음 이끌려 들어간 기분이었다. 너무나 생경했으나 동시에 진정으로 기뻤다.

"응?"

느닷없이 성큼성큼 빠르게 다가가 바로 앞에 서서 물끄러미 내려다보는 내 태도에 그녀의 고개가 갸웃 기울어진다.

"왜 그래요?"

"나도 그렇거든요."

심지훈 또한 당신 덕분에 행복해지고 있는걸. 당신이 아니었다면 결코 발 담글 수 없었던 이토록 밝은 세상에 심장이 벅차도록 뛰어오르는 기분이란. 그래서 너무나 감사해요. 어쩌면 당신이 내게 느끼는 그 고마움보다 몇 배나 더.

"차미선이 내 곁에 있는 한 나는 언제나 행복할 테니까."

그녀의 동그란 눈망울 안에 내가 가득 담기는 것이 보였다. 앙증맞은 입술로 무슨 말을 더 꺼내려 하지만 지금 우리에게는 한두 마디 사랑의 밀어 같은 건 중요치 않았다.

두 손을 뻗어 아내의 가느다란 허리를 휘어 감아 내게로 끌어당긴다. 내 얼굴이 생성한 그림자가 그녀의 얼굴 위로 드리우는 걸 차분히 응시하다가 턱을 살짝 기울이며 고개를 내리고 눈을 감는다. 바다 내음이 스며든 더운 공기에 내 여자의 향이 섞여 있다. 편안하게 겹쳐지는 부드러운 입술과 얼굴로 밀려드는 긴 머리카락의 출렁임, 내 어깨를 감아쥐는 손길이 기분 좋다.

"불완전했던 나를 온전히 채워줘서 감사해요."

귓가에 속삭임을 남기고는 그녀를 번쩍 안아 들었다. 미선의 두 손에 가득 담겨 있던 조개껍데기들이 바닥으로 우수수 떨어지면서 내 걸음걸음에 궤적을 남긴다. 안겨 있는 그녀가 먼저 내 양쪽 뺨을 감싸 쥔 채 숨 막히도록 열렬한 키스를 퍼붓기 시작한다.

아무도 없는 외딴 섬에 갇힌다 한들 당신과 함께라면 내게는 그곳이 낙원이리니.

"이젠 나도 노력할게요."

텐트 안에 그녀를 눕히고 그 어깨와 손과 발끝까지 입술을 묻던 내가 다시 내 여자의 얼굴 위로 시선을 옮겨 꺼낸 말에 의문이 담긴 눈동자가 돌아온다.

"나를 많이 닮아 부족한 아이가 태어난다 해도, 나처럼 이렇게 행복해질 수 있다는 걸 믿기로 했거든요."

아내의 얼굴이 놀라움에 젖어든다. 손을 들어 입을 막는 그녀의 눈가에 촉촉한 이슬이 맺힌다.

"그러니까 이젠 착한 늑대 남편으로 변신해도 되는 거죠?"

다시 짓궂게 변한 내 표정에 콧등을 찡그리며 가볍게 흘겨보는 미선이지만 이내 두 손으로 내 등을 따스하게 끌어안아준다. 언제나 차가울 수밖에 없는 내 내면에 열기를 채워줄 수 있는 것도 오직 차미선뿐임을 이제는 당신도 아는 거겠지.

"심지훈 씨, 이런 식으로 너무나 로맨틱하게 나를 덮치다가는 오늘 당장이라도 우리에게 꼬마 천사가 찾아올지도 몰라요."

"그런가?"

한쪽 눈썹을 슬쩍 올리다가 씩 웃어준다.

"그럼 지금 당장 도전해볼게요."

"꺄악! 자, 잠깐만요!"

구름 한 점 없는 맑은 하늘을 지붕 삼아, 익어버릴 것처럼 뜨거운 모래사장을 바닥에 두고, 인적 없는 바닷가에서 파도를 음악으로 삼은 우리 두 사람만의 야릇한 영화는 그렇게 시작되었다.

미선의 이야기

반딧불이 투어라면서 아직 해가 한참 남아 있는 오후부터 나가야 하는 이유가 궁금했는데, 저녁 식사 전에 먼저 원숭이를 본다고 정글 투어를 시작한단다. 큰 나무에서 거대한 거머리가 어깨로 떨어졌을 때의 대처 방안이라며 가이드가 잔뜩 겁을 준 바람에 은비가 안 가겠다고 잠시 소동을 피웠으나, 다행히도 아빠의 자상한 타이름에 고개를 주억거리며 배에 올랐다. 아, 진짜 마음에 안 드는 가이드 같으니!

"저 원숭이 수컷은 '거기'가 매일 딱 서 있어요. 인간 과학

자들이 맹렬히 연구 중이랍니다. 여러분도 그 이유가 너무 궁금하시죠?"

농담이랍시고 던지는 질문에 어설픈 실소가 여기저기서 터져 나왔다. 아이고. 애들 앞에서 저게 할 소리냐는 말이야. 그러나 청중의 반응이 어쩌하건 홀로 신 난 가이드는 그 이후로도 수컷 원숭이 혼자 여러 암컷을 거느리고 사는 이야기에 열을 올리면서 진심으로 부럽다는 등 헛소리나 해댄다.

결국 그 변태 능구렁이 같은 남자에게 내가 버럭 화를 냄으로써 원숭이의 성 연구기가 되어가던 정글 투어는 본래의 주제로 돌아와 여행자들을 위한 역사와 전통의 건전한 이야기로 바뀌어 진행되었다.

"자연의 신비에 대한 것인데 뭐 그렇게 거슬려 해요? 난 그런대로 재미있는데. 그리고 원래 아이들 성교육은 3세 정도면 시작해야 한다는 말도 있어요."

진지한 척 대뜸 저렇게 놀려대는 남편의 옆구리를 팔꿈치로 한번 찍어주자 아이고 나 죽네 엄살이 하늘을 찌른다.

"이것 보세요, 심지훈 씨. 그런 거야 아이들용 성교육으로 간단하게 배우는 거죠. 그리고 당신은 아직 저런 거 관심 안 가져도 되잖아요!"

"오, '아직'인 거군요. 아직까지는 쓸 만한 심지훈……."

"컥!"

이 인간이! 내 얼굴이 붉으락푸르락하니 더 재미있어하며 웃는다. 아우, 이런 거 반응을 안 해야 하는데!

"근데 좀 지루하네요."

원숭이 찾으러 다니는 건 생각보다 별로였다. 큰 배의 엔진을 돌리며 위이잉 가다가 큰 나무 어귀에 멈춰 "저기를 보세요!" 하는 말에 모두의 시선이 나무로 향한다. 그래 봤자 동물원에서 보던 가까운 원숭이도 아니고, 눈 나쁜 사람은 가물가물 알아보기도 힘들 정도로 저 멀리 있다. 그런데도 가이드가 시키는 대로 와아 열광해주는 저들이 참 대단하다 싶을 정도다.

그것보다는 다큐멘터리에서나 보던 밀림이라든가 끝없이 이어지는 넓고 긴 흙탕물 빛의 강, 저 구석 어딘가에서 우리를 노려보고 있을지도 모르는 위험한 맹수의 존재 같은 것들이 훨씬 흥미로울 텐데, 쩝.

이런 내 불만스러운 심기를 눈치챈 심지훈이 손으로 어깨를 슬며시 감싸 안으며 낮은 목소리를 꺼낸다.

"TV 같은 데서 나오는 아마존 밀림은 거의 이곳 말레이시아에서 찍었다고 봐야 할 거예요. 진짜 아마존은 너무 위험하니까."

"그렇군요. 그래서인지 몰라도 여기저기 낯익은 기분이에요."

"영화 〈아나콘다〉 촬영지도 이곳인 걸로 알아요."

영양가 없는 가이드의 짜증스러운 원숭이 히스토리보다 남편의 조곤조곤 차분한 설명이 훨씬 유익한 것 같다. 그는 물빛이 이런 건 맹그로브나무가 흡수했다가 뿜어냈기 때문이며, 실제로 손에 떠서 보면 맑은 물이라는 말과 함께 그 나무는 어떻게 번식을 하는지, 그리고 그로 인해 보르네오 섬의 육지가 점차 넓어지고 있다는 사실도 알려주었다.

"오오, 지훈 씨는 어떻게 그런 걸 다 알아요?"

"아무것도 모르는 채 여행 오고 싶지는 않아서 조금 공부했어요."

"어머나, 언제요?"

"당신이 쇼핑하는 동안."

한쪽 눈을 찡긋 감아 보인다. 아하하, 이 사람 참. 그러니까 내가 여행 전 열 벌의 가족룩을 맞춰 사는 동안 그대는 여행하게 될 장소를 공부했다는 뜻이지?

"그런 표정 지을 필요는 없어요. 준비할 때 각자 잘하는 걸 한 것뿐이니까요."

부드럽게 휘는 눈을 보고 있자니 미소가 피어오른다.

"아빠아빠! 그러면 여기에 악어도 있어요?"

우리 둘의 흐뭇한 분위기 사이로 파고드는 큰딸의 목소리.

"물론 있겠지. 그런데 악어는 밤에 활동하는 야행성인 데다가 지금 우리가 이렇게 요란한 소리를 내며 배를 타고 돌아다니니까 저런 어두운 곳에 숨어서 조용히 있을 거야."

이를 경청하는 은비의 호기심 가득한 눈동자가 예쁘게 빛났다.

"앙? 악어가 우리랑 숨바꼭질해요? 그럼 은솔이는 악어 꼬리 찾을까요?"

그 순간 들려온 은솔이의 천진난만한 질문은 결국 배에 타고 있던 사람 모두를 빵 터지게 만들었으니. 이미 절반 이상의 사람들이 가이드의 원숭이 타령이 아닌 심지훈의 정글 설명으로 돌아서 있었던 모양이다. 이제야 그런 사실을 느낀 가이드가 짐짓 불편한 심기를 드러낸다. 그러거나 말거나 이미 나는 그 남자와 한바탕한 입장이므로 한번 째려봐주고 저녁 식사를 위한 수상 식당으로 들어섰다.

"으애애, 진짜 먹을 거 없다."

정말 타박하고 싶지 않지만 내 입에서는 이런 말밖에 안 나온단 말이지. 커다란 식당에 앉을 자리도 모자랄 지경으로 사람들이 꽉 차 있으나, 그들 모두가 이 식당이 맛집이어서 여기를 오는 게 아님은 금세 알 수 있었다.

"가능하다면 식비를 돌려받고 싶은 심정이라고요. 항상 허기져서 다녀야 하니, 원."

내 투덜거림에 그가 구석에서 오징어 튀김을 잔뜩 가지고 온다.

"한국 사람을 위한 음식들이 따로 있는데, 다른 건 그냥 그렇고 이건 바삭바삭하니 먹을 만해요."

그의 세심한 배려에 그나마 배곯고 다니지 않게 된 게 다행이라는 생각이 들었다. 하아, 정말이지 천혜의 환경을 가진 나라라고는 하지만 이 정도로 식사가 입에 안 맞으니 다시 오고 싶은 생각이 들지 않았다. 예전에 홍콩이나 필리핀에 갔을 때 너무 많이 먹어 체중이 불었던 것과는 상반된다.

"밖을 봐요."

"응?"

우울한 생각에 잠긴 나를 환기시키는 내 남자의 목소리. 시선이 옮겨간 곳에 자연의 아름다운 작품이 나를 맞이하고 있었다.

"와! 진짜 멋지다!"

"엄마! 핑크! 저기 핑크!"

작은딸이 제가 좋아하는 분홍빛 구름에 감탄하여 소리를 질렀으나 미안하게도 내 귀로는 그 소리가 들어오지도 않았다.

장엄하다는 표현으로도 모자라는, 정글을 뒤덮은 엄청난 규모의 노을이 우리에게로 드리워진 것이다. 하늘에 길이라도 나 있는 듯 몇 개로 나눠진 커다란 바탕에 여러 가지 색이 조화롭게 뒤섞여 있다. 그 어떤 천재 화가라도 캔버스에 담아낼 수 없을 것 같은 웅장한 작품이 진한 감동을 자아낸다.

"여러분은 진짜로 운이 좋으세요! 이렇게 멋진 노을은 이곳에서도 드문 광경이니까요! 다들 삼대가 복 받을 일만 하신 모양입니다! 하! 하! 하!"

으이구! 저놈의 가이드는 또 이런 순간의 경이로움을 깨면서 헛소리나 주워섬긴다. 뭐 그래도 긍정적으로 받아들여야지 어쩌겠어. 이곳에서는 매일매일 이런 아름다운 노을을 볼 수 있을지도 모를 테지만, 진실은 저 지평선 너머에나 있겠지? 어쨌거나 우리가 특별해서 이런 멋진 풍광을 구경한다니 기분 좋잖아!

"내 마음이 저기 있네."

웅? 남편의 속삭임에 다시 시선을 하늘로 옮겨본다. 눈길의 끝에 걸린 건, 지평선 근처에서 옅은 핑크빛으로 물든 하트 모양의 소담스러운 구름이었다.

"어휴. 저걸 하늘에다 끌어다 놓느라고 은비랑 내가 얼마나 고생을 했는데요. 그렇지?"

"웅! 맞아요!"

"말도 안 돼. 이 부녀 사기단!"

내 타박에 두 사람이 세트로 크게 웃음을 터뜨린다. 진짜 못 말리겠다. 어째 은비는 나날이 아빠 성격을 닮아가는 것만 같고.

"자자, 다들 마무리하고 배로 올라가세요! 5분 드립니다!"

아쉽게 사라지는 노을을 뒤로한 채 어둑해진 정글로 다시금 출발한다. 밝을 때와 사뭇 다른 분위기의 새까만 물길이 우리를 맞이하고 있었다. 라이트가 없다면 한 치 앞을 분간하기 어려울 정도의 암흑이다. 그렇다고는 해도 내 곁에 있는 든든한 남편의 존재는 어둠을 밝히는 촛불처럼 내 두려움을 쫓아내버린다.

"언제나 곁에 있어요. 알았죠?"

뜬금없는 내 요구에 의아한 빛으로 응시하던 눈동자가 조금 짙어지는 느낌이다.

"물론이에요."

언제나처럼 그는, 별다른 이유를 묻지 않고도 내가 원하는 대답을 들려주었다.

지훈의 이야기

가장 좋은 공기가 고인 장소만 찾는다는 반딧불이들. 그 작은 벌레들이 반짝이고 있는 나무를 향해 강한 라이트를 쏘아대면, 셋! 둘! 하나! 3초 뒤 강렬하게 반짝이는 수백 개의 어둠 속 자연의 레이저쇼가 시작된다.

"우와아아아!"

원숭이를 찾아다니던 때와는 사뭇 다른 진심 어린 감탄이 연이어 쏟아져 나온다. 사람들은 천연의 크리스마스트리를 보는 기분이라며 밝은 얼굴로 소리를 질러댔다. 사진으로는 담을 수 없는 아름다움. 그렇기에 눈으로 직접 봐야만 하는 이 멋진 광경은 신비로울 수밖에 없다.

하지만 그것만으로 좋은 걸까?

"몇 년 후면 이런 관광 코스는 사라질 거예요."

"왜요?"

은비 은솔이의 손을 들어주며 함께 열광하던 아내가 말간 얼굴로 응시했다. 어쩌면 내 음성에 스며든 쓸쓸한 기운을 느낀 것일지도 모른다.

"청정한 지역에만 산다는 것은 그만큼 스트레스에 약하다는 말도 되거든요. 지금 우리가 빛을 비추고 소리를 지름으로써 저 반딧불이들은 엄청난 스트레스를 받겠죠. 결과적으로 이런 잠깐의 즐거움으로 인해 우리는 저 아름다운 곤충 수백 마리를 죽이고 있는 거예요. 아마 모르긴 몰라도 이곳의 반딧불이는 수년 새에 50% 이상 줄어들었을걸요."

"헉, 진짜요?"

이런. 즐겁게 관광 중인 그녀를 쓸쓸한 진실의 세계로 불러들인 걸까? 이런 말을 꺼낸 걸 뒤늦게 후회해보지만 이미 늦었다.

"슬퍼요, 왠지."

아이처럼 순수한 감성을 지닌 미선의 표정이 시무룩하게 내려앉는다. 음, 이걸 어떻게 타개해야 하지? 속으로 고심하는데 은비가 느닷없이 소리를 질렀다.

"꺄아! 엄마! 엄마 머리에!"

"응?"

대화에 집중하느라 우리 두 사람이 미처 보지 못한 뭔가를 먼저 캐치한 큰딸의 비명에 가까운 환호성이었다. 자연스레 아내의 머리 근처로 시선이 옮겨졌고 곧 그곳에서 외로이 빛나고 있는 작은 생명체를 발견할 수 있었다.

"여기까지 날아왔네!"

미선과 은비와 은솔, 그리고 주변 모든 사람의 시선이 이쪽으로 모아진다. 그들 모두는 약속이나 한 듯 희미한 미소를 머금고 이 반딧불이만큼이나 빛나는 눈동자를 한 채, 까만 세상에 고고히 빛나고 있는 벌레를 주시했다.

순간적으로 묘한 기분이 들었다. 반딧불이는 무리를 벗어나 저 넓고 검은 강을 힘겹게 날아와 굳이 내 아내의 머리칼에 자리를 잡은 것이다. 빛에 싸여 있어 벌레의 형태조차 쉽게 분간이 가지 않았으나 이상하게도 나를 또렷하게 응시하는 기분이 들었다.

"좋은 일이 생길 징조예요."

미선이 싫어하는 우리의 가이드가 넉살 좋게도 또 말을 붙여온다.

"이곳의 영물로 여겨지기도 해서 사람들은 행운을 부른다며 소원을 빌거든요. 날아가기 전에 얼른 소원을 비세요!"

"에에, 정말요?"

그녀의 얼굴 가득 아이같이 순수한 기쁨이 떠올랐다. 다행히도 괜히 언급했던 곤충의 스트레스와 죽음 같은 이야기는 이미 잊은 모양이다.

"훗."

지금 내가 세상에서 가장 사랑하는 세 여자는 손을 모으고 서로 소원을 빈다며 부산스러운 모양새를 보인다. 나는 그들이 너무 귀여워서 흐뭇한 미소를 참을 수 없었다.

"은솔이 소원은 예쁜 동생을 갖는 거예요!"

응? 순간, 고함을 지르듯 내뱉는 작은딸의 외침에 잠시나마 나도 아내도 멍한 표정을 짓고 말았다. 은솔이 동생. 우리에게 찾아올 꼬마 천사. 그건 어쩌면⋯⋯.

"좋은 소식 들려오도록 엄마가 노력할게."

아이의 머리를 가만히 쓰다듬던 아내와 눈길이 마주쳤다. 그녀도 나와 같은 생각을 했는지 머쓱하게 웃음을 보인다. 단순한 우연일 수도 있지만 저 반딧불이가 찾아온 게 낮에 우리가 나누었던 대화와 맞물려 특별한 의미로 다가왔다.

"어쩌면."

나는 의미심장한 단어를 하나 슬쩍 뱉어내고는 그녀를 향해 피식 웃었다.

　잔잔한 바람이 우리 주변을 에워싸고 새까만 강물과 어두운 밤하늘, 금세라도 쏟아져 내릴 것만 같은 수많은 별, 그리고 그 순간 내 아내의 바로 뒤편 나무로 찬란하게 내려 앉는 반딧불이의 별빛들. 숨 막히도록 아름다운 광경이다.

　"어휴, 이 반딧불이들 데려다 놓느라고 어제 아빠랑 나랑 얼마나 고생을 했는지."

　때마침 툭 튀어나온 은비의 한마디가 우리를 환상에서 다시금 현실로 불러들였다.

　"맞죠, 아빠?"

　"그럼."

　우리 부녀의 뻔뻔한 표정에 그녀의 눈썹이 조금 일그러 진다.

　"쯔쯔, 좋은 것만 닮아간다, 정말."

　"엄마! 저 벌레들 다 아빠랑 언니가 잡아왔어?"

　고운 자연의 선물 속에서 우리 가족은 웃음꽃을 피운다. 거창한 어떤 결과물이 보이지 않아도 이것이 진정한 행복 이라는 사실을 이제는 잘 알고 있다. 이렇게 그대의 손을 쉽게 감아쥐고 그 귓가에 나직하게 속삭임을 남기는 것도, 그 촉촉한 눈망울을 하염없이 들여다보며 웃을 수 있는 것 도, 이제 얼마든지 자유롭게 만끽할 수 있다는 진실 속에서.

미선의 이야기

    여행을 다녀온 지 2주 후, 나는 정말로 내 안에 천사가 찾아왔음을 확인했다. 아싸! 너무나도 벅차게 기쁘다!
    아이의 태명은 반딧불이에서 따온 '반디'가 되었다.

외전 2. 그녀가 모르는 이야기

이른 퇴근을 했다. 동네 임산부들 카페 모임에 참석한다
던 아내 미선은 오래간만의 저녁 외출에 마냥 신이 난 상태
로 집에 없었고, 큰딸 은비는 아파트 옆 동에 사는 친구 생
일잔치에 다녀오겠다며 내게 문자를 보냈다. 감기 든 은솔
이를 홀로 봐주고 계실 장모님 생각에 평소 좋아하시는 약
과를 사 들고 빠르게 차를 몰았다.

"다녀왔습니다."

"어서 오게."

부드러운 미소를 머금은 채 현관에서 맞이해주신다. 편
안한 베이지색 면가디건과 롱스커트의 홈웨어 차림이시
다. 신발을 벗고 들어서며 시선으로 거실을 한번 훑었다.

당장 달려 나올 줄 알았던 작은딸의 모습이 보이지 않았던 것이다.

"열이 좀 나는지 칭얼대서 약 먹여 재웠어."

"많이 아픈 건 아니고요?"

"괜찮아. 환절기인데 애들이 열도 나고 그러는 거지. 병원서 심한 건 아니라니까 너무 걱정할 필요는 없네."

손을 씻고 오라는 말씀을 남기고 부엌으로 사라지신다. 으음, 아내가 없을 때 장모님과 독대하는 건 솔직히 쉽지 않은 일이었다. 게다가 까불까불 참견해댈 은솔이까지 잠들어 있으니 나는 가볍게 당황스러운 심기를 느꼈다.

"입덧한다는 애 때문에 반찬을 좀 해 왔는데 들어오지도 않네."

조금 서운하신 듯 말끝이 사그라진다. 맛깔스러운 밑반찬 몇 가지가 새로 추가되어 있다. 낮 동안 더운 날씨에 잃었던 입맛을 다시 느끼면서 나는 맛있다는 입에 발린 칭찬과 함께 식사를 했다. 다행히도 장모님은 사위의 이런 행동이 마음에 드신 모양이다.

"임신부가 잘도 돌아다니지?"

자연스레 미선의 이야기가 장모님과 나 사이의 공간을 채운다. 공통 화제가 있다는 건 참으로 감사할 일이다. 그녀는 지금 이 자리에 없으면서도 무형으로 나를 도와주고 있었다. 새삼스레 그 맑은 미소가 보고 싶었다.

"셋째라서 조심해야 한다던데, 제 말을 듣지 않아요."

"애 둘 낳아본 게 아주 벼슬이라니까? 내 잔소리도 귓등으로 듣는 애야. 어이구."

"임신 초기라 절대 안 된다는 데도 굳이 예약해놓은 일본에 가고 싶다며 울던 사람인걸요."

내 아내는 계획도 없이 떠났던 말레이시아 코타키나발루에서 몸 안에 천사를 품고 귀국했다. 당연한 말이지만 1개월 뒤로 잡혀 있었던 일본 북해도 여행은 취소하게 되었다. 가까운 데니까 배로 가면 안 되냐는 등 어린애처럼 칭얼거린 그녀였다.

"괜히 장모님까지 여름휴가 복잡하게 해드려서 죄송스러웠습니다."

"무슨 그런 소리를. 경사로운 일 가지고 그렇게 말하는 거 아니네. 게다가 일정을 바꾸어서 내 친구들과 다녀오게 해줬지 않나. 오히려 나만 신 났지?"

웃음기 섞인 목소리를 내던 양반이 문득 눈을 빛내며 나를 응시하신다. 무슨 하실 말씀이 더 남은 걸까? 나는 다 먹고 치우려던 밥공기를 그대로 둔 채 어른의 다음 말씀을 기다렸다.

"전에도 미선이 덕에 나와 친구들이 여행을 호사롭게 했었지."

"…… 예?"

잠깐 무슨 말씀이신지 알아듣지 못한 내가 반문하니 진한 미소를 그리신다.

"그때 말이야. 작년 선거 때, 미선이 꼬시려고 나랑 내 친구들 여행 가는 거 일정 변경해놨었잖아. 사실 나 다 알고 있었거든?"

헉! 방금 먹은 밥이 체하는 소리가 들리는 것 같다. 나는 순간적으로 너무 당황스러워 아무런 대답도 못 하고 말았다.

"놀라기는."

장모님께서는 소리까지 내며 즐겁게 깔깔 웃으셨다. 머쓱해진 나는 진땀이 났으나 애써 태연하게 입을 열었다. 슬쩍 발뺌해볼까 싶기도 했으나 저렇게까지 말씀을 꺼내시는 폼이 퇴로가 완벽 차단된 느낌이었으므로 순순히 인정을 하고 말았다.

"정말 몰랐습니다. 알고 계셨을 줄은. 그런데 그러면 은비 엄마도……."

"아니, 내가 이야기 안 해줬어."

가만히 고개를 흔들더니 빈 그릇들을 집어서 일어서신다. 하아, 이런. 모르긴 몰라도 얼굴이 빨갛게 달아올랐을 것이다. 등으로 땀이 송골송골 올라오는 기분이다.

그러니까 작년 12월, 나는 미선을 잡기 위한 작전을 시행하기 위해 그녀가 상담 센터를 방문하도록 유도했었다. 그리고는 백화점에도 우연처럼 따라갔고 말도 안 되는 논리를 펼치며 기습 키스를 해서 미선의 뇌리에 심지훈을 완전히 각인시켰다. 이후 그녀는 순진하게 내가 유도하는 대로 다 넘어왔다.

몇 년간의 계획이 의도대로 착착 진행되는 데서 희열도 느꼈던 듯싶다. 그런데 단 하나, 그녀의 어머니이신 유 여사님이 걸림돌이었다. 마음대로 집에 찾아갈 수도 없고 미선의 늦은 귀가도 어려워질 것이다. 어쩌면 결혼까지 빠르게 밀어붙이겠다는 내 계획에 가장 큰 장애가 될 것도 같았다. 난제에 빠진 나는 슬그머니 방법을 고심하다가 어떤 사실을 알게 되었다.

지금의 장모님이신 유 여사님은 친한 친구분들과 친목 계모임을 하고 계셨는데, 마침 연말에 동남아로 여행이 잡혀 있다는 것이다. 전구가 번쩍 켜지는 기분이었다. 마침 JH그룹의 계열 여행사였다. 대표이사는 내 고종사촌 형님이다. 평소 연락이 뜸했었으나 수단 방법 가리지 않을 때라 안면 몰수 하고 연락을 취해 도움을 받았다.

"아홉 명이나 되었으니 비용이 만만찮았을 텐데."

여전히 미소를 그린 장모님이 말씀과 함께 녹차를 내어 주셨다.

"미래를 위한 투자라고 생각했으니까요."

차를 한 모금 마시며 조금 여유가 생긴 나도 빙그레 웃음을 보여드렸다.

"그런데, 어떻게 알게 되셨는지 여쭈어도 되나요?"

"음, 다들 도착해보니 좀 이상한거야. 여행사에서 일정이 틀어져 바꾸어준 것이라고 사과를 했는데, 이건 뭐 업그레이드도 너무 업그레이드가 되어서 말이지. 비행기도 비즈니스 석에 최고급 리조트와 스위트룸, 마사지 서비스도 풀 코스로 몇 번이나, 식사는 또 해산물 코스가 나오는데 평소 먹어보기도 힘든 음식 위주야. 뭔가 대접받아야 할 사람이 바뀐 건 아닌지, 혹은 나중에 추가 금액이라고 바가지 씌워 청구되는 건 아닌지……. 이게 도대체 어찌된 거냐고 다들 웅성거렸거든. 사실 선거 핑계를 대고 일찍 귀국한 것도 마음이 불편해서였어."

이런. 형님에게 부탁드렸더니 너무 융숭한 대접으로 업그레이드를 시켰던 모양이다. 전달이 잘못된 걸까? 한 단계씩만 올려달라고 신신당부했었는데.

"도대체 그 정도 럭셔리 패키지를 하려면 돈이 얼마나 들어?"

"사실은, 그 여행사 사장님이 제 사촌 형님이어서요. 도움을 받은 거였는데 과했네요. 하하하."

"아하, 그랬군."

장모님은 가만히 고개를 끄덕이시더니 나를 보고는 또 호호호 웃음을 뱉으셨다.

"한국에 도착해 집으로 들어갔더니 낯선 녀석 하나가 애들 아빠 행세를 하던데 황당했지만 기분은 좋았지."

내 이야기다. 나도 모르게 슬그머니 손을 들어 머리를 긁적였다.

"다음 날 한 여사와 함께 여행사를 찾아갔었어. 직원들이 잘못된 거 없다고 계속 설득해도 노인네 둘이서 버럭버럭 성을 내었지. 너희들 이러다가 한 달 뒤쯤 해서 우리에게 말도 안 되는 청구서 내미는 거 아니냐, 라고. 하루 종일 고집스레 난리를 치니 결국 포기한 표정으로 누가 일정 조정하며 업그레이드하라고 비용을 지불했다고 하는데, 그 순간 번개처럼 자네가 생각이 났어."

머리 회전이 빠른 분이다. 그 정도 만남 이후 정확하게 유추하신 건 정말 놀라울 정도였다. 미선 곁에 계속 계셨으면 내 작전에 정말 차질이 많았을 것 같았다.

"자네 형하고의 선 자리 때문에 자네 집안에 대해서 좀 알고 있었으므로 굳이 마음먹었으면 그랬을 수도 있다 생각은 했네."

"죄송합니다."

"죄송할 건 없지. 그런 일 아니면 나와 내 친구들까지 언제 그렇게 융숭한 대접을 받으며 여행을 해봤겠나."

설거지를 시작하시는 분께 컵을 내어드리고 거실로 나왔다. 아, 정말 민망해서 얼굴이 화끈거렸다. 지금 생각해보면 당시의 나는 제대로 미쳤던 모양이다. 미선이 혹시라도 나를 탐탁지 않게 여길까 봐. 혹은 내 사정을 알고 멀리 도망치기라도 할까 봐. 마음이 너무나 다급했었다.

"뭐 덕분에 좋은 대접 받은 것이니 너무 마음 쓰지 말게. 내가 계속 언급을 하지 말까 하다가 그래도 받은 게 있어 보답을 해야지 하는 생각에 말을 꺼낸 것이거든."

그새 사과를 깎아 쟁반에 내오셨다. 그냥 방으로 가려던 나는 어쩔 수 없이 소파에 앉아, 오는 길에 사 온 약과를 내놓았다.

"아니 이게 뭐야. 그렇지 않아도 요즘 요거 생각이 좀 났었는데. 일부러 다녀왔나?"

백화점 뒷골목 작은 상점에서 파는 약과인데, 전통 방식을 고집하는 곳이라서인지 퍼석하거나 너무 달지 않아 우리 아이들도 좋아하는 간식이다.

"장모님 좋아하시잖아요. 항상 오셔서 은비 엄마 도와주시는 것도 감사한데 딱히 드릴 게 생각나지 않아서요."

"가끔 이런 거 챙겨주면 좋지."

아이처럼 좋아하시는 모습에서 아내가 보이는 것 같았다. 피식 웃음을 삼키는데 냉큼 약과를 하나 집어 드시다가 내 눈을 쳐다보신다.

"자네는 어머니에 대해서 잘 모르지?"

어머니?

"현수아. 자네 친어머니 말일세."

"예?"

나답지 않은 새된 목소리가 튀어나오고 말았다. 그러나 어찌 놀라지 않겠는가? 오늘 아내와 큰딸이 집을 비운 사이 장모님은 사위를 놀래기로 작정을 하신 모양이다. 언제나 집안에서 금기시되었던 내 친어머니 이야기가 장모님 입을 통해 나오다니! 어이가 없었으나 맹렬한 호기심이 목에 진득한 갈증을 불러 모으는 기분이었다.

"좋은 여행 보내준 보답이네."

*

놀랍게도 장모님은 내 친어머니 현수아와 어린 시절에 알고 지내는 사이셨단다. 내 외할아버지인 현 회장님이 운영하시는 모드패션의 외동딸 현수아. 장모님은 그 모드패션의 납품 업체 미美원단의 차녀였다.

"한동네 살았지. 초등학교부터 중학교까지 함께 나왔고. 그렇다고 아주 친하게 지내지는 않았어. 나이도 내가 한 살 많았으니까. 그래도 부모님끼리 알고 지내는 사이니까 간간이 가족 간 모임 같은 데서 만나곤 했지."

"어머니는⋯⋯."

나는 마른침을 꿀꺽 삼켰다.

"어떤⋯⋯ 분이셨나요?"

내 기억 속에서 항상 울고만 있던 그녀의 영상이 스쳐간다. 새하얗고 가느다랗던, 아름답지만 처연했던 아픈 모습. 돌아오지 않는 남편을 하염없이 기다렸던 버림받은 여인. 비정상인 어린 아들을 학대하며 자신도 고통 받다가 결국 생을 마감해버린 비련의 주인공. 그러나,

"눈부실 정도로 환했어. 수아는."

내 앞에 앉아 계신 내 아내의 어머니는 내 뇌리에 없는 내 어머니의 모습을 열거한다.

"예쁘고, 상냥하고, 부잣집 출신에 공부도 잘했거든. 웃기도 잘 웃었고. 그냥 있는 자체로 사방이 환해지는 느낌이랄까. 여자애들 중에는 질투하는 경우도 있었지만 대체로 주변 애들 모두가 좋아했지. 남학생들이 정말 많이 따랐어. 과장된 표현으로 수아가 하교하는 시간이면 교문에 남자애들 백 명은 서서 기다린다고들 했으니. 주변 남학교에서는 여신이라는 호칭으로 부른다 하더라고."

말씀을 잇다가 잠시 중단하고는 나를 말끄러미 응시하신다.

"많이 닮았어, 자네."

"그런 말씀 어려서부터 들었습니다."

"성격이나 분위기는 다르지만 얼굴에서 수아가 정말 많이 연상돼. 처음 봤을 때 깜짝 놀랐어."

그래서 여행에서 돌아오셨을 때에 내 넉살 좋은 절을 받

으시고도 그렇게 뚫어져라 얼굴만 응시하셨던 걸까? 새삼스레 예정 없이 뵙게 되었던 당황스러운 그날이 떠올랐다.

"중학교를 졸업하고는 유학을 가서 한동안 소식을 몰랐다가 결혼할 때에서야 볼 수 있었지. 부모님 따라 예식장에 갔었는데, 수아를 보고는 깜짝 놀랐어. 세상에! 얼마나 예쁘던지!"

마치 눈앞에 내 어머니의 과거 모습이 있기라도 하듯 아련한 눈빛으로 바뀌신다.

"그런 식으로 불행하게 결혼 생활 끝낼 줄 모르고 당시에 정말 많이 질투하고 괜히 미워했었는데. 정말로 무슨 선녀가 강림한 것처럼 예뻤거든."

장모님은 은비 방에 넣어두셨던 가방을 꺼내 오시더니 그 안에서 얇은 앨범을 하나 내밀었다.

"이게 뭡니까?"

"언젠가 전해주려고 가지고 다녔네. 수아 사진만 있는 건 아니지만, 그때 나도 연애 중이어서 미선이 아빠랑 같이 식장에 갔었거든. 미선 아빠가 카메라를 들고 왔었네. 필름 사진에다 전문가가 찍은 게 아니라 요즘처럼 선명하지는 않으나 주인공이었던 신부도 같이 찍혀 있어. 나중에 내가 애인이 아닌 예쁜 여자만 찍었냐고 구박도 했었는걸."

정신없이 앨범을 펼쳐들었다. 첫 장부터 신부 대기실에서 장모님과 사진을 찍은 젊은 신부가 나타났다. 나보다도 훨씬 어려 보이는 그녀의 모습에 숨이 막혀왔다. 눈부실 정도로 웃는 모습이 아름다웠지만 동시에 너무도 낯설다. 형이 간직했다가 보여준 엄마의 사진 중에는 웃는 얼굴이 하나도 없었기 때문이다.

"이혼 직전에 친정에 왔더라고. 나랑 잠깐 마주쳤지. 네 살배기 어린 아들의 손을 붙잡고 있었는데 수척하고 마른 몸에 임신한 티가 났었어. 그때 배 속에 있던 게 자네였을 거야."

"예에."

여전히 사진에서 시선을 거두지 못한 내가 건성으로 대답하자 장모님이 앨범을 몇 장 넘겨 신랑 신부의 사진을 펼쳐주었다.

"보이지? 사랑에 빠진 여자가 얼마나 빛나는지?"

사진사의 기술에 담기지 않은 자연스러운 자태다. 무표정의 신랑과 달리 두 눈 가득 애정을 담뿍 채워 배우자를 응시하는 신부는 얼굴이 보석처럼 빛나는 것만 같았다. 너무도 아름다운 사진이었다. 그래서 울컥 눈가가 젖어왔다. 일방통행으로 돌아오지 않는 애정을 한없이 퍼부었던 내 어머니의 아픈 사랑이 너무 안타까워서. 그녀가 진심으로 애절해서 마음이 습기로 메워졌다.

"마음고생 한 티는 났으나 임신한 수아는 행복하다고 했다네."

"행복하다고…… 말인가요? 남편에게 사랑받지 못해서 많이 아팠을 텐데요?"

나도 모르게 떨리는 목소리의 반문이 새어 나왔다.

"자네를 임신해서 행복하다고 했어."

예상치 못한 말씀에 다시 한 번 놀란 눈을 떴다.

"정말 힘든 순간에 자기에게 찾아온 선물이라고 말했지. 아이를 가져서, 아들에게 동생을 만들어줘서 더없이 행복하다고."

장모님은 내 손을 꼬옥 잡아주셨다.

"그렇게 잘못된 방법으로 결국 세상을 떠나고 만 건 너무나 안타깝지만, 어쩌면…… 그런 선택을 하면서 어린 자네를 많이 힘들게 했을지도 모르겠지만, 이거 하나만 알아줬으면 싶어."

정신없이 흔들리는 눈동자로 맞대하는 장모님의 표정은 평온했다. 어른의 미소는 내 심장을 다독이는 기분이 들게 만들었다. 격류가 생겨 흔들리던 마음에 서서히 안정이 찾아왔다.

"수아는 자네가 태어나는 걸 정말로 기다렸다네. 배 속 아이에게 사랑만을 베풀 것이라 이야기하던 표정은 지금 자네가 보고 있는 사진 속 얼굴과 완전히 똑같았어."

어디까지 알고 계신 것일까? 장모님은 내 과거의 상처에 대해서 얼마나 이야기를 들으신 걸까? 그건 알 수 없다. 캐

물어 알아낼 마음도 없다. 그냥 이 순간, 만약 내 친어머니가 살아 계셨다면 이런 표정과 얼굴로 내 손을 꼭 잡아주셨을지도 모른다는 생각이 뇌리에 가득할 뿐이었다.

"그렇게 쉽게 풀어낼 아픔도 응어리도 아니겠지만, 앞으로 세월 속에 조금씩 삭혔으면 해. 이건 비단 수아의 아들이라서가 아니라 내 딸의 남편인 심지훈에게 하는 이야기이기도 하다네."

문득 장모님이 너털웃음을 터뜨리셨다.

"가슴에 맺힌 게 많은 사람은 나이 들어서 마누라 고생시킬 수도 있거든."

나도 마지못해 피식 웃었다.

"지금이야 뭐든지 다 좋을 때지만, 부부란 고운 정뿐만 아니라 미운 정도 오래도록 들기 마련이라 되도록 후일 책잡힐 이야기는 않는 게 좋아. 정직하게 다 털어놓는 것도 물론 좋지만 괜히 꺼내지 않아도 될 이야기까지 몽땅 불어버릴 필요는 없어."

"알겠습니다."

"가령 아까 나랑 대화를 나누었던 여행 상품 바꿔놓은 거라든가."

아. 이미 들킨 마당에 오늘 아내에게 그 이야기를 해 주어야겠다 생각했던 내 머릿속을 읽어버리신 어른의 모습에 고개를 갸우뚱 기울였다.

"콩깍지 씌운 동안이야 뭔들 다 좋게 안 보이겠나. 허나 그건 그렇게까지 떳떳한 행동은 아니었잖아. 그렇지?"

나는 다시 한 번 희미하게 웃으며 고개를 끄덕였다.

"그렇죠."

"그런 건 그냥 묻어서 넘겨버려."

"하하하. 명심하겠습니다."

울적하게 무거워졌던 마음이 조금 가벼워졌다. 마치 엄마처럼 보듬어주시는 모습은 새어머니에게서 받아왔던 다정함과는 많이 다른 느낌으로 다가왔다.

"에고, 시간이 벌써 이렇게. 난 그만 가봐야겠네."

"장모님, 그냥 저희랑 함께 사시는 건 어떠세요?"

"됐어. 괜히 자네도 불편하고 나도 불편하고. 미선이와도 자주 땍땍 싸워댈 테고."

"전 불편한 거 없습니다."

"내가 싫다니까."

손사래를 치며 겉옷을 챙기고 가방을 집어 든 어른은 현관 중문을 여셨다.

"마음만 받아둘게. 말이라도 정말 고맙네."

환하게 웃어주시는 모습은 나이 든 어른의 얼굴에도 마치 보석이 내려앉은 것 같은 착시를 일으켰다. 새삼스레 그간 어렵게 여겨지던 벽이 허물어지는 느낌을 받았다. 장모님이 진심으로 내 아내의 어머니가 아닌 내 어머니처럼 여겨지는 순간이었다.

  3개월 뒤 만삭이 된 아내의 청에 따라 장모님은 못 이기는 척 살림을 합치셨다. 간간이 세 모녀의 사소한 말다툼도 있었지만 사람 사는 집 같아서 나는 그런 상황이 나쁘지 않았다. 가끔 장모님과 단둘이 있을 때면 데면데면하던 예전과 달리 살갑게 친어머니에 대한 이야기를 여쭈어 들었다.

  그건 마치 내 유아기에는 들을 수 없었던 엄마의 자장가처럼, 마음을 잔잔하게 어루만져주는 기분이었다. 나중에 돌이켜 생각해봐도 절로 미소가 피어오르는 아주 어린 시절의 단편적인 기억처럼.

쇼윈도의 키다리아저씨

드레스룸으로 걸음 해 옷장 문을 하나하나 열어보며 외투를 여러 개 꺼내들었다. 이것도 아냐. 이것도 안 되겠어. 속으로 중얼중얼 거리면서 옷을 옷걸이째 턱, 턱, 거울 앞의 내 몸에 대어보는데 어느 순간 속에서 무언가가 확 치민다.

"짜증 나."

울상 지은 나, 차미선이 거울 속의 자기 자신을 보며 하는 말이다. 하아, 어쩌겠는가. 난 뚱뚱해졌다. 다들 아이 셋을 낳아서 그 정도면 훌륭하다고 말해준다. 그러나 몸무게는 똑같은데 군살이 생겨난 이 몸매는 셋째를 낳기 전까지 날씬하던 스타일을 뒤흔들고 있었다. 워낙 피트되게 입는 걸 좋아했던지라 그 수많은 쇼핑의 결과물들이 몸에 하나도 안 맞으니 눈물이 나올 지경이었다.

"으흑, 서른 넘어 아이 낳으니 왜 이렇게 다른 거야."

거짓말 좀 보태어 맞지 않는다고 판단되는 옷 한 트럭은 기부를 해준 것 같다. 비어 있는 드레스룸을 보면서 망연자실해 있자니 남편이 기분 풀라며 카드까지 내어줘 쇼핑하러 룰루랄라 백화점도 갔었다. 그런데! 절대로 사이즈업은 하기 싫다고! 권해주는 옷들을 다 마다하고는 결국 편한 레깅스 하나 산 뒤 입이 댓 발 나온 채 집으로 돌아오고 말았다.

"뭘 입고 가나?"

한숨이 포옥 나온다.

"그냥 고집부리지 말고 권해주는 66사이즈 한 벌 사 올걸."

살 뺀 다음에 다시 올게요. 기계적으로 답변하며 도망치듯 나온 매장이 세 군데가 넘었다. 결국 한 시간여에 걸쳐 옷장을 싹 뒤져서 무난하면서 고급스러운 니트 티셔츠와 미디스커트를 어찌어찌 찾아 입긴 했는데, 겉에 걸칠 트렌치가 마땅치 않다. 차미선 너는 어쩜 옷을 사도 이렇게 허리가 쏙 들어가도록 라인이 있는 것만 샀어? 스스로를 원망하며 거의 포기하는 심정으로 마지막이라는 다짐을 하고 제일 안쪽을 뒤졌다.

"어?"

그 순간 내 뇌리 저장 창고에 없는 낯선 자태의 트렌치코트가 한 벌 손에 잡혀 나왔다. 무난한 네이비 색상에 언밸런스의 유니크함, 약간의 A라인 형태로 떨어지는 핏감이 뱃살을 가려주어 지금의 내 몸에도 아주 어울리게 잘 맞는다.

"어머, 나한테 이런 옷이 있었나? 대체 언제 산거야."

고개를 갸우뚱거리며 라벨을 살펴봤다. 티메의 블랙 라벨이다.

"아, 이거……!"

생각났다. 오래전 백화점에서 미지의 남자에게서 받았던 바로 그 옷! 나를 울었다 웃었다 하게 만들어주었던!

그렇다. 이건 바로 오래 전 쇼핑 도우미 키다리아저씨에게서 받았던 티메의 한정판 트렌치코트였다.

*

깔끔하게 차려입고는 아들 채민이와 함께 시댁 앞에 당도했다. 아이 셋 데리고 결혼식에 가는 건 민폐라면서 시어머님이 막내를 봐주시겠다고 했던 것이다. 아마도 시아버님께서 손자를 보고 싶으신 모양인데 직접적 감정 표현이 서툰 분을 위해 어머님이 내게 연락하신 듯싶었다.

"우리 채민이, 할아버지 할머니랑 잘 있어야 해. 엄마 아빠 금방 다녀올게, 알았지?"

방실방실 웃는 순둥이 우리 막내는 남편인 심지훈이 연상되는 사랑스러운 외모지만 솔직히 전체적으로 시아버님을 빼다 박았다. 게다가 성격은 은비 아기 때처럼 마냥 순하기만 하니, 밥도 잘 먹고 토실토실해서 어르신들의 사랑을 독차지한다. 당신 자식에게도 일말의 관심이 없던 시아버님, 심 회장님의 마음까지 동하게 했으니 더 말해 무엇하랴.

"아야야! 이 짜식이."

차를 세우고 뒷좌석 카 시트에서 아이를 안아 일으키는데 이 녀석 까르르 웃으면서 대뜸 그 작은 손으로 내 얼굴에 따귀를 날려주신다. 아우 아팟! 아들이라서인지 손힘부터가 남다르다. 남들이 셋째는 거저라던데, 난 딸만 둘 키운 뒤 얻은 아들이라서인지 가끔 감당 안 되는 무언가를 느끼고 산다.

"애가 하나일 때 둘로 늘어나면 정말 힘들지만 둘이나 셋은 그게 그거라는 유언비어는 대체 누가 만든 거야."

투덜투덜 한 손에는 아이를 안고, 커다란 기저귀 가방을 반대편 어깨에 덥썩 멘다. 갈아입을 옷에, 액상 분유에 기저귀와 물티슈 등등 한 녀석 짐이라지만 무게도 상당하다.

그나마 위에 큰 녀석 둘은, 결혼식에 모시고 갈 외국 손님들을 호텔로 픽업하러 가는 아빠를 따라 일찌감치 집을 나선 탓에 홀가분한 상태였다. 거기에 막내까지 시댁에서 봐주신다니 나는 이를 마다할 이유가 없었다.

"날씨는 진짜 끝내주네. 연화야, 좋겠다."

청명한 가을 하늘에 상쾌한 날씨, 이제 18개월에 들어서 손이 많이 가는 막내까지 턱 맡기고 결혼식에 편히 갈 수 있다는 멋진 현실. 현재 입은 이 트렌치코트까지 맘에 쏘옥 들어 기분이 날아갈 것 같았다.

"어머, 벌써 왔니? 다행히도 나랑 같이 도착했구나."

뒤에서 들려오는 시어머님의 음성에 대문간에 서 있던 나는 고개를 돌렸다. 오전에 외출하셨던 모양으로 마침 문 앞에 당도해 차 문을 열면서 양가죽 부츠로 바닥을 딛고 계셨다. 그런데?

"어? 어머님, 그 옷……."

"음?"

차에서 내리면서 곧바로 채민이를 받아 드시는 시어머님의 겉옷을 본 순간 나는 눈이 동그랗게 커지고 말았다.

"호호 이런. 우리 둘의 옷이 겹쳤구나. 재미있는 우연이네."

"그게 아니라, 이거 그때 한정판으로 풀렸던 거라서 불과 몇 벌 생산 안 된 거였어요."

"알아, 당시 백화점에서 경쟁이 대단했었지. 나도 시간 맞춰 매장 가서 샀거든."

"으익, 정말요?"

세상에 이런 일이? 나는 신기함을 담뿍 새긴 눈빛으로 시어머님의 트렌치코트를 한번 훑었다. 그날 내가 연화 때문에 엘리베이터 놓치고 발 동동 구르며 신경질 내던 그 순간, 같은 공간에! 아니 바로 그 놓친 엘리베이터 안에 계셨었다는 말인가? 허헐 세상 참 좁다, 좁아!

"지훈이가 그날 한 벌 더 사기에 참 이상하다 여겼었는데. 역시 그게 네게로 가 있었구나. 아무튼 그 녀석."

"…… 예?"

자, 잠깐? 잠깐잠깐잠깐잠깐! 내가 방금 무슨 소리를 들은 거지? 누가 무엇을 누구에게 어떻게?

"채민 아빠가 이걸 제게 사 주었다고요?"

"응? 지훈이가 사 준 거 아니야? 그럴 리가? 그날 매장 직원에게 한 벌 더 달라고 분명히 챙기는 걸 봤는데? 걔가 너 말고 그런 옷을 선물해줄 사람이 또 있었던 것도 아니잖니? 채민 에미, 너도 참."

먼 기억의 끝이 파도처럼 밀려온다. 과거의 파편들이 조각조각 다가와 내 앞에 어떤 그림을 만들어내기 시작한다. 바닥이 백화점의 맨질맨질한 대리석으로 변하고 주변은 온통 세일 매장과 사람들로 북적인다. 빠르게 지나가는 풍경이 빙글빙글 돌고 어느새 나는 친구 연화와 함께 계단실에 서있다.

―으으, 아무래도 힘들겠다. 니나 가라. 난 포기할란다.

―그럼, 연화야 너 이거 좀 챙겨줘.

―헉, 뭐야. 니 신발 더 가져왔나?"

―당연하지! 세일 날 낮은 굽은 필수야!

엘리베이터를 놓쳤다고 신발까지 갈아 신고 5층을 향해

내달리던 과거의 차미선이 흑백 영상이 되어 바로 옆을 지나간다.

—으앗!

우당탕탕!

그래, 맞아. 넘어졌었지. 꼴사납게 계단 끝에 신발이 걸려 고꾸라졌다. 허헛, 참. 제삼자 입장에서 보고 있으니 정말 창피할 지경이네. 동시에 손에 들고 있던 쇼핑백에서 물건은 쏟아지고. 굴러가는 화장품과 득템 스카프! 오우 안 돼! 아픔조차 잊은 채 물품들을 줍느라 여념이 없다. 그러면서도 속으로 티메의 트렌치코트 완판되면 안 된다고 비명을 지르는 중이었지. 지금도 그건 공감될 듯싶어 웃음이 피식 튀어나왔다.

—여기, 떨어뜨리신 것 같네요.

아.

그 순간, 과거의 나를 향해 주운 물건을 건네는 남자의 손이 뒤에서 슬쩍 나온다. 천천히 흘러가는 시간. 이제는 익숙하게 알아볼 수도 있을 것 같은, 정갈하고 길쭉한 그의 손가락이 시야에 들어온다. 찬찬히 살펴보니 알 것도 같았다. 내가 떨어뜨린 쇼핑백 뒤에 슬그머니 티메의 쇼핑백 하나를 더 끼워서 넘겨줬다는 사실을.

정말…… 당신이었구나.

—감사합니다!

꾸벅 인사만 남긴 채 허둥지둥 뛰어가는 과거의 내 모습에서 시선을 옮겨 뒤를 돌아보았다. 심플한 백색 셔츠와 시어서커 바지, 명품 스니커즈로 멋을 낸 심지훈이 희미한 미소를 머금은 채 이미 5층으로 사라져버린 내 잔상을 응시하고 있었다. 눈길에 담긴 쓸쓸함이 읽어져 가슴 한켠이 뭉근하게 아파오는 기분이 든다.

"정말이지 어떻게 이런."

혼잣말을 중얼거리며 앞머리칼을 쓸어 넘기는 나를 응시하던 시어머님이 의문이 가득한 눈길로 내 시선 앞에 얼굴을 들이미신다.

"왜 그러니?"

"어머니, 채민이 조금 있다가 밥 좀 주세요. 요즘 숟갈질 직접 한다고 고집 부리는데 그렇다고 숟가락 넘기면 나중에 치우기 정말 힘드실 거예요. 기저귀는 출발 전에 갈고 왔으니 아직 괜찮을 거구요. 분유는 졸리다고 징징댈 때 주시면 되어요."

"어, 그러마. 안 들어가고 바로 가게?"

"아버님께는 제가 갑자기 급한 일이 생겨서 못 뵙고 갔다고 말씀 잘 드려주세요. 이따가 채민 아빠랑 같이 맛있는 거라도 사가지고 올게요."

채민이에게 마구 뽀뽀 세례를 남겨주고 엄마 다녀올게, 인사하며 손가락까지 쪽쪽 빨아준 뒤 후다닥 차에 올라 시동을 걸었다. 순둥이 아드님은 분리 불안도 없이 손으로 빠빠 잘만 흔들며 멀어진다. 그런 아이와 시어머님이 사이드 미러에서도 사라질 정도로 작아지자 곧 내 표정은 심통 난 얼굴로 뒤바뀌었다.

"아 진짜, 심지훈 이 인간을 내가 정말!"

*

디자이너의 결혼식답게 무언가 색다른 분위기가 있는 식장이었다. 보통 화이트와 골드 일색인 식장이 많은데 베이스를 하얗게 한 뒤에 블랙과 레드로 중간중간 강렬한 포인트를 주어 독특했다. 입구의 미술 작품 조각상도 그렇고, 신랑 신부를 그려준 것 같은 벽의 커다란 유화 역시 아름답게 승화한 작품이라기보다는 무언가 박력 넘치고 색감도 강했다.

"화가 이름이 공주님? 진짜?"

지루할 틈 없이 여기저기 구경하느라 정신없던 은비와 은솔이가 작품 아래 작가명을 보더니 황당하다는 소리를 뱉는다. 엥. 나 역시 가서 들여다봤다. 진짜로 공주님이네? 작가들 필명처럼 화가도 이런 걸 쓰나? 그렇다고는 해도 취향, 참.

"아빠는 어디 가셨니?"

"제니 아줌마 모시고 신부 대기실 가셨어요."

오늘 남편과 아이들이 호텔에 가서 모시고 온 파웰 부부 중 아내를 일컫는 말이다. 그들은 뉴욕에서 왔고, 우리는 작년에 연화 커플과 더불어 초대를 받아 뉴욕까지 가서 그들 부부를 만난 적이 있었다. 태성이에게 부모나 다름없는 사람들이라고 한다. 미국식으로는 대부라고도 하던데, 실제로 그렇게 나이가 많지는 않고 40대였다.

"오빠가 같이 안 왔어."

"그러게."

요것들 봐라. 두 딸의 서운한 투덜거림을 옆에서 듣던 내 눈길이 가늘어졌다. 리온 파웰과 제니 파웰 부부가 오면서 그들의 자제인 삼남매와 동행하지 않았는데 그것이 못내 아쉬운 모양이었다. 하긴 나도 그중 첫째인 아들 알렉을 처음 봤을 때 깜짝 놀란 기억이 있다. 한번에 눈길이 확 사로잡힐 정도의 미소년이었던 것이다.

"심은비, 너 남친 있잖아. 내가 걔 만나면 다 일러줄 거다."

"어머! 엄마! 내가 뭘 어쨌다고!"

발끈 소리치는 딸을 응시하며 콧잔등을 찡그려 보였다. 10세 심은비는 얼마 전, 남친 백일 기념 선물 산다고 내게 용돈까지 뜯어 간 발칙한 초딩이시다. 그래놓고 어디서 한눈을 팔아?

"엄마도 연화 아줌마 보러 대기실 다녀올 테니까, 둘 다

멀리 가지 마."

"알았어요."

입구부터 사람이 많은 신부 대기실을 간신히 비집고 들어갔다. 표정이 굳은 연화는 이 사람 저 사람과 함께 사진을 찍느라 계속 어색한 웃음만 날리고 있었다. 그래도 예쁘긴 예쁘네. 독하게 다이어트를 한 결과가 흐뭇해서 내 입가에 미소가 피어올랐다. 웨딩드레스에 맞는 몸매 되기 전에는 결혼 안 한다는 폭탄 발언에 디자이너 강태성 씨 얼굴이 누렇게 떴었지. 큭큭큭.

아참, 태성이는 결국 연화의 바람대로 대기업에 원서를 내서 덜컥 수석으로 입사했다. 공교롭게도 그 회사는 내 시아버님이 회장직으로 계신 패스트패션이다. 지난봄에 태성이가 디자인한 원피스가 대박이 나는 바람에 나까지도 어깨에 힘이 들어간 기분이었다.

"왔나."

나보다 날씬해진 것 같은 몸매에 뽀얀 신부 화장을 한, 그 입술을 열어 내뱉는 걸쭉한 어투가 어쩐지 언밸런스인 연화다.

"힘들지?"

웃음을 참으며 옆으로 다가가니 미간을 팍 찡그린다.

"아 증말, 두 번은 못 할 짓이다. 코르셋은 왜 이렇게 갑갑하노! 숨 막혀 죽겠구마!"

그녀의 투정에 주변에 늘어선 사람들에게로 왁 웃음이
번진다.

"아이고, 참아. 다들 그렇게 결혼식 올리는 거야. 끽해야
한 시간도 안 할 건데 그걸 못 참는다는 거야?"

"내는 못 참것다. 화장이랑 머리 한다고 거서도 오래 앉
아 있었잖아. 계속 이러고 있다가는 엉덩이 빡시게 쥐 날
끼다."

연신 투덜대는 연화에게 속삭임으로 제발 그만 좀 하고
웃어, 스마일! 이라며 타박했으나 소용없다. 에효, 저 부루
퉁한 입을 어쩔 거냐.

"뉴욕에서도 오셨던데, 설마 파웰 씨 앞에서도 이런 건
아니지?"

"걱정 마라. 그때는 빵긋빵긋 웃어줬다. 옆에 있던 태성
이가 어색해할 정도로."

"어이구, 잘했다 잘했어."

작년 뉴욕에 갔을 때 태성이를 마음에 뒀었던 그 집 둘째
딸이 연화를 지능적으로 골탕 먹이는 바람에 고생을 엄청
한 터라 이번에도 무슨 사고가 없으려나 걱정했는데, 다행
히도 파웰 씨 부부는 그런 사태를 걱정했는지 아이들을 두
고 왔다. 천만다행이었다.

"모두 식장으로 들어가주세요. 신부님도 이동하실 겁니다."

때마침 예식 시간이 다 되었음을 알리는 안내가 들려왔

고, 나는 연화 어깨를 톡톡 만져주고는 자리에서 일어났다. 불과 몇 년 전 내가 심지훈과 이런 기분으로 예식을 기다리고 있었다. 얼마 되지도 않았는데 참 새삼스러웠다.

"근데 니 그 옷, 키다리아저씨가 사 준 그기 아이가."

눈썰미와 기억력이 기가 막히게 좋은 내 친구님은 이 트렌치코트를 보자마자 딱 알아본다.

"응, 맞아. 내가 오늘 드디어 그 쇼핑해주던 키다리아저씨랑 만날 거거든."

"으잉? 진짜가!"

"나중에 소개해줄게."

씩 웃어준 뒤 손에 들고 있던 책으로 흔들어 인사하고는 대기실을 나왔다. 몇 걸음 옮기자 입구 쪽에서 나를 기다리고 있던 남편이 보였다. 세미정장을 입은 남자는 아직 총각이라 해도 믿길 만큼 젊어 보였고, 내 기준에서는 아까 입구에 서 있었던 신랑 태성이보다 멋졌다.

"오래 기다렸어?"

그는 가만히 고개를 내저으며 내 손을 잡아끌어 식장 안의 우리 자리로 안내해주었다. 이미 앉아 있었던 은비와 은솔이는 벌써 원형 테이블 위에 있던 과자와 떡을 다 집어먹어버린 상태였다.

"코스 요리 나올 건데 미리 그렇게 배부르도록 먹으면 어쩌니?"

가벼운 핀잔 뒤 착석하며 맞은편의 파월 씨 부부에게 간단한 인사를 건네었다. 조명이 어두워지고 예식이 시작되었다. 진행되는 순서를 머리로 되새기며 과거의 내 모습으로 기억을 돌이키고 있으니 어느새 남편이 테이블 아래로 내 손을 가볍게 쥐고 있다. 아마 그 역시 나와 같은 생각을 하고 있었던 듯싶다.

"연화 씨 오늘 멋지던데. 새 신부답고."

"그러게. 나도 걔가 저렇게 날씬해진 모습을 보게 되리라고는 상상도 못 해서인지 낯설더라."

"그래도 당신이 훨씬 예뻤어."

역시 심지훈. 여자 마음을 너무 잘 아신다니까. 넉살 좋은 칭찬에 픽 웃어주고는 손에 들고 있던 책을 그의 무릎 위에 올려놓았다. 그가 눈으로 이게 뭔데? 라고 묻는다. 나는 말없이 손가락으로 제목을 한 번 훑어주었다.

『쇼윈도의 키다리아저씨』

원제목인 『키다리아저씨』 위에 내가 손 글씨로 '쇼윈도의'라는 글귀를 추가로 적어 넣은 것이었다. 그는 고개를 갸우뚱 기울이며 맨 앞장을 넘겨보았다.

—키다리아저씨, 저는 쇼핑을 참 좋아해요.

내가 써놓은 첫번째 글귀를 읽은 그의 미간이 살짝 일그러지며 다시 나를 쳐다본다. 호기심과 더불어 흥미로움이 새까만 두 눈에 반짝이고 있다.

"읽어봐. 저비스 지훈 아저씨에게 주디 미선이 쓰는 편지니까."

그는 어깨를 으쓱 올려보고는 다시 책으로 시선을 옮겼다.

—저는 오늘 친구와 바겐세일을 하는 백화점을 찾아갔어요. 세상에, 사람이 어찌나 많던지! 북적이는 사람 틈새로 꼭 사고 싶었던 한정판 트렌치코트를 잡으려고 뛰었는데 그만 넘어졌어요. 으앙으앙 울고 있는데 키다리아저씨가 나타나서 나를 일으켜주었잖아요? 너무 고마웠어요.

심지훈은 내 손을 잡고 있던 자신의 손을 빼내어 턱을 괴며 집중했다.

—그렇지만 저는 사고 싶었던 코트를 놓치고 말았어요. 얼마나 슬프던지! 정말 바닥에 주저앉아 아가처럼 꺼이꺼이 울어버렸지요. 그런데 어머나? 그 코트가 어느새 내 손에 들려있는 거예요! 저는 깜짝 놀랐지요. 코트를 쥐여준 아저씨가 내게 말해줬어요. 내가 네게 이걸 사 줄 테니 뚱뚱해지면 입어라…….

"풋."

결국 그는 웃음을 터뜨리고 말았다. 옆에서 이를 지켜보던 나는 콧등을 찡그리면서 혀를 날름 내밀었다. 큭큭 소리를 내던 남편이 나를 직시하며 입을 열었다.

"어떻게 알았어?"

"지금 입고 있잖아."

손가락으로 내 옷을 가리킨 뒤 다시 말을 이어갔다.

"어머님도 똑같은 트렌치코트를 입고 계시더라고."

"아, 그렇지."

그는 납득했다는 듯 고개를 주억거린다. 난 다시 손날을 세워서 남편의 옆구리를 푹 찔러버렸다. 아야야, 인상을 찡그린 그에게 실눈을 뜨면서 입술을 실룩거린다.

"어쩜 그래? 왜 여태 말을 안 했어?"

"뭐, 굳이 이제 와서 밝힐 이유가 있나?"

"와, 못됐다."

나는 양 볼을 부풀린 모양으로 내 가슴 앞에 완강히 팔짱을 끼고는 계속 화난 자세를 유지했다. 그가 슬쩍 의자를 옆으로 끌어와 그런 내 허리에 손을 두른다.

"그냥 이럴 때는 고마웠다고 말하면 되는 거야."

"흥."

그래도 뭔가 좀 억울하단 말이지. 차라리 그때 그 백화점에서부터 내게 확실하게 등장해주지그랬어? 이유는 모르겠다. 그냥 심통이 났다. 언제나 내 곁에서 해바라기처럼 나만 바라본 이 남자가 어딘지 모르게 안쓰럽기도 하고 이런저런 감정이 복합적으로 나를 괴롭혔다.

"이 『키다리아저씨』라는 책 원래 제목이 『Daddy Long-leg』거든."

그는 갑자기 책을 들어 제목을 보여주었다. 뭐지? 긴 다리 아빠라는 소리인가?

"우리말로는 '장님 거미'라고 해."

"거미?"

헤에 뭐야. 그럼 거미줄 쳐서 여주인공 잡았다는 소리?

"장님 거미라고 해서 눈이 안 보이는 건 아니고, 거미줄을 못 치는 거미라서 그렇게 부른다고 하더라. 그 대신 아주 긴 다리를 가지고 있지."

"긴 다리 있는 건 누구랑 같네."

툴툴툴 대답했더니 빙그레 미소를 보여준다. 아흐 자꾸 그렇게 웃으니 내가 녹아내릴 것 같잖아, 이 사람아.

"보통 거미와 달라. 먹이를 잡는다고 거미줄을 치고 가만히 있을 수도 없지. 쉼 없이 돌아다니면서 긴 다리로 목표물을 잡아야만 해."

나를 응시하는 그의 눈빛이 진지해졌다. 웅성거리는 식장 안의 사람들 소음이나 진행되는 예식의 사회자 목소리도 모두 잦아들었다. 오롯이 나를 쳐다보는 심지훈만이 또렷해졌다. 갑자기 심장이 쿵쾅쿵쾅 두방망이질을 시작한다.

"나는 그래서 노력했어. 남들과 다른 점이 있다는 것을 알기에 그걸 극복할 만큼 많이 애썼지. 당신 앞에 제대로 된 모습으로 나타날 수 있게 되려고. 그렇다고 멀리 떨어져 있으면 불안하니까 장님 거미의 긴 다리 사정권 안에다 두고 맴돌면서 말이야. 하지만 그건……."

조곤조곤 이어지는 낮은 그의 음성, 씁쓸한 미소가 내 남자의 입가에 맴돈다. 이유를 알기 어려운 묵직한 감성이 내 마음을 두드린다.

"그렇게 떳떳한 행동은 아니었다는 걸 알아. 그래서 말하고 싶지 않았어. 화났다면 미안해."

아, 이런. 그의 아픈 감성이 고스란히 전해져와 나는 갑자기 슬퍼졌다. 별거 아닌 일이었다고 생각해 무조건 따지고 들었던 나 자신이 갑자기 바보같이 느껴졌다. 그 당시 내 앞에 그렇게 나서게 되기까지 이 사람에게는 얼마나 많은 용기가 필요했을까? 나는 그것을 어설프게 간과했다.

"화 안 났어. 그런 표정 짓지 마. 그냥 조금 서운했을 뿐이야. 내겐 제법 큰 사건이었는데, 언제나 궁금해했던 것에 대해 진실을 알고 있었던 당신이 아무 말도 안 해줬다는 사실이."

"말했었잖아."

"언제?"

"언제나 쇼윈도에 있었다고."

그는 희미하게 웃으며 내가 적어놓은 책 표지를 다시 가리켰다. 『쇼윈도의 키다리아저씨』. 반쯤 장난으로 써놓은 글귀인데 지금 생각해보니 내가 정답을 적어놓았나 보다.

"난 쇼윈도의 마네킹이 되어서 항상 당신을 지켜본 거라고 말한 적이 있었지. 차미선이 숨결을 불어넣어 깨어난 거라고. 나름의 힌트였는데 전혀 못 알아들었지?"

"당연하지. 난 아주 평범한 사람이니까!"

"그래서 사랑해. 당신이 정말 평범해서. 내게만 아주 특별해서."

그의 말이 순간적으로 너무 벅차서 잠시 할 말을 잊었다. 그냥 손을 내밀어 그의 두 손을 가만히 맞잡고 빤히 응시할 뿐이었다. 아마 그 순간 우리 두 딸의 목소리만 사이로 파고들지 않았다면 그와 나는 마냥 그렇게 우리만의 세상에 빠져 있었을 것이다.

"언니, 엄마 아빠 또 시작이다."

"내버려둬. 하루 이틀 저러는 것도 아니고."

끙. 무드에 도움 안 되는 못된 딸들 같으니.

그래도 뭐……. 나는 행복하다. 사랑하는 내 님이 나를 특별하게 여겨주고 나로 인해 항상 행복하다니 그 이상 좋은 게 무엇이겠는가. 나는 내 키다리아저씨를 잡았다. 소설 속 여주인공처럼 거미의 긴 다리에 걸려들었지만 동시에 내가 그 다리를 확 휘어잡아버린 것일지도 모를 일이다. 우린 그렇게 서로에게 필요한 사람이 되어 남은 삶도 행복하게 살아나갈 것이다.

그래, 차미선! 너 성공했어. 훗.

『나는 매력적인 그를 쇼핑했다』(이하 『나매쇼』)는 누구나 쉽게 읽을 수 있지만 동시에 많은 생각을 할 수 있는 특별한 로맨스로 만들어보고 싶어 쓰게 된 이야기입니다. 자폐, 중독, 이혼, 비만…… . 사회적 약자이며 소외 계층인 그들의 이야기를 유쾌하게 풀어보자는 생각을 품은 채 스토리를 작성했던 겁니다.

1.

당신은 아무것도 중독되지 않았나요?

술을 마셔야만 잠이 들지는 않나요?

쇼핑을 하며 스트레스 해소를 꿈꾸어보지는 않았나요?

근육을 만들어보려 매일 트레이닝에 집착하지는 않는지요?

현대인이라면 누구나 조금씩 앓고 있다는 정신병. 그런 정신병의 일부인 여러 중독증은 가장 흔한 증세라고 볼 수 있습니다. 그중 쇼퍼홀릭(쇼핑 중독)은 많은 여성들의 우울증에 동반되어 사회적 문제까지 일으키고 있지요. 이는 개인의 경제적인 손실을 가져오고 나아가서는 가정까지 파탄시킬 수 있는 심각성을 보이는 질환이기도 합니다.

이야기 중 화자이며 여자 주인공인 차미선은 가슴속 공허함을 쇼핑으로 채우느라 허덕이는, 현대 도시 사회에서 쉽게 접할 수 있는 사람입니다. 그녀는 새로운 사랑에는 두려움이 가득한 우리 이웃에 하나쯤 있을지도 모를 이혼녀, 돌싱이기도 하죠. 그런 여자가 자신을 사랑해주는 남자를 만나 차츰 쇼퍼홀릭의 늪에서 벗어나고, 여태까지의 제멋대로인 행동에 부끄러움을 느끼기 시작하며, 외면했던 자신의 아이들 미래까지 고찰하게 되는, '아줌마 철드는 이야기'가 『나매쇼』의 첫번째 스토리입니다.

2.

결혼도 쇼핑이라고 생각하지는 않았나요?

이혼이라는 손쉬운 반품 결정 뒤, 남겨진 아이들은 어떻게 할 건가요?

언제부터인가 결혼은 거대한 쇼핑몰에 결혼 상대들을 몰아넣고 어느 상품이 더 가치 있고 더 좋은 조건인지를 따져 쇼핑 카트에 선별한 뒤, 그중 배우자를 골라내는 작업이 되어버렸어요. 그러다 보니 조금 사용해보면 첫인상과 달리 반품 욕구가 생겨버리거나 혹은 더 뛰어난 신상품으로 눈길이 가버려 부정행위도 쉽게 저지르는 것이 되겠죠. 이렇게 되어 폭발적으로 증가한 이혼 아래 가장 큰 문제는 자녀가 됩니다. 남겨진 아이들은 마음 한 켠에 큰 상처를 지닌 채 삐걱거리는 어른이 되어버려요.

이를 반영한, 어린 시절 이혼한 부모를 지닌 남자 주인공 심지훈. 마음의 문을 닫았던 이 남자는 우연한 계기로 자신의 어머니와 비슷하면서도 전혀 다른 차미선을 만나 진한 자극을 받게 됩니다. 그리고 어느새 차미선에게 진심으로 빠져든 자신을 발견하게 되고요. 결과적으로 그녀를 만남으로써 '삐걱거리는 어른으로 자라난 어린 영혼이 평범한 보통 사람으로서의 삶으로 거듭나 행복해지는 이야기'가 만들어지며 이것이 『나매쇼』의 두번째 스토리입니다.

과연 미선과 지훈은 영원히 행복해질 수 있을까? 저는 '그렇다'라는 대답을 꺼내어보고 싶습니다. 비단 이야기라서만이 아닌 현실적으로도, 사랑하게 될 두 사람이 만나 코믹한 상황 뒤 점차 진지한 이야기를 꺼내놓고, 서로의 상처를 보듬어주며 힐링하게 되는 것이 이 글 『나매쇼』의 전체 스토리를 꿰는 가장 주요한 테마이기 때문입니다.

Special Thanks to.

　감사할 분들이 너무 많아서 언급하기도 버거울 정도인데요.

　일단은 제가 세상에서 가장 사랑하는 낭군님! 그리고 우리 아이들! 언제나 바쁜 저를 최고라 추켜세우면서 응원을 아끼지 않는 가족들에게 정말정말정말 감사의 하트를 남깁니다.

　그리고, 모베마 카페 여러분! 어뭉들 아니었으면 이런 이야기 탄생도 못 했어요. 이 은혜를 어찌 갚는단 말이오! 특히 신디 님, 채원맘 님, 류수 님, 함이맘 님, 운영자 네 분, 막내 매니저 감읍하여 큰절 드립니다. 채원맘 님 약속 지키기 위해 주인공 커플 사이 아들 이름 채민이로 했어요. 보셨을까 몰라.

　또, 나의 동생 신세진! 언제나 감사하오. 다른 말 필요 없겠지? 항상 파이팅! 공저로 쓴 작품들도 열심히 해보자고.

　네이버 웹소설 편집부 여러분. 특히 제 담당이신 임민영 대리님, 수위 때문에 저랑 실랑이가 많았죠. 앞으로 인연이 닿아 또 다른 작품 같이하게 되면 말썽 안 부릴게요. 호호호. 항상 성실하신 모습에 박수를 보냅니다. 6개월간 정말 수고하셨습니다.

　네오픽션 편집부 여러분! 이토록 예쁜 책으로 만들어주

셔서 감사의 인사를 드립니다. 마감 잘 안 지킨 불량 작가라 죄송스러울 뿐이에요. 이후 계속 좋은 인연 이어갔으면 합니다.

마지막으로 너무도 열광적으로 사랑을 보내주신 애독자 여러분. 제가 온몸이 부서져라 사랑을 뽑아내서 날려드립니다. 하트를 받아주세요! 응원 덧글 한마디, 한마디가 저를 지금까지 움직이게 한 원동력이 되었습니다. 진심으로 고맙습니다.

더불어 이 이야기와 이렇게 작가의 말까지 챙겨주신 독자분들께도 깊은 감사 인사를 올립니다.

나는 매력적인 그를 쇼핑했다 2

© 민재경, 2014

1쇄 인쇄일 | 2014년 1월 10일
1쇄 발행일 | 2014년 1월 25일

지은이 | 민재경
펴낸이 | 정은영
책임편집 | 이수지
편 집 | 박소이 최민석
마케팅 | 박제연 전연교
제 작 | 이재욱

펴낸곳 | 네오북스
출판등록 | 2013년 04월 19일 제2013-000123호
주 소 | 121-840 서울시 마포구 서교동 396-33
전 화 | 편집부 (02)324-2347, 경영지원부 (02)325-6047
팩 스 | 편집부 (02)324-2348, 경영지원부 (02)2648-1311
E-mail | neofiction@jamobook.com
Home page | www.jamo21.net

ISBN 979-11-85327-27-3 (04810)
       979-11-85327-25-9 (set)

이 도서의 국립중앙도서관 출판시도서목록(CIP)은 서지정보유통지원시스템 홈페이지
(http://seoji.nl.go.kr)와 국가자료공동목록시스템(http://www.nl.go.kr/kolisnet)에서
이용하실 수 있습니다.(CIP제어번호: CIP2013028110)